JUAN ARCONES

Un rey de Invierno

Montena

Papel certificado por el Forest Stewardship Council®

MIXTO
Papel | Apoyando la silvicultura responsable
FSC® C117695

Penguin Random House Grupo Editorial

Primera edición: noviembre de 2024
Primera reimpresión: noviembre de 2024

Printed in Spain – Impreso en España

ISBN: 978-84-10050-25-9
Depósito legal: B-16.083-2024

Compuesto por Fotoletra, S. A.
Impreso en Huertas Industrias Gráficas, S. A.
Fuenlabrada (Madrid)

GT 5 0 2 5 9

A todas las personas que se tuvieron
que inventar otra vida…
para poder vivir.

1

Lost!

Ya no me gusta Luca Calliveri.

Era una máxima que me repetía todas las mañanas. Nada más levantarme y, al mirarme al espejo, lo decía en voz alta. Con los ojos aún pegados por haber dormido menos horas de la cuenta. Por quedarme más de lo necesario leyendo bajo la luz cada vez más apagada de la lámpara de mi mesilla de noche. Por mirar el móvil una y otra vez esperando recibir un mensaje que nunca llegaba. Por volver una y otra vez a aquel beso interrumpido, fantaseando con lo que podía haber sido y no fue. Y también por beber demasiada Coca-Cola. Con cafeína, con azúcar. Con todo. Algunos pasan los malos tragos con alcohol. Yo no estoy en ese bando.

¿Todo lo que dicen sobre sufrir por amor? Es cierto.

Mira que me he roto la muñeca en dos ocasiones, me han picado más avispas de las que puedo contar y ni recuerdo las veces que he tenido que ir al dentista. Pero nada es comparable con que te rompan el corazón.

Puede que estuviera exagerando, pero realmente era lo que sentía. Mi corazón estaba roto, por la mitad. ¿Eso cómo se cura? ¿Qué puedes hacer para que no acabe por resquebrajarse del todo y te arrastre por el camino? ¿Hay acaso algún tipo de medicina o de tirita para que deje de sangrar? ¿O quizá lo hacemos todo demasiado grande? Como si fuéramos el centro del universo, y todas las miradas tuvieran que fijarse en nosotros, en lo mal que lo estamos pasando porque una persona que creías que te entendía acaba dándote la espalda. Eso sentía al pensar en él. Un… no sabía cómo definirlo. Un ¿algo? que me atenazaba el estómago y no me soltaba ni siquiera cuando me metía en la cama por la noche, o por la tarde, o en cualquier hora que tuviera libre para tumbarme. Sabía perfectamente que él y yo no teníamos nada. No habíamos llegado a tener nada y, según los momentos finales que compartimos, tampoco íbamos a tenerlo. Drama en vena, con un gotero que me lo iba trasvasando poco a poco, para que no dejara de revivirlo una y otra vez. ¿Qué hay peor que los recuerdos? Recordarlos.

—Ya no me gusta Luca Calliveri —repetí delante del espejo, mientras me lavaba los dientes. Así que quizá sonó más parecido a un «yampf nompf me gufta Luca Calliferi». Solo me faltaba decir su nombre dos veces más y, como Candyman, aparecería al otro lado, dispuesto a arrebatarme la poca vida que me quedaba.

Mi padre debía de estar harto de mi rutina de todas las mañanas. Levantarme tarde, poner Olivia Rodrigo a todo volumen (la música en italiano estaba prohibida) y beberme dos tazas de café antes de salir de casa, para volver a los cinco minutos porque me había olvidado algo. Unas veces era la cartera, otras el móvil. Incluso un día salí dejándome la mochila y me di cuenta casi al llegar al instituto.

Así una mañana.

Y otra.

Y otra más.

Repitiendo el mismo esquema, pero sin marcadores de colores.

Habían pasado ya más de dos meses desde el-día-que-no-podía-ser-nombrado. Y habían sido dos meses bastante complicados, por decirlo de alguna manera, en los que no había dejado de repasar en mi cabeza continuamente los errores que podía haber cometido. Obviando mi evidente tristeza por haber sido rechazado, lo de ser famoso cuando tienes diecisiete años no es para todo el mundo. Menos aún cuando vas a mi instituto. Todo tardó en normalizarse más tiempo del que me habría gustado. Mi padre se planteó denunciar al periódico que subió mi fotografía, sobre todo porque yo era (y seguía siendo) menor. No sé si llegó a hacer alguna llamada, pero ya era muy difícil encontrar esa imagen con mi cara sin pixelar. Sara Medina, la periodista que me acosó, literalmente, en el *Coriali*, no había dejado de escribirme (quién sabía cómo había conseguido mi email). Muy educada siempre, pero muy insistente también. Quería una entrevista conmigo y lograr que hablara de Luca, que desvelara sus secretos más íntimos, sus trapos sucios. Al principio declinaba sus ofertas con amabilidad (aunque se me colara algún «vete a la mierda» aleatorio). Pero ya había dejado de contestar. No era algo que la hubiera frenado. Ya no solo porque seguía insistiendo, sino porque había escrito varios artículos sobre Luca e incluso sobre mí. Al parecer, me gustaban los atardeceres y odiaba las fiestas formales. Vale, ¿y quién no?

Salvo ese pequeño problema, por suerte me habían empezado a dejar un poco en paz en clase. Ya no era la novedad. Había insistido tantas veces en que no iba a hablar sobre mi verano en Santino que ya no tenía sentido seguir preguntándome. Lo de que me sacaran forzosamente del armario, robándome ese momento que debería ser sagrado, y dieran por hecho que Luca y yo éramos novios ya era otro tema. Perdón, el rey Luca Calliveri. Seguro que él también lo había pasado mal. Porque tener diecisiete años y convertirse de golpe en rey debía de ser difícil de asimilar, por muchos años que llevaras preparándote.

Por fin había salido a la luz, como una mariposa después de mucho tiempo encerrada en su capullo, y había aprendido a volar, estando cada semana en un país diferente. ¿Un rey de diecisiete años? A nadie le parecía una locura. ¿Sinceramente? A mí tampoco. Lo conocía. Sabía a ciencia cierta que iba a ser un rey increíble. Aunque todavía quedaban un par de meses para que su padre Carlo diera el paso atrás. Porque seguía yendo con él a todos los viajes.

O eso creía.

Porque yo no lo veía.

Nunca jamás.

Luca Calliveri era el pasado.

Solo me enteraba de algo de su vida por la noche, cuando miraba mis redes, y me aparecían noticias o algún vídeo suelto. Todo estaba superado. Al cien por cien. Y que me vistiera todos los días con dos tonos de color más oscuros que el vantablack absorbiendo el 99,965 por ciento de la luz visible o que me hubiera comprado más de veinte cómics en la última semana eran cosas que no tenían nada que ver. Ni siquiera mi nuevo corte de pelo. Fue una decisión totalmente autónoma e independiente.

—¿Estás seguro? —me preguntó mi peluquero de confianza. Acostumbrado a recortar un poco de aquí y un poco de allá, debía de ser extraño para él tener que raparme casi al cero.

—Sí. Corta. Sin miedo. —Claro, cuando me vio mi padre con el pelo más corto que había llevado en mi vida y, encima, de color rubio casi le da un infarto. Pero no dijo ni una sola palabra desagradable. Suponía que él también habría pasado alguna ruptura similar. Bueno, era viejo. Lo entendería. Los adultos deberían entender esas cosas, ¿no? Ruptura. Me empeñaba en llamar «ruptura» a algo que ni siquiera había llegado a existir.

Aunque los profesores no parecían entender tan bien mi situación.

De algún modo, se habían vuelto mucho más exigentes conmigo. O puede que fuera porque ya estaba en segundo de Bachillerato. Probablemente fuera eso. Pero prefería pensar que el mundo estaba en mi contra.

—Costa, ¿está aquí o en Santino? —La voz de la profesora de Arte me devolvió a la realidad. Y es que encima fue a hacer daño. Dijo una de las tres palabras que no debían decirse delante de mí. Sí, la primera era «Santino». Y además acompañada por varias risitas de algunos de los gilipollas de mi clase.

—Aquí. ¿No me ve? —repliqué. Mi respuesta pareció descuadrarla por completo. No era yo el tipo de alumno que contestara a los profesores de mala manera. Pero me salió del alma.

—Si quieres podría verte también el director. —Una amenaza sutil nada velada. Ahí ya preferí no responder y volver a concentrarme en cualquier cosa que estuviera contando, pero, claro, al hablar de palacios, y de arte renacentista, y de frescos pintados en las paredes... No podía dejar de pensar en mis noches en el *palazzo* Santino, o en aquellas mañanas calurosas cuidando el jardín junto a mi abuelo. Mierda. Tenía que haber elegido Ciencias.

Cuando salí de clase, al menos estaba esperándome Lucía para darme mi ración de chocolate del día en forma de napolitana gigante. Lo intentaba, y se esforzaba por ser esa amiga que necesitaba, por ser ese paño de lágrimas que me ayudara a sobrellevar lo que había ocurrido. Pero algo extraño me había empezado a pasar con ella, y es que no era capaz de soltarme tanto como antes. Quizá me frenaba porque me sentía demasiado pesado cuando estábamos juntos. Y, pese a ello, todas nuestras conversaciones seguían girando en torno a Lu..., en torno a él. No quería ser el típico amigo que tiene un solo tema de conversación. Aunque lo fuera. Porque lo era. Pero me daba igual. Si es que acaso tiene algo de sentido.

—Creo que me voy acostumbrando a tu cambio de look —dijo mientras me miraba de arriba abajo, moviendo lentamente la cabeza—. Sobre todo porque me encanta tocarte el pelo.

Paseó su mano sobre mi cabeza y fingió un escalofrío de placer. He de admitir que yo hacía lo mismo casi todo el rato.

—No soy un perro —protesté, apartándome.

—Desde luego que no. Eres un gato de manual. —Frunció el ceño—. ¿Qué tal Arte? ¿Igual de aburrido que siempre?

—No es aburrido. A ver, es más culpa de la profesora que de la asignatura. A mí me gusta el arte —me defendí.

—Y a mí me gustan los Doritos —contestó, sin ningún tipo de sentido—. Pero eso no significa que no pueda aburrirme de ellos si me como dos bolsas, ¿sabes?

—No sé si la palabra que buscas es «aburrimiento» —puntualicé.

—¿Quieres quedar después para ir al centro?

—No puedo. He quedado con Alejandro. —Lo había convencido para ir a comprar nuevos cómics. De Robin, por supuesto.

—Últimamente quedáis mucho. —Obviamente entendí lo que quería decir con esa frase. E iba a responder cuando Campos y Tomás, dos de los más imbéciles de mi curso, tuvieron que hacer su aparición. Con lo tranquila que estaba la mañana…

—¿Dónde te has dejado a tu novio, el principito? —se burló Tomás, mientras Campos le lanzaba besos al aire.

—¿Envidia?

—¡¡¡Qué dices!!! —bramó Campos, estúpido como él solo. Es curioso cómo los más homófobos suelen ser los más imbéciles. Porque ambos eran repetidores. Y lo increíble es que se jactaban de ello, como si llevar un año más de encierro en el instituto los hiciera más interesantes. Ya habían tenido problemas en sus redes por hacer comentarios misóginos y racistas. Pero, como tenían su propia cuadrilla en la que se retroalimentaban con su abominable estupidez, pensaban que todo lo que hacían lo hacían bien. No merecían mi tiempo ni el de nadie, desde luego.

—Oye, enhorabuena, Tomás —añadió Lucía, socarrona.

—¿Enhorabuena?

—Sí. Me han dicho que por fin has aprendido a sumar y que vas a pasar a la ESO. —Y los dos nos echamos a reír mientras pasábamos a su lado, sin importarnos ninguno de los insultos que no dejaron de dedicarnos hasta que nos perdieron de vista. Lucía, la única persona que conseguía hacerme reír a esas alturas. Lucía y Alejandro. Al menos todo había servido para que recuperáramos nuestra amistad perdida. Por muy tópico que sonara, ser amigo de un chico hetero me costaba. Horrores. Más aún después de haberle confesado que me gustaba... y que me hubiera rechazado. Al menos me daba buenos consejos.

Por eso me apetecía quedar con él. Era mi desahogo. Con Alejandro no me sentía tan pesado como me sentía a veces con Lucía. Pensé que al principio sería raro. Por el pasado que teníamos y esas cosas. Parecía que habían pasado años desde ese momento incómodo y raro. Y Alejandro lo hacía todo tan fácil... Hay veces que nos cuesta mucho menos abrirnos con gente con la que tenemos menos confianza. Puede que sea porque pensamos que no nos van a juzgar tan a la ligera o, si lo hacen, nos va a dar más igual. Aunque yo no quería que Alejandro me juzgara. Para nada. Quería que me entendiera.

—A ver si algún día invitáis, que prefiero dar una vuelta con vosotros que quedarme en casa con los idiotas de mis hermanos pequeños —refunfuñó Lucía.

—No sabía que te gustara ir a ver cómics.

—No me gusta, peeero tampoco me disgusta —sonrió, encogiéndose de hombros.

Alejandro y yo habíamos quedado en la plaza de España, como siempre, y de ahí íbamos paseando hacia la tienda de cómics que se había convertido en mi templo. Lo gracioso era que ni siquiera era realmente fan de los cómics, pero esa ya era otra historia, mucho menos interesante. Curioso cómo nos agarramos a ciertas cosas que nos recuerdan a alguien. Y Robin me recordaba a Luca. Cada vez que veía un dibujo suyo, lo veía a él, ayudando a Batman a salvar el día.

—¿No tienes todos los de Robin ya? —me preguntó Alejandro mientras echaba un vistazo a unos mangas de *My Hero Academia*—. ¿No quieres dar el salto al manga? Tengo un amigo al que le flipan. Te caería bien. Tiene el pelo rojo igualito al de esta portada…

—Aún me faltan algunos. Tú si ves alguno de Robin, o de Batman, o algo que se le parezca, avísame —respondí casi sin prestarle atención, centrado en mi misión.

—Tú mandas —asintió—. Luego si quieres podemos ir al Retiro a leer, que todavía hace buen tiempo.

—Claro, lo que te apetezca —contesté prácticamente en automático. Cuando estaba allí, rodeado de ese olor a tinta, me olvidaba de todo lo demás. Era como estar de nuevo en la tienda de cómics Metrópolis, en Santino. Solo faltaba el calor abrasador que me hacía sudar a cada paso que daba. La verdad, eso era de lo poco que no echaba de menos. ¿Y qué echaba de menos? Todo lo demás.

—¡Eh! Creo que he encontrado uno que no tienes —gritó Alejandro de repente, y me acerqué a él a toda velocidad. En sus manos había un número de Nightwing, tumbado en lo alto de una azotea, sonriente. No me sonaba tenerlo. ¿Cómo no lo había visto hasta ese momento?—. No lo tienes, ¿verdad? O eso dice tu cara…

—¡No! Eres un genio. Por eso te traigo.

—Pensaba que era porque te gustaba estar conmigo —respondió, dolido.

—¡Claro! Es decir…

—Era broma, Gaspar. No te lo decía en serio. A mí también me encanta estar contigo —sonrió, como si lo hiciera sin esfuerzo, y siguió mirando el resto de los cómics, más por mí que porque le interesaran realmente.

—Gracias.

—¿Por?

—Por todo.

—Ah, no me las des, que no hace falta —sonrió de nuevo. Pero, ante mi silencio, cambió su expresión, confuso—. ¿Hay algo que me estoy perdiendo?

—No, no. Nada. Solo que…, pues eso, que gracias. Que sé que esta no es tu forma favorita de pasar una tarde.

—No seas dramático, Gaspar —bromeó—. ¿Nos vamos? Que, si no, cuando lleguemos al Retiro será de noche. —Como siempre, tenía razón.

Así que compramos de camino varias bolsas de patatas fritas, un par de refrescos, y llegamos al parque para sentarnos en una de las cuestas de césped frente al Palacio de Cristal, cada uno con nuestra lectura. A Alejandro le había dado por leer clásicos de literatura y había llevado *El conde de Montecristo*. Yo estaba con *Muerte en la familia*, uno de los cómics de los que me había hablado Luca cuando estuvimos en la Biblioteca Real. Al abrirlo, y casi sin darme cuenta al principio, cayó al suelo mi marcapáginas. Alejandro, siendo tan servicial como siempre, corrió a recogerlo.

—¿Y esta flor? —Vale, quizá sobrerreaccioné. Solo quizá. Sin el «quizá». Es decir, sí. Sobrerreaccioné. Le arrebaté la flor de medianoche que me había regalado Luca como si fuera un billete de cien euros. Solo tras hacerlo, me di cuenta de lo bruto que había sido.

—Perdón, es que…

—Sí que te gusta la flor, ¿eh?

—No es por la flor —admití.

—Lo sé —señaló Alejandro—. ¿Quieres hablar de ello?

—No —mentí—. Mi vida no tiene que girar en torno a un chico.

—Gira en torno a lo que te hizo sentir y, oye, no pasa nada. Es normal… y superválido. No dejas de machacarte por ello. Está bien estar triste, Gaspar.

—¿Durante tanto tiempo? —Porque pasaban los días y, por mucho que me mintiera a mí mismo, la cosa no acababa de mejorar.

—El que haga falta. A ver, a mí nunca me ha pasado algo parecido, pero yo qué sé. No me gusta verte agobiado.

—No, si a mí tampoco.

—No has vuelto a hablar con él, ¿no? —preguntó, aunque ya sabía la respuesta. Porque, si hubiera hablado con Luca, se lo habría contado al momento.

—Qué va. Si es una tontería. Ni siquiera sé si yo le gustaba… —*Non posso*, Gaspar—. Pero es pensar en él y recuerdo el verano pasado y mira, yo qué sé…

Al sujetar la flor de medianoche entre mis dedos, recordé esa noche en la que Luca se abrió por primera vez, y se permitió dejar de ser un estirado y empezar a parecer un ser humano normal. Si no me hubiera lanzado durante el *Coriali*, ¿seguiríamos hablando? ¿Las cosas habrían sido diferentes? Probablemente, pero prefería arrepentirme de haberlo hecho. Porque, si no me hubiera atrevido, aún estaría carcomiéndome por dentro.

Miré a Alejandro, con su flequillo rebelde bailoteando continuamente por delante de sus ojos, y esa sensación de vértigo me golpeó de nuevo. Pero no era por Luca, sino por estar delante de otro chico que me había gustado y había salido mal.

Cuando llegué esa tarde a casa, mi padre estaba fuera de su despacho. Sorprendentemente. Y no solo eso, sino que además había hecho la cena. Puede que fuera la primera vez que la hacía en semanas. No es que fuera un gran cocinero..., y eso si se acordaba de cocinar algo. Había veces que se olvidaba por completo de comer. Así que a mí no me quedaba otra que hacerme un sándwich con los restos que hubiera en la nevera. Pero esa noche parecía estar de buen humor y no había pedido comida china o hamburguesas.

—¿Y este banquete? —bromeé al ver el plato de espaguetis con tomate que había sobre la mesa del comedor.

—Para que luego digas que no sé cocinar... —me recriminó.

—A ver, papá. Un plato de espaguetis con tomate no sé yo si es cocinar..., con todos mis respetos.

—El tomate lo he hecho yo, siguiendo la receta de tu abuela —replicó, ofendido—. Así que más te vale decirme lo rico que está.

—Por supuesto —sonreí y me senté a la mesa mientras me servía un buen plato, con la salsa por encima, humeante y deliciosa. Porque tengo que admitir que olía de miedo. Me eché también un poco de queso y empecé a comer mientras mi padre se sentaba frente a mí y bajaba un poco el sonido de la televisión, con los informativos de fondo.

—¿Qué tal en clase hoy?

—Poca novedad, ya sabes —respondí mientras todo el tomate me salpicaba en la camiseta—. Eh, papá, están buenísimos.

—¿Sí? ¿O lo dices por hacerme la pelota? —repuso, intrigado.

—No, no, en serio. Están buenísimos. Un diez si me preguntan.

Mi padre sonrió como si le hubiera hecho el mejor cumplido de su vida y probó de su plato, asintiendo y dándome la razón.

—¿Y tu trabajo qué tal? —me interesé yo.

—Tengo un nuevo manuscrito que me tiene enganchado. En serio, deberías leerlo.

—¿Es la historia esa de fantasía? —pregunté, y ya sabía la respuesta. Llevaba hablándome de ese libro días.

—Sí. Estoy a punto de terminar las correcciones —se enorgulleció.

—Vale, pues lo leeré cuando lo acabes entonces. —Aunque no tenía intención de hacerlo.

—¿Qué tal llevas los exámenes?

—Quedan todavía tres semanas para el primero, papá, por favor, deja de agobiarme. Si estoy todas las tardes estudiando... —Era cierto al cincuenta por ciento.

—Vale, vale. Solo es por saber. No te quiero agobiar —se disculpó—. Cuando los termines, podríamos aprovechar diciembre e irnos a algún sitio lejos de Madrid. Una cabaña de esas en el bosque, o algo así. A desconectar. ¿Qué te parece?

—¿Tú y yo? —Sonaba raro irnos los dos solos.

—Puedes traer a Lucía si quieres. O a tu amigo Alejandro.

—No, no. Solo que me ha sorprendido. Como siempre tienes tanto trabajo...

—El trabajo puede esperar.

Menudo cambio experimentamos en esos últimos meses. Mi padre había pasado de no hablarme a querer estar en todos los aspectos de mi vida. De ser un padre ausente a estar demasiado presente. No iba a quejarme, porque es lo que llevaba pidiendo desde que había muerto mi madre, pero el cambio era chocante. Sobre todo porque, en el fondo, creo que me había acostumbrado demasiado a no tener que hablar con él, a no tener que abrirme y poder guardar mi vida en un cajón secreto. ¿Había llegado su cambio demasiado tarde? ¿O tenía que ver más con mi estado de ánimo de los últimos meses? No sabría decirlo a ciencia cierta.

—Y hablando de trabajo…

—No, papá. Ahora no —lo corté al momento, porque ya sabía por dónde quería llevar la conversación.

—Siempre dices lo mismo, Gaspar. Pero ya estamos en noviembre. No quiero meterte presión, pero…

—Pero no dejas de meterme presión —repetí—. Papá, ¿crees que no pienso en ello? Pero esto-estas conversaciones no ayudan lo que tú te crees.

—Solo quiero decir que, si necesitas hablar sobre ello para tomar una decisión, cuentes conmigo. —Sus ojos suplicaban una ayuda silenciosa que yo no sabía darle. Podía notar cómo él también quería sentir que servía para algo, que estaba haciéndolo bien. Sobre todo después de la conversación que tuvimos.

—Ay, papá. Ya lo sé. Ya lo decidiré, ¿vale? Y si no, pues escribiré un libro y me lo publicas.

—Sabes que eso no funciona así.

—Ya lo sé. Era una broma —recalqué. Últimamente estaba muy insistente con mi futuro y con que tenía que decidir lo que quería hacer con mi vida. ¡Como si no lo supiera yo ya! Pero las cosas no funcionaban así. Necesitaba tiempo. Tenía ideas, pero cada vez que pensaba en ello me agobiaba y prefería hacer otras cosas. Quién me iba a decir que decidir sobre el futuro iba a ser tan difícil.

—… rey de Santino… —Escuché de fondo y mi corazón dio un vuelco. ¿Quién había dicho eso? Espera, claro. La televisión estaba encendida. Los informativos. Estaban hablando de Luca.

Mi padre, al escucharlo, se puso pálido y cogió el mando a toda velocidad, quitando el volumen al momento. Pero ya era tarde.

—No hace falta que lo quites. Déjalo. Quiero saber qué dicen

—le indiqué con una calma que me sorprendió hasta a mí. Mi padre me miró, esperando una segunda confirmación, y mi silencio se lo dijo todo. Miró el mando como si fuera un ente extraterrestre y subió el volumen de las noticias.

—… vendrá la próxima semana. Recorrerá varias ciudades de España en su visita a nuestro país, finalizando su viaje el 12 de noviembre en Madrid, en un encuentro con los reyes, el presidente del Gobierno, varios ministros y representantes del mundo de la cultura y el deporte en el Palacio Real… —decía la presentadora, mientras se veían imágenes de fondo de Luca Calliveri visitando otras ciudades europeas como París o Roma. A su lado, siempre presente, su padre Carlo Calliveri. Pero no fue la única persona a la que reconocí. Porque en las últimas imágenes que aparecieron en la televisión vi a Filippo abriendo la puerta a Luca para que entrara en el coche oficial. Resonaron en mi mente las palabras que me dijo la última vez que lo vi. «Estoy seguro de que él también te quiere».

¿Lo había dicho de verdad? ¿O simplemente para no aprovecharse más de un chico dolido en lo más profundo de su alma?

2

Miss you

En nuestro instituto, cada vez se tomaban más en serio los problemas de salud mental que afectaban a los adolescentes. Así que un miércoles al mes nos tocaba pasar por el despacho de la psicóloga y orientadora Olivia Bellman. Recién llegada de Nuevo México ese mismo año, era una señora simpática que te daba datos aleatorios sobre la historia de la psicología y que, además, sabía sacarte la información como nadie. Pero a veces era demasiado inquisitiva y eso a mí me ponía muy nervioso. Y cuando yo me pongo nervioso, hablo más de la cuenta y, generalmente, en un tono tirando a bastante borde. Desde que había escuchado la noticia de Luca, había estado en una tensión latente continua. Como con el estómago encogido, sintiendo que algo iba a pasar, pero nunca acababa de llegar. Una mezcla de apego evitativo y ansioso que no acababa de entender. Pero ni yo era Mary Ainsworth ni mi psicóloga acababa de dar con la tecla perfecta para definir lo que me pasaba con Luca, más allá de un clásico «mal de amores», de esos con los que se han escrito miles de canciones. Y si pensaba en ello más de la cuenta, mi estómago se convertía en un agujero negro que absorbía toda la felicidad a mi alrededor. Una estrella apagándose, a punto de convertirse en una supernova.

Cuando le conté a Lucía que quería ir a ver la recepción de Luca por parte de los reyes de España, puso los ojos tan en blanco que casi le dieron la vuelta dentro de las cuencas. Sin exagerar. «Olvídate, Gaspar. Jugó con tus sentimientos». Lo cierto era que no, pero Lucía insistía en que Luca, en el último momento, había decidido echarse para atrás. «Y eso solo lo hacen los cobardes».

—El caso es, Gaspar, que te enamoraste de un príncipe. Y yo te lo avisé. La monarquía no es de fiar. Por eso todos los países deberían ser republicanos. Empezando por el nuestro. —Apretó el puño, como si estuviera dando un *speech* político. Un chico pasó a nuestro lado y Lucía lo cogió del brazo al momento—. Tú, ¿cómo te llamas?

—Soy Mario… —Lucía se encogió de hombros—. Vamos a la misma clase. —Ella frunció el ceño, sin entender nada—. Salimos juntos dos meses.

—Vale, aquí mi amigo David…

—Mario.

—*Whatever.* ¿Tú qué opinas sobre la monarquía y sobre el príncipe Luca Calliveri? ¿Tiene derecho a tener un palacio y mirar a Gaspar por encima del hombro?

—Lucía, creo que le estás haciendo daño —puntualicé.

—¿Luca Ca-calliveri? ¿El rey de Santino? Parece majo.

—¿Ves? Por eso lo dejamos —dijo con desprecio, soltándolo del brazo y dejando a Mario libre, que optó por escapar a toda velocidad.

—Vale. ¿Puedes parar de intentar secuestrar a otros alumnos? Solo digo que quiero ir a verlo, aunque sea de lejos —me expliqué—. Quizá me dé cuenta de que ya está todo superado, yo qué sé. Pero no quiero ir solo.

—¿No te acompaña tu nuevo mejor amigo Alejandro?

—Oh, vamos, Lu. ¿No puedo tener dos mejores amigos? —Y sonreí lo más ampliamente posible.

—Creo que técnicamente no puedes, pero esa sonrisa y esos colmillos tan monos me convencen siempre.

—¿Colmillos? ¿Qué les pasa a mis colmillos?

—Eso sí, me tienes que dar permiso para irnos cuando yo decida, por si acaso se te va de las manos —insistió. No tenía muy claro a lo que se refería, pero si algo había aprendido en nuestros años de amistad era que mejor aceptar primero y dejar las discusiones para después.

—Vaaale —acepté.

En cuanto se lo dijimos a Magda, Iván y Alejandro, me apoyaron. Aunque creo que porque tenían curiosidad de contemplar el espectáculo. Y, aunque por una parte me daba miedo enfrentarme a verlo de nuevo en persona, por otro lado tenía ganas de hacerlo. Solo tenía que pasar el trámite de Olivia. Bellman, no Rodrigo. Y ya era mi tercera sesión. Así que todo estaba controlado. Todo controlado.

—Todo controlado —repetí por tercera vez pero en voz alta, antes de que una voz me dijera desde dentro del despacho que podía pasar.

Y, como siempre que entraba allí, el olor a incienso de frambuesa me dio una patada en la nariz al momento. Aunque nunca había visto el palito de incienso quemándose. Quizá fuera un ambientador raro. No lo sabía. Todo tenía un aire místico, como una sesión de lectura de cartas del tarot. Los pocos libros de su estantería estaban ordenados por colores, aunque no tan bien como ella creía. Porque claramente esos libros no eran todos de color amarillo.

—Buenas tardes, Gaspar. —Y señaló una silla con la mano para que me sentara. Yo, obediente, me senté.

—Buenas tardes —respondí con un gallo enorme, así que me aclaré la garganta y lo repetí—: Buenas-buenas tardes. —Habría estado mejor sin tartamudear, pero vale, vamos mejorando.

—¿Qué tal este último mes? Veo que tus notas han mejorado un poco. ¿Estás preparado para los exámenes de final de mes?

—Cuántas preguntas al mismo tiempo —bromeé. No le gustó—. A ver, este último mes genial, sinceramente. Estoy quedando más con mi amigo Alejandro, así que al menos estoy recuperando esa amistad. Los exámenes bien, guay. Y con mi padre todo bien, así que no me puedo quejar. La vida me sonríe —expuse mientras me apoyaba en el respaldo de la silla; sin embargo, estuve a punto de caer, así que me agarré con fuerza al borde de la mesa, ganándome otra mirada de desconfianza de Olivia.

—Cuánto me alegro, Gaspar… —Aunque su tono mostraba un poco lo contrario—. Y sobre lo que hablamos la última vez… —dejó caer de forma sibilina. Cómo me conocía.

—Hablamos de muchas cosas y… Vale, me callo.

—Hablo sobre tu futuro, Gaspar. —He de decir que tenía mucha paciencia conmigo—. ¿Qué tal vas con eso?

—Pues igual, un poco igual. Un poco lo mismo de siempre. No tengo muy claro lo que quiero hacer con mi vida, pero estoy en ello, ¿eh? No es que esté mirando al techo todas las tardes. —Que también—. Pero estas cosas llevan su tiempo. Supongo. Es nuevo para mí, ¿no? O sea, sí, sé que es nuevo para mí, pero ya sabe.

—Me parece bien que sigas pensando en ello. Pero, para la siguiente vez que nos veamos, estaría bien que, al menos, tuvieras una lista de cosas que te gustan, ¿no crees? Así podemos ver lo que más se puede ajustar a tus intereses, poco a poco —fue relajando el tono de su voz—. No hace falta que sean muchas cosas, pero algo que te interese, aunque sea un mínimo.

—Cla-claro. Lo intentaré —afirmé, y de verdad creía en ello—. Mi madre siempre quiso que fuera escritor. —Mencionarla no fue la mejor idea. Porque me puse triste al instante, pero también feliz al recordarla. Natsukashii en vena. Mi vida poco a poco se había convertido en una emoción intraducible. Pixar lo tendría complicado conmigo.

—¿Has probado a escribir? —sugirió.

—Sí, y ha sido bastante decepcionante. —Las veces que lo había intentado nunca había salido nada decente. Así que lo dejé por imposible.

—No pasa nada. Quizá no has encontrado la historia necesaria. —Y apuntó algo en su libreta—. Para escribir, lo importante siempre es encontrar una historia que quieras contar. Esa historia que te gustaría leer. Ya llegará.

—Puede ser, sí —chisté. ¿Cuánto más tiempo iba a tener que estar ahí? Quería coger sitio para poder ver a Luca. Cuando llegáramos, eso ya iba a estar lleno de gente.

—Me llama la atención, Gaspar… —y dejó la libreta sobre la mesa con lentitud—, que ni siquiera hayas dicho su nombre desde que has entrado en mi despacho.

—De quién. ¿De mi madre?

—No. —Ah, vale, que se refería a Luca. Parecía haberme leído la mente—. En la última sesión que tuvimos fue lo único de lo que fuiste capaz de hablar.

—Ya, bueno… —Lo que lloré en esa sesión… Y en la anterior… Si es que lo había dicho, que esa mujer era capaz de sacarte toda la información—. Ya no pienso tanto en ello.

—Los dos sabemos que eso no es verdad —sonrió con sorna—. Sabes que viene a Madrid, ¿no?

—Sí, algo he escuchado…

—¿Lo has hablado con tu padre?

—¿El qué? ¿Que Luca viene a Madrid? No sabía que tenía que hablarlo con él. Un adolescente debe tener sus secretos, Oli —bromeé. Obviamente, me ignoró—. No, a ver. Me enteré viéndolo por la tele cuando cenaba con mi padre. Así que sí, está al corriente.

Olivia se quedó en silencio. Le gustaba mucho hacerlo. Supongo que para que yo reflexionara y rebuscara en mi interior lo que debía o no debía decir. Pero los silencios no se me dan bien. Me suelen dejar sin oxígeno y, cuando hablo, es como si saliera de debajo del agua y tratara de recuperar todo el aire posible.

—A ver, me gustaría ir a verlo, claro. Como también me gustaría volver a Santino. Pero ¿de qué iba a servir? No me ha vuelto a escribir en estos meses. Yo creo que fuimos amigos y ya está, ¿no? Y yo malinterpreté señales. O quizá es como dice Lu, y realmente no se atrevió a dar el último paso conmigo. Que lo entiendo, al final del día es un rey y tiene responsabilidades. Aunque ¿y si yo fuera una chica? ¿Habría cambiado el final? ¿Se habría atrevido? Por Dios, ni siquiera sé si es gay. Yo qué sé ya. La verdad. Pero bueno, solo sé que no sé nada, ¿no? Además, las cosas son diferentes ahora.

—¿Lo son? ¿En qué sentido?

—En que ya no me gusta Luca Calliveri. —Y lo dije con toda la convicción de la que fui capaz. No era mucha, pero lo intenté.

—¿Estás seguro de ello?

—¿Cómo que si estoy seguro de ello? Pues claro.

—A mi modo de ver, Gaspar, creo que no te hace falta regresar a Santino.

—¿No? ¿Por qué? —pregunté, inquisitivo.

—Porque sigues allí.

Su reflexión me persiguió toda la tarde de camino al Palacio Real con mis amigos a mi lado. Comprando entradas para mi debacle emocional. ¿Qué había querido decir Gloria con que yo seguía en Santino? Me dejó totalmente fuera de combate cuando me lo dijo. Ni supe qué contestar, ni me permitió hacerlo. «Piensa en ello. No respondas ahora, Gaspar». Lo que me faltaba. Deberes también de la psicóloga del instituto. Según íbamos acercándonos al centro de la ciudad, cada vez había más y más gente. Además de muchos furgones policiales. Pero tenía su lógica. Era la visita de un rey. Un rey recién coronado, nada menos. Así que supuse que ya habría precio por su cabeza. A ver, no literalmente, pero algo similar.

Paramos en un McDonald's para coger comida para el camino y, cuando llegamos a los aledaños del Palacio Real, vimos cómo habían montado unas gradas metálicas justo enfrente. Para sorpresa de nadie, ya estaban abarrotadas de gente. ¿Por qué todo el mundo tenía tanto tiempo libre? ¿Y qué más les daba ver a un rey como Luca dándole la mano a nuestros reyes? Quizá porque se había convertido en un auténtico icono. Estaba en todas partes, aunque aún no había dado ni una sola entrevista. Desde que mi fama empezó a evadirse y difuminarse, lo habían unido a todo tipo de famosas. Sí, siempre mujeres. Porque en el mundo seguía dominando lo heteronormativo. Tampoco es que yo siguiera sus novedades ni mucho menos, pero su vida había dado un giro de ciento ochenta grados. Dios, estaría tan enfadado y tan molesto con todo el mundo tomando decisiones por él y no pudiéndose negar a nada… Lo que siempre había temido se iba haciendo realidad a pasos agigantados. Escrito en piedra.

—Pero ¡esto está petado! —exclamó Lucía mientras, de fondo, se escuchaba música por unos altavoces colocados en lo alto de varias farolas.

—La gente tiene demasiado tiempo libre —añadió Magda.

—¡Lo mismo que había pensado yo! —intervine.

—Podemos colocarnos junto a la valla. Mira, desde ahí se ve bien —sugirió Iván y lo seguimos, haciendo espacio con nuestros cuerpos para ponernos en primera fila. Aunque al estar tan cerca… me sentía tan expuesto de repente que incluso pensé en decirles a todos que lo dejáramos, que nos fuéramos a casa. Quizá fue la energía que irradiaba, pero Lucía debió de sentirlo porque me pasó la mano por detrás y yo, instintivamente, reposé mi cabeza sobre su hombro. Aunque no era Lucía, sino Alejandro. En cuanto me di cuenta, me separé instintivamente.

No recuerdo cuánto tiempo estuvimos ahí esperando, pero sí que hacía demasiado frío para soportarlo solo con mi sudadera de Nirvana. Hasta que aparecieron varios de los coches oficiales del séquito de los Calliveri y todo el frío se me pasó de golpe, poniéndome en tensión al instante. Varios policías vinieron hacia las vallas, para colocarse entre nosotros y las autoridades, por lo que pasamos de ver perfectamente a solo atisbar lo que estaba ocurriendo detrás de esos policías de casi dos metros de altura. Y, por mucho que me pusiera de puntillas, mi vista no mejoraba.

—¡Eh! ¡Conozco mis derechos! —bramó Lucía.

—Lu, haz el favor de callar, que no quiero pasar la noche en la cárcel. No me viene bien, fíjate tú —la reprendió Iván.

Pero yo no podía estar pendiente de sus discusiones. Porque, de uno de los coches, salió alguien vestido con un traje azul claro que le quedaba perfecto, marcando sus muslos como si acabara de salir del gimnasio. Unas gafas de sol de montura dorada que reflejaban los pocos rayos de sol que quedaban en el cielo. El pelo engominado hacia atrás... Sin duda, era Luca Calliveri. La gente comenzó a gritar y varias niñas, incluso más pequeñas que nosotros, empezaron a agolparse contra las vallas, gritando el nombre de Luca hasta quedarse casi sin voz. Realmente sí que se había convertido en una auténtica estrella. Estaría pasando una vergüenza descomunal. De eso estaba seguro.

Atravesaron los pocos metros que los separaban de la entrada lateral del Palacio Real. Luca iba acompañado de Filippo, de su padre el rey Carlo y de varias personas de seguridad. Además, tras él iban otras dos mujeres que le sacaban a Luca más de una cabeza, aunque no sabía quiénes eran. Las niñas seguían gritando desquiciadas. Solo esperaba que Lucía no se enzarzara en una pelea con ellas, porque era capaz de hacerlo. Pero esos gritos fueron los responsables de que Luca mirara hacia nuestra posición, hacia donde estábamos. Y juraría que, por un momento, más breve que un attosegundo (es decir, la trillonésima parte de un segundo), nuestras miradas se cruzaron. Volví a sentir sus brazos sujetando mi cadera cuando nos fugábamos en el cortacésped de camino a Santino Porto. Ese escalofrío que me recorrió todo el cuerpo cuando nos quitamos la ropa mojada en el día de mi cumpleaños. Escuché su voz, clara y cristalina en mi cabeza, diciendo mi nombre. Gaspar.

Ahí me di cuenta de que estaba muy lejos de superar lo que sentía por él. Porque estaba claro que seguía gustándome Luca Calliveri.

—Gaspar —dijo Alejandro hasta que volví a la realidad. Por lo visto, no era la primera vez que me llamaba.

—¿Qué pasa?

—¿Estás bien? —preguntó, preocupado. De repente, todos estaban mirándome, casi como si estuviera enfermo o algo.

—Sí, sí. Estoy bien. Me alegra verlo, así en directo.

La gente seguía gritando y aplaudiendo, y Luca comenzó a saludar desde la lejanía, moviendo rítmicamente su mano derecha. Pero era tal el fervor que decidió acercarse a una zona de la valla, seguido por Filippo y su séquito de seguridad. Las chicas no dejaban de hacerle fotos e incluso estiraban sus brazos para que Luca les diera la mano. Verlo así, experimentando el calor de la gente, era reconfortante. Al menos ya no estaba prisionero en una jaula de cristal y mármol.

—¿Están locas? Ni que fuera Taylor Swift, vamos a ver —masculló Lucía.

—Pues es mucho más guapo al natural —añadió Magda, totalmente embelesada—. Tonto no eres, Gaspar.

—Yo no sé qué le veis. ¿Esa nariz? Está mal hecho. Está desproporcionado —agregó Iván entre dientes.

—Tú sí que estás desproporcionado —replicó Lucía, ofendida.

Luca siguió saludando a la gente y, poco a poco, se iba acercando a nuestra posición. No, no, no. Eso sí que no. Una cosa era verlo de lejos y otra muy distinta tener contacto directo con él. Mi respiración empezó a acelerarse sin mi permiso. Boqueando como pez fuera del agua. La gente de mi alrededor estaba absorbiendo mi oxígeno. ¿O eran mis pulmones, que se había vuelto inservibles? Porque, por más que tratara de respirar, no lo conseguía. Así que, sin avisar a nadie, traté de dar la vuelta y salir de allí disimuladamente. El problema es que se había agolpado bastante gente detrás de nosotros y moverse se había vuelto demasiado complicado.

—Perdón, perdón. ¿Me dejas pasar? Disculpa.

—Gaspar, tranquilo. Espera, que salimos… —me indicó Lucía con una expresión de preocupación real dibujada en su rostro—. Solo hay que esperar a que la gente se mueva y…

Pero no dio tiempo, porque, antes casi de movernos, me encontré cara a cara con él. Luca había llegado a nuestra posición, con una sonrisa políticamente correcta decorándole la cara. Fue verme y su expresión cambió por completo. Abrió los ojos como platos y me miró sin saber muy bien qué decir. No sé si se hizo el silencio a nuestro alrededor, o es que yo no era capaz de escuchar nada más allá de los propios latidos de mi corazón. En ese momento, latía más rápido que el de un colibrí. A mil doscientas pulsaciones por minuto.

—¿Gaspar? —consiguió decir con ese acento santinés tan marcado.

No sabía ni qué decir, ni cómo actuar. Así que solo se me ocurrió decir su lema familiar.

—*Lunga vita solare* —susurré.

—*E breve notte lunare* —respondió él, igual de perdido que yo.

Al momento, varios miembros de su equipo de seguridad le indicaron que tenía que seguir andando y, casi como un zombi, dejó que sus pies marcaran el camino, rompiendo nuestro contacto visual de golpe, llevándose un trozo de mi energía con él. Siguió saludando a la gente y, cuando estaba ya a unos metros de distancia, vi cómo giraba levemente el cuello para mirarme de reojo, casi como si quisiera asegurarse de que lo que había pasado era real. De que yo era real.

—Menuda movida, Gaspar. Menuda movida —me dijo Lucía entre dientes, pasándome el brazo por encima del hombro.

—¿Qué pasa?

—Pues que sigues enamoradísimo. Eso es lo que pasa.

3

Fortnight

Ya no me gusta Luca Calliveri.

O quizá sí. Quizá había estado negando la evidencia, ¿no? El Gaspar que me devolvió la mirada esa noche en el espejo era diferente. Algo había cambiado. Yo había cambiado. Después de estar casi toda la tarde como un espíritu errante, casi sin participar en ninguna de las conversaciones que iniciaban los demás, llegué a casa solo para quedarme dormido viendo vídeos de Luca Calliveri llegando a Madrid, haciéndose fotos con los reyes, visitando Toledo con todo su séquito… Me desperté a las tres de la madrugada, aún con la ropa puesta y un hilillo de saliva cayendo por mi mejilla, mojando la almohada. Mientras me desvestía para tratar de dormir algo más antes de despertarme para ir al instituto, me miré al espejo. Me enfrenté a mí mismo y me obligué a decirme: «Ya no me gusta Luca Calliveri». Pero mi boca no se movió. No quería o no podía. Cada vez estaba más seguro de que tenía ganas de verlo. Aunque no tuviera forma de hacerlo. ¿Volver a Santino? Seguramente mi foto estuviera en todas las fronteras del país para impedirme la entrada. Por lo que sabía, seguro que Filippo estaba guardando la entrada del *palazzo* Santino para dispararme como poco en cuanto me acercara a menos de diez metros de distancia, pese a haber sido invitado al *Coriali*. Nunca entendí por qué me odiaba tanto, si lo único que trataba era de entretener y hacer feliz a Luca. Ser su amigo. Básicamente, lo que más necesitaba. Y solo yo parecía verlo.

Juro que intenté dormir. Pero no había forma. Cada vez que cerraba los ojos, veía su cara, frente a mí, totalmente descolocado.

—Gaspar —escuchaba una y otra vez.

¿Todo esto solo por verlo de nuevo? ¿Tanto me importaba? ¿Tan poco lo había superado? Pues sí que había avanzado mucho en esos meses... Pensé en escribir a Alejandro, pero a esas horas era imposible que estuviera despierto. Así que me quedé mirando al techo, tratando de poner la mente en blanco lo máximo posible, esperando quedarme dormido en algún momento.

No recuerdo cuándo conseguí conciliar el sueño, pero sí que recuerdo despertarme a las nueve de la mañana por pura inercia. Tardé unos segundos en ubicarme y desperezarme, hasta que caí en la cuenta de que estaba llegando una hora tarde a clase. ¿Y mi padre? ¿Por qué no me había despertado?

—¡Joder! ¡Papá! ¡Que me he dormido! —chillé mientras me ponía los vaqueros del revés y metía la cabeza por el agujero de la manga de mi camiseta.

Escuché cómo se abría la puerta de su despacho y salí al pasillo.

—¡Gaspar, no grites, que estoy en una reunión! —Y volvió a encerrarse. Genial. Ni se había dado cuenta de que estaba faltando a clase. Premio al padre del año.

Es extraño llegar al instituto después de haberte perdido las primeras horas. Uno se siente casi como un delincuente. Recuerdo cuando faltaba por ir al médico con mi madre, y sentía que la gente me miraba, juzgándome. Ese niño debería estar en clase. ¿Qué hace por la calle? ¿Acaso sus padres no saben educarlo? Sentí lo mismo cuando llegué esa mañana a la puerta del instituto. Esperando que sonara el timbre que indicaba que llegaba la hora del recreo. Pero lo que sonó primero fue mi teléfono móvil. Un mensaje de mi padre. «¿Cómo que has faltado a clase? Dónde estás. Acaba de llamarme tu tutora». Al final sí que se había dado cuenta. Le estaba contestando cuando apareció Alejandro a mi lado, con la mochila colgando de su hombro derecho, con despreocupación. Justamente lo que más me gustaba de él…, cuando me gustaba. No era de ese tipo de personas que saben que son guapos y juegan con ello. Alejandro era diferente.

—¿Gaspar? ¿Qué haces aquí?

—¿Y tú? —respondí con otra pregunta.

—Tenía médico hoy. Revisión mensual. —Y me enseñó su brazo, con un algodón pegado en el bíceps.

—¿Era hoy? Se me había olvidado por completo…

—No pasa nada. No tienes que acordarte siempre. Además, todo está bien —sonrió. Desde que tuvieron que extirparle un pequeño tumor de la espalda, tenía revisiones cada mes para controlar que todo fuera bien. Yo siempre le escribía el día antes para desearle suerte, y le llevaba una chocolatina al día siguiente. Pero hacía tiempo que no lo hacía. Casi siempre se me olvidaba.

—Vamos al súper de aquí al lado, y te compro chocolate…

—No hace falta. —Sacó una tableta a medio comer del bolsillo de su mochila—. Ya he comido la mitad de esta.

—Se me había olvidado que…

—Tranquilo. ¿Tú qué excusa tienes? Parece que no has dormido nada…

—¿Tan mala cara tengo? —me lamenté, tratando de verme en el reflejo del cristal de la entrada.

—Nunca tienes mala cara, Gaspar. —Esas palabras, hace unos meses, me habrían derretido por completo—. ¿Entramos?

—Vale.

Esa mañana las clases fueron interminables. No sabría decir la razón. Ya sabemos que el tiempo hay veces que pasa muy lento o muy rápido. Así me sentía. Desligado por completo del tiempo físico. Agobiado porque los exámenes cada vez estaban más cerca. Todo sobre lo que tenía que tomar una decisión me miraba al final del pasillo, y yo solo quería cerrar los ojos y volver al verano, con cero responsabilidades, cero compromisos. Solo comiendo *corni* bajo el sol abrasador de Santino. Fue pensar en ello y la puerta de la clase se abrió, interrumpiendo el silencio de golpe. En el umbral de la puerta estaba el director Nicasio, con una expresión extraña en la cara. Cuando fruncía el ceño, siempre parecía estar furioso, ya que sus cejas estaban unidas. Pero la mayoría de las veces era un trozo de pan con el que resultaba imposible enfadarse.

—Buenos días, ¿puedo pedir a Gaspar Costa que me acompañe un segundo a mi despacho?

Se me cortó la respiración al escuchar mi nombre. Un «uuuh» generalizado se propagó por el aula hasta llegar a mis oídos como una onda expansiva. Toda la clase se había girado para mirarme.

—¿Gaspar? —preguntó el profesor.

—Sí soy. Es decir, sí, sí. Estoy aquí. Voy, voy —afirmé, levantándome de mi mesa, y yendo hacia el director, sintiendo los ojos de todos clavados en mi nuca—. Creo que la he liado. Recordadme como el gran Gaspar Costa. —Nunca está de más hacer un poco el payaso y llevarse un par de sonrisas por el camino. Pero, como siempre, mi humor no es el más fino del mundo y suele caer en saco roto.

Seguí al director por los pasillos del instituto, mientras me hacía preguntas vacías sobre qué tal estaba y si llevaba bien los exámenes. Era como ir al corredor de la muerte. Mientras contestaba de manera casi automática, iba repasando punto por punto los últimos días y últimas semanas. No había hecho nada para meterme en líos. ¿Quizá era por haber faltado a las tres primeras horas? Pero la tutora ya me había llamado la atención. ¿Qué más había que hablar? Ni que faltar a clase fuera un crimen. Ni yo era el primero al que le pasaba ni sería el último.

—¿Gaspar? —dijo la voz de Nicasio.

—Sí, sí. ¿Qué? Si esto es por haber faltado esta mañana, ya lo hablé con mi tutora. Me quedé dormido porque últimamente…

—Gaspar —dijo mi nombre de nuevo.

—¿Qué?

—Cierra la puerta.

Obedecí y, cuando me di la vuelta, fui consciente de que no estábamos solos en el despacho del director. Porque estaba él, estaba yo y había un señor en traje. Medía cerca de dos metros y era casi como un armario empotrado. Su espalda era tan ancha que me costaba imaginarlo entrando por la puerta sin chocar sus hombros con el marco. Y, después de revisarlo de arriba abajo y ponerme en guardia, mis ojos fueron directamente a algo que tenía en la solapa de su chaqueta. Una flor de cinco puntas con dos círculos en el centro. El blasón de los Calliveri. Eso sí que me puso en alerta. En alerta roja.

—¿Estoy en metido en alguna movida diplomática? —Parecía una broma, pero fue lo único que se me ocurrió en ese momento.

—¿Movida diplomática? No, Dios, no. O eso espero. Este señor de aquí se llama Valerio, y creo que ha venido a traerte algo —comenzó a decir el director, explicándome la situación. Él parecía tan sorprendido como yo.

—¿Traerme algo?

—¿Valerio? —lo llamó Nicasio, dándole permiso para moverse.

El hombre en traje abandonó la esquina en la que se había instalado y, del interior de su chaqueta, sacó un sobre de color blanco apagado, cerrado con un sello encerado de tono ocre. Me lo tendió al momento y, aunque dudoso, acabé cogiéndolo de su mano sorprendentemente grande.

—¿Gracias? —logré decir.

—¿Ha pasado algo que quieras contarme? —me planteó el director y yo me limité a encogerme de hombros.

—No, que yo sepa. ¿Ha pasado algo, Valerio? —Y este se extrañó de que le hablara directamente.

—¿Hay algo más que tenga que darle? —preguntó Nicasio, pero Valerio negó con la cabeza.

—*Niente.* —Y se quedó en silencio, haciendo la situación más incómoda todavía de lo que ya era.

Yo me quedé mirando el sobre, aún tratando de hacerme a la situación. Estuve un buen rato, y pude notar los ojos de Nicasio clavados en mí, a la espera de verme abrirlo y decirle qué había dentro.

—¿No vas a abrirlo? —me instó.

—Eh, no-no lo sé. No sé qué es. ¿Y si es un sobre bomba? —contesté mientras lo palpaba con cuidado, tratando de discernir si había algo en su interior más allá de una carta.

—Vale, entonces puedes irte.

—Ah…, pero… ¿Ya? ¿Nada más?

—A no ser que haya algo que quieras contarme, como ya te he dicho… —Su tono inquisitivo me dio muy malas vibraciones, así que negué con la cabeza y salí de ese despacho a toda velocidad.

Todo había sido extraño como poco. ¿Un sirviente de la familia real de Santino viniendo a mi instituto para darme una carta oficial? ¿Qué diablos estaba pasando? ¿No podían enviármela por correo? Al menos me había servido para saltarme unos minutos de clase, y pensaba tardar más de la cuenta en volver.

El sobre rugoso estaba entre las yemas de mis dedos. Acaricié el sello real que cerraba la carta, reconociendo la flor de cinco puntas. Le di la vuelta y ponía mi nombre, Gaspar Costa, con una letra repleta de florituras. Estaba a punto de romper el sello cuando la puerta del despacho del director se abrió y, al verme en el pasillo, me dijo que fuera a clase de la forma más amable posible.

—¡COSTA, A CLASE AHORA MISMO! —Vale, quizá no siempre fuera un trozo de pan. Tendría que dejar el sobre para después. Quizá era mejor idea, abrirlo en casa, con tranquilidad, sin nadie que pudiera interrumpirme.

Pero, claro, ya no podía pensar en otra cosa que no fuera la misteriosa carta. Teorizando continuamente en mi cabeza sobre mil y una cosas que podía haber dentro. Obviamente, con lo que más fantaseaba era con una carta escrita por el propio Luca. Pero sabía que eso no solo era difícil, sino prácticamente imposible. Podía ser incluso una orden de alejamiento o un destierro permanente de Santino.

Ni siquiera esperé a Lucía al salir de clase. Fui directamente al metro y el viaje hasta casa se me hizo eterno. Por suerte, ya no me reconocían por la calle. Ya nadie me paraba para preguntarme: «¿Eres el chico de Calliveri?». Era una mejora notable. Aunque en mi interior pensaba continuamente que todo el mundo me estaba mirando, que estaba juzgándome. Creyéndonos el centro del universo como siempre. Rara vez lo somos. Al menos, el centro del universo de los demás. Del nuestro… tampoco solemos serlo. Porque generalmente el centro de nuestro universo es la persona que más nos importa. Yo sé que mi madre era el centro del de mi padre. Y sé que yo lo fui del de ella. ¿Era Luca el centro del mío? ¿Existe acaso un centro exacto del universo? ¿De nuestro universo particular? ¿Continúa expandiéndose y abarca más lugares? ¿O al contraerse continuamente… ese centro se va haciendo cada vez más pequeño, más difícil de cambiar?

Ni siquiera cerrando de golpe la puerta de casa conseguí que mi padre saliera de su despacho esa vez. Cuando atravesé el pasillo camino de mi habitación, lo escuché hablando. Estaría en una videollamada de trabajo. Como siempre. Nunca había tenido tanto como los dos últimos años. Aunque últimamente estuviera intentando dejarlo un poco atrás y vivir, bueno, la vida. Entré en mi cuarto con los nervios a flor de piel. Me sentía como cargado de electricidad estática. Como si, al abrir ese sobre, fuera a salir un rayo de mis dedos, quemando lo que fuera que guardara en su interior. Sacudí la cabeza, tratando de librarme de cualquier pensamiento absurdo y, tras inspirar profundamente, rompí el sello de cera con todo el cuidado del que fui capaz.

—Ya está —susurré.

Dentro había un papel doblado en tres partes. Olía a mandarina y romero, lo que me transportó de inmediato al verano en Santino. Exhalé todo el aire que me había guardado en los pulmones y cerré los ojos, desplegándolo con suavidad, como si fuera a romperse.

S. E. M. LUCA LORENZO CALLIVERI
Regge Lunare di Santino e Montez
Tiene el honor de invitarle al Sansere Invernale que tendrá lugar el próximo 21 de diciembre a las 6.00 p. m. en el palazzo Santino, con motivo del solsticio de invierno.

¿Una invitación al *palazzo* Santino? ¿Y firmada por Luca Calliveri? No podía ser verdad. Releí varias veces la carta hasta que me convencí de que no había ningún error. Dejé el papel sobre la cama, cogí mi ordenador portátil y busqué de inmediato «*sansere invernale*». No me sonaba de nada. ¿Sería otra especie de tradición igual que el *Coriali*? ¿Una fiesta?

—«El *Sansere Invernale* es una tradición anual santinesa —comencé a leer—. Aunque a lo largo de los años ha ido cambiando, tradicionalmente es un baile, y se celebra la noche del solsticio de invierno en el *palazzo* Santino desde 1775. Dicho baile conmemora el final de la batalla de las Rosas, cuando Santino consiguió independizarse de España, convirtiéndose en un país de pleno derecho. Durante la ceremonia, se conmemora la unión del rey Damiano Montareschi y la reina Annalisa Calliveri en una danza especial en los jardines de palacio. El *Sansere Invernale* se ha celebrado ininterrumpidamente durante más de doscientos años, uniendo a diferentes parejas de reyes de Santino».

El artículo que había encontrado estaba repleto de imágenes de otros años, y reconocí el palacio, decorado con diferentes motivos navideños e invernales. ¿Habría intercedido Luca para conseguirme una invitación? ¿O habría tenido algo que ver nuestro fugaz encuentro frente al Palacio Real de Madrid?

—¡¿Papá?! —grité desde mi habitación, cogiendo el sobre con la mano, pero tratándolo como si fuera casi de humo. No quería arrugarlo siquiera—. ¡Papá!

Después de unos segundos de incertidumbre, escuché cómo se abría la puerta de su despacho lentamente. Esa era la señal de que me estaba escuchando. Así que salí de mi cuarto al pasillo, dispuesto a hablarle sobre la invitación que acababa de recibir. Aunque tampoco tenía muy claro cómo iba a reaccionar. El 21 de diciembre. Tres días antes de Nochebuena. Eso suponía que, si aceptaba, pasaríamos las Navidades con los abuelos. Tampoco era tan mal plan. La otra opción era quedarnos los dos solos en Madrid, y no pensaba pasar por eso de nuevo. No desde los dos últimos años. Llegué hasta su despacho y lo encontré sentado de nuevo frente al ordenador, con cara de agotamiento y dos cafés a medio beber sobre la mesa.

—Me… me han dado esta carta en el cole… —comencé a decir y me miró con furia.

—Si faltas a clase, ¿qué creías que iba a pasar? Esperaba más de ti, Gaspar —me abroncó sin dejarme hablar. Sé levantó de su silla con pesadez y vino hasta mí, quitándome la carta de la mano. Se colocó sus gafas y comenzó a leer en voz alta—. «Su Excelentísima Majestad Luca Lorenzo Calliveri, *regge lunare di Santino e Montez*, tiene el honor de…». —Fue bajando el tono de voz hasta convertirlo casi en un susurro inaudible. Cuando terminó de leerla, simplemente la sujetó en el aire y me miró con una expresión indescifrable.

—A mí no me mires. Me la han dado hoy. Estoy tan confuso como tú —me defendí.

—¿Te han invitado al *Sansere Invernale*? ¿Al Baile de Medianoche?

—¿Eso es lo que significa? —pregunté.

—No. Pero así lo conoce la gente de Santino y… Esto es un honor, Gaspar. ¿Sabes lo importante que es este baile? ¿Y ser invitado por el mismísimo rey? Tengo que llamar a tus abuelos.

—¿A los abuelos? ¿Para qué? Yo no quiero ir —espeté—. No sé si debo. —Esto último lo dije para mis adentros.

—No puedes rechazar una invitación real. No es cuestión de querer o no. Tienes que ir. Aunque no entiendo que te hayan invitado así, de pronto, y… ¿Has vuelto a hablar con Luca? ¿Se ha puesto en contacto contigo de alguna forma?

—No —sentencié—. Si hubiéramos hablado, todo habría sido diferente.

Fue decir esa frase y mi padre se relajó un poco. Dobló la carta, volvió a meterla en el sobre y me lo devolvió.

—Piénsalo bien, Gaspar.

—¿Vas a llamar ya a los abuelos?

—En cuanto tomes una decisión, hablaré con ellos.

Y con esa frase dio por terminada la conversación. Se dio la vuelta y regresó a su trabajo, casi como si yo no hubiera estado allí. Yo tardé un poco más en olvidarla. Sobre todo por su insistencia en que no se puede rechazar una invitación real. Yo no quería rechazarla. De hecho, estaba deseando volver a ver a Luca. Pero, después de lo que me había costado empezar a olvidarlo, todo estaba volviendo de golpe sin darme casi tiempo a hacerme a la idea. Necesitaba consejo, y sabía perfectamente a quién pedírselo.

—Bienvenidos y bienvenidas al Consejo Oficial para decidir si Gaspar debe ir a Santino o no —comenzó a decir Iván mientras se ponía de pie sobre una de las sillas del comedor de Magda. Sus padres habían salido a cenar y nos habían dejado la casa. Además, era viernes, así que teníamos toda la noche por delante para hacer una fiesta en condiciones. Éramos los cinco de siempre, y todos sabían la existencia de la carta. De hecho, la había llevado a la cena y se la iban pasando de uno a otro, observándola detenidamente, estudiando cada detalle, por pequeño que fuera.

Yo no quería montar un escándalo con todo. Simplemente les dije que me había llegado la invitación. En menos de dos horas habían montado el plan.

—¿Vais en serio?

—Vamos en serio —insistió Lucía.

—Yo creo que esto no tiene mucho sentido. Gaspar lo tiene más que decidido —intervino Magda mientras se echaba un poco de cerveza en un vaso—. Y, por favor, Iván, ¿puedes bajarte de la silla? ¿O quieres que me maten mis padres después? Que eres muy bruto.

—¿Es verdad? ¿Lo tienes decidido ya? —me preguntó Alejandro.

¿Y qué iba a decir? ¿Que no? Si llevaba pensando en ello desde que había abierto el sobre.

—No-no-no lo sé—admití.

—Hace dos días estabas diciendo que no ibas a volver en mucho tiempo, y ahora cambias de golpe —me recriminó Lucía.

—He dicho que no lo sé. Pero ¿tan malo sería volver? Es decir, no sé… Además, mi padre dijo que nunca se rechaza una invitación real.

—¿Ahora haces caso a tu padre? —repuso Lucía con un tono de voz cada vez más cortante. Estaba claro que ella no quería que yo volviera a Santino—. Sabía que ir a lo del otro día era una mala idea.

—¿Mala idea? ¿Y eso por qué?

—Quizá vayas a ese baile y ni siquiera veas a Luca —intervino Iván, dejando mi pregunta en el aire.

—Madre mía, el cortarrollos. Te echo las cartas en un segundo y seguro que sale la verdad. Si esperáis un momentito, voy a por ellas a mi cuarto… ¡Y bájate de la silla, Iván, joder!

—Claramente en Madrid no estoy superando las cosas. ¿Qué mal puede hacerme? —reflexioné en voz alta.

—Que te enamores aún más de él. Eso siempre sale mal, Gaspar —me dijo Lucía, preocupada—. Y tenemos aquí el ejemplo claro. No te ofendas, Ale.

—¿Eh? Al revés. Aquí tenemos el ejemplo claro de que puedo superar las cosas, ¿no? Alejandro y yo somos amigos ahora —me defendí. ¿A qué venía todo eso? ¿Por qué estaba tan agresiva conmigo?—. Además, es mi problema. No entiendo por qué te molesta tanto todo.

—Haya paz —terció Magda, mientras se levantaba del sillón e iba a por Iván, que finalmente se bajó de la silla de un salto y a punto estuvo de caerse de morros contra el suelo.

—Puede que lo que realmente necesite sea volver, y quién sabe, darme cuenta por mí mismo de que solo fue una tontería de verano, ¿no?

—Sabes que vas a salir de nuevo en la prensa y en todos lados… —dejó caer Iván, y tenía razón. Si la periodista de *Vogue*, Sara Medina, no dejaba de escribirme semana tras semana, se pondría muy pesada si supiera que iba a volver al *palazzo* Santino.

—Puedo vivir con ello. —Una de las mentiras que solté esa noche—. Además, justo coincidirá con las vacaciones de Navidad. Y me niego a pasar un año más aquí mi padre y yo, los dos solos, lamentándonos continuamente. Nos vendrá bien.

—Yo creo que sí debe ir. Hay que luchar por el amor —declaró Magda mientras devoraba uno de los boles de patatas fritas que había sobre la mesa.

—¿Y qué va a cambiar esta vez? Te recuerdo que Luca lo rechazó —recordó Lucía. Uf, eso duele.

—Pues que ahora es rey y puede hacer lo que le da la real gana. Estaría asustado. Pero le envió esa carta con los cómics y la flor y todo, ¿no? Eso tiene que significar algo.

—¡Hace casi tres meses! Desde entonces, nada de nada. —Ahí Lucía tenía razón. ¿Tan liado había estado como para no querer hablar conmigo? ¿O fue esa carta su regalo de despedida?

—Ay, Lucía, chica. No entiendo qué te molesta tanto. ¡Es un baile en un puto palacio! ¡Ya solo por la experiencia merece la pena! Ha hablado tanto de Santino que hasta yo tengo ganas de ir, y sabéis lo que odio los sitios de playa. —Magda estaba sorprendentemente apoyando por completo que volviera a Santino. No sabía que creyera tanto en el amor.

—Yo solo digo que tiene que pensarlo bien. No tomes esta decisión a la ligera. —Estaba hablando igual que mi padre—. Pero qué sabré yo. ¡¿Vamos a pedir ya las pizzas o qué?! Me muero de hambre.

—¡LA MÍA SIN GLUTEN, QUE NOS CONOCEMOS! —chilló Magda, camino de la cocina para traer más bebida, mientras los otros tres se empezaban a pelear por ver qué pizzas iban a pedir.

Estaba tan absorto en mis propios pensamientos que ni siquiera me di cuenta de que Alejandro se había sentado a mi lado. Peligrosamente cerca. Hace unos meses, me habría puesto de los nervios. Pero con él todo era diferente ya.

—¿Estás bien?

—Sí, sí. No sé por qué es tan puñetera con todo esto —me lamenté.

—Bueno, se preocupa por ti. Todos lo hacemos.

—Ya, bueno —rezongué.

—Vamos a pasarlo bien esta noche, ¿vale? No es momento de tomar ninguna decisión. Además, aún queda mes y medio. Tienes tiempo de sobra —sonrió.

—Supongo.

Y, según fue pasando la noche, conseguí distraerme lo suficiente como para dejar de pensar un poco en Luca, Santino y el baile invernal. Iván tuvo la genial idea de jugar a verdad o atrevimiento, pero, como nadie se atrevía a hacer nada, lo dejamos por imposible y acabamos viendo *High School Musical 3* mientras Lucía cantaba cada canción sin saltarse una coma. Los padres de Magda no llegaron hasta las dos de la madrugada, y juraría que bastante borrachos. O quizá era yo, que me veía reflejado. Habíamos acabado cuatro botellas de cerveza entre los cinco, y no estábamos nada acostumbrados a beber tanto. No tardamos mucho en irnos a dormir. Magda en su cuarto con Lucía. Iván en el sofá del salón y Alejandro y yo en otra de las habitaciones. La de Adrián, el hermano de Magda, que estaba estudiando fuera. Yo dormía en la cama y Alejandro en un colchón hinchable en el suelo. Pero, como últimamente me pasaba siempre, no conseguía conciliar el sueño. Además, por culpa de la cerveza, cada vez que cerraba los ojos todo me daba vueltas.

Magda había dicho que yo ya lo tenía decidido, y que ayudarme a pensar si tenía que aceptar o no la invitación era absurdo. Puede que tuviera razón. O que…

—No puedes dormir, ¿eh? —susurró Alejandro. Giré sobre mí mismo y me asomé al borde de la cama. Aunque todo estaba bastante oscuro, pude entrever su cara, sus ojos mirándome.

—No mucho, no.

Alejandro cogió su teléfono y, tras deslumbrarme con el brillo de la pantalla al desbloquearlo, empezó a poner música a un volumen muy bajo.

—Esta lista siempre me ayuda a dormir —me explicó.

—No pienso volver a beber cerveza…

—Es que has bebido demasiado —puntualizó.

—¡Y tú! —Pero me di cuenta de que estaba gritando y me asusté yo mismo de mi propia voz—. Y tú. ¿Por qué estás tan normal?

—Porque he comido bastante más que tú. Y bebido agua. Son los dos trucos fundamentales.

—Lo dicho. No vuelvo a beber. —Y me coloqué boca arriba, mirando directamente al techo. Noté cómo el colchón se hundía un poco y vi de reojo a Alejandro apoyando sus brazos sobre este, a escasos centímetros de mí.

—Sigues dándole vueltas, ¿verdad?

—¿Tú qué piensas, Ale? ¿Debería-debería ir? Tendré que volver tarde o temprano. Sobre todo ahora que he recuperado la relación con mis abuelos —reflexioné en voz alta—. Pero veo que Lu tiene parte de razón. No lo sé.

—¿Tú qué quieres hacer? ¿Te visualizas allí?

—¿En Santino? Sí —admití.

—¿Te puedo ser sincero? —Nunca viene nada bueno después de una frase así.

—Supongo —dije, temeroso.

Hizo fuerza con los brazos y se levantó del colchón, sentándose junto a mí. Estaba sin camiseta y en calzoncillos. Lo que había soñado con verlo así. Tantas veces… Y ahora le tenía a mi lado mientras yo lloriqueaba por otro chico.

—Desde…, hum…, desde que volviste de ese verano en Santino… eres una sombra.

—¿Sombra? ¿Cómo? —repliqué mientras me incorporaba y también me sentaba.

—Te dejaste allí una parte de ti. Y creo que tienes que volver y recuperarla. Tienes que encender la luz.

Maldito Alejandro y sus mensajes crípticos.

—Pero…

—A ver, no me malinterpretes, Gaspar. Pero, desde que has vuelto, no has parado de hablar de tu verano en Santino, de las cosas que hiciste allí, de Luca Calliveri, de los ¿*corni* se llamaban? —Asentí—. De Robin, del calor, del *Coriali*… Me lo sé todo. Y sé que son tus palabras prohibidas a no ser que las digas tú. Lo siento por eso. Pero, y no te tomes esto a malas, creo que no me has preguntado ni una sola vez por mi verano. —Se me encogió el corazón. Iba a rebatirlo, pero es que tenía razón—. Que no pasa nada, ¿eh? Hemos estado hablando estos meses y tal, y hemos recuperado nuestra amistad. O eso creo. Pero el Gaspar que conozco no era así. Lo que quiero decir es que entiendo lo que te ha pasado, lo entiendo, no es una crítica…

—Un poco sí —intervine, pero me ignoró.

—… pero creo que lo mejor es que vuelvas y te enfrentes a eso que te está carcomiendo tanto, y, en fin, no te está dejando ser tú. No sé si me entiendes.

Vale. Ya no era un mensaje críptico. No podía haber sido más directo. Echar de menos es un arte, y yo me había vuelto un maestro en ello.

—Vale —asentí mientras él me acariciaba con cariño la pierna. Ese gesto me puso en tensión, y no sé si fue por la cerveza, porque eran casi las cuatro de la madrugada o por una mezcla de todo, pero dejé que siguiera acariciándome. Y, lejos de parar, empezó a subir un poco más la mano, hacia mi muslo.

—Siento lo que pasó entre nosotros, Gaspar. En serio. No… no quería hacerte daño.

—Lo sé —susurré en un hilo de voz.

—Eres mi mejor amigo. Eres una persona muy importante en mi vida… y…, bueno, no me gusta verte así de agobiado.

—Tú también eres mi mejor amigo. Pero que no me oiga Lucía, que me mata —bromeé y Alejandro sonrió tímidamente, deteniendo su mano y agarrándome el muslo con suavidad. En ese momento me lancé yo y, con la mano casi temblando, cogí la suya—. Siento haber sido tan egoísta.

—No te lo tenemos en cuenta, tranqui. —Y entrelazó sus dedos con los míos—. ¿Mejor? ¿Dispuesto a dormir un poco?

—Sí. Mucho mejor.

—Ven aquí, tonto. —Y me abrazó, pasando sus dos brazos por detrás de mi espalda, chocando nuestros pechos. El suyo descubierto. El mío aún tapado por una camiseta. Podía oler el champú de su pelo, el perfume que siempre se echaba antes de salir de casa… Y, cuando nos separamos, se quedó mirándome, con los ojos entrecerrados, la boca semiabierta, mientras *Trouble*, de Coldplay, sonaba de fondo, dándole a la escena un aire casi místico—. Ya sabes que me tienes aquí para lo que quieras.

4

Partirò da zero

El mes siguiente pasó más lento que de costumbre. Como había adivinado Magda, yo ya tenía tomada la decisión casi antes de recibir la invitación, por mucho que no quisiera admitirlo. Lucía poco a poco se fue haciendo a la idea, e incluso se ofreció a acompañarme a comprar ropa para el viaje. Pero finalmente siempre acabábamos yendo a tomar un *bubble tea* y a pasear por la plaza de España, en vez de hacer los recados que teníamos que hacer. También lo hablé con la psicóloga escolar, Olivia. Al final lo que me comentó era totalmente cierto. No me había dado cuenta hasta que me lo dijo Alejandro. Seguía en Santino. Había sido un egoísta todo ese tiempo, y la única forma de recuperar mi yo era enfrentarme a ese más que probable rechazo de Luca Calliveri.

Las vistas desde la ventanilla del avión siempre me ponían de buen humor y, en esa ocasión, más aún. Los nervios, según se iba acercando la hora de aterrizar, cada vez eran más atenazantes. Al final lo estaba haciendo. Al final volvía a Santino, y ni más ni menos que al *Sansere Invernale*, una tradición centenaria. Estaría rodeado de la flor y nata de la sociedad santinesa. Iba a tener que empezar a acostumbrarme, porque ya era la segunda vez que podía tener semejante honor, y todo en muy pocos meses de tiempo. Obviamente, había condiciones para poder conseguir ese viaje. Cuando volví a hablarlo con mi padre, no tenía muy claro si al final querría aceptar la invitación, o preferiría que nos quedáramos a pasar las vacaciones en Madrid.

—¿Cuándo terminas los exámenes? —fue lo primero que me preguntó.

—El 12 de diciembre, papá. Lo sabes de sobra —insistí.

—Y qué tal los llevas.

—Los llevo bien. Oye, esto ya lo hemos hablado. —Discutir con mi padre cuando estaba trabajando era bastante difícil, porque no prestaba la atención necesaria, y eso me ponía más y más nervioso.

—Primero habría que hablar con tus abuelos. No sé si habrá espacio en su casa. Ya sabes lo mucho que les gusta invitar a gente y...

—Creo que ese sería el menor de nuestros problemas. La abuela se morirá de ganas de que vayamos a pasar las Navidades con ellos. Me juego lo que quieras.

—¿Estás seguro de querer ir?

—¿Rechazar la invitación de un rey? Menudo estilo, papá —bromeé—. Pero piénsalo. Un viaje de padre e hijo. Volviendo de nuevo a tus raíces. Siempre hablabas con mamá de lo bonita que es la Navidad en Santino, ¿no? Pues qué mejor excusa que ahora.

—Tienen que salirte bien los exámenes. Eso no es negociable.

—Ya te lo he dicho. Los tengo controladísimos —dije, orgulloso de mí mismo.

—Ahora llega la campaña navideña en la editorial. Voy a tener que hacer unos cuantos arreglos... —pensó en voz alta—. Tenemos que comprarte un traje, y los billetes estarán por las nubes. No te invitan también al vuelo en esa carta tuya, ¿verdad?

—Me da que eso corre por nuestra cuenta.

—Lo temía. Déjame que hable con tu abuela, ¿vale? Ella tiene la última palabra siempre.

—Claro. —Pero por dentro no podía contener mi emoción. El encuentro con Luca removió cosas que pensaba que tenía superadas. Y la conversación con Alejandro aquella noche en la casa de Lucía también. Tenía que regresar, bien para cerrar un ciclo en mi vida, bien para abrir uno nuevo. Eso ya lo descubriría cuando llegáramos.

Y era en lo único que podía pensar durante el vuelo.

Fue terminar los exámenes —que, por cierto, me salieron perfectos (o eso esperaba)— y al día siguiente, aprovechando que era fin de semana, nos montamos en un avión. No quise preguntar cuánto costó, pero, con los sudores de mi padre al reservarlo, pude entender que más caro de lo que esperaba. Al final íbamos a pasar casi todo el mes de diciembre en Santino. Quedaban algunos días más de clase tras el último examen, pero, como lo había convencido de lo bien que me habían salido, mi padre fue bastante comprensivo..., y sabía que, en el fondo, él también quería escapar unos días de la ciudad. Porque ¿quién no quiere escapar de Madrid, aunque sea una temporada?

Tras un aterrizaje algo turbulento en Venecia, recogimos el coche que habíamos alquilado y pusimos rumbo a Santino Porto. Un recorrido que ya había hecho demasiadas veces en los últimos meses, pero que no me importaba volver a repetir. Tenía la esperanza de que el paisaje hubiera cambiado por completo, y que nos esperara el mismo lugar, pero enmarcado en una postal navideña, aunque sabía que la nieve en Santino era algo casi testimonial. La última vez que habían visto nieve en la capital había sido en 1993. Aunque el calor abrasador ya no estaba tan presente, el sol seguía calentando mucho más que en Madrid, que estaba inmerso en un clima frío y polar, de ese que se te mete por todos lados, da igual la cantidad de ropa que lleves. Los cristales se fueron empañando según desaparecía el sol del horizonte y mi padre tuvo que poner la calefacción al máximo (¡calefacción en Santino!) para combatir el frío que, poco a poco, se iba colando en el interior del coche. El suficiente para que te dieran escalofríos. Fuera, los olivos, el paisaje árido y repleto de cultivos seguía muy similar al que dejamos en septiembre, aunque con una bruma rodeándolo todo, procedente del mar Mediterráneo que rodeaba al país. No era la postal invernal que me había imaginado, y seguía teniendo presente ese toque tan propio de Santino.

Cuando el sol casi había desaparecido, abrí un poco la ventana y empecé a escuchar las olas del mar rompiendo contra las rocas mientras mi padre conducía por una de las carreteras de montaña que rodeaban a la capital. Solo de verlo, sentía que había merecido la pena volver. Bajé la ventana un poco más y, sacando mi móvil, comencé a grabar un vídeo. ¿Para qué? Simplemente para tenerlo, para guardar ese momento en algún sitio que no fuera mi memoria.

Mi padre giró a la derecha por la cuesta de siempre y volvimos a entrar en ese extraño bosque, preludio de la finca de mis abuelos. Pero, en lugar de haber poca vegetación, como la última vez, los árboles estaban mucho más frondosos que de costumbre. Al parecer, les sentaba muy bien la inminente llegada del invierno. Y, al fondo de la cuesta, estaba la casa donde había pasado el verano. Una enorme finca con una casa grande al fondo, de dos pisos, destartalada pero con un toque hogareño indescriptible, con el pequeño huerto en la entrada cubierto por unas lonas de plástico semitransparente, y rodeada de olivos un poco más deshojados que de costumbre. Mi abuelo por fin se había deshecho del tractor, o lo había escondido muy bien. Seguramente a instancias de mi abuela, que odiaba tenerlo en medio.

En cuanto bajamos del coche, escuché cómo se abría la puerta de la entrada y mi abuela se asomaba al porche con emoción en la mirada. En ese momento se me encogió el estómago recordando aquella tarde cuando volví de Santino Porto porque se había filtrado mi foto con Luca. Mi abuela fue la única que me creyó, la única que confió en mí desde el principio y la única que me abrazó cuando más lo necesitaba. No iba a olvidarlo nunca. Porque los buenos abrazos no se olvidan. Se quedan tatuados en la piel.

—¡*Jubico*, cielo! ¡Cuánto has crecido! —Y se abalanzó sobre mí a darme besos por toda la cara, de esos sonoros que tanto le gustaban.

—Abuela, que solo han pasado tres meses —sonreí mientras le devolvía el abrazo y un par de besos en las mejillas.

—Demasiado para mí. Oye, ¿te está alimentando bien tu padre? Tienes cara de pasar hambre. Venga, entrad en casa. He hecho setas asadas para cenar —dijo con orgullo, me dio un par de cachetes en la cara y fue a saludar a mi padre.

Tras ella, dejó un olor de romero y carbón, y era como volver al verano, a cocinar junto a ella en la cocina de la casa para sus invitados. El abuelo, a diferencia de la última vez, no se quedó parado en el umbral de la puerta. Cuando quise darme cuenta, lo tenía justo enfrente. No esperaba de él dos besos ni mucho menos. Ya sabemos lo orgullosos que son los hombres cishetero con estas cosas de mostrar cariño y…

—*Dobro*, Gaspar. —Y se me acercó para darme un abrazo seguido por un beso en la mejilla. Su cara, con barba de varios días, raspaba un poco, pero me quedé tan sorprendido que ni supe cómo reaccionar—. *Dobro* significa «bienvenido» en santinés.

—Sí, eh, creo que me suena. ¿Qué tal, abuelo? ¿Me has echado de menos?

—Te lo diré en un par de días. —¿Besos? ¿Buen humor?

—¿Dónde está mi abuelo y quién eres tú? —bromeé. Pero ahí se acabó el espejismo. Gruñó con fuerza y me dejó de lado, yendo a ayudar a mi padre con las maletas.

Inspiré profundamente, mirando hacia todos lados y, por primera vez desde agosto, me sentí como en casa.

La noche en diciembre en Santino tenía un aura de magia, pero también de terror a lo desconocido. No solo por la oscuridad impenetrable, solo rota por la luna y las pocas estrellas que permitía ver la contaminación lumínica. Sino por el frío. Un frío helador por culpa del viento salvaje que agitaba los árboles detrás de la casa. La temperatura bajaba drásticamente a partir de las seis de la tarde. Casi diez grados de golpe. Por suerte, en el interior las chimeneas funcionaban a pleno rendimiento y no había una sola esquina de la casa en la que pasar frío, excepto el baño. Iba a ser interesante levantarse por la mañana y entrar en ese cubito de hielo, pero todo sería cuestión de acostumbrarse.

Mi abuela había hecho, como siempre, una cena riquísima. Setas asadas con puré de patatas y pecorino al romero. La salsa, de un color caoba profundo, tenía un sabor inigualable. Obviamente, tuve que repetir un par de veces. Era una mejora notable a los espaguetis con tomate de papá o a mis sándwiches de medianoche. Por suerte, estábamos los cuatro solos. No había invitados por ningún lado.

—Abuela, esto estaba de muerte —dije rebañando el plato con un trozo de pan de semillas.

—¿Sí? Me alegro mucho. Al menos alguien que aprecia mi comida por aquí… —Mi abuelo, obviamente, no se dio por aludido.

—Entonces ¿empiezo a trabajar mañana otra vez? —bromeé.

—Sí, pero con tu abuela, para ayudarla a poner toda la decoración navideña —carraspeó el abuelo. No parecía gustarle mucho la Navidad, siendo sincero.

—¿Cómo lo celebráis aquí? ¿Alguna tradición diferente? ¿Alguna costumbre que deba saber?

—El *albero di Natale*, por supuesto. Ya me ayudarás a colocarlo este año. A tu madre le encantaba. —Y su sola mención trajo el silencio a la mesa.

—¿Y el *Sansere Invernale*? ¿Has ido alguna vez, abuelo?

—¡Qué tonterías dices! Esas festividades no están hechas para la gente como nosotros. Ya va siendo hora de que lo vayas aprendiendo. Más te vale comportarte en la fiesta, Gaspar —sentenció.

—¿No habíamos enterrado el hacha de guerra? —Pero, al parecer, nada más lejos de la realidad—. Yo siempre me comporto.

—Aún sigo sin entender que te hayan invitado.

—¿Celoso? —dije con sorna. El abuelo no se lo tomó bien, por supuesto.

—Espero que seas consciente del gran honor que supone ir al baile, Gaspar —espetó.

—Claro que soy consciente. Si ni siquiera sabía si iba a aceptar o no…

—¿Rechazar la invitación real? —dijo mi abuela, ofendida.

—¡Calma, calma! No, no. Solo que…, bueno, ya sabéis…, era complicado, ¿no? —Y volví a mi plato de frutas, murmurando para mis adentros—. Sigue siéndolo.

Él y mi padre fueron los primeros en irse a dormir y yo me quedé con mi abuela recogiendo las sobras de la cena y guardándolo todo. Porque en esa casa no se tiraba nada. Ni siquiera la piel de las patatas.

—Santino parece que no ha avanzado mucho. Los hombres a roncar y las mujeres a recoger, por lo que veo —protesté.

—Ya sabes que no dejo a nadie ayudar en mi cocina, *jubico*. Solo a ti.

—Ya, ya. Pero sigo pensando lo mismo —insistí mientras pasaba un trapo de color beige por la mesa donde habíamos cenado, limpiándola de migas y restos—. Oye, abuela…

—Dime —respondió mientras se lavaba las manos en la pila.

—¿Qué tal el nuevo rey? —pregunté, de la forma más inocente posible. Claro, la abuela cerró el grifo y se giró, con media sonrisa dibujada en el rostro.

—No ha podido hacer gran cosa aún. Está aclimatándose. Pero será un gran rey. Eso seguro.

—Ah, eso no lo dudé ni por un momento —asentí.

—Además, aún no es del todo rey. Por ahora es *regge lunare,* hasta que Carlo Calliveri firme oficialmente su carta de renuncia.

—No sabía yo eso. ¿Es una especie de rey en prácticas o qué?

—Algo así —convino, sonriente—. ¿Qué tal por Madrid? ¿Qué tal con tu padre?

—Parece que las cosas han cambiado con él. Al menos no está las veinticuatro horas del día trabajando, y eso ya es un avance.

—Tu padre y tú habéis pasado por mucho. Me alegro que vayáis entendiéndoos mejor. Ahora, a dormir.

Le di las buenas noches y subí a mi dormitorio. No había entrado en él desde que habíamos llegado y fue lo que más me impactó. El mapamundi de la pared, ese que iba a ser mi proyecto del verano, me devolvió la mirada, impertérrito, esperando a que terminara de pintarlo. Podría aprovechar para acabarlo ese mes de diciembre. O, mejor aún, podría ponerme retos más creíbles. Abrí la maleta en el suelo y me dejé caer sobre la cama, exhausto del viaje. Alargué el brazo todo lo que pude para coger la mochila, saqué el ordenador y, de su interior, también cayó el sobre con la invitación al baile invernal. Al menos volvería al *palazzo* Santino, pero sin necesidad de trabajar en los jardines, y pudiendo dormir más horas tranquilamente sin tener que madrugar antes siquiera de que saliera el sol.

Obviamente, me quedé dormido a los dos minutos de tumbarme en la cama. Al día siguiente, desperté con los ojos aún pegados y sin saber muy bien dónde estaba. Tardé varios segundos en ubicarme hasta que reconocí el techo blanco desconchado de la habitación. Pero no se escuchaban las cigarras fuera. Porque, aunque estuviéramos en Santino, era pronto por la mañana y hacía frío. Pese a ello, el sol alumbraba en lo alto, así que abrí la ventana y aspiré todo lo que pude el aire del campo que me rodeaba.

—¡Joder, qué frío! —Tuve que ponerme unos pantalones de chándal y una sudadera casi al instante para no helarme. Y el momento en el baño fue mucho peor, sobre todo cuando salí de la ducha.

Mientras me pasaba la toalla para secarme rápidamente el pelo rapado, aunque ya había empezado a crecer, escuché voces viniendo del piso inferior. Pero eran más de las nueve, lo que significaba que el abuelo ya estaría trabajando en el *palazzo* Santino. Y mi padre nunca había sido tan charlatán. ¿Serían nuevos invitados de mi abuela? Esperaba que no, porque quería pasar al menos unos días de tranquilidad sin tener que socializar más de la cuenta. Aunque empezaba a tener hambre, y el agujero de mi estómago se iba haciendo más y más grande. Mierda. No me quedaba otra. Así que volví a ponerme la misma ropa, con la capucha cubriéndome la cabeza y, sacando fuerzas, me hice a la idea de tener que ser majo unos minutos mientras me las arreglaba para coger algo de desayuno.

Bajé con sumo cuidado, tratando de no hacer ruido pisando escalón a escalón. Estaban hablando en santinés, o algo que se le parecía, porque reconocía muy pocas palabras de las que estaban diciendo. Aunque, según fui acercándome, me di cuenta de que esas voces me sonaban. Las había escuchado en alguna parte. Fue asomarme a la cocina y un grito ensordecedor me dejó sin tímpanos.

—¡PRIMITO! —chilló Marco como si se tratara de un gato en celo. Se levantó de golpe de su silla y se lanzó a mis brazos con un entusiasmo increíble—. ¡QUÉ ALEGRÍA VERTE! —En los pocos segundos que me dejó para respirar, pude vislumbrar a Sofia también sentada a la mesa, con un café en la mano, apoyada con su brazo izquierdo sobre el respaldo de la silla, y mirándome con calma y una sonrisa socarrona en la cara.

—Me… Me gustaría volver a respirar… —logré decir.

—Ay, Gaspi. *Quanto mi sei mancata!*

—Dice que te ha echado de menos —me tradujo Sofia al momento.

—¿Y ese rapado? —me dijo Marco, quitándome la capucha—. Estás guapísimo.

—Y tú… tienes rizos —dije a mi vez, sorprendido. Porque su pelo fino y lacio ahora tenía volumen y estaba repleto de rizos y tirabuzones cayéndole por los hombros.

—Estoy guapo, ¿verdad?

—Por favor, Marco, corta un poco el rollo.

—Oh. *Stai zitta, Sofia!* Qué hermana más molesta, ¿eh? —sonrió Marco y, cogiéndome de la cara con ambas manos, me plantó un beso en la boca intenso y con fuerza. Me dejó totalmente descolocado y me sonrojé al instante. Sus labios sabían a café.

—¡Marco, déjalo en paz ya! —insistió Sofia. Marco me cogió del brazo, como si se hubiera propuesto no soltarme durante el resto del día, y me sentó junto a la mesa, colocándome entre su sitio y el de su hermana Sofia.

—*Buona mañana*, Gaspar. ¿Qué tal has dormido? ¿Has podido descansar? —preguntó la abuela mientras me dejaba un plato con huevos revueltos con dos trozos de pan caliente.

—Sí, he dormido del tirón. Y eso mira que es raro en mí —confesé. Cogí el tenedor dorado que había junto al plato y empecé a devorar los huevos como si no hubiera comido en días.

—¿Zumo?

—Umpf… Sípf… Grfaciash —conseguí decir. Los zumos de fruta de mi abuela eran insuperables, y el que había preparado tenía un color anaranjado que parecía delicioso.

—¿A mí no vas a saludarme?

—Ah, claro. Hola, Sofia. —Y fui a darle dos besos, pero se apartó al momento.

—Tienes restos de huevo en la barbilla.

—Uy, perdona —me disculpé mientras me limpiaba con una servilleta de papel—. ¿Ya?

—Yo también te he echado de menos, primito —confesó con suavidad mientras me acariciaba el pelo como si fuera un cachorro abandonado que acababa de regresar a casa.

—Cuéntanos. ¿Qué tal la vida por Madrid? ¿Hasta cuándo te quedas? La *nonna* nos dijo que veníais y arreglamos todo para poder pasar unos días aquí —me explicó Marco. Y, por cómo me preguntó, parecía que no supieran lo de mi invitación al baile invernal de palacio.

—¿Sigues de año sabático?

—¿Por quién me tomas? —se sorprendió Marco, fingiendo estar ofendido—. Por supuesto que sí.

—Pero tu primo Marco me ha prometido que el año que viene empezará a buscar un trabajo de verdad. ¿A que sí, Marco? —lo reprendió la abuela. La vida de Marco debía de ser tema recurrente de conversación en la familia. O eso me dio la impresión.

—Sí, abuela. Prometido. —Y se hizo una cruz en el corazón—. Tengo muchos trabajos en lista de espera, si eso te consuela.

—Siempre podrías trabajar con tu abuelo, ¿no? —El color de la cara de Marco desapareció durante unos segundos. Seguramente al imaginarse trabajando todos los días codo con codo con la persona más simpática del mundo: mi abuelo.

—No hace falta. Ya tengo varias cosas pensadas. ¿A que sí, Sofia?

—A mí no me mires.

—¿Qué pasa? —inquirí.

—Sofi va a abrir un estudio de fotografía. Y, aquí donde me ves, voy a ser su modelo.

—Eso aún está por ver, que todavía tengo que encontrar el estudio —señaló Sofia, dando un sorbo a su taza de café—. ¿Habéis venido a conocer la Navidad santinesa? —preguntó, inquisitiva. Yo miré de reojo a la abuela, pero no parecía estar prestando atención a la conversación.

—Sí, y…, bueno, he recibido una…, algo…

Marco y Sofia se miraron, confusos.

—¿Recibido el qué?

—A ver…, bueno…, esperad… un segundo.

Volví a mi cuarto y, tras tomar la invitación real, bajé de nuevo a la cocina. Tras unos instantes de mantenerlos en tensión, sobre todo porque parecía como si no quisiera desprenderme de ella ni un solo segundo, se la enseñé. Marco fue a cogerla, pero Sofia se adelantó. Al desplegar el papel y leer lo que había escrito, su expresión cambió por completo.

—A ver, déjame… —dijo Marco, quitándosela de las manos, mientras yo sufría en silencio viendo cómo la cogía sin ningún tipo de control. ¡Que no la arrugue, por favor!—. Su Excelentísima Majestad Luca Lorenzo Calliveri, *regge lunare di Santino e Montez*, tiene el honor de invitarle al… ¡*Sansere Invernale* que tendrá lugar el próximo 21 de diciembre a las 6.00 p. m. en el *palazzo* Santino, con motivo del solsticio de invierno! —terminó gritando el final del texto, con una sonrisa de oreja a oreja.

—No sé qué le ha dado hoy —añadió Sofia, poniendo los ojos en blanco—. Normalmente sabe cómo comportarse. Aunque solo sea un poco.

—¿Te han invitado al *Sansere Invernale*? ¡Gaspar, eso es algo increíble! ¡Siempre he soñado con ir! Me llevarás de acompañante, ¿verdad?

—¡Marco! Alégrate por él. No seas egoísta.

—Es verdad, es verdad. Pero, si te dejan llevar acompañante, espero que te acuerdes de tu primo del alma que te ama con locura, ¿verdad?

—¿Qué tiene de especial este baile? —Le quité el papel de entre sus manos. No quería que, en un despiste, lo rompiera por accidente.

—¡Todo! Es la gran tradición de Santino. Lleva celebrándose doscientos cincuenta años. Hay un baile, hay máscaras… Tenemos mucho trabajo que hacer contigo.

—Ya me he comprado un traje —señalé.

—Tíralo. Te compraremos otro.

—Espera, ¿qué?

—Si yo no puedo ir, al menos quiero que tú vayas espectacular. —Y pude ver una felicidad extrema en sus ojos. Tanta que daba hasta miedo. No paraba de caminar de un lado a otro de la cocina, murmurando entre dientes cosas en santinés que era imposible entender.

—¿Tienes ganas de ir? —me preguntó Sofia. Me conocía poco, pero ya sabía identificar perfectamente lo que sentía en cada momento.

—Ahora sí —respondí y pareció entenderme, porque contestó con un leve asentimiento de cabeza.

—Vas a ser el chico más guapo de la fiesta. ¿Qué tienes que hacer estos días en Santino? Cancela todos tus planes. A partir de ahora eres nuestro —insistió Marco.

—Vale, vale. Bueno, aún quedan muchos días —traté de relajar el ambiente—. Primero quiero descubrir Santino. ¿No me dijisteis que me teníais que llevar a la playa de Maritte?

—A lo mejor en estas fechas no es el mejor momento —puntualizó Sofia—. Por eso del frío y esas cosas. Aunque, pensándolo bien, puede ser divertida una excursión allí.

—Puede ser, sí. ¿Hay algún sitio más que tenga que conocer? —quise saber.

—Las antiguas ruinas también son bonitas de ver, aunque ahora estarán cerradas porque… Bueno, tú déjanos pensar y te llevaremos a unos cuantos lugares que te van a encantar. ¿Te apuntas?

—Claro. Ahora que no tengo que trabajar con el abuelo, dispongo de todo el tiempo libre del mundo. No tengo ningún plan que cancelar. —Aunque, nada más decirlo en alto, algo se me rompió por dentro. Porque ir a trabajar con el abuelo significaba estar en el *palazzo*, jugar con Robin... y ver a Luca. ¿Iba a tener que esperar hasta el 21 de diciembre para verlo? ¿No habría forma de ir antes? No. Imposible. Filippo me detendría y me llevaría a los calabozos como poco.

Así que, tratando de despejar la mente, pasé toda la mañana con Marco y Sofia desayunando y, en cuanto se fueron a hacer unos recados a Santino Porto, yo aproveché para recoger mi habitación y seguir lijando con cuidado el mapamundi de la pared. El día pasó más rápido de lo que esperaba y acabé durmiendo una siesta demasiado larga, de esas que te dejan totalmente noqueado. Me despertó el resbalar de los neumáticos del coche del abuelo sobre la gravilla de la entrada. Estaba deseando que llegara para preguntarle por Luca y por cómo estaba todo en el palacio. A ver si había suerte y estaba comunicativo.

Bajé los escalones de dos en dos, estando a punto de trastabillar y caerme varias veces, y lo abordé casi en la entrada de casa. Fue verme y su cara cambió a esa de amargor que tanto lo caracterizaba. Pero yo ya me había mentalizado para ser extremadamente simpático con él y que así soltara un poco la lengua.

—Hola, abu, ¿qué tal el día?

—No me llames «abu».

—Mmm, vale, vale. ¿Te ayudo con el abrigo? —Y me ofrecí a colgárselo en el perchero junto a la puerta, pero su gruñido hizo que retrocediera un par de pasos.

—Qué quieres —espetó—. Te conozco y algo quieres. Suéltalo antes de que llegue al baño. —Siguió andando en dirección a las escaleras.

—¿Querer? No quiero nada. Solo saber cómo te ha ido el día y-y qué tal en el palacio…

—*Palazzo* —me corrigió.

—En el *palazzo* Santino, y si estaba el rey Carlo… o Robin… Jo, debe de estar enorme.

—Hoy ha habido mucho trabajo y no he podido ver al rey Carlo o a Robin. —Y empezó a subir hacia el piso de arriba.

—Oh, vale, vale. ¿Y tus ayudantes? ¿No-no tienes ayudantes?

—Perdí uno este verano —dijo, pero ni siquiera me miró. Vale, abuelo, pillada la indirecta directísima.

—Oye, pues…, pues… yo podría volver a ayudarte. Solo si tú quieres, claro.

Esa propuesta fue lo único que consiguió que se detuviera.

—Sabes que no puedes volver, ¿no? —Y reanudó su marcha.

—Pero el hecho es que volví. El *Coriali*…

—El *Coriali* fue una excepción.

—Pero, a ver, me han invitado al baile del solsticio. Eso tiene que significar algo. Venga, abu… elo. Es mucho jardín, y yo aprendí mucho este verano. Podrías hablar con Filippo y preguntar si puedo ayudar en algo. Luca me ha perdonado, ¿no? De hecho, podrías-podrías preguntarle a Luca. Seguro que él…

—Ya he llegado al baño. Se te acabó el tiempo. —Sin responderme a nada, abrió la puerta y la cerró casi en mis narices.

—Al menos dime que lo pensarás, aunque sea un poco, una vueltecita o algo… —No obtuve ningún tipo de respuesta—. Maldito viejo fósil cascarrabias.

Solo esperaba que no hubiera escuchado esas últimas palabras o serían las últimas que diría.

5

Cadere volare

La conducción de Marco era un auténtico peligro. Daba igual que Sofia no dejara de llamarle la atención. Era un alma libre y, cada vez que le decíamos algo, nos respondía diciendo que lo censurábamos.

—¿Queréis llegar antes de que anochezca o no?

—Sí, pero también queremos llegar enteros —le replicó su hermana, que fumaba con un estilo inconfundible, dejando caer la ceniza en un pequeño cenicero de cristal rosa junto al salpicadero. Lo malo es que, al ir abierta la ventana, se formaba un montón de aire y todo el humo me venía directo a la cara—. ¡Ay, perdona, Gaspar! Ni me había dado cuenta. Lo apago ahora mismo.

Dio una última (y larguísima) calada, y lo apagó con firmeza.

—Por mí no lo apagues. Que no pasa nada. —Aunque mis pulmones respiraron tranquilos en cuanto el cigarrillo desapareció de la ecuación.

—Eres demasiado educado.

—Creo que eres la primera persona que me dice eso —dije, arrancando una sonrisa a los dos.

—¿Qué tal por Madrid? Aún no nos has contado nada —quiso indagar Marco.

—¿En Madrid? Bien, bien. Tal cual lo dejé. Aburrido. ¡Eh, pero bien con mis amigos y de todo!

—¿También con…? ¿Cómo se llamaba ese chico? ¿Alejandro puede ser? —preguntó Sofia.

—Sí, sí. Somos amigos. —Ni recordaba haberles hablado de Alejandro.

—Ah, bravo por eso. Hay veces que, aunque no lo parezca, se puede reciclar el amor —reflexionó—. ¿No lo crees, Marco?

—A mí se me da fatal reciclar —replicó, por una vez concentrado en la carretera—. Pero bien por ti, Gaspar. Si ese tal Alejandro es bueno contigo, ¿por qué perderlo?

—Ya, ¿verdad? Lo mismo pensaba yo…, aunque todavía me…, me cuesta a veces, pero supongo que ya se me irá pasando del todo. Y ya está.

—No pasa nada por sentir un poco de *amore* de vez en cuando por tus amigos, Gaspar. No reprimas tus emociones, que luego es mucho peor.

—Sí. Supongo que sí —admití, encogiéndome de hombros.

—Y seguro que has echado mucho de menos Santino, ¿a que sí? —Y ese «Santino» lo dijo haciendo unas comillas en el aire, buscando la complicidad de su hermana.

—Marco, el volante, por favor —repuso ella con una calma increíble.

—Sí, sí. Ya estamos llegando. A ver si con suerte hay poca gente por aquí.

Llevábamos cerca de una hora en el coche. La carretera había dejado de ser asfalto y se había convertido casi en grava. Los baches eran cada vez más comunes, así que Marco tuvo que pisar un poco el freno, sobre todo para que no saliéramos volando a través del techo. El sol seguía en lo alto y al menos no hacía el mismo frío que nos sorprendió el día que llegamos. Con música de Annalisa de fondo, y con Sofia tarareando todas las canciones, poco a poco fuimos llegando a la cala de Maritte, la playa que tanto interés tenían en enseñarme. Esperaba algo mucho más grande y más espectacular, aunque pensándolo bien nunca había estado en una playa semejante, rodeada por acantilados de un color rojizo anaranjado, casi como si estuviéramos en Marte. Y, al otro lado del mar, se vislumbraba una pequeña isla rozando el horizonte.

Marco aparcó el coche en un descampado en el que había una caravana y otros dos coches más, y, cuando bajamos, el viento se levantó de golpe y juraría que hasta me movió un par de centímetros hacia delante.

—Tranquilo, esta playa es mágica. En cuanto pisas la arena, el viento desaparece.

—A lo mejor no es magia, y son los acantilados en forma de herradura, ¿no? —traté de explicar.

—O quizá es magia —añadió Sofia, siguiéndole el juego a su hermano, mientras se quitaba los zapatos y los guardaba en el interior del maletero. Marco y yo la imitamos y, tras bajar una escalera de madera de más de doscientos escalones, llegamos a la cala tan codiciada. Y, para mi sorpresa, tenían razón. Fue poner un pie en la arena y el vendaval a mi alrededor desapareció, permitiéndome escuchar solo el rumor de las olas chocando con la orilla o el graznido de algunas gaviotas que luchaban en una papelera cercana.

La arena era de un color beige oscuro, pero por suerte no había rocas, por lo que se podía andar tranquilamente, pese a que estuviera muy fría a esas horas de la mañana. La calma que se respiraba era total. Me encantaría estar allí tumbado en pleno verano, leyendo un libro o simplemente tratando de conectar un rato con la naturaleza. En diciembre hacía demasiado frío como para estar mucho tiempo paseando por allí. Los tres llevábamos jersey, aunque después de un rato andando acabé por quitármelo y me quedé en manga corta. No es que hiciera el mismo calor que en verano, pero desde luego no tenía nada que ver con la temperatura de Madrid.

—Bienvenido a Maritte, Gaspar. ¿No es preciosa? Dicen que fue en esta playa donde Laura y Carlo Calliveri se prometieron. Aunque otros insisten en que fue en la playa de Ljogres. Pero esa es demasiado… industrial. Para mí, claramente fue aquí.

—¿Y esa isla que hay allí? —pregunté, señalando al horizonte.

—Eso es Montez. —Y recordé el nombre de la invitación que había recibido de los Calliveri.

—Luca Calliveri, *regge lunare di Santino e Montez.* ¿Es que no son lo mismo?

—Sí y no. Digamos que esa isla es parte de Santino, pero tienen su autonomía. Tampoco es que viva mucha gente allí. Es un entorno natural protegido. Creo que los Calliveri tienen una de las pocas casas que hay. Pueblo de pescadores y agricultores, y algunas mansiones de famosos. Es bonito, pero es difícil visitarlo sin un permiso especial —me explicó Sofia mientras hacía fotos a la playa—. Nosotros estuvimos una vez con papá. ¿Te acuerdas, Marco?

—¡Cómo olvidarlo! Nuestro padre digamos que no era muy disimulado cuando le gustaba alguna otra mujer que no fuera nuestra madre… No hace falta que diga mucho más.

—Eso no lo sabes —lo recriminó Sofia.

—A ver, que tú no quieras verlo no significa que no sea real. Pero no estropeemos un precioso día de playa con nuestro padre, ¿no te parece? ¿Qué opinas, Gaspar? ¿Te gusta Maritte? ¿Merecía la pena venir?

—Sí, desde luego. Gracias por traerme aquí. Es preciosa.

—Hay que volver cuando nieve. Seguro que nunca has visto una playa nevada, ¿verdad?

—No, creo que no.

—A ver si hay suerte y nieva mientras sigues en Santino. De vez en cuando caen los suficientes copos como para cubrir un poco la arena y es algo… diferente, desde luego. Nosotros íbamos a pasar la Nochebuena en El Muérdago, pero, sabiendo que estarás por aquí, seguramente nos apuntemos a la cena que preparará la abuela.

—¿El Muérdago? —pregunté, sin saber de lo que hablaban.

—Un hostal navideño maravilloso. Pero no está en Santino. Tendremos que cancelar la reserva. ¡Recuérdalo, Marco!

—Sí, sí, claro.

Recorrimos la cala de punta a punta mientras yo trataba de aprovecharla al máximo. Al menos, lo que me permitía el tiempo, porque había empezado a nublarse y la temperatura había bajado en picado. El cielo tenía un color cada vez más oscuro y grisáceo, como si quisiera avisarnos de la tormenta que se avecinaba. Así que, tras llegar a una de las cuevas naturales que circundaban la playa, dimos la vuelta de camino al coche.

Hasta que lo escuché.

Primero muy lejano, pero, según iban pasando los segundos, podía oírlo con más claridad. Eran los ladridos de un perro. Entrecerré los ojos para tratar de ver mejor, y en la lejanía pude vislumbrar una mancha blanca y negra que venía corriendo hacia nosotros a toda velocidad. No podía ser. Era imposible. Pero… ¿Era?

Tras el dálmata que se aproximaba cada vez más rápido, había dos hombres corriendo tratando de no tropezar por culpa de la arena, y uno de ellos con la mitad de la correa en las manos. Agitaban los brazos, pidiéndonos que lo detuviéramos. No me dio ni siquiera tiempo a reaccionar. Porque el dálmata se lanzó a mi pecho, tirándome al suelo y dejándome sin respiración durante unos segundos. Marco y Sofia se asustaron al principio y trataron de ayudarme, hasta que vieron que el perro lo único que hacía era darme lametones en la cara, tratando de jugar conmigo.

—¡Robin! ¡Robin! ¿Eres tú? ¡No me lo puedo creer! —Y traté de abrazarlo, pero no dejaba de escurrirse, alejándose y acercándose, juguetón. Sus dos ladridos seguidos me dieron a entender que me decía que sí, que era él.

—Este perrete me suena… —comenzó a decir Sofia.

—¡Claro! Lo conocisteis en Santino Porto. Es el perro de…, el perro de Luca Calliveri. Es Robin —me expliqué y los dos se miraron, confundidos.

—¿En serio es el mismo perro? —preguntó Marco.

—Sí, claro que sí. Lo reconocería en cualquier parte. Pero eso solo puede significar… —Y me puse en pie al momento al darme cuenta de lo que acababa de decir. Si estaba Robin, Luca no debía de andar lejos.

Pero no lo vi por ningún lado.

Los hombres que había visto corriendo tras Robin llegaron a nuestra altura, totalmente exhaustos. Uno de ellos se limpiaba los restos de arena de playa del traje, y el otro, tratando de recuperar el aliento, se acercó y se arrodilló junto a Robin, volviendo a colocarle bien la correa.

—*Scusate…* —comenzó a decir casi sin aire.

—*Non importa* —respondí—. Robin y yo somos amigos.

—*Come sai il suo nome?* —preguntó, descolocado. Dudé si decir mi nombre o no, porque tampoco sabía si esos dos hombres me conocerían o no. Así que preferí mantener el misterio.

—¿Que cómo sé su nombre? Porque lo conocí este verano pasado. Es un poco bruto, pero si lo acaricias detrás de la oreja izquierda… —Me acerqué de nuevo a Robin, haciéndole cosquillas justo donde había dicho. Robin sacó la lengua y se quedó tumbado sobre la arena, manso como nunca.

—*Grazie. Andiamo, Robin!* —Y Robin se puso sobre sus cuatro patas de un salto. El hombre dio un pequeño tirón de la correa, y los dos se alejaron de vuelta hacia la otra punta de la playa. Yo solo pude ver cómo se alejaba Robin, aún con la esperanza de ver a Luca al final de las escaleras, esperándome. Pero nada de nada. No estaba allí. No había venido.

—¡Qué casualidad! —exclamó Marco, rompiendo el silencio—. De todos los lugares de Santino, tenía que ser aquí donde vinieran a pasear al perro. Curioso.

—Has dicho que esta playa era importante para los Calliveri, ¿no? —recordé—. Que fue en esta playa donde Laura y Carlo Calliveri se prometieron.

—Sí, o eso dicen, vaya.

—A lo mejor por eso vienen aquí. Luca me contó que Laura Calliveri recogió a Robin de la calle. Lo habían abandonado. Puede que le guste esta playa para pasear. Al menos, si era importante para sus dueños. O a lo mejor lo encontraron volviendo de esta misma playa.

—O simplemente porque Maritte es una playa preciosa. Lástima que no hayas visto a tu príncipe, Gaspar —me dijo Sofia, pasándome un brazo por detrás y dándome un pequeño abrazo—. Venga, vamos al Arcobaleni. No hay mejor día que hoy para tomar algo y celebrar que estás aquí. Y, además, seguro que está decorado de Navidad. Porque te gusta la Navidad, ¿no?

—Sí. —Pero no tanto como antes. Eso no lo dije. No hacía falta.

Aunque, claro, la última vez que había estado en el Arcobaleni, fue con Luca. La noche en la que todo se torció. La noche en la que prometimos encontrar los Siete Puntos del Amor. La noche en la que casi nos besamos. Pero ese viaje trataba de resignificar todo, ¿no? Darle la vuelta a ese sentimiento de tristeza.

Nos sentamos a la mesa de siempre (también porque era la única libre, el sitio estaba a tope) y pedimos un Neve Blu para mí y dos copas de vino blanco para Marco y Sofia. Fuera había comenzado a nevar, aunque por el momento de una forma muy leve. Los copos ni siquiera cuajaban en las aceras. Al parecer, era todo un evento que nevara en Santino…

—Es que no sabes lo que significa esto en Santino. Es un evento casi antinatural que nieve por aquí. A ver si con suerte cae una buena y nos despertamos mañana con todo un paisaje nevado. Hace más de treinta años que no pasa. El cambio climático podría echarnos una mano este año aunque fuera… —protestó Marco—. ¿En Madrid nieva mucho?

—¿En la ciudad? Es raro. Aunque, bueno, recuerdo una vez que cayó una nevada increíble que cubrió todo durante semanas. Pero salvo esa vez, no sé…, puede que igual que en Santino. Un poco más —dije, encogiéndome de hombros y dándole un sorbo a mi bebida azulada.

—Lástima que no hayamos pillado Maritte después —insistió Sofia—. ¿Te apetece un día venirte a Milán a ver mi estudio? Bueno, cuando lo tenga ya alquilado, claro —me preguntó de pronto, cambiando de tema de golpe.

—¿En serio?

—Claro. Así verás a Marco haciendo el ridículo un rato.

—Perdona. Verás a Marco siendo el mejor modelo de la historia —corrigió a su hermana, poniendo morros y poses muy forzadas de maniquí—. ¿Has visto alguna vez a alguien más guapo y modelable que yo?

—¿Modelable?

—¿No se dice así?

—Pero qué ven mis ojos —dijo una voz tras de mí. Giré para ver quién era y justo al lado de nuestra mesa estaba Silvia, la profesora de tiro con arco de Luca. Su trenza característica le caía sobre uno de los hombros. Su mirada felina seguía intacta, como queriendo indagar en lo más profundo de mi ser. Sujetaba con su mano derecha una jarra de cerveza a medio vaciar y me fijé en que estaba sentada sola en la mesa, donde descansaba un libro. Al ver cómo lo miraba, sonrió—. ¿Te gusta leer? Es de Lombardo Calto, un poeta santinés. Es traducción.

—Hola, Silvia. —Y me levanté un poco para darle dos besos de la manera más torpe posible—. ¿Estás aquí sola? ¡No pretendía juzgar! Es decir, puedes estar sola perfectamente. No pasa nada. Y no conocía... a ese Lombarto.

—Se llama Lombardo —me corrigió con una sonrisa—. Y sí, estoy aquí sola. Si no, es difícil concentrarse para leer, ¿no crees? —Movió la cabeza para mirar a mis primos, que sonreían, expectantes—. Tú, por lo que veo, no has venido solo.

—No, no. Esto, eh... Te presento, te presento. Ellos son Marco y Sofia. Son mis primos.

Los tres se saludaron con un leve gesto de cabeza, de la manera más educada y sobria posible. Sorprendente viniendo de Marco.

—Creo que hemos coincidido en alguna marcha del *Orgollio*. Es como llamamos aquí al Orgullo LGTBI en Santino —sonrió y Sofia le devolvió la sonrisa.

—¿Y qué te trae por aquí, de vuelta a Santino? Si no me equivoco, eras enemigo público número uno hace pocos meses.

—Ya, ya, no me lo recuerdes —contesté, nervioso—. Me-me han invitado al *Sansere Invernale*.

—Y encima será verdad. Bravo, Gaspar. Del *Coriali* al *Sansere*. Menuda carrera. Pero que sepas que yo siempre he apostado por ti. —Y me guiñó un ojo.

—¿Apostado por mí? —¿Cómo?

—El palacio está muy aburrido sin ti. Espero volver a verte por allí. Hasta tu abuelo te echa de menos. —Esa confesión me pilló por sorpresa—. Pero yo no te he dicho nada. Ya sabes lo orgulloso que es, ¿verdad?

—A mí me vas a contar… —bromeé—. ¿Y tú no vas a la fiesta?

—¿Quieres que vaya? —preguntó, sonriente.

—Eh, sí, claro. No conozco a nadie más…

—No sé si se pueden desvelar esas cosas así a la ligera. —Al decirme eso, entré en pánico, pero al verme me calmó al momento—: Tranquilo, que estoy de broma. No pasa nada porque me lo hayas dicho. —Se hizo un silencio incómodo hasta que ella misma lo rompió—. Bueno, ya que tampoco parece que tengamos mucho más que contarnos, no te entretengo más, Gaspar. Te dejo con tus primos —dijo, señalándolos con la mirada—, que yo tengo que irme a casa ya. Creo que va siendo hora.

—Siéntate con nosotros si quieres —sugirió Marco—. Aún es pronto.

—Oh, muchas gracias. Si tengo que esperar a que Gaspar me lo diga, se nos hace medianoche. Otro día quizá. Encantada de conoceros. Espero volver a coincidir en otro *Orgollio*. Y me alegro de volver a verte, Gaspar —añadió, levantándose de la mesa y dejando un par de billetes sobre ella.

¿Le preguntaba por Luca? Seguro que con ella había hablado. A lo mejor le había dicho algo de mí. Pero iba a parecer demasiado desesperado, ¿no? Y, mientras lo pensaba, vi que se había dejado el libro, así que lo cogí y fui corriendo hacia la puerta de salida, justo antes de que se fuera.

—¡Silvia! Te dejabas el libro… —le advertí, con él en la mano.

—Ah, gracias, cielo —respondió, cogiéndolo con delicadeza—. Y sí, no hace falta que me lo preguntes. Luca también te echa de menos. Perdón. Su Excelentísima Majestad, Luca Lorenzo Calliveri. —Me guiñó un ojo y salió del bar.

Espera. ¿Luca también me echaba de menos?

Cuando salimos del Arcobaleni, la nieve había comenzado a cuajar sobre el pavimento, mientras los copos seguían ondulando en el aire. Las calles estaban vacías, aunque solo eran las siete de la tarde. Acostumbrado a vivir en el centro de Madrid, con todo lleno de gente a cualquier hora, era sorprendente encontrarse con un lugar así.

—¡Eh, pues sí que hay nieve, sí! Fíjate cómo te recibe Santino, Gaspar. Un manto blanco. Y la nieve por la noche da buena suerte aquí, ¿sabes?

—¿En serio?

—*Neve notturna, sorta diurna* —recitó Marco en santinés.

Cuando volví a casa esa noche, la abuela ya había comenzado a colocar los adornos navideños. Muchos de ellos, además, artesanales. No solo hechos por ella, sino también comprados en mercadillos diferentes de Santino. Pero, por suerte, me dijo que me esperaría para poner todo lo demás. Especialmente el árbol, que era lo que más me gustaba... y, como me había contado, lo que más le gustaba a mi madre.

Toda la noche nevando tuvo consecuencias inesperadas al día siguiente, como era de esperar. No solo cubrió todo el jardín de la casa de mis abuelos, sino que además bloqueó las chimeneas, por lo que hacía un frío increíble. Claro, me desperté a medianoche helado. Y fue muy difícil volverse a dormir. Pero qué mejor forma de entrar en calor que bajando a la cocina a calentarme un poco de la boloñesa que había hecho la abuela para cenar. Así que bajé a hurtadillas, tratando de hacer el menor ruido posible, dispuesto a tomar un tentempié nocturno maravilloso, cuando oí la voz del abuelo. ¿Qué hacía a esas horas despierto?

Traté de aguzar el oído, pero no era capaz de distinguir ni una sola palabra. ¿Con quién estaba hablando? Quizá con la abuela. No, no tenía pinta. Y, a cada paso que daba, sentía que no debía estar allí, ni escuchando siquiera. Pero hay veces que me puede la curiosidad.

—No pasará nada. No. Estoy seguro de que no —decía casi en un susurro. Me acerqué al umbral de la cocina, desde la que llegaba una luz tenue y amarillenta. La nevera—. ¿Yo? No, nunca. Tienes que tranquilizarte. *Stai calmo. È impossibile.*

¿De qué estaba hablando? ¿Qué era imposible? Di un paso más, pero ese fue mi error. Porque al ir descalzo resbalé ligeramente y tuve que agarrarme al marco de la puerta para no caerme al suelo. El ruido me delató por completo.

—*Devo mettere giù.*

Escuché la nevera cerrarse y sus zapatillas de andar por casa arrastrándose por el suelo, así que tuve que moverme rápido. Andando hacia atrás, me escondí en el hueco bajo la escalera justo cuando mi abuelo salía de la cocina y se asomaba al recibidor. Por suerte, había tanta oscuridad donde yo estaba escondido que estoy seguro de que no me vio. A los pocos segundos, comenzó a subir las escaleras mientras carraspeaba un poco, como siempre, y no salí de mi escondite hasta que escuché cómo se cerraba la puerta de su habitación.

Me pasé la noche en vela dándole vueltas a la conversación que había escuchado. Quizá debía preguntarle a la abuela si sabía algo de ello. No, no. No me iba a meter, a ver si él se iba a enterar y me iba odiar más aún de lo que lo hacía ya.

A la mañana siguiente, el cielo seguía cubierto con ese tono grisáceo tan característico de las tormentas invernales. Era fin de semana, así que el abuelo no tenía que ir a trabajar. Pero debía de ser que estaba con ganas de hacer cosas, porque me despertó con un grito al otro lado de la puerta.

—¡Gaspar, levanta! Tienes que ayudarme con algo.

Ese «algo» era subirme al techo de la casa y ayudar a desbloquear las chimeneas y limpiar los canalones. Por culpa de la tormenta de por la noche, la nieve se había endurecido, y, como no había salido el sol, no se había derretido lo suficiente. Y, pobre de mí, yo era el único que podía ayudar, porque así funcionaban las cosas en casa de mis abuelos. ¡Dios me librara de decirle a mi padre que echara un mano! Así que, después de desayunar, me tocó subir por una escalera metálica que había visto días mejores y llegar hasta el techo de la casa. Además, como era aún pronto, hacía frío. Mucho frío.

—Coge la pala y vacía el canalón, pero con cuidado. Si lo haces muy fuerte, podrías romperlo —me aconsejó. Más bien, me ordenó con ese tono pasivo-agresivo tan característico suyo.

—Vale, vale —refunfuñé—. Si es tan listo, ya podía subir él a limpiarlo...

—Qué dices.

—¡Nada, nada! Que ya estoy en ello. Ya estoy en ello —mascullé entre dientes.

Qué asco, por favor. Estaba repleto de restos de hojas, barro y bichos muertos.

—¿Desde cuándo no limpiáis esto? —pregunté, pero no se dignó a responderme—. Esto está asqueroso. ¿Y dónde lo tiro?

—Déjalo caer. Luego lo recogeremos.

—Menuda cerdada —repliqué mientras hacía fuerza con la pala para sacar todo lo que se había ido acumulando. La nieve lo dificultaba porque se me metía por la manga, llenándome de agua todo el brazo. Pero, mientras yo protestaba continuamente por el trabajo que me había tocado hacer, el abuelo estaba más pendiente de otras cosas. En concreto, de un coche que llegaba por el camino.

No podía verlo bien porque estaba más pendiente del trabajo de limpieza que de otra cosa. Y, cuando este frenó, el abuelo soltó la escalera y caminó hacia él. Esta comenzó a moverse peligrosamente y, claro, me puse en tensión. ¿Y si se caía? Ay, mierda. Me agarré con fuerza al saliente del tejado mientras el abuelo me dejaba a mi suerte.

—¡EH, QUE ME CAIGO!

Pero ni caso. La escalera siguió moviéndose enérgicamente y, con ella, yo también. Así que tuve que pensar rápido. Me estiré todo lo posible y me puse a salvo subiéndome al tejado. Con el impulso, la escalera cayó al suelo estrepitosamente.

—¡Gaspar! ¿Qué demonios estás haciendo? —me gritó el abuelo, girándose de golpe—. ¡Cuidado con la escalera!

—¿Cuidado con la escalera? ¿Y yo qué? —protesté. Desde mi posición, ya podía ver más claramente el coche que se había detenido en la entrada de nuestra casa. Y era un coche oficial del *palazzo* Santino. Después de un rato de conversación, el hombre que había salido del vehículo volvió a entrar y, arrancando, se alejó por el mismo camino por el que había venido.

Al rato, mi abuelo volvió hacia mí, con ese caminar suyo tan característico, como si te estuviera haciendo un favor con cada paso que daba.

—¿Qué haces ahí arriba?

—Salvar la vida. ¿Tú qué haces ahí abajo? —repuse.

—No digas tonterías. Tengo que ir al *palazzo*. Ha habido un problema con varias de las flores por culpa de la tormenta de anoche.

—¿Y para eso tienen que venir hasta aquí?

—Hoy es mi día libre. Las cosas se hacen de forma diferente cuando tratas con la realeza.

—Sí, porque para qué usar el teléfono pudiendo quemar diésel un poquito, ¿no?

—Venga, deja de hacer el tonto ahí arriba y baja, que tenemos trabajo que hacer —me reprendió.

—Pero... ¿no has dicho que te ibas?

—Y tú vienes conmigo —añadió al momento.

—¿Yo? ¿Para qué?

—El rey Luca ha pedido verte.

Ahí sí que estuve a punto de caerme de verdad.

6

Mi manchi

Y ahí estaba yo, en el coche del abuelo, como en verano, camino del *palazzo* Santino para ayudar en los jardines reales. Pero esa era la excusa, porque realmente iba porque el mismísimo rey, Luca Calliveri, había pedido verme. Eso solo podía suponer una cosa: él ya sabía que yo estaba en Santino. Pero ¿cómo podía saberlo? ¿Quizá se lo habría contado mi abuelo? ¿O habían saltado todas las alarmas cuando atravesé la frontera del país? Fui repasando las cosas que quería decirle cuando lo viera. Como, por ejemplo, pedirle una explicación a los casi cuatro meses de total y absoluta nada. Parecía que se hubiera olvidado de mí y, de pronto, una invitación al baile invernal del *palazzo* Santino. Su «*non posso*» seguía resonando en mi mente y, cuando más recordaba el momento en el fotomatón, más me enfadaba. La única forma de acallar mis pensamientos era…

—¿Puedo poner música? —pregunté inocentemente.

—¿Qué quieres poner? —fue su respuesta. Tampoco esperaba otra cosa más amable.

—¿Puedo poner lo que quiera? —Entendí que su gruñido significaba «no»—. A ver qué tienes por aquí.

Abrí la guantera y vi que dentro había guardados varios CD. Era muy raro tener uno en la mano. Salvo algún vinilo suelto, todo lo escuchaba en mi móvil o en el ordenador. Era como un viaje en el tiempo.

—Veamos… Al Bano, cómo no. Mecano… Franco Battiato… ¿Lo he dicho bien? Hum… Umberto To… Umberto Tozzi. ¿Quién es este señor? —dije, mirando el CD por todos lados.

—Un cantante que me gustaba cuando era joven —confesó con la mirada perdida, como si estuviera recordando tiempos mejores. ¿Cuando era joven? Eso debió de ser hace eones.

—Pues ya tenemos ganador.

Lo saqué de su funda y lo metí con cuidado en la radio. La primera canción que sonó tenía un aire a viejo increíble. Comenzaba como con unos sintetizadores. Y luego la música se venía arriba hasta que empezaba a cantar un señor con una voz suave y medio susurrada. Iba a pasarla, pero mi abuelo me lo impidió.

—¿Qué haces? No se pasa ninguna canción de este disco. Es un clásico.

—Vale, vale. Pero es que parece bastante aburrida…

—¿Aburrida? —replicó, ofendido—. Con esta canción conocí a tu abuela, ¿sabes? *Gloria.* Fue la primera vez que bailamos juntos.

—¿La abuela y tú bailando? De ella puedo imaginármelo, pero de ti… —Su silencio me dio a entender que no le estaba gustando mucho lo que decía, así que preferí hacerle la pelota—. ¿Cómo os conocisteis?

—Trabajando en el *palazzo* Santino. Yo era el ayudante de mi padre en los jardines. Tu abuela trabajaba en la cocina durante el verano, como apoyo. Cuando la vi por primera vez pensé que era la mujer más guapa que había visto en mi vida.

—Oh, abuelo, qué bonito.

—Pero es verdad —insistió. Su voz se había dulcificado gracias a los recuerdos—. Tienes que ver las fotos de cuando era joven. Aunque hoy sigue siendo la mujer más guapa del mundo.

—Sí que te gusta esta canción, ¿eh? —dije, entre risas.

—Calla y escucha —me reprendió—. Después de trabajar, muchas noches nos reuníamos los sirvientes en un bar de Santino Porto. Justo donde hoy está esa tienda de cómics que…

—¿Metrópolis? —recordé.

—Exactamente. Pero yo lo conocía como el Bandiera Bianca. Uno de los pocos bares que abrían hasta tarde y que, además, tenían alcohol. Porque aquí en Santino, durante muchos años, no estaba bien visto beber alcohol.

—¿Prohibido?

—Era… más complicado que eso. Y por eso le gustaba a todo el mundo tanto el Bandera Bianca. Y la noche que conocí a tu abuela fue una noche diferente a todas —siguió recordando—. Yo había tenido un día muy malo con mi padre. Discutíamos continuamente. —¿De qué me sonaría eso? Parecía algo que se iba pasando de generación en generación en nuestra familia—. Lo único que quería era beber y bailar. Tu abuela nunca había venido al bar, hasta esa noche. Llegó con dos cocineras más. Tenías que verla. Fue entrar y el bar era suyo. Ganó a los Vollerio a los dardos. *Palichera.* Es…, cómo se dice…, «paliza» en santinés.

—Me lo apunto.

—Pero no solo eso. Hizo un concurso de chupitos de *mandaricce* con la mesa de las floristas…

—¿Las floristas? —pregunté, queriendo saber más.

—Tenían una tienda de flores junto a la playa. Eran tres hermanas. Y la madre de ellas es la dueña de Cenere, la pastelería que hay frente a la playa.

—Qué ricos están ahí los *corni* —recordé.

—Yo no podía dejar de mirarla —retomó la historia—. Solo quería que se me acercara, que me dijera algo. Necesitaba una excusa para hablar con ella.

—¿Y por qué no te acercaste tú? —pregunté.

—Al final claro que me acerqué yo, aprovechando cuando estaba en la barra pidiendo un Coltero.

—¡Ah, esa me la sé! *Coltero* significa… «amanecer»… ¡No! «Atardecer». *Coltero* es «atardecer» en santinés, ¿verdad?

—Parece que algo estás aprendiendo… —Nada le parecía suficiente. Nunca.

—Y, justo cuando fui a saludarla, empezó a sonar esta canción. Sus ojos se iluminaron, se giró y me cogió de la mano, sin saber siquiera quién era yo, haciéndome bailar en el medio del bar, gritando. Porque, aunque no lo creas, nosotros también bailábamos y cantábamos y hacíamos tonterías.

—No, no, si-si me ha quedado superclaro. —El caso es que la canción me sonaba, y mucho. ¿La habría escuchado en algún sitio?

—Esa noche me enamoré de ella. Y tuvimos a tu padre, por cierto.

—¡Abuelo, qué asco!

—¿De dónde te crees que has salido tú? No digas tonterías —refunfuñó y empezó a tararear la canción en italiano. No era muy difícil aprendérsela. Y me habría gustado mucho sabérmela, aunque fuera para acompañarlo mientras cantaba. Nunca pensé que fuera a abrirse así conmigo. Siempre era tan borde, tan cerrado, tan bruto…

—La verdad es que tiene ritmo.

—¡Claro que tiene ritmo! —bramó—. Un clásico.

Mientras me contaba su historia, solo podía pensar en aquella tarde en Santino Porto, cuando *Tienimi stanotte* se convirtió en mi canción con Luca.

Según nos íbamos acercando al *palazzo*, la carretera iba teniendo más nieve a los lados. Quizá porque estábamos en el monte Nuvole, y nevaba mucho más allí en las alturas. Al llegar a la puerta principal, se abrió la verja metálica a través de la cual pasó el coche oficial seguido por el nuestro. Dejamos nuestros teléfonos móviles en la caseta de los guardias de seguridad, como era costumbre. Yo creía que, tras haberse revelado la identidad de Luca, esa regla dejaría de existir. Pero, al parecer, seguía más que presente.

Los jardines estaban cubiertos por una fina capa de nieve que ya había empezado a derretirse. Desde la hierba hasta los árboles más altos. Pero la pequeña carretera de gravilla y tierra estaba perfectamente limpia, lo que nos dejaba el camino libre hasta la fuente y la escalinata principal. Estar allí en invierno era muy extraño. La última vez que estuve dentro de esos jardines fue durante el *Coriali*. Mucho había pasado desde entonces.

El abuelo frenó en seco y, tras quitarse el cinturón, abrió la puerta pero, antes de salir, prefirió avisarme una última vez, como hacía siempre:

—Por favor, compórtate con el rey, ¿entendido?

—Me duele que dudes de mí a estas alturas, abuelo —lo recriminé, fingiendo estar ofendido.

Él posó su mano sobre mi pierna y me miró fijamente.

—No hagas ninguna tontería.

Ya no supe qué más responder. Asentí en silencio y ambos salimos del coche. Me cerré la cremallera del abrigo y metí las manos en los bolsillos para entrar un poco en calor. De la escalinata principal empezó a bajar parsimoniosamente Filippo, con los brazos detrás de la espalda y mirándonos con esa suficiencia de siempre. Nada más verme, juraría que vi una leve sonrisa asomando a sus labios y movió levemente la cabeza.

—Fili, cuánto tiempo.

—No me llamo Fili —respondió con su acento santinés tan particular—. Félix, le esperan en el invernadero.

Mi abuelo asintió y se fue alejando, dispuesto a ponerse a trabajar. Pero Filippo tenía algo más que decir. Por supuesto.

—*Sua altezza* Luca Calliveri no podrá recibirle aún. Le ha surgido un imprevisto de última hora. —Y, girando sobre sus talones, nos dio la espalda y volvió de nuevo al interior del palacio.

—¿Cómo que un imprevisto? ¡Eh! ¡Cómo que un imprevisto! —chillé, pero Filippo no detuvo su marcha.

—El rey tiene demasiados asuntos que atender. Estará con usted lo antes posible —insistió.

—¿Y yo qué hago mientras? —repuse, indignado.

—Mientras, puede ayudar a su abuelo si prefiere. Recordará estos jardines, señor Costa, como la palma de su mano. Le buscaremos cuando *sua altezza* esté disponible. —Tras estas palabras desapareció en el interior, cerrando las puertas tras él.

—Menuda mierda —chasqueé la lengua y, sopesando mis opciones, opté por seguir a mi abuelo hacia el invernadero. Al menos haría algo de provecho, sobre todo para no congelarme.

Pasamos junto a la pista de tenis, también cubierta de nieve. Ni siquiera habían intentado limpiarla aún. Si tuviera mi teléfono móvil, haría fotos a los jardines, porque nunca los había visto tan bonitos. E iban a durar muy poco tiempo así.

—¡Gaspar, vamos! —gritó el abuelo, y aceleré el paso para ponerme a su lado.

El invernadero tenía los cristales totalmente empañados y todo el techo cubierto de un manto blanco. Alrededor de este había varios trabajadores de palacio recogiendo nieve con palas.

—Pues sí que nevó anoche, sí —afirmé—. Podríamos hacer muñecos de nieve gigantescos con todo lo que ha caído aquí.

—Calla, Gaspar, por favor —me reprendió mi abuelo y, acto seguido, entró en el invernadero. En el interior también hacía frío. Miré hacia el techo y una parte de su claraboya se había roto, por lo que el suelo estaba lleno de cristales y de agua derretida. Varias de las plantas estaban con las ramas rotas, y algunas *kentia* con las hojas agujereadas. Y el frío no les hacía ningún favor. El abuelo iba a tener mucho trabajo para recuperarlas. Pero yo no tenía ni idea de lo que hacer. Por mucho que supiera cuidar el jardín del *palazzo*, no era un experto como el abuelo—. Gaspar, acércate un segundo.

Obediente, anduve hasta él, ayudándolo a quitar varias hojas gigantes de una *chamaedorea elegans* mientras otros dos trabajadores barrían con sumo cuidado toda la zona de alrededor. La humedad era insoportable, y, si a eso le sumábamos la abertura en el techo, el frío pronto podría destruir todo lo que había ahí dentro.

—¿Qué más hago? —pregunté. No quería ser un estorbo.

—Por ahora nada.

—Voy a revisar el laberinto, a ver si está todo bien —sugerí.

—Buena idea. No tardes. Quizá te necesitemos por aquí, ¿vale?

—Sí, sí. —Y salí del invernadero, camino del laberinto, camino de comprobar que la flor de medianoche seguía en pie. La planta más importante de todo el palacio.

El sol iba asomándose tímidamente entre las nubes, que se separaban para permitir que su tenue luz fuera derritiendo la nieve que se acumulaba en los jardines. Todo era totalmente diferente en invierno. Y no sabía cuánto lo había echado de menos hasta que había vuelto. Pasé junto a la zona de tiro con arco, alrededor del estanque, con el agua congelada (estuve a punto de pisar el hielo, pero no quería tentar a la suerte), y llegué a la entrada del laberinto. No parecía estar en malas condiciones. Estiré la mano para acariciar los setos que lo rodeaban, como si fuera a sentir la salud de las plantas a través de las yemas de mis dedos. Pero, hasta donde sabía, yo no tenía los poderes de Hiedra Venenosa. Si es que al final me había hecho un experto en cómics... Ojalá pudiera volver a la Biblioteca Real, ahora que ya sabía que...

—*Che fai?*

Nervioso, me di la vuelta de golpe, con el corazón en un puño, sintiendo que me habían pillado haciendo algo que no debía. Y, al girarme, me encontré cara a cara con Luca Calliveri. Iba de traje, como siempre, y llevaba puesto un plumas con una capucha de pelos grises y marrones asomando por detrás de su cuello. Su pose, estirada y estilizada, imponía respeto. Nunca había estado tan nervioso delante de él como en ese momento. Instintivamente, pensé en lanzarme a su pecho y darle un abrazo. Pero sabía que eso ya no podía hacerlo. Se había convertido en rey. Así que opté por hacer una reverencia, inclinando la cabeza, la espalda y doblando un poco las rodillas, agachándome casi por completo.

—*Buongiorno, sua altezza* —paladeé las palabras con mimo. Cuando volví a levantar la mirada, Luca seguía en la misma posición, con media ceja arqueada, mirándome intrigado.

—Hola, Gaspar —respondió, seco.

—Hola —respondí a mi vez, algo tembloroso. Dios, ¿qué me pasaba?

—Has venido.

—Claro. Me llamaste, ¿no? —repliqué.

—Sí —afirmó—. Tu pelo. Tiene otro color.

—¿Te gusta? —dije, pasándome la mano por la cabeza.

—Te lo has cortado mucho —subrayó.

—Bueno, algo había que hacer.

—¿Con qué?

—Tenía ganas de un cambio —me apresuré a decir. Era el momento de preguntar lo que tantos meses llevaba guardándome. Solo tenía que pronunciar las palabras.

—¿Damos una vuelta? —se me adelantó y, señalando la entrada del laberinto, se aventuró en su interior, esperando que yo lo siguiera.

—¿Por el laberinto? Vale, sí, claro, lo que tú..., usted..., vos digáis —contesté y entré tras él, aunque ni siquiera pareció escucharme. Durante unos minutos de paseo, se mantuvo en silencio, con los brazos tras la espalda, y andando con mucha ceremonia. A veces parecía que lo estaban grabando, o que estuviera pasando un examen de buenos modales. Igual que el Luca que conocí los primeros días.

—¿Tienes que respirar tan fuerte? —me reprendió de repente.

—¿Perdona?

—Tu respiración. Es muy molesta.

—Oh, disculpe, su majestad. ¿Le molesta mi respiración? Tranquilo, dejo de hacerlo. Total, ¿para qué quiero el estúpido oxígeno? Si no sirve para nada —protesté. ¿De qué iba? ¡El que estaba enfadado era yo!—. ¿Me has hecho llamar para decirme eso? ¿Que no te gusta cómo respiro?

Luca tosió un poco con disimulo y se aclaró la garganta.

—Me gustaría saber si vendrás al *Sansere Invernale* —dijo al fin.

—Estoy en Santino, ¿no? Eso debe de significar algo.

—No lo sé. No hemos recibido confirmación por tu parte —aclaró con mucha ceremonia.

—¿Qué? Espera, ¿es que había que confirmar? —contesté, entrando en pánico.

—Normalmente, cuando a uno lo invitan a una *festa*, debe confirmar para que el anfitrión cuente con él. —Cuando se volvía tan remilgado, me sacaba de quicio. Se me había olvidado por completo.

—Pues sí. Confirmo que vendré a la fiesta. Al *Sansere Invernale.*

—Perfecto —asintió y llegamos al centro del laberinto. No entendía realmente por qué me había hecho llamar. ¿Tanto le costaba decirme que tenía ganas de verme? Porque yo me moría por decírselo. Necesitaba hacerlo… casi tanto como necesitaba oírselo decir. Entre otras muchas cosas. Pero opté por seguir con una conversación cordial. Al menos un rato más.

—¿Cómo es ese baile invernal? —pregunté, curioso.

—Es una tradición de Santino. Se celebra desde hace doscientos cincuenta años.

—Entonces ¿tú la celebras siempre? ¿Cada diciembre?

—No todos los años. No hasta que cumplí los diez —me explicó—. No tenía permitido entrar en el Gran Salón.

—¿Y qué hacías? ¿Te ibas a la cama pronto? —me burlé, pero no pareció sentarle muy bien.

—¿Tienes alguna otra pregunta o prefieres seguir burlándote de mis tradiciones?

—No quería… No te enfades. Era… Era una broma. Solo que… te… —«Dilo, Gaspar. Dile que lo has echado de menos, y que llevas pensando en él desde el *Coriali*». Pero mis labios no querían obedecer a mi mente—. ¿Es normal que nieve tanto por aquí en invierno?

—No. La tormenta de anoche es de todo menos normal —afirmó, mirando al cielo.

—¿Y Robin? ¿Dónde te lo has dejado?

—Robin está descansando. Hace demasiado frío para él esta mañana.

—Ah, claro, claro. —Y, mientras Luca se mantenía firme e impertérrito, yo me acerqué al banco de piedra del centro y, apartando un poco la nieve con la manga de mi abrigo, me senté—. ¿Qué tal eso de ser rey? ¿Cómo lo llevas?

—Gracias a los consejos de mi padre, está siendo una tarea muy edificante.

—Dios, Luca, por favor, que soy yo. Deja de ser un estirado solo por un segundo, anda. ¿No puedes admitir que tenías ganas de verme?

—Mi pregunta lo pilló por sorpresa. Seguía sin entender por qué estaba de nuevo tan borde conmigo. Como si no nos conociéramos en absoluto.

—No puedes hablarme así. No mientras sea tu rey —replicó, furioso.

—Ah, pero es que no eres mi rey. Eres mi amigo. Luca. Luca Calliveri.

Su expresión comenzó a suavizarse poco a poco, pero no dijo nada más. Miró el banco donde yo estaba sentado y entendí lo que quería decirme, aunque no abriera la boca. Limpié el resto con mi manga mojada, haciéndole hueco para que se sentara a mi lado.

—¿No está mojado?

—Un poco sí. Creo que se me está empezando a empapar el culo, si te soy sincero —reí, y mi broma consiguió arrancarle una media sonrisa. Para cualquier otra persona, Luca habría seguido con la misma expresión. Pero para mi ojo entrenado no pasó desapercibido cómo su labio se curvaba ligeramente. Observó un largo rato el banco de piedra, sopesando sus opciones y, finalmente, optó por seguir de pie.

—Prefiero quedarme aquí.

—Claro que lo prefieres. Oye, Luca, estaba…, tenía ganas de verte —admití. ¿Eso que dice la gente de sentir mariposas en el estómago? Era totalmente cierto. Pero estaba harto de esperar. Tenía que dar el paso yo. Y sabía que Luca nunca lo daría. No desde lo de la última vez.

—¿Tenías ganas de verme?

—Claro, ¿por qué no iba a tener ganas de verte? —Ante su silencio, seguí hablando yo—. ¿Por qué no me has hablado en todo este tiempo? —Ya está. Lanzada la pregunta. Solo quedaba esperar a su respuesta. Me miró, desubicado.

—Has sido tú el que no me ha hablado en todo este tiempo. No entiendo por qué mientes.

—¿Perdona? Me enviaste los cómics de Robin, la-la flor de medianoche… y luego nada. Tres meses y medio de nada —me lamenté—. Que a lo mejor era tu forma de decir adiós, pero no sé, no entendí que…

—Espera un segundo, Gaspar. *Aspetta un secondo.* ¿Es que acaso no has recibido mis *lettere*? ¿Mis cartas?

—¿De qué cartas estás hablando? —No estaba entendiendo nada.

—Te escribí varias cartas sobre la vida en *palazzo*. Te envié varios de mis cómics favoritos. —Y no estaba mintiendo. Lo decía de verdad. Estaba igual de descolocado que yo.

—No-no… Yo-yo no recibí… No recibí nada.

Pero no pudo decir nada más. Pietro, aquel muchacho pelirrojo que trabajaba en el *palazzo*, apareció en el laberinto—. ¿Pietro? *Che succede?*

El chico se mantuvo en silencio al verme ahí junto a Luca. Quizá no quería hablar delante de mí.

—Puedes hablar delante de Gaspar. Es de confianza.

—Le reclama su padre. —Y acompañó el mensaje de una pequeña reverencia.

—Está bien. Gaspar, vamos. Tendremos que continuar nuestra conversación en otro momento.

—Claro, claro. Vamos, vamos. —Tenía todavía el corazón encogido por lo que acabábamos de hablar. ¿Se habían perdido las cartas… o alguien las había estado interceptando?

Me levanté y dejó que pasara delante de él. Y escuché claramente una risotada. ¿Luca Calliveri riéndose?

—¿Qué? ¿Qué pasa?

—Tus pantalones. Están totalmente empapados.

Me giré y miré hacia abajo. Tenía una enorme mancha de agua en el culo, casi como si me hubiera hecho pis encima. ¡Qué vergüenza!

—¿Y yo cómo voy a ir así? ¡Se me va a congelar el culo! ¡Voy a morir de hipotermia!

—No te preocupes. Nadie ha muerto por mojarse el… —¿Iba a decir «culo»? Eso tenía que verlo—. Los pantalones.

—Puedes decir «culo», Lu… *Sua altezza*. No está prohibido —traté de picarle, pero no dio resultado.

—Ven conmigo al *palazzo*. Te prestarán otros pantalones para que no vayas así todo el camino a casa. No queremos que mueras de hipotermia.

Y sí, lo único en lo que pude pensar fue en él dándome uno de sus pantalones de traje. O los que llevaba puestos. Tampoco me habría importado.

Pero mis fantasías rara vez se cumplían. Cuando volvimos al palacio, Luca se despidió educadamente y fue directo a la planta de arriba, al despacho de su padre, Carlo. No sin antes dar la orden de que me dieran ropa en condiciones.

—¿Ropa? —preguntó el mayordomo.

—Sí, ropa, Pietro. *Pantaloni.*

—¿De dónde los saco?

—¡Dale los tuyos si hace falta! —bramó y desapareció escaleras arriba.

—No-no-no hace falta. Tranquilo. Ya se me han secado, ¿ves? Mis pantalones ya están bien. No pasa nada. —Y, sin esperar a que Pietro contestara, salí del palacio de vuelta a los jardines. Aunque lo importante era que había vuelto a ver a Luca. Nada importaba más.

Esa misma tarde me tocó ayudar a la abuela a colocar los adornos navideños. Pero no estábamos solos. Porque, aparte de mi padre y mi abuelo, había nuevos invitados en la casa. Una pareja recién llegada de

Rumanía, a los que habían conocido mis abuelos en un viaje a Bucarest dos años atrás. No sabían hablar mucho español, así que teníamos que entendernos entre todos en inglés y, por supuesto, con señas. Porque así se entiende todo el mundo.

—Nunca había visto tantos adornos en mi vida —confesé mientras mi abuela no dejaba de abrir cajas de madera y cartón repletas de bolas de Navidad, muérdago falso, cortezas y guirnaldas—. ¿Dónde vamos a poner todas estas cosas?

—Todo tiene su sitio. No te pongas nervioso —me calmó la abuela—. Además… —Rebuscando en otra de las cajas, sacó una pequeña estrella de cerámica blanca pintada con rayas azul claro—. ¿Ves este adorno? Lo hizo tu madre.

—¿Mamá?

—Sí. Es cerámica santinesa.

—Es precioso —sonreí, sosteniendo el adorno entre mis manos.

—Pues ya sabes qué hacer con él, ¿no? —Y me señaló el árbol de Navidad en medio del salón, donde mi padre y mi abuelo estaban colgando el resto de los adornos.

—¿Por qué nunca vine a pasar aquí la Navidad?

—Claro que viniste —me recordó—. Tus primeros cinco años de vida, veníais siempre.

—No lo recuerdo. —Obviamente.

—Eras muy pequeño. Pero te encantaba dormirte junto al árbol. Te quedabas dormido en cualquier lado —rememoró con melancolía.

—Ah, ese don lo sigo conservando, las cosas como son.

—Venga, vamos, coloca el adorno y me ayudas a sacar los *corni* del horno —sugirió, y la mera mención de unos *corni* recién hechos me dejó perplejo.

—Espera, ¿qué? ¿Has hecho *corni*?

—Claro que he hecho *corni*, Gaspar.

—¿Y por qué nunca me los habías hecho antes? —protesté, asombrado.

—Me gusta hacerlos en Navidad. Es una de nuestras tradiciones familiares —contestó sonriendo.

—¿Qué más secretos me escondes? —bromeé mientras me acercaba al árbol y buscaba la rama perfecta para colocar el adorno de mi madre. No podía dejar de mirarlo, de acariciarlo con las yemas de los dedos. La Navidad me gustaba, pero, a la vez, me ponía triste. Siempre recordaba a mi madre, y cuando llegaban estas fechas aún más. No era justo. No era nada justo.

Porque me gustaría estar en Santino con ella.

Porque me gustaría estar en cualquier lado con ella.

—Gaspar, ¿has quedado ya con tus primos? —se interesó mi padre.

—¿Quieres acompañarnos a comprarme el traje para la fiesta? —pregunté, socarrón.

—¿Necesitas que vaya?

—No, no, para nada. Ellos se encargarán de todo —me apresuré a responder.

—¿Y para qué compramos un traje nuevo en Madrid? ¿Ni siquiera vas a intentar ponértelo? —añadió, ofendido.

—Siempre podemos devolverlo, ¿no? —sonreí. Coloqué el adorno en una de las ramas de la parte alta del árbol, atándolo con cuidado para que no cayera al suelo, y volví hacia la cocina, dispuesto a ayudar a mi abuela con mi dulce favorito.

Cuando entré en la cocina, olía a masa en el horno, a chocolate y a canela. Olía a Navidad. No podía esperar a ver cómo preparaba la cena de Nochebuena. Ya me habían avisado que vendrían los primos, Boro y su mujer, el (rancio) tío abuelo Ricardo... Y seguramente algún invitado nuevo más, porque así funcionaba esa casa. Hablando de invitados, se me habían olvidado los rumanos por completo, con tan mala suerte de que estaban también en la cocina, sentados a la mesa, cada uno con una taza humeante de chocolate en la mano.

—Gaspar, ¿puedes abrir el horno y pinchar uno de los *corni* con esto, por favor? —me pidió, tendiéndome un pequeño palo de madera muy afilado—. Solo un poco de la masa. Si sale limpio, es que están hechos. Si sale un poco mojado, aún les queda. Cuidado no lo hagas con demasiada fuerza, y no dejes el horno mucho tiempo abierto, o la masa podría estropearse.

—Vale, vale. —Si tenía que darme tantas instrucciones, ¿por qué no lo hacía ella? Yo seguro que los destrozaba.

Abrí uno de los hornos y, metiendo la mano a toda velocidad, pinché el primero de los *corni*, pero solo un poco, como me había indicado. Nada más sacar el palillo, cerré la puerta de nuevo y lo comprobé con los dedos.

—Está seco.

—Entonces ya están. Apaga el horno y sácalos. Hay que dejarlos en la rejilla mientras están calientes.

Cogiendo un par de manoplas, saqué la bandeja y la dejé sobre la encimera. Mi abuela fue sacando uno a uno los *corni* con una espátula y dejándolos sobre una rejilla. Acto seguido, cogió un bol repleto de chocolate fundido, pero con un color rosáceo oscuro, y, con ayuda de una brocha, fue espolvoreando y manchando los *corni*, con finas líneas de chocolate. No sabía si estaba frente a mi abuela o el mismísimo Willy Wonka. Eso me convertía a mí en un Oompa-Loompa.

Verla cocinar era como asistir a un concierto de música. Sus movimientos rítmicos pero a la vez tan estudiados… Sus brazos parecían los de un director de orquesta. Un auténtico espectáculo.

—Ahora, a dejarlos reposar treinta minutos. Esperemos que estén bien hechos, ¿eh? —Me señaló con la mirada, como queriendo decir: «Si están crudos, es tu culpa».

—Seguro que sí. Aunque a mí me encanta la masa cruda, así que no hay problema. Me los como todos yo.

—*They look delicious* —dijo la mujer de Rumanía, sacando su teléfono móvil y haciéndoles una foto artística al momento.

—*Thank you*, Nadia —respondió mi abuela—. *How's the hot chocolate?*

—*Perfect. Just perfect* —contestó él con una sonrisa, mientras elevaba su taza como si fuera a hacer un brindis con un hombre invisible, y bebió un buen trago, manchándose todo el bigote con la nata.

—Oye, ¿y yo no tengo chocolate? —protesté.

—¿Quieres uno?

—Abuela, eso ni se pregunta.

—Ven, que así aprenderás a hacerlo tú la próxima vez.

Me acerqué a los fogones junto a ella. Sobre uno de los fuegos, había una olla de barro y volcó en su interior varios trozos de chocolate, además de un buen chorro de leche. Encendió el fuego, regulando la llama para que no estuviera muy fuerte, y me dio una cuchara de madera.

—Ahora, a remover. Lo más importante del chocolate es que nunca hay que dejar de remover. Para que no se queme ni se pegue.

—Vale. — Yo pensaba que lo iba a hacer para enseñarme, no que iba a aprender haciéndolo.

Al momento, echó la piel de una naranja y una rama de canela partida por la mitad. También añadió un poco de azúcar y una pizca de sal.

—¿Sal?

—Para potenciar el sabor. Sigue removiendo.

—Sí, sí. Sigo, sigo —dije, obediente. Y, en ese momento de calma mientras cocinábamos, recordé la conversación que escuché por accidente la otra noche. La del abuelo. ¿Sabría ella algo? Podría preguntarle como si nada, como quien no quiere la cosa—: Oye, abuela… Por la noche… escuché al abuelo hablando por teléfono con alguien.

—¿Hablando con alguien? ¿Y qué problema hay? —preguntó mientras se lavaba las manos en la pila.

—No, nada. Solo que le escuché decir… como que no pasaba nada, que tenía que calmarse y no sé qué cosas más. Parecía nervioso y era muy tarde.

—¿Le has preguntado a él? —dijo, cerrando el grifo de agua y viniendo a supervisar el chocolate. Yo, mientras, seguía removiendo. El chocolate ya se había derretido casi por completo.

—No, no. Para nada. No quiero que piense que lo estaba escuchando a escondidas.

—Pero es lo que estabas haciendo, ¿no?

—¡No! Es decir, sí, pero porque justo iba a la cocina y lo escuché. Nada, déjalo, es una tontería. Seguro que no era nada. Seguro. —Me arrepentí al momento. ¿Qué esperaba conseguir? Estaba claro que era una tontería.

—Tu abuelo puede tener sus secretos. Como tú tienes los tuyos y yo tengo los míos.

—Ya, pero se supone que no guardáis secretos entre vosotros, ¿no? O eso me dijiste cuando…

—Si me entero, te lo digo, ¿vale? No le diré que me has dicho nada, tranquilo —me interrumpió, zanjando la conversación súbitamente—. ¡Gaspar, cuidado! —Había dejado de remover unos segundos y el chocolate estaba a punto de desbordar la olla de barro. Mi abuela la cogió de inmediato, apartándola del fuego, y empezó a remover con fuerza, añadiendo un poco más de leche al momento.

—¡Ay, lo siento! No me di cuenta.

—No pasa nada. El chocolate a veces es muy delicado. Como las personas, ¿no? —sonrió, quitándole importancia a mi descuido—. Vuelve al salón, anda.

—Vale, vale.

Mi carrera como maestro chocolatero había llegado a su fin antes de tiempo. Y, además, le había contado esa estupidez a la abuela. Preocupándola por nada, como si yo fuera un cotilla metomentodo. Qué idiota. Si seguro que tenía razón y no era nada. Pero, por otro lado, aunque no tenía muy clara la razón, me daba la impresión de que era más importante de lo que pensaba.

7

Quello che fa male

—Así que pudiste hablar con Luca, ¿eh? ¿Y qué tal estaba? ¿Hubo beso bajo la nieve? —preguntó Marco mientras andábamos por Santino Porto, camino de una tienda donde íbamos a que me probara nuevos trajes para el *Sansere Invernale*. Porque al parecer no valía nada de la ropa que había llevado. Todo estaba desfasado, según Marco y Sofia.

—¡No! ¿Qué beso? No, no. Hablamos solo un rato muy pequeño. Tampoco fue…

—Lo que esperabas —terminó Sofia mi frase.

—Pues la verdad, no. Estaba muy borde, muy seco conmigo. Como si acabáramos de conocernos. Y, cuando parecía que había conseguido romper un poco su coraza, nos interrumpieron y todo a la mierda —rezongué.

—Pero ¿qué le dijiste?

—Eh, ¡ojo, que yo fui un encanto! Supersimpático. Pero siempre tiene que ser tan estirado, como si lo estuvieran vigilando en todo momento y tuviera que comportarse a la perfección.

—Bueno, ahora es rey. Las cosas han cambiado para él. Eso de escaparse del palacio para comer *corni* con el ayudante del jardinero…, eso ya ha quedado atrás —recalcó Marco.

—Ya, supongo que sí. Solo que no esperaba que nuestro primer encuentro fuera a ser así.

—¿No? La última vez que lo viste, fue… Bueno, ya sabes —recordó.

—Lo sé. Pero luego me envió ese regalo, esos cómics, esa flor de medianoche. No sé, aunque he tratado de… A ver, aunque estos meses he tratado de hacerme a la idea de que no le gustaba, seguía como agarrándome a algo. Y es que además… vais a flipar, pero me dijo que me había seguido enviando cartas, pero, por alguna extraña razón, nunca me llegaron. ¿No es raro?

—¿Crees que te mintió? —sugirió Sofia.

—No. Luca no es capaz de mentir. No sabe.

—Entonces, o se perdieron, o alguien impidió que te llegaran. ¿Quizá ese mayordomo tan odioso? Cómo se llamaba… —trató de recordar Marco.

—No sé qué ha podido ser, pero que me siguiera escribiendo… No sé, algo debe de significar, ¿no? O puede que me esté agarrando a algo que no existe. Uf, menudo lío, joder —dije desesperado.

—Aún vas a verlo en la fiesta, ¿verdad? Quizá allí podáis hablar un poco más —sugirió Sofia—. Ay, primito, no me gusta verte así de triste. Es el misterio del amor.

—¿Amor? No sé yo si…

—*Desmayarse, atreverse, estar furioso. Áspero, tierno, liberal, esquivo* —comenzó a recitar Sofia.

—*Alentado, mortal, difunto, vivo, leal, traidor, cobarde y animoso* —continuó Marco—. *No hallar fuera del bien centro y reposo. Mostrarse alegre, triste, humilde, altivo, enojado, valiente, fugitivo, satisfecho, ofendido, receloso.*

—*Huir el rostro al claro desengaño, beber veneno por licor suave. Olvidar el provecho, amar el daño, creer que un cielo en un infierno cabe. Dar la vida y el alma a un desengaño. Esto es amor, quien lo probó lo sabe* —concluyó Sofia—. Deberías saberte este poema. Es de un autor español.

—No sé si yo siento todas esas cosas —confesé, encogiéndome de hombros.

—Tranquilo, que las sentirás. ¡Ya hemos llegado!

Delante de nosotros había un escaparate de cristal con varios maniquís con diferentes vestidos. Su interior era demasiado moderno para el resto de las tiendas que había en Santino Porto. Nunca había estado en ella. Quizá porque parecía demasiado cara, y seguramente lo fuera. Yo no tenía dinero para pagarme un traje ahí.

—Oye, este sitio parece muy caro.

—Tranquilo. Conocemos al dueño —señaló Marco.

—Y este traje es un regalo para que vayas guapísimo y seas la envidia de todos.

—No, no. No puedo aceptarlo.

—¿Aceptar el qué? Si aún ni siquiera te lo hemos probado. Vamos —me animó Sofia.

Aunque un poco en contra de mi voluntad, entramos en la tienda. Todas las prendas que había en ella eran preciosas. Claramente algo que no podía permitirme. Pero me fiaba de Marco y Sofia lo suficiente como para que eligieran a la perfección la ropa que tenía que llevar. Me probé diferentes combinaciones, pero no acababan de dar con el modelo perfecto que me quedara bien. Me metí en el probador una vez más, con unos pantalones de color azul marino oscuro y con una veta plateada que iba de la cintura hasta el tobillo por ambos lados. Odiaba entrar en un probador, porque todas mis inseguridades siempre salían a relucir. Pero esa vez no las dejé aflorar. Aunque sabía que volverían a aparecer en el momento menos indicado.

En la parte de arriba tenía una camisa blanca con pequeños puntos brillantes de un morado apagado y, según me movía, refulgían de formas diferentes. Me la ajusté bien en las mangas y abroché los botones hasta la mitad del pecho, porque ya no había más. En la abertura asomaba mi colgante favorito, la G dorada de «Gaspar» que me regaló mi madre en mi décimo cumpleaños. Y, sobre la camisa, una chaqueta con la misma veta plateada que los pantalones y unas solapas en forma de S que me hacían… parecer ridículo.

—Estoy ridículo —afirmé tras descorrer la cortina. Pero las expresiones de Marco y Sofia me decían lo contrario.

—¿Ridículo? *Sei bellisimo!* —exclamó él.

—¿Qué dices? Siento que estoy estafando a la gente. Yo no visto así.

—Pues ya iba siendo hora, ¿no crees? No puedes ir de cualquier forma a ese baile, Gaspar. Tienes que empezar a cambiar esa actitud. Porque todo en esta vida es eso: actitud. Nos lo llevamos todo.

—¿Todo? Pero ¡si es carísimo!

Dio igual. Marco puso su teléfono sobre la mesa para pagar y salimos de la tienda con varias bolsas repletas de ropa. Y yo con la moral por las nubes. Porque me habían insistido tanto en que estaba guapo con lo que me habían elegido que había acabado por creérmelo. Ahora solo tenía ganas de que Luca me viera así.

—Vamos a celebrarlo al Arcobaleni, ¿no?

—Espera. Aún falta algo —indicó Marco. ¿Qué más podía faltar?

—¿El qué? ¿Qué falta?

—¿Estás preparado para algo de historia, primito? —me preguntó Marco mientras echaba a andar calle abajo.

—¿Sobre Santino? —quise saber.

—Hay unas *restine* en Santino, unas ruinas en el camino hacia Sogneri, de la época medieval. Una ciudad fortificada. Y, aunque ya no queda casi nada, hay un montón de túneles en el subsuelo que se han utilizado en muchas guerras. Y gracias a esos túneles ganamos la batalla de las Rosas. Contra tu país, de hecho —señaló.

—Nunca había oído hablar de esa batalla hasta hace unos días que lo vi en Google —admití—. ¿Qué es? ¿Por qué se llama «batalla de las Rosas»?

—Porque los santineses ganaron gracias a cientos de rosales. Literalmente.

—¿Cómo que cientos de rosales?

—A ver, Santino fue colonia española hasta 1775. Eso lo sabías, ¿no? —Asentí—. ¿Te suena Ludovico Correre, uno de los filósofos más famosos de Santino?

—No me suena, no.

—¿Ni siguiera su *Dogmas Solaris*? ¿Nada?

—Siento decirte que no estudiamos mucha historia santinesa en el colegio… —Marco chistó la lengua, molesto.

—Ludovico, en uno de sus «paseos de iluminación» por Santino, como los llamaba él, cayó en un agujero y acabó dentro de un túnel escarbado en la piedra. Tardó dos días en encontrar la salida, ¿y sabes cómo lo consiguió? —Negué con la cabeza—. Siguiendo un rosal.

—¿Un rosal en un túnel?

—Sí. Y apareció en Sogneri. Habló con el gobernante del pueblo, se lo contó todo sobre los túneles que había bajo el país, y los santineses empezaron a construir más y mejorarlos, para ir de ciudad en ciudad sin ser detectados por los españoles. Pero no solo eso, sino que ayudaron al rosal a crecer, hasta que este cubrió casi todas las paredes de piedra de los túneles, multiplicándose por cientos. Les servían de guía para orientarse. Crearon todo un sistema complejo basado en los diferentes tipos de rosas para saber por dónde caminar. El libro original donde se detallaba todo está en la catedral de Sogneri.

—Está bastante destrozado —intervino Sofia.

—Es un pedazo de la historia de Santino —le recriminó Marco—. Ludovico y Costanzo, el gobernante, decidieron llevar la batalla contra los españoles por nuestra independencia a los túneles. A lo largo de casi un año, los santineses fueron derrocando a diferentes líderes españoles, mermando su ejército y perdiéndolos en los túneles de las rosas, arrinconándolos contra las espinas.

—Odio las espinas de los rosales —afirmé, con un escalofrío recorriéndome el cuerpo.

—Y muchas de ellas estaban envenenadas.

—Pero las rosas no son venenosas —apunté.

—La variante santinesa sí que lo es. Pero los españoles no lo sabían.

—¿Veneno veneno? Es decir…

—Mareos, vómitos, pérdida de visión… —fue relatando Marco—. Así somos aquí. Si nos tocan lo que es nuestro, nos rebelamos. Y así fue como conseguimos la independencia en 1775.

—¿Y qué tiene que ver todo esto con lo del Sansere? —pregunté, impaciente, mientras bajábamos una de las calles de Santino Porto.

—En bailes o fiestas como esa, suele llevarse una rosa en el traje, para indicar que sabes tu camino en la vida. Y, si te pierdes… o alguien se pierde, siempre puede seguir tu rosa. Vamos a comprarte un alfiler con la rosa santinesa, que tiene un color azul así *troppo forte*.

—¡Las conozco! Es decir, hay en el *palazzo* Santino —recordé cuando las vi por primera vez.

—Claro que hay en el *palazzo*. Los colores de las rosas de los túneles son los colores de nuestra bandera: blanco, rojo y azul. Aunque, al ser tan fuerte, hay gente que dice que es morado.

—Porque es morado —añadió Sofia—. Lo de la bandera y las rosas no tiene nada que ver. Es un invento.

—Hay estudios que dicen que…

—No le hagas caso, Gaspar. La mitad de las cosas se las inventa. Pero lo de las rosas en los bailes es verdad. Vamos a comprarte una para que vayas perfecto. —Y Sofia me cogió del brazo, llevándome un poco más adelante, mientras Marco refunfuñaba y protestaba sobre las correcciones que le había hecho su hermana.

—¿Y esos túneles se pueden visitar? —planteé.

—Pues creo que ahora están restaurándolos. No lo tengo muy claro, aunque este año se celebrará la *orontine* el día después de Navidad… ¿Tú sabes si se pueden visitar? —dijo Marco, preguntando a Sofia con la mirada.

—Hace mucho que no voy —contestó, encogiéndose de hombros—. La última vez fue con Clara. Pero de eso hace un par de años.

—Ah, es que Sofia usaba esas ruinas como plan romántico, ¿sabes?

—A ver, no lo voy a negar —admitió con una sonrisa picarona. ¿Qué plan romántico usaría yo si estuviera en Madrid?

De camino a por el alfiler, paramos en una tienda de máscaras y trajes de fiesta santineses. Al final también necesitaba una máscara para el baile. Y no tenía nada pensado. Nada preparado. Todo lo estaban decidiendo Marco y Sofia por mí, así que iba a seguir dejándome aconsejar todo el tiempo que pudiera. Cada cosa que me decían o contaban me parecía más interesante que la anterior, e incluso trataban de enseñarme un poco de santinés. «Por si luego Luca lo habla en la intimidad», me dijo Marco, siempre tratando de hacerme reír. Pero para la máscara me dejaron elegir a mí la que más me gustara. ¡Y había decenas de modelos! Desde los más baratos hasta algunos muy elaborados que costaban miles de euros. Ya que no estaban dejándome pagar nada, optaría por una de las más baratas, y esas eran casi todas de temática animal.

—¿Alguna que te guste? —me preguntó Sofia, pero yo era incapaz de decidirme.

—No sé. Me gustaría alguna que me cubriera lo máximo posible. No quiero que me reconozcan mucho, la verdad —admití.

—Misterioso, ¿eh? ¿Qué tal esa del león? —Señaló una que venía acompañada con una melena gigante que se extendía por toda la máscara.

—Uf, demasiado recargada.

—¿Y la de pato? —sugirió, cogiendo otra de las que había colgadas en la pared, hecha con plumas de colores verde y marrón. Pero no acababa de convencerme.

—No, no sé…

—Tómate tu tiempo, aunque no mucho, que nos morimos de hambre. —Y me acarició con cariño la cabeza mientras se alejaba para hablar con Marco mientras miraban varios de los colgantes que tenían expuestos en uno de los laterales de la tienda.

No había ninguna máscara que me gustara o, mejor dicho, que pensara que podía quedarme bien. Hice el esfuerzo y empecé a revisar de nuevo todas. Entonces la vi. En una esquina, con sus ojos vacíos, mirándome. Su pelo sintético de color rojizo y parduzco, con la nariz negra y las orejas puntiagudas. Una máscara con cara de zorro, de la que asomaban dos colmillos blancos muy perfilados. Esa noche me tocaría ir de zorro, tratando de pasar desapercibido entre la alta sociedad santinesa. Solo esperaba que el baile no terminara como la caza del zorro y tuviera que acabar huyendo de una manada de perros deseosos de atraparme.

Me acerqué y fui a cogerla entre mis manos, pero un chico se me adelantó.

—Eh, que yo la había visto antes.

—*Ispagniole* —refunfuñó entre dientes.

—¿Perdona? —bramé.

—Español. He dicho «español» —me respondió—. ¿Quieres tú la máscara?

—Sí. —Se la arrebaté de las manos—. Y sí, soy español. Pero mis abuelos y mi padre son de Santino, para que lo sepas.

El chico tenía una cara aniñada pero a la vez una expresión demasiado ruda para su aspecto. No era mucho más alto que yo, pero compensaba su altura con una pose agresiva, como esperando una pelea que sabía que iba a llegar. Y era muy guapo. Con un pendiente en la oreja izquierda y una mirada intensa. Era la primera vez que hablaba con alguien de mi edad en Santino. Suponiendo que tuviera mi edad.

—Hombre, que no lo he dicho así. Solo que me sale mi vena anticolonialista de vez en cuando. La familia de mi padre es de Alicante —me dijo con voz tranquilizadora y tratando de disculparse por su actitud—. Me llamo Dante. ¿Tú?

—Gaspar. —Nos estrechamos la mano.

—¿Estás por aquí de vacaciones? ¿Pasando las Navidades? ¿O es que vives aquí y nunca te había visto hasta ahora? —preguntó, curioso.

—Estoy pasando las Navidades con mi abuelo. ¿Tú vives en Santino Porto?

—Santino Porto está ya repleto de turistas —se quejó—. Vivo en Torelli. —Y, al ver que no tenía ni idea de dónde me decía, siguió hablando—: Está a unos treinta kilómetros al sur de aquí. ¿Conoces la playa de Salerna? Pues ahí a lado.

—No me suena nada de lo que me dices, pero seguro que es bonito.

—Todo en Santino es bonito y… espera, ¿tú no eres…? —Oh, mierda. Ya me había reconocido—. Tú eres el chico famoso de la foto. Tú eres Gaspar Costa, ¿verdad?

—¿Quieres un autógrafo? —me burlé.

—No tienes que estar a la defensiva conmigo. La prensa en Santino es lo peor. Solo buscan ese tipo de noticias, pero les das igual. Tranqui, que no voy a desvelar que has vuelto —me aseguró, guiñándome un ojo. Era extraño pero a la vez reconfortante hablar con alguien de mi edad y, además, en mi idioma.

—Gracias. Si lo haces, sabré que has sido tú. Te va a faltar Santino para correr —bromeé y se rio a carcajadas. Alguien que pillaba mi humor. ¡Ya era hora!

—Pruébatela —me apremió.

—¿Eh?

—La máscara. A ver qué tal. Es muy chula —afirmó con la sonrisa aún en la cara. Acaricié la máscara entre mis dedos. Su tacto suave y aterciopelado era increíble. Estiré la goma elástica y me la coloqué en la cara, mirándome en el espejo que tenía frente a mí.

—Te queda genial —declaró, confiado.

—¿Tú crees?

—Si no, no te lo diría.

—¿Te llevas esa? Te queda muy bien —dijo Sofia, llamando con la mano a su hermano, que se acercó entre risas y, al verme con la máscara, sacó su teléfono móvil, haciéndome un par de fotos.

—¡Eh! —Y me la quité, volviéndome de pronto el más vergonzoso de todos.

—Tenemos ganador. Ahora, a por tu alfiler de rosa y a comer.

—No sé si tengo que comer en casa con la abuela y…

—No, no. Hoy te vienes a comer con nosotros —insistió Marco—. Quién sabe, a lo mejor mañana ya eres la pareja del rey de Santino y no volvemos a verte el pelo.

Dante carraspeó un poco y fue en ese momento en el que se dieron cuenta de que estaba ahí junto a nosotros. Marco me miró a mí y luego a Dante, tratando de unir puntos en su cabeza.

—Hola. Me llamo Dante —se presentó él antes de que nadie pudiera decir algo.

—*Ciao, Dante!* —lo saludó Marco efusivamente tendiéndole la mano. Sofia le dedicó una media sonrisa—. *Come va?*

—*Va benne* —respondió Dante—. Un placer, Gaspar. Si necesitas alguien que te ayude con más máscaras, avísame. Nos vemos por aquí.

Y, sin decir mucho más, se alejó, saliendo de la tienda mientras miraba su teléfono móvil.

—Haciendo amigos a nuestras espaldas —me acusó Marco.

—¿Amigos? Si le acabo de conocer. Quería quitarme la máscara… —me defendí.

—*Calmo*, Gaspar. Está bien que hagas amigos de tu edad en Santino. Pero ni se te ocurra sustituirnos —me amenazó Sofia para luego echarse a reír—. Venga, vamos a por el resto del conjunto. Y no dudes tanto, Gaspar. Créetelo un poco.

—¿Creerme? ¿El qué? —repuse mientras el dueño de la tienda me daba la máscara en una bolsa transparente.

—Que mereces estar aquí. Te han invitado al *Sansere Invernale*, ¿no? Pues frente arriba y confianza alta —dijo Marco y me dio un azote en el culo, haciéndome dar un salto hacia delante.

El alfiler de la rosa azul fue el último detalle que faltaba para completar el look que me habían construido entre los dos. Pero, por mucho que lo buscamos, no hubo forma de encontrar ni un solo lugar que vendiera el alfiler perfecto. Además, era la hora de comer y las pocas tiendas que abrían ese día ya estaban cerradas, esperando volver a abrir por la tarde. A mí me daba igual, pero los dos insistían en la importancia de la rosa. Así que nos fuimos a comer a una pizzería junto a la playa, llamada Santinesa, que olía a carbón y albahaca. Las mesas eran todas de madera, y cada una tenía una vela en el centro, que de haberse encendido muchas veces, tenía hilos de cera cayendo por los lados, dibujando extrañas formas sobre el candelabro. Allí haríamos tiempo hasta que volvieran a abrir. Sofia pidió una lasaña de calabacín, Marco la pizza Inferno y yo una Quattro formaggi. El local era famoso por hacer las pizzas en menos de un minuto gracias a su gigantesco horno, y por ser uno de los restaurantes más antiguos del país. Mientras yo devoraba mi pizza como si no hubiera comido en meses y Marco estaba haciendo el idiota con dos trozos de pan de ajo, pasaron tres chicos por nuestro lado y uno de ellos chocó deliberadamente contra él, empujándolo hacia delante y haciendo que tirara su vaso de vino sobre la mesa.

—¡Cuidado! —grité, apartando la silla a toda velocidad para que no me manchara el vino. Ni a mí ni la ropa que habíamos comprado. Marco usó su servilleta para limpiar, mientras los otros tres se alejaban, riéndose como imbéciles.

—*Nevattone* —dijo uno de ellos, con sorna, camino de la salida del restaurante, mientras Marco trataba de limpiarse sin mucho éxito. En ese momento, Sofia se levantó de golpe y su hermano puso cara de terror.

—¿Qué es *ne…*, *nevattone*? —pregunté, sin entender muy bien lo que estaba ocurriendo. Pero ninguno de los dos me respondió.

—*Eh! Pezzo di merda!* —chilló Sofia en medio del restaurante. Entendí que lo había llamado «pedazo de mierda», por lo que le había dicho a Marco debía de ser algo fuerte—. *Sì, tu!*

El que había dicho el insulto se señaló, desubicado, como si no entendiera que le estuviera hablando a él.

—¿Qué le has dicho a mi hermano? —Sofia estaba de pie, furiosa como no la había visto nunca. Todo el restaurante se había quedado en silencio.

—*Mi stai parlando a me?*

—*Cosa cazzo gli hai detto, stronzo?!* —Por lo que entendía de italiano, le había dicho algo así como «¿Qué coño le has dicho, gilipollas?».

—*Io? Niente.*

—Sofia, *per favore*. Déjalo —le pidió Marco, que se había puesto en pie a su lado—. Seguramente no quería decir lo que ha dicho, ¿verdad?

El chico miró a Marco, con aspecto retador, y al rato miró a sus amigos mientras se reía. Todo pasó demasiado rápido para ser visto por el ojo humano. O, al menos, por el mío. Porque, en cuanto el chico volvió a girarse, Marco le propinó un puñetazo en la cara y lo tiró al suelo.

—¡Marco! —chilló Sofia, alarmada.

—*Nevattone e orgoglioso!* —bramó Marco entre dientes, con el puño dolorido, pero aún cerrado, dispuesto a seguir luchando si era necesario. El chico se levantó como pudo, trastabillando y algo desorientado. Sus amigos lo cogieron de los brazos y se lo llevaron del restaurante, tratando de protegerlo. Porque Marco tenía ganas de ir a por más. Yo, durante todo el espectáculo, me había limitado a observar, porque no tenía muy claro cómo podía ayudar.

Vi cómo Sofia le susurraba algo a su hermano al oído, muy molesta, pero Marco ni siquiera contestó.

—*Vado un attimo al bagno.* Voy al baño —se limitó a decir y pasó junto a nuestra mesa. Lo seguí con la mirada hasta que cruzó la puerta del baño y ahí volví los ojos hacia Sofia mientras se sentaba frente a mí, pidiéndole explicaciones.

—Tiene… su pasado con ese chico. Benji. Se pelearon hace tiempo en un bar. Fue un día para olvidar —recordó Sofia.

—Pero… nunca había visto a Marco así. ¿Qué le ha dicho? ¿Qué significa *neva…*?

—Es un insulto muy feo, Gaspar. El peor que le pueden decir a alguien del colectivo. Aunque hace tiempo que hemos tratado de reapropiarnos los insultos, sigue habiendo gente como Benji, que lo dice con desprecio, buscando hacer daño. La última vez que se cruzaron, Marco acabó dos noches en el calabozo. Si se lo cruza, prefiere ignorarlo. Por suerte, hacía mucho que no lo veíamos.

—Qué ganas de darle una lección —gruñí—. En mi instituto tengo alguno así y, uf, qué rabia dan.

—En Santino quedan aún muchas cosas por hacer, como ves. Aunque vamos por buen camino. Luca podría traer cambios. Ya veremos qué ocurre. Al menos, espero que recupere nuestra identidad *queer*.

—¿Vuestra identidad *queer*? —pregunté.

—El movimiento aquí siempre ha sido diferente, todo más fluido, ¿sabes a lo que me refiero? Pero todo se ha ido convirtiendo en algo más…, más *mainstream*. Y nuestro *Orgollio* cada vez es más pequeño.

Marco regresó a los pocos minutos, y su expresión volvía a ser la de siempre. Despreocupado, risueño y resolutivo. Se sentó a la mesa sin decir nada y cogió un trozo de su pizza.

—No soy partidario de la violencia, Gaspar. Quiero que lo sepas —afirmó mientras comía un trozo de su pizza—. Pero nunca está de más pegar un buen puñetazo a un homófobo como ese, ¿no crees? —sonrió.

8

Sansere Invernale

No dejaba de mirarme en el espejo, nervioso de que hubiera algo mal colocado en la ropa que llevaba puesta. Estaba atacado. Literalmente. No había dormido en toda la noche y, desde que me había levantado, no conseguía hacer nada correctamente. Primero, había empezado el día cayéndome por las escaleras. No desde arriba, porque entonces puede que estuviera muerto, sino en los últimos escalones, porque solo a mí se me ocurrió bajar dando saltitos. Así que me resbalé, *esmorrándome* contra el suelo de una forma bastante patética y, por qué no decirlo, graciosa. ¿O al revés? Claramente me llevé una buena bronca de mi padre, que oyó el estruendo y salió de la cocina a todo correr.

—Pero ¿qué haces?

—Nada, nada. Que me tropecé. Pero está todo bien —conseguí decir, con todo el cuerpo dolorido.

—¿Te has caído? Tienes sangre en el labio.

—¿Ah, sí? —Me llevé la mano a la boca y mis dedos se tiñeron de rojo escarlata—. Oh, mierda, pues sí. —Y odiaba ver sangre. Me ponía muy mal cuerpo. Mi padre debió de ver mi cara totalmente pálida y vino hacia mí, cogiéndome del brazo y llevándome al salón para que me pudiera sentar.

—¿Dónde te has dado? ¿Estás bien?

—Sí, sí. A ver, que ha sido una caída muy estúpida. Solo me di en la cara, así como de refilón, ¿eh? Y, bueno, en el hombro, pero ya está —le expliqué. Tampoco le iba a contar que tenía un mareo horrible.

—Espera, que te traigo un poco de hielo y algo para ese labio.

Así que ese fue mi primer patinazo del día, y nunca mejor dicho. Mi labio seguía hinchado horas después, casi como si me lo hubiera rellenado sin ningún tipo de filtro. Amorfo por completo, y no había manera de ocultarlo. Habría que improvisar, así que saqué de mi neceser un pequeño pintalabios de color morado oscuro que me había dejado Sofia, dispuesto a pintármelos con cuidado. Aunque ya estuvieran morados de serie.

Mientras trataba de arreglar el estropicio, recordé la segunda torpeza del día, que fue quemarme al sacar la pizza del horno, porque soy muy ansioso y, en vez de esperar a que mi abuela me ayudara, traté de sacarla yo por mi cuenta. Toqué por error uno de los laterales del horno de leña y me abrasé el dedo meñique. Pegué un grito que quizá se escuchó en todo Santino, y sí, dejé caer la pizza al suelo. Que, como es obvio en ese tipo de situaciones, cayó boca abajo. Nunca caen boca arriba. Siempre con los ingredientes contra el suelo. Para que no se pueda salvar nada.

Primera vez que mi abuela me ha echado la bronca por algo. Y con razón.

—*Mancio, Gaspar!* —gritó al ver la pizza desparramada—. ¿Es que no puedes tener más cuidado?

—Es que me quemé y se me cayó y… —me expliqué. Fue decirle lo que había pasado y su expresión cambió por completo, preocupadísima por mi quemadura. Vino corriendo a ver mi mano, y tiró de mí hasta el fregadero, colocando mi meñique bajo un chorro de agua helada.

—Siempre hay que mojar la quemadura al momento… —Acto seguido, abrió la ventana y arrancó un trozo del aloe vera que descansaba en el alféizar. Estrujándolo con cuidado, lo pasó por mi dedo, calmándolo al instante—. Esperemos que no te salga marca. Date aloe los próximos tres días por la mañana y por la noche, ¿vale? Y también tengo un poco de tónico de caléndula por algún lado.

—Abuela, que es una quemadura tonta en el dedo. —Pero daba igual, porque ya no me escuchaba. Había pasado de mi dedo a centrar su atención en el estropicio que había provocado.

—Te toca limpiar y cocinar, Gaspar.

Sí, cociné. Espaguetis carbonara para todos. Y, la verdad, quedaron muy ricos. La única victoria del día. Porque luego, cuando me puse los pantalones, estuve a punto de romperlos al meter uno de los pies. Lo he dicho. Me había levantado completamente atravesado. Pero, según me iba vistiendo, iba ganando confianza, porque al final estaba viendo lo que me habían dicho Marco y Sofia: que estaba guapísimo. Incluso un chico desconocido como Dante me había hecho un cumplido. Suficiente para subirme la autoestima.

Al final conseguimos el alfiler con la rosa gracias a uno que tenía la abuela guardado. Me lo puse en una de las solapas de la chaqueta y me coloqué el pelo como pude. Sí, lo tenía cortísimo, pero ya había empezado a crecer y se formaban remolinos en los sitios más insospechados. No podía permitirlo. Tenía que estar perfecto para la fiesta. Me calcé los zapatos, que, sí, eran preciosos pero incomodísimos, y resbalaban demasiado, y cogí de la cama la máscara de zorro que tendría que llevar a la fiesta. No es que me entusiasmara mucho el concepto, porque además seguro que se notaba más mi labio hinchado, pero también era divertido lo de esconderse tras otra identidad. ¿Qué máscara llevaría Luca? Seguramente una mucho más refinada, mucho más de reyes. Le di un beso a mi colgante, y devolví una última vez la mirada al reflejo que me miraba desde el espejo.

—Venga, a pasarlo bien —me dije a mí mismo y me sentí ridículo al momento. Cogí el teléfono móvil, me hice un par de fotos y se las envié a Lucía, que me respondió casi al instante.

PERO QUÉ GUAPO!!!
Vas a arrasar, ya lo verás

Gracias!!!
Bueno, a ver qué tal
Ya te contaré, porque no podré tener
el móvil durante la fiesta
Palazzo's rules
Ya sabes

Seguro que tienen fotógrafos superbuenos trabajando
Así que no pierdas de vista las cámaras,
que hay que salir guapo siempre

Gracias por la presión añadida

No seas exagerado
Pásalo muy bien, vale?
Que nadie te estropee la fiesta
Ni siquiera Luca
Ni siquiera tú

Qué quieres decir?

Ya lo sabes
DISFRUTA!!!

Yo no pensaba estropear la fiesta. Y Luca tampoco me la iba a estropear. Aún dudaba si podría siquiera hablar con él. Porque estaría demasiado ocupado atendiendo a los diferentes invitados. Pero eso era un problema del Gaspar del futuro. Lo importante es que iba a ir allí, me iba a emborrachar (a escondidas, porque dudo que me fueran a dejar beber alcohol) e iba a bailar todo lo bailable.

Antes de salir del cuarto, volví a mirarme una última vez en el espejo y, poniéndome de perfil, vi el culo que me marcaban los pantalones. Así que me hice otra foto, pero esa se la envié a Alejandro. A ver si él también se fijaba en ello.

¡Qué guapo vas!
¿Estás nervioso?

Creo que Alejandro era la única persona que conocía que se tomaba las molestias de poner los dos signos de interrogación o de exclamación.

Gracias
Un poco, pero ya se me irá pasando
Tú qué tal?

De camino a casa de mis abuelos,
que es el cumple de mi abuela

Pues pásalo bien tú también

Se intentará
Jajajaja
Oye, por cierto
Te hacen muy buen culo esos pantalones

En serio?
Qué bien. Gracias!!!

Pues sí, se había fijado. Con una sonrisa tonta dibujada en la cara, dejé el teléfono sobre la cama y salí de mi cuarto, cerrando la puerta tras de mí, y esperando que, la próxima vez que volviera a entrar, fuera después de la fiesta de mi vida.

Obviamente, mi abuela no dejó de hacerme fotos en cuanto me vio aparecer en la cocina. La pareja de Rumanía se había ido esa misma mañana, así que volvíamos a estar los cuatro solos. Mi abuelo acababa de volver del *palazzo*, ya que había ayudado también a colocar parte de la decoración en los jardines para que las plantas no sufrieran ni lo más mínimo. Pero podía notar que la edad ya iba haciendo efecto en él, y, aunque amaba su trabajo, cada vez volvía más cansado. Estaba sentado en uno de los sofás del salón, con su copa de vino y un libro a medio leer. Nos contó que el baile principal era dentro de uno de los salones del palacio, pero que por la noche, a las doce exactamente, sería cuando tendría lugar el lanzamiento de los fuegos artificiales. Para que Robin no sufriera (y también para que no molestara durante la preparación), esa noche descansaba en la casa que tenían los Calliveri en la isla de Montez. Porque, al parecer, Santino era un gran exportador de fuegos artificiales desde hacía décadas.

—Tu labio parece que está más morado —me dijo mi padre.

—Es porque me lo he pintado. Y, papá, no se comenta nada del físico que no se pueda arreglar en cinco minutos. ¡Ahora me vas a agobiar más!

—Oh, vale, vale. No sabía esa norma. Perdón, perdón —se disculpó—. Vas muy guapo.

—¿Sí? ¿Me queda bien?

—Tus primos estarán locos, pero al menos tienen gusto para la ropa —puntualizó mi abuelo sin levantar la mirada de su libro.

—¿Eso es un cumplido, abuelo? ¿Qué le has puesto en el vino? —bromeé mirando a mi abuela.

—Ya estamos con las tonterías de siempre —refunfuñó.

—Se lo diré a Marco y Sofia de tu parte —dije, tratando de chincharlo un poco más. Porque era muy divertido chinchar a mi abuelo de vez en cuando—. Y, por cierto, os gustará saber que he conocido a un nuevo amigo en Santino Porto.

A ver, llamarlo «amigo» quizá era pasarse. Pero quería que vieran que intentaba integrarme lo máximo posible, y que no tenían que preocuparse por mí.

—¿Un amigo? No será alguno de los *carissi* que conocen tus primos, ¿verdad? —indagó mi abuelo.

—*Carissi* quiere decir algo parecido a... «locos». Más o menos —intervino la abuela.

—No. Se llama Dante y vive en Torelli —expuse, enorgulleciéndome.

—¿Torelli? De ahí es tu abuela —apuntó mi padre de repente. La abuela asintió con una sonrisa, pero pude notar que no le gustaba mucho hablar del tema. La tensión que nos envolvió a todos fue tan repentina que me pilló totalmente por sorpresa.

—No hablemos del pasado, hijo, por favor —pidió mientras sacudía la cabeza, como queriendo olvidar algún recuerdo malo. El abuelo carraspeó un poco, como molesto, y siguió a lo suyo. Es decir, a su copa de vino.

—¿A qué hora vienen a buscarte? —inquirió mi padre mientras yo no dejaba de mirarme en todos los reflejos de la casa para ver si todo seguía en su sitio.

—¿A buscarme? ¿Quién viene a…? Ah, sí, eh… No sé… No sé. ¿Abuelo?

—Llegarán cuando tengan que llegar —sentenció.

—Menuda ayuda. ¿Eres Gandalf ahora? —repliqué, molesto.

Aunque no hubo que esperar mucho más. A los veinte minutos, un coche oficial del *palazzo* apareció en la entrada de la finca. En vez de ir por mi cuenta, se habían molestado en enviarme un coche para mí solo. Supongo que, cuando eres invitado directamente por el rey, tienes que tener alguna ventaja.

Por un momento, al subirme, pensé que Filippo estaría dentro, esperándome con cautela, dispuesto a decirme que todo había sido un error, y que no podía presentarme en la fiesta. Pero, al abrir la puerta, no había nadie en el interior. Solo el conductor, al que no había visto nunca, y dos botellas de agua Nuvole, ya que provenía directamente de los manantiales del monte más célebre de Santino. A veinte euros la botella. Me planteaba si bebérmelas o guardarlas para revenderlas luego.

—¿Todo a su gusto, *signore*? —preguntó el conductor con un acento italiano muy marcado.

—Sí, sí. Todo perfecto.

—¿Necesita que ponga más calefacción? ¿O está bien así?

—Está genial. —Aunque ya había empezado a sudar, como siempre.

El chófer asintió y, apretando con mimo el acelerador, arrancó el coche, por lo que nos alejamos poco a poco de la casa de mis abuelos, camino del *palazzo*. La nieve ya se había derretido y solo quedaban algunos reductos blanquecinos junto a las raíces de los árboles que iban protegiendo ambos lados de la carretera. En la radio del coche sonaba Tove Lo, una de mis cantantes favoritas y, desde la ventanilla, podía verse toda la herradura que formaba Santino Porto y cómo las luces de las casas formaban un mosaico precioso que se reflejaba en el mar. Casi como una constelación en la tierra.

Me quité la chaqueta con cuidado de no arrugarla y, como me había enseñado el abuelo, la coloqué en la parte trasera del asiento del copiloto para que al menos conservara un poco la forma.

—¡Uf, qué gusto! —suspiré—. ¿Podrías bajar un poco la calefacción, por favor?

—Claro. —Pero ya daba igual. Estaba sudando como un pollo. Y empecé a temer que ese sudor me estropeara la camisa, como si viniera de correr una maratón.

Bajé la ventanilla, y el frío me acarició la cara, dándome una tregua más que necesaria. El coche ya enfilaba la cuesta principal de camino al palacio. Y, como en el día del *Coriali*, ya había varios coches haciendo cola para atravesar la entrada principal. Inspiré y exhalé varias veces, tratando de calmar los nervios que cada segundo que pasaba iban paralizándome más y más, y cerré los ojos, concentrándome un poco en lo que me esperaba. Hasta que caí en la cuenta de que me había olvidado la máscara en el salón de casa.

—¡Oh, mierda!

—¿Ocurre algo? —preguntó el conductor, alarmado. Estuve tentado de decirle que teníamos que volver, que me había olvidado algo de suma importancia. Pero ¿cómo iba a hacerle regresar?

—No, nada, nada. Solo es… una tontería. —Supuse que no sería el único sin máscara en la fiesta. Seguramente tendrían varias de repuesto para la gente como yo. O quizá era demasiado suponer. Y, claro, nadie me había avisado porque mi móvil estaba sobre mi cama. Para una vez que decidía no depender de la tecnología… Hasta que vi la máscara tirada en el suelo del coche, entre mis piernas. Tenía una oreja rota. La habría pisado sin querer. No sé qué era peor: ir sin máscara o llevarla medio destrozada.

Tras casi veinte minutos de espera, llegamos a la verja principal y nos dejaron pasar prácticamente al instante, al ver el coche, la matrícula y al conductor. A mí no me vieron, porque los cristales estaban tintados. Si no, seguro que me habrían hecho parar. El jardín estaba decorado con múltiples luces de color blanco apagado que creaban una galaxia entre las ramas de los árboles, dándole un toque mágico a esos jardines que tantas veces había visto y cuidado. Todo el palacio estaba iluminado, con una temática invernal que, de haberse celebrado unos días atrás, estaría cubierta de nieve. Unos proyectores transmitían unos copos azules de tamaño gigante cayendo por la fachada, mientras del interior llegaba música en directo.

Varios invitados ya estaban esperando para entrar, y todos iban muy elegantes, con unas máscaras increíbles. Reconocí a actrices, cantantes y modelos. Una de ellas llevaba una máscara hecha solo de cristales (o diamantes, tampoco es que supiera distinguirlos) que se elevaba por encima de su cabeza, formando unas plumas transparentes que refulgían con los focos del amplio *photocall* instalado al final de la escalinata. Había mucha gente de mi edad y de la de Luca. Sobre todo chicas, con unos vestidos espectaculares. Por suerte, no hacía aún mucho frío, por lo que se podía estar en el exterior sin problemas.

Revisé mi máscara de zorro, le arreglé los bigotes y la oreja y, tras ponerme mi chaqueta y asegurarme de que se veía bien el alfiler con la rosa, anduve hacia la entrada con paso decidido, cabeza bien alta y posición erguida. Sabía que no pertenecía a ese grupo de personas. Estaba no uno, sino varios escalones sociales por debajo. Pero esa noche todos éramos iguales, así que no quería pensar en ello. Solo quería pasármelo bien. Hasta que vi a la persona que menos ganas tenía de ver en el mundo. Menos mal que estuve rápido y conseguí esconderme tras unos arbustos, segundos antes de que pasara a mi lado. Mierda. Se me había olvidado por completo. Bastian. No podía haberse quedado en su casa. Tenía que venir a fastidiarme la noche. Pero duré poco tiempo escondido. Uno de los trabajadores me empezó a increpar en santinés —no entendí ni una palabra— y consiguió que saliera de detrás de los arbustos; al hacerlo, choqué de frente con Bastian, tan fuerte que se me cayó la máscara al suelo.

—*Mi dispiace* —dijo amablemente y recogió mi máscara de zorro del suelo. Pero, al dármela, su expresión cambió por completo—. *Nasone?*

Uf. Ya empezábamos con el nombrecito.

—Hola, Bastian. —Le arrebaté la máscara al momento, colocándomela sobre las orejas con prisa. Lástima que no fuera como en los cómics y él pudiera seguir reconociéndome.

—¿Qué tal, Gaspar? ¡Cuánto tiempo! —Me dio un abrazo, incómodo y forzado. Me odiaba. Lo odiaba. ¿Para qué fingir?

—Nunca es demasiado —respondí entre dientes.

—¿Dónde está tu abuelo? —preguntó, alzando la cabeza y buscando entre la gente, girando ese cuello ancho y bronceado pese a que estuviéramos en diciembre. Su belleza era proporcional a lo inaguantable que era.

—He venido yo solo. —Lo dejé sin palabras, y eso con Bastian era muy difícil. Lo había comprobado demasiadas veces—. Me ha invitado Luca Calliveri. Perdón, el rey de Santino.

—Oh, pues claro que lo ha hecho. —No sabía si es que estaba paranoico siempre que Bastian estaba cerca, pero esa frase me sonó tirando a mal. Como si escondiera un doble sentido que no acababa de entender—. ¿Qué le pasa a tu *bocca*? —E hizo ademán de acercarse para tocarme el labio, pero me moví rápidamente hacia atrás, chocando con una mujer que me dedicó un insulto demasiado condescendiente.

—Mi *bocca* —advertí, imitándole el acento, exagerándolo al máximo— no se toca.

En su expresión pude ver un cambio minúsculo. Si por él fuera, me habría abofeteado por insolente. Pero estaba tan metido en su papel que solo se dejó ir un microsegundo. Simplemente se limitó a soltar una carcajada, como si le hubiera contado el mejor chiste del mundo.

—Siempre tan divertido, *nasone.*

—¿Tú te has traído a alguna nueva novia? —le pregunté yo, siguiendo con mi insolencia.

—¿Cómo lo sabes? —sonrió con esa cara tan perfecta que tenía. Lo odiaba tanto...—. ¡Lorna! —gritó y una mujer de pelo largo, negro y ondulado que le caía por los hombros se acercó. Llevaba una máscara de color rojo brillante, pero no solo le cubría los ojos y la nariz, sino ambos lados de la cara, con unos flecos que ondulaban cada vez que se movía—. Lorna, este es Gaspar. Un viejo amigo.

—*Piacere* —dijo con una voz sensual y suave.

—Hola —respondí con bastante desgana.

—Nosotros vamos dentro. Suerte en la fiesta, y cuidado con el alcohol. Recuerda que eres *menere* —me advirtió, guiñando un ojo y pasando la mano por la cintura de su novia, pellizcándole el culo. Esa necesidad de convertirla en su propiedad, en un mero trozo de carne, en su trofeo de la noche. Nada me sorprendía en Bastian a esas alturas.

—Sí, sí. *Ciao...* Hasta nunca. Gilipollas —mascullé cuando ya estaba lo suficientemente lejos para no escucharme.

Había superado, contra todo pronóstico, la primera prueba de toda fiesta: encontrarte a una persona que odias y salir airoso. Ya solo faltaba entrar y tratar de pasármelo bien. Si fuera tan fácil... Así que, sorteando a todas las celebridades que se agolpaban junto a una de las estufas, esperando su turno en el *photocall*, entré en el *palazzo* y mostré mi invitación. Traté de coger una copa de cava de una de las bandejas, pero el camarero, al verme, se alejó al momento. ¿Tan pequeño parecía incluso con una máscara cubriéndome media cara?

La entrada principal estaba decorada con árboles de hielo. Pero de hielo de verdad. Las esculturas eran increíbles, de una maestría imposible. Todos iluminados con focos de color violeta, a juego con mi labio hinchado y pintado, y una alfombra azul claro con motivos invernales en los lados. Y, coronando el techo, un tapiz enorme con el blasón de los Calliveri. Seguí a la gente con cuidado de no chocar de nuevo con Bastian, camino del Gran Salón, donde tenía lugar el baile. Pero, mientras trataba de encontrar la forma de llegar, vi a un chico en la parte alta de las escaleras que tenía toda la pinta de ser Luca. Aunque no podría decirlo con total seguridad. Primero, porque estaba muy lejos. Y segundo, porque también llevaba una máscara, de plumas negras, como si fuera un cuervo.

Moví la mano disimuladamente, como tratando de saludarlo, de llamar su atención, pero se giró y volvió a desaparecer en la oscuridad. Me acerqué a las escaleras, pero uno de los sirvientes del palacio se interpuso, impidiéndome subir. Vale, captado. Terreno prohibido. Así que me resigné y fui directamente al salón principal o, como me enteré después, la *Salla Stola*, o Sala de Columnas en santinés. Estar allí era casi como estar viviendo un sueño o ser el protagonista de una película de Hollywood. Sí, el *Coriali* había sido impresionante, eso he de admitirlo. Pero el *Sansere Invernale* lo superaba. En medio del salón, un enorme árbol de Navidad, blanco, como si estuviera nevado, con pequeñas luces casi invisibles de color azul apagado. Como únicos adornos, flores de los jardines reales, colocadas estratégicamente en varias ramas y, en lo alto, una de las rosas azuladas que siempre había en los jarrones de palacio. Una de las rosas de las que me había hablado Marco. Y no sabía si era alguna de las que cultivaban en los jardines o de los rosales de Sogneri. Rodeando al árbol, había algunas mesas altas en los laterales, para dejar la pista de baile lo más despejada posible.

La música en directo había acabado y sonaba de fondo algo instrumental que no terminaba de reconocer. Como una versión de alguna canción de Coldplay o similar, pero solo con violines. Miré en derredor a ver si veía a Silvia por algún casual. No tenía muy claro si la habían invitado o no, porque tampoco me lo dijo a las claras, pero confiaba en que, como había estado en el *Coriali*, quizá también estuviera esa noche por allí. Pero no fue a ella a la que me encontré, sino a Sara Medina, la periodista, que llevaba solo un antifaz de color naranja, por lo que era bastante fácil reconocerla. Solo esperaba que no me reconociera a mí. Pensaba que la fiesta solo tendría fotógrafos, pero nada de prensa como ella. Me equivoqué. Así que, disimuladamente, traté de rodear el árbol de Navidad y esconderme tras él, pero parecía tener un imán escondido en alguna parte, porque me siguió de cerca.

—*Ciao!* —me saludó—. *Santinese?*

—*Sì* —respondí, fingiendo un acento que no tenía.

—Oh, mierda. ¿No hay españoles aquí? —se lamentó—. No… no me entiendes, ¿no?

—*Mancio…* —dije, sin saber muy bien si conocería esa palabra o no, pero quizá así me la quitaba de encima.

—Supongo que eso es un no. ¿Sabes cuándo sale Luca? ¿El rey? ¿Lo sabes? —Y empezó a hacer gestos con la mano, como si tuviera una corona en la cabeza. Yo opté por encogerme de hombros.

—*Niente* —contesté, poniendo el mejor acento que sabía hacer. La periodista chistó y se alejó, mientras bebía de un trago su copa de vino blanco. Me había librado por muy poco. Al final había elegido la mejor máscara de todas.

Miré en derredor, buscando alguna cara amiga. Alguien con quien poder hablar, pero no conocía a nadie, y nadie se acercaba a mi mesa. ¿Así iba a ser mi noche?

No pude seguir pensando en ello porque, de golpe, la música se cortó y las luces comenzaron a atenuarse. Vi que la gente empezaba a agolparse en la entrada del salón, junto a la escalera principal, así que fui haciéndome un hueco poco a poco para poder ver lo que estaba pasando. Unos enormes focos estaban iluminando hacia la planta de arriba, justo donde había estado apoyado hacía unos minutos Luca.

—*Sua altezza, regge lunare di Santino e Montez*, Luca Lorenzo Calliveri —anunció una voz, y Luca apareció en lo alto de la escalera de mármol, con su padre el rey Carlo a su lado. Llevaba una máscara de plumas negras que le cubría toda la cara a excepción de la boca, con un pequeño pico dorado en la parte de la nariz, y plumas que se extendían por encima de su cabeza. Mientras que su padre llevaba una máscara de estilo veneciano, con los colores de la bandera de Santino, es decir, blanco, rojo y azul, y la sujetaba con un pequeño palo dorado. Luca empezó a bajar cada escalón, y pude ver que llevaba una larga capa de color oscuro, con una camisa blanca de encaje, abotonada hasta el cuello; una chaqueta de azul marino que hacía juego con la capa y unos pantalones que terminaban en falda, y que le llegaban hasta los tobillos. El conjunto culminaba con dos botines negros con tacón y bordado en su lateral un mosaico similar a la forma de un diamante.

Fue bajando poco a poco, como queriendo seguir la ceremonia al pie de la letra, mientras decenas de fotógrafos se apostaban al final de la escalera y no dejaban de sacarle fotos, gritando su nombre continuamente. Todo demasiado opulento, magnífico y pomposo. Luca debía de estar muriéndose por dentro. O quizá estaba a gusto con tanta atención. Porque había dado por hecho que lo conocía, pero había momentos que me demostraba que a lo mejor no tan bien como yo pensaba.

—Es mucho mejor que el del año pasado del rey Carlo —comentó alguien a mi derecha.

—*It's amazing. Look at his mask!* —exclamó otra persona a mi izquierda.

La gente comentaba entre susurros lo que estábamos viendo, y he de admitir que era como si hubiera absorbido todo el oxígeno de la habitación. Luca Calliveri nos había dejado sin habla.

Cuando terminaron de bajar, Carlo Calliveri tomó los focos hacia su persona y, tras darnos las gracias por venir al *Sansere Invernale*, nos indicó que podíamos continuar la fiesta y que en unos momentos daría comienzo el baile que llevaba celebrándose desde hacía tantos años. La gente estalló en aplausos y, en cuanto el rey Carlo se movió hacia el centro del salón, su hijo se acercó y le susurró algo al oído. Su padre asintió y Luca se dio la vuelta, dispuesto a volver a subir las escaleras de nuevo. Esa era mi oportunidad.

—¡Luca! ¡Eh, Luca! —grité lo más fuerte que pude, pero, o no me quiso hacer caso, o no me escuchó, porque, sin darse la vuelta, volvió a subir para desaparecer de nuevo tras las columnas que decoraban el palacio—. Mierda.

¿Qué pensaba? ¿Que me iba a hacer caso con toda esa gente, con toda esa atención? Es que ni me habría oído. Ya estaba dispuesto a volver a la fiesta, derrotado, cuando Filippo apareció a mi lado, siempre con las manos en la espalda.

—Buenas noches, señor Costa.

—¿Cómo me has reconocido? —bromeé, bajándome un poco la máscara de zorro. Filippo carraspeó, molesto—. Llámame Gaspar, que hay confianza. —Y traté de darle un codazo amistoso, pero se apartó.

—Su majestad me encomendó la tarea de buscarle si venía finalmente a la fiesta.

—¿Ah, sí? Pues aquí estoy —dije enseñando una sonrisa repleta de dientes.

—Le gustaría hablar con usted, en su despacho oficial.

—¿Es que hay otro despacho que no sea oficial? —El silencio de Filippo me dejó claro que no le había gustado mi broma, o no la había entendido—. Vale, pero ¿ya?

—Si me acompaña...

—Claro, esto... Claro.

Filippo lideró la marcha en dirección a ese despacho en el que me colé mi primera noche en palacio y Luca me pilló. No le hizo mucha gracia entonces. Esperaba que esa noche sí le hiciera más.

—Oye, Filippo. No sabía que se permitía prensa en la fiesta de hoy.

—Solo periodistas estrictamente seleccionados —replicó sin prestar casi atención a lo que le había dicho. Vamos, casi como si fuera una respuesta automática. A veces dudaba de si era humano o una inteligencia artificial dispuesta a matarnos a todos como en *Los 100*, siendo sinceros.

—Es que hay una muy pesada que no deja de acosarme y de insistir en que hable con ella sobre Luca...

—*Sua altezza* —me corrigió.

—*Sua altezza* Luca —repetí.

—Todos los periodistas siempre quieren sacar información sobre la familia real Calliveri. No es algo nuevo.

—No sé. Esta es muy insistente, la verdad.

Filippo se mantuvo en silencio y, mientras iba indicando a los sirvientes con los que nos cruzábamos por el camino que yo iba con él, recorrimos medio palacio de camino al encuentro con Luca. Ni siquiera me había dicho que me quitara la máscara, pero él no llevaba ninguna. A decir verdad, ninguno de los trabajadores de palacio.

—¿Y tu máscara, Filippo? ¿No os dejan llevarla?

—Es una molestia para cumplir con nuestro servicio —me explicó.

—Dependerá de la que te pongas, ¿no?

—Ya hemos llegado. —Y juraría que lo escuché suspirar, feliz de perderme de vista. No siempre me daba cuenta, pero a veces era demasiado pesado e intenso con la gente. Filippo lo sabía muy bien. Abrió levemente la puerta y me indicó con una mano que entrara y que me esperaría fuera para cuando hubiera terminado la conversación.

—Muchas gracias. —Y no sé por qué le hice una reverencia, pero se la hice.

—Yo no soy el rey.

—Lo-lo sé.

Fui a entrar, pero antes de hacerlo Filippo me preguntó algo que daba la impresión llevaba queriendo preguntarme desde hacía un rato.

—Si no es indiscreción, ¿cómo se llama la periodista que le ha estado… acosando? —Al decir esta última palabra, se irguió de manera nerviosa. Como si hubiera dicho la cosa más inapropiada del mundo.

—¿La periodista? Sara. Sara Medina. Es muy pesada, te aviso. A mí no me deja en paz desde el *Coriali*.

Esa revelación pareció sorprenderle aún más. Iba a decir algo, pero Luca lo interrumpió desde el interior del despacho.

—Filippo. —Solo dijo su nombre, pero fue suficiente para que este cogiera las anillas de la puerta y la cerrara, con un golpe seco.

Luca estaba bajo su retrato familiar. El que vi la vez que me colé en ese mismo despacho. Un cuadro a tamaño natural de los tres, de sus padres, Carlo y Laura, y Luca en un lado. El Luca de nueve años, con una sonrisa disimulada y una expresión indescifrable. Su máscara de cuervo descansaba sobre el escritorio de mármol negro y tenía las manos metidas en los bolsillos. Ni siquiera se dio la vuelta para mirarme. Dios, de verdad tenía la pose de un auténtico rey. Estar a su lado me hacía sentir pequeño, y eso que teníamos la misma edad.

Pero en ese despacho me quedaba claro que no éramos para nada parecidos. Que estábamos en mundos totalmente diferentes. ¿Había sido un error aceptar la invitación? ¿Qué pintaba yo allí? ¿Qué me había creído?

—Menuda fiesta —dije al fin, tratando de romper un poco el hielo.

—¿Te gusta? —preguntó, pero seguía dándome la espalda.

—Sí. A ver, no conozco a nadie, pero es divertida. Aunque no sé si tanto lujo es para mí.

—¿Tanto lujo?

—No sé. Ya sabemos que sois reyes, pero restregárnoslo así por la cara… —Sabía que, si le decía eso, se daría la vuelta para enfrentarme. Dicho y hecho. Me miró, extrañado, con el ceño más fruncido de la historia.

—¿Crees que es demasiado?

—Era broma, ¿eh? Que la fiesta es la hostia. A ver, ¿demasiado? Depende de lo que consideremos como «demasiado». Tampoco he estado nunca en un *Sansere Invernale*, y, por lo que he aprendido, lleva haciéndose muchos años, así que quizá sea bueno dar un poco de *fantasy realness*.

—Puede que tengas razón —reflexionó.

—¿Ah, sí? Sí, sí, es… Claro que la tengo —sonrcí, tratando de parecer lo más encantador posible, pero, por su expresión, seguramente pareció como si me hubiera dado un calambre en la cara—. Por cierto, vas guapísimo con tu traje.

—Es hecho a medida —me explicó—. Muchas gracias.

—Esperaba un cumplido de vuelta, pero no pasa nada. Podré vivir con ello —me lamenté y fui a quitarme la máscara, pero me lo impidió.

—No te la quites. Te queda bien. Me gusta.

—¿Quieres decir que prefieres mi cara de zorro a la real? Eso duele. —No sabía si era porque estaba demasiado nervioso, pero no podía parar de chincharlo. No podía parar de hacer chistes, aunque no tuvieran sentido alguno.

—Yo no he dicho eso. No des la vuelta a las cosas —espetó, molesto, y tuve que replegarme.

—Era… Solo bromeaba. ¿Por qué te has quitado tú la tuya? Parece chulísima. —Y me acerqué a la mesa, cogiéndola con cuidado. El nivel de detalle era increíble. Pero pesaba una barbaridad.

—Es muy *incòmotta*… Incómoda.

—Lo había entendido —me apresuré a decir—. Pero es verdad. Parece… difícil de llevar. La mía es mucho más sencilla. Mira, te propongo una cosa. ¿Y si…? ¿Quieres que las intercambiemos? Al menos durante un rato.

—¿Intercambiarlas? No. No puedo hacer eso. —Estaba nervioso. Y Luca nunca estaba nervioso. ¿Por qué me había hecho llamar? Dudo que para preguntarme por mi máscara—. No puede romperse ni pasarle nada.

—Que mi máscara esté medio rota no significa que vaya a romper todas las que toque —me defendí.

—No había visto que la tuya estuviera rota. —Y le señalé la oreja medio caída que había pisado antes en el coche.

—Oye, ¿y por qué estamos aquí en tu despacho en vez de estar en la fiesta? ¿Hay algo que quieras contarme? —planteé, lanzándome al vacío. Sus mejillas se sonrojaron y dio un paso hacia atrás.

—Sabes que ahora hay un baile, ¿verdad? —empezó a decir y yo asentí en silencio. ¿Adónde quería llegar?—. Y sabes que, como rey, tengo que elegir una pareja para bailar.

El estómago me dio un vuelco. Espera, me estaba preguntando por el baile, por su pareja…, y todo me lo estaba diciendo después de pedirme que fuera a su despacho para hablar los dos solos. ¿Me iba a pedir que bailara con él? ¿Era eso lo que quería contarme? ¿Por eso estaba tan nervioso?

—Sí, creo que me lo contaste. Tú o alguien. O puede que me lo esté inventando, pero sigue, sigue.

Se le veía inquieto, tratando de encontrar las palabras adecuadas. Y mi peculiar humor no lo ayudaba en absoluto.

—La tradición permite que la gente se acerque al rey y le pida la mano para bailar. El rey decide si acepta o no la invitación con un gesto de la cabeza. Pero tiene que hacerlo con cuidado, ya que la persona a la que elija será su pareja oficial —me explicó—. No sé si lo estás entendiendo.

—Sí, sí, pero menuda presión, ¿no? ¿Y si luego no te gusta la persona que has elegido?

—Por eso he de elegir bien —añadió con un tono de pesar en la voz. Y vi algo en su mirada. Algo que no había visto tan claro desde aquella noche en Santino, cuando estuvimos a punto de besarnos. ¿Quería pedírmelo, pero… no podía hacerlo?—. Y no me gustaría tener que elegir una de las chicas que ha seleccionado mi padre.

—Pero es una tontería. No entiendo que tengas que basar tu amor en este baile.

—Es una tradición, Gaspar —replicó, molesto. «Es una tradición» era la excusa de siempre para seguir haciendo cosas que habían quedado anticuadas.

—¿Y? No todas las tradiciones son buenas, ni tampoco hay que seguirlas al pie de la letra simplemente por el hecho de que lleven toda la vida, ¿sabes? Puedes crear tus propias tradiciones, Luca. Por si no te has dado cuenta, eres el rey. ¡Eres el rey de Santino! —exclamé, elevando los brazos y gritando a pleno pulmón.

—No me digas lo que tengo que hacer —dijo, cortante y con un tono de hartazgo en su voz.

—¿Yo? Te lo dice tu estúpida tradición.

—*Mancio, Gaspar!* —gritó. Nunca me había elevado la voz—. Tú podrás hacer lo que quieras en tu mundo ideal sin normas. Yo no. ¿Lo entiendes? —Se había enfadado. Y mucho.

—No. No lo entiendo. Punto.

—Entonces, no me sirves para nada —sentenció con furia.

—¿Que no te sirvo para nada? —repuse, molesto—. Eres tú el que me ha llamado —afirmé, recordándole lo obvio. Si él estaba enfadado, yo lo estaba más.

—Me equivoqué. Pensé que me entenderías, pero veo que no.

Así que tuve que retroceder un poco y tratar de ser más comprensivo. No iba a convertirme en su enemigo. Yo estaba ahí para otra cosa. Estaba para escucharlo, para tratar de entenderlo. Así que tendría que ayudarlo, aunque me sacara de quicio cuando se ponía tan cabezón. Me acerqué con cuidado de no asustarlo, tratando de hablar con toda la suavidad de la que era capaz.

—Lo siento. No quería llamar estúpida a la tradición de tu país. Me he pasado —admití—. Solo que me preocupa… Me preocupo por ti. Y… —Me gustas y quiero que seas feliz. Vale, esas palabras no pudieron salir de mi boca. Fui incapaz.

—Solo tengo diecisiete años, y todo el mundo espera que sea perfecto y que cumpla todo al *sonato*… sin ninguna queja. —Estaba liberándose de un enorme peso que debería de llevar cargando desde que lo nombraron rey.

—Te entiendo. Debe de ser duro, Luca.

—No te imaginas cuánto. —Y, en sus ojos, solo podía ver tristeza. Tristeza de verdad, de esa que casi se puede tocar con las puntas de los dedos. Y quise acercarme y darle un abrazo, porque cada vez estaba más claro que llevaba demasiado tiempo sin recibir uno. Pero esa tristeza que vi en sus ojos duró un segundo solo, porque en cuanto pestañeó desapareció—. Pero soy el futuro *regge* de Santino, y he de cumplir con mi deber. ¿Filippo? —llamó y las puertas del despacho se abrieron de par en par—. Ya hemos terminado.

—Perfecto —contestó este, con una reverencia leve de su cabeza—. El baile va a comenzar en unos minutos. Su padre le estará esperando.

—Muy bien. Enseguida bajo.

Yo estaba entre medias, en silencio, sin tener muy claro si tenía que irme, quedarme o esperar a que me dieran alguna orden. Así que me quedé lo más quieto posible, como si de esa manera fuera a desaparecer. No hizo falta. Luca comenzó a andar hacia mí y, cuando llegó a mi altura, con su máscara de cuervo en la mano, se detuvo.

—Gracias por la conversación. Gracias. —Esa segunda vez sonó como todos los «gracias» deberían sonar al decirlos. Porque es una expresión demasiado usada, como «perdón» o «¿qué tal?», pero pocas veces se dicen sintiéndolas de verdad. Luca lo sintió. Estoy seguro de ello.

Filippo me indicó con la mano que lo siguiera, así que fui tras él, no sin antes echarle un último vistazo a Luca; sin embargo, ya no estaba mirándome. Salí del despacho y Filippo entró, cerrando las puertas y dejándome en el pasillo, elucubrando sobre la conversación que iban a tener los dos. Ya no me quedaba mucho más por hacer, así que bajé con toda la melancolía y el drama del que fui capaz y regresé al Gran Salón. El rey Carlo y varios miembros del poder político en Santino estaban sentados en el fondo de la sala, en grandes sillones con reposabrazos de terciopelo. Entre ellos estaba sentado también Bastian. Lógico, porque era de la familia real.

Lo bueno de llevar una máscara era evitar que alguien pudiera reconocerme como el chico de la fotografía que revolucionó Santino y echó por tierra una de sus tradiciones más antiguas. Así que, haciéndome el disimulado, fui comiendo de todas las bandejas que pasaban con diferentes tipos de canapés y tratando de cotillear al máximo en un palacio que ya me conocía casi como la palma de mi mano. Además de darle vueltas a la conversación con Luca. Por mis chistes sin sentido, había cortado cualquier cosa que planeara decirme… y todo parecía indicar que me había llamado para que fuera su pareja. ¿No? ¿O estaba viendo cosas donde no las había?

—*Adoro la tua maschera da volpe* —me dijo una chica con unos tirabuzones que le caían hasta casi la cintura. Su vestido era plateado y estuvo a punto de deslumbrarme. Llevaba una copa de vino tinto en la mano y claramente iba un poco borracha, porque tenía varias manchas junto al escote y no acababa de mantenerse erguida—. *Ma è rotta.*

—Eh, *grazie, grazie. Anche a me… me… mi piace… la tua maschera…* —No sabía si lo estaba diciendo bien o estaba metiendo la pata. Pero ella me sonrió igual, elevó la copa al aire y la vació de un sorbo. Me dio una palmadita en el hombro y siguió su camino.

Salvo ese encuentro, no hablaba con nadie, y, cada segundo que pasaba, más convencido estaba de que no era mi sitio del todo. Quería irme, pero algo me decía que me tenía que quedar. Algo me unía a esa sala de baile. De vez en cuando cruzaba miradas con Carlo Calliveri, o con un Filippo que no dejaba de pasear de un lado a otro del salón. No sabía hasta qué punto les hacía gracia que yo estuviera por ahí. Porque Luca habría sido el artífice de que yo fuera, de eso no había ninguna duda. La comida no dejaba de salir de una de las cocinas, aunque la periodista Sara Medina se había colocado justo por donde pasaban los camareros, así que tenía que hacer verdaderas virguerías para saltarme su control. Solo me faltaba que me reconociera. No pensaba quitarme la máscara por nada del mundo. En un momento dado, Luca volvió a entrar en la gran sala de baile, secundado por varios de sus guardaespaldas, y fue directo a sentarse en el sillón vacío al lado de su padre. Y, mientras la gente seguía hablando, bebiendo y, ocasionalmente, bailando con una música casi inexistente, Luca se volvió a poner su máscara de cuervo y Filippo hizo un gesto con la mano a otro de los sirvientes del *palazzo*. A los pocos minutos, varias chicas empezaron a formar una larga cola cerca de los tronos reales, donde estaban sentados todos los miembros Calliveri. Bastian, el rey Carlo, Luca, por supuesto. Pero también había tres mujeres que no reconocí y un hombre muy mayor que debía de ser el abuelo de Luca. Había leído sobre él. Su nombre era Ludovico. Como aquel filósofo santinés del que me habló Marco. El anterior rey de Santino, justo antes de Carlo.

Cuando Filippo volvió a hacer su gesto con la mano, la primera de las chicas dio un paso al frente y anduvo por delante de toda la familia real hasta llegar frente a Luca. Ahí hizo una pequeña reverencia para acabar arrodillándose delante de él. Bastian le llamó la atención señalándole la cara, hasta que la chica lo entendió y se quitó la máscara para mirar a Luca directamente. Sería una tradición, pero era algo superficial y vulgar. Como una especie de aplicación de citas pero a la antigua. Luca ni siquiera se inmutó. Pasaron los segundos y la tensión se podía palpar en el ambiente. Hasta que el rey Carlo giró un poco la cabeza hacia la derecha, y la chica entendió que había sido rechazada. Se volvió a colocar la máscara y se alejó, volviendo de nuevo a la fiesta y siendo recibida con los brazos abiertos por alguien que parecía ser su padre. La abrazó y se mezclaron de nuevo entre la gente.

Tras esa chica, llegó otra, mucho más torpe e insegura que la primera. Carlo negó con la cabeza casi antes de que pudiera arrodillarse. Claramente esa no había sido elegida por él. Una a una fueron pasando delante de Luca, que se resignaba a darle el gusto a su padre de elegir a alguna de las chicas. Solo esperaba que finalmente eligiera a alguien o su padre iba a enfadarse de verdad, porque solo había que ver cómo iba agriando más y más su expresión según Luca iba rechazando una tras otra. Quizá debería probar suerte yo también. ¿Qué había de malo en ello? Me lo había dejado caer en su despacho. Tenía que elegir una pareja. Debía elegirla bien. Y no le gustaba ninguna de las chicas que había elegido su padre. Disimuladamente, con una copa de zumo de melocotón en la mano, fui acercándome a la fila de las chicas. Con algo de suerte, ninguna me prestaría demasiada atención. Nadie sabía quién era. ¿Por qué iban a sospechar que era un chico? No era el único en la fila con chaqueta y pantalones. Aunque, claro, si ya me había dicho «*non posso*» escondidos dentro de un fotomatón, ¿realmente me iba a decir que sí delante de tanta gente?

Cuando quise darme cuenta, estaba más cerca que nunca y mi corazón latía a mil por hora. ¿Realmente lo iba a hacer? ¿Realmente me iba a atrever? No se había acercado ni un solo chico. ¿Iba a ser yo el primero? A mí me daba igual que supieran que era gay, pero quizá a Luca no tanto. De hecho, ni yo sabía con seguridad que él lo fuera. Y, de repente, comencé a escuchar una canción que me sonaba entre todas las que iban poniendo en la fiesta. Claro que me sonaba. La había escuchado en el coche del abuelo. Era su canción con la abuela. En ese momento lo sentí como una señal, por muy absurdo que fuera. La chica delante de mí se acercó a Luca, siguiendo el mismo protocolo y, cuando Filippo iba a mirarme, me giré de golpe. Pero era imposible que no me reconociera. De hecho, lo hizo casi al momento. Sin poder creer lo que veían sus ojos, se acercó a mí, dispuesto seguramente a decirme que me fuera. No iba a tener otra oportunidad. Así que lo esquivé por muy poco y corrí para colocarme delante de Luca, con cada miembro de la familia real Calliveri levantándose de golpe a mi paso.

Carlo Calliveri miró a Filippo y le dijo algo en santinés que no llegué a entender. Aunque claramente era una orden directa para que me impidiera dar un paso más. El problema es que Luca, por primera vez, se movió. No lo había hecho desde que se había sentado en su trono. Todo el mundo enmudeció. De pronto la sala se había quedado en absoluto silencio, y yo estaba sudando a mares. Luca simplemente había elevado su mano, queriendo decir que esperaran para tomar cualquier decisión sobre mi futuro. Se puso en pie y yo, como indicaba el protocolo, hice una pequeña reverencia y me arrodillé delante de él, al igual que habían hecho todas antes que yo. Mientras lo hacía, pude notar todas las miradas clavadas en mi nuca, como espinas envenenadas.

—*Che fai?* —dijo entre dientes—. ¿Qué estás haciendo, Gaspar?

—Pedirle un baile, *sua altezza*. ¿No se hace así? ¿No estabas buscando pareja?

Empecé a darme cuenta del ridículo que estaba haciendo, de lo absurdo de mi plan. Le estaba poniendo en una situación demasiado incómoda. No tenía derecho a hacerle eso. ¿Qué esperaba? ¿Que me diera la mano y bailara conmigo delante de todo el mundo? Menudo estúpido.

Luca no dijo nada. Parecía nervioso. No dejaba de abrir y cerrar las manos, tratando de relajarse. Podía escucharle pensar, debatirse entre un sinfín de posibles decisiones. Pero ¿cuál tomaría? ¿Cuál era la acertada? Miró a su padre, que seguía de pie, tras él, devolviéndole una mirada fría y extraña. ¿Qué iba a decir? ¿Qué decisión iba a tomar? El corazón se me iba a salir por la garganta. Podía escucharlo latir a plena potencia. Era lo único que podía escuchar. Eso y mi propia respiración. Sabía que había música sonando, pero mi cerebro ni siquiera era capaz de reconocerla. Parecía que estuviéramos dentro de una cabina insonorizada, sin contacto con el mundo exterior.

Entonces lo hizo.

Luca estiró su brazo y cogió mi mano. Cogió. Mi. Mano. Sudada.

Qué más daba. Sus dedos suaves tocaban los míos. Así que le agarré la mano con fuerza y me ayudó a levantarme. Los murmullos se adueñaron de la gran sala de baile. El *regge lunare* de Santino había elegido pareja, y nadie pensaba que fuera a ser yo. Ni yo mismo.

—Lorenzo… —dijo su padre.

—*È la mia decisione* —respondió Luca y, sin soltarme la mano, caminamos los dos, en silencio, con todo el mundo mirándonos, al centro del salón. De fondo, seguía sonando la canción de mis abuelos.

—No sé cómo se hace esto —admití, nervioso—. ¿Estás seguro?

Me había lanzado pero, como siempre, sin pensar en las consecuencias. Mi abuelo ya me lo había dicho alguna vez, y tenía razón. Nunca pensaba más allá. Lógico que ni siquiera pudiera decidir mi futuro.

—Claro que lo sabes —asintió—. Ya me demostraste que sabías bailar.

—¿Lo hice? Eso suena bastante a mí, pero seguro que no delante de tanta gente. —Recordaba aquella tarde en Santino Porto, bailando en sus calles, sin importarme nada más que hacer a Luca feliz. Casi igual que ese momento.

—Gaspar. No sabes lo que me ha costado levantarme para cogerte de la mano. No te asustes ahora. Porque yo lo estoy mucho más —me confesó.

—¿Asustado? No-no-no he estado más seguro de nada… en toda mi vida. —Y, cogiéndolo de la otra mano también, empecé a moverle los brazos, de una forma absurda y divertida. Cualquiera que nos viera pensaría que estábamos haciendo el ridículo, pero era el mejor baile que podía haber—. Que no te engañe mi tartamudeo.

El rey Carlo seguía en la misma posición, erguido y firme, como un verdadero regente, de esos de la época medieval. Me daba igual. No iba a intimidarme. Ni a mí ni a Luca, aunque este bailara más tieso que un palo.

—Venga, Luca, que vean que sabes bailar.

Lo solté y empecé a hacer el tonto al son de la música, moviendo los dedos delante de mi máscara y dando vueltas sobre mí mismo.

—*Gloria! Gloria!*—chillé. Y esa energía hizo que el resto de la gente comenzara a animarse también y empezara a bailar poco a poco, algo que provocó que Luca también se moviera, aunque fuera disimuladamente, como tratando de guardar las formas—. ¿Lo ves? Tú también sabes bailar.

—Nos mira todo el mundo —me dijo con un toque de pánico en su voz.

—Lógico. Eres el rey —recalqué—. Pero tú estás por encima de eso. Si el rey quiere bailar con un zorro tan guapo, y además ponerse a gritar, que lo haga. Puedes hacer lo que quieras. ¡Tienes ese poder!

—Lo tengo, ¿verdad? —Y pude entrever media sonrisa.

—Lo tienes.

—¿Puedo hacer lo que quiera?

—Mientras no sea matar bebés —bromeé sin dejar de mover los brazos, bailando de manera absurda—. *Gloria!* —seguí cantando, acompañado por casi todo el mundo, que ya no nos prestaba la atención del principio, soltándose en medio de la pista de baile, disfrutando de una canción que parecían saberse al pie de la letra.

—No voy a matar bebés —respondió.

—Entonces ¿qué quieres hacer?

Luca se mordió un poco el labio, dio un paso hacia mí, me cogió de las manos y me besó.

9

Farfalle

(traducido del santinés)

Llevaba meses sin hablar con mi padre cuando decidí bailar con Gaspar en el *Sansere Invernale*. Quizá era mi forma de decirle que podía tomar mis propias decisiones sin que él tuviera que supervisarlas continuamente. O quizá era mi forma de disculparme con Gaspar por todo lo que había pasado entre nosotros. Pero ¿qué es lo que había pasado? El verano había sido complicado. Aunque no recuerdo que mi vida no lo fuera en algún momento. Siempre con expectativas, siempre con gente diciéndome qué decir o qué hacer. Coartando mi libertad desde que tuve uso de razón. Sí, vivía en un palacio, rodeado de lujos, y sin ninguna preocupación. Ese era precisamente el problema. Y nunca me había planteado que todo fuera un error hasta que conocí a Gaspar. Desde aquel momento en el que me gritó, cuando le llamé la atención por cortar mal la hierba. Porque realmente la cortaba mal. Le dio igual. Nuestra disciplina no se le aplicaba, y eso es lo primero que me produjo curiosidad. No me trataba como el resto de la gente, sino como a una persona normal, y aprendí que, al estar a su lado, podía descubrir cosas nuevas. Sobre el mundo. Sobre mí mismo.

En palacio nadie parecía estar de acuerdo con nuestra amistad, y Filippo era el que más trataba de interponerse entre los dos. ¿Por qué esa obsesión con separarnos? ¿Por qué ese empeño en seguir manteniéndome en una jaula de cristal y mármol? La verdad, creía que todo era por protegerme, porque él sabía lo mejor para mí. Mi padre y mi madre le habían encomendado la tarea de criarme, de vigilarme, de supervisarme continuamente, y se había tomado el trabajo demasiado en serio. Todo cambió cuando conocí Santino Porto, la capital. Todo cambió aquella tarde con Gaspar. No solo por descubrir la ciudad, sino por descubrirla junto a él. Todo era una aventura cuando estaba a su lado, y saber que él también había perdido a su madre me hizo conectar aún más. No era consciente de cuánto hasta que se filtró nuestra foto en la prensa. Mi padre estalló en cólera. Nunca lo había visto tan enfadado. Era la primera vez que me ponía la mano encima, y lo hizo delante de Gaspar, que, al verlo, quiso defenderme. ¡Defenderme! Nunca nadie me había defendido. No de aquella manera.

Por un tiempo, creí que había sido él, que me había engañado por completo, que nuestra amistad no era real. Quizá porque mi padre me prohibió verlo y Filippo no dejaba de insistir en que había sido su culpa, y que era un peligro tanto para mí como para Santino. Yo los creí. ¿Cómo no iba a hacerlo? Eran mi familia. No iba a darles de lado, pero seguía sin entender que alguien como Gaspar hubiera hecho algo así. Alguien al que me había abierto como con nadie en mi vida. Porque ser príncipe heredero al trono de un país como Santino reduce mucho tu círculo de amistades. No podía dejar las cosas así. Lo llamé. Fui demasiado borde. Estaba enfadado. Entendí demasiado tarde que no lo estaba con él, sino conmigo mismo, con mi padre, con Filippo. Con las leyes absurdas de mi país. Con la propia monarquía. Y los días sin Gaspar trabajando en los jardines fueron los más duros desde que mi madre había muerto. De nuevo, la vida me había arrebatado a una persona que me importaba.

Así que cuando descubrí que había vuelto a Santino, al escuchar hablar a su abuelo con Filippo, demandé inmediatamente verlo. No quisieron permitírmelo. «No es aconsejable». «Un rey no puede rebajarse a eso». «Tienes que mirar por el bien del país». «Ese chico te ha traicionado». Pero necesitaba verlo. Necesitaba hacerlo. Necesitaba ver sus ojos para saber la verdad, así que hablé con mi padre. La conversación fue exactamente *tal como* esperaba.

—¿Qué sientes por ese chico, Lorenzo? —Odiaba que me llamara Lorenzo.

—No lo sé, padre. Pero quiero volver a verlo. Quiero que venga a mi *Coriali*.

—Eso no puede ser.

—Si voy a ser el rey, quiero empezar a tomar decisiones propias —le dije, envalentonado.

—Aún no eres rey. Así que las decisiones las tomaré yo hasta entonces —bramó con tanta fuerza que me dejó en silencio al instante. Debió de darse cuenta, porque lo siguiente que dijo fue con un tono mucho más conciliador—: Ese chico puso en riesgo tu coronación, Lorenzo.

—Pero puede que no. Puede que no fuera él.

—Entiendes lo que significa ser rey, ¿verdad? Entiendes que tienes que poner el reino siempre por delante de tus propias convicciones, de tus propios problemas, de tus propios... gustos. ¿Lo entiendes?

—Llevo preparándome para ser rey desde que nací, padre. Claro que lo sé. Pero ¿qué daño puede hacer que venga a mi *Coriali*?

—¿Y si filtrara algo más a la prensa? Ya lo ha hecho una vez. Podría volver a meterte en problemas.

—No lo creo. Gaspar no es así —musité. Se acercó con paso calmado y tranquilo, y se sentó a mi lado, posando su mano sobre mi hombro.

—¿Qué pasa por tu cabeza, hijo? No te reconozco. ¿Cómo se te ocurrió siquiera escaparte del *palazzo*? —Había una reprimenda en sus palabras, pero trataba de dulcificarla todo lo posible.

—Lo siento. No debí hacerlo. Eso lo entiendo ahora. Podría haber sido peligroso. Pero…

—¿Pero?

—Pero no lo fue. Descubrí Santino Porto. ¿Por qué no había podido conocerlo hasta ese día? ¿Por qué tenemos una ley que impide que el príncipe conozca a su propio pueblo? No lo entiendo.

—No estamos aquí para cuestionar las leyes, Lorenzo. Solo quiero que entiendas que eres el príncipe heredero al trono de Santino. Tienes un deber y una responsabilidad para con tu pueblo. Comprendo que tengas sentimientos hacia él, pero debes entender que se esperan muchas cosas de ti.

Sentimientos. ¿A qué se refería?

—¿Sentimientos?

—Tienes que entender que una unión con ese chico no sería bien vista por parte de la sociedad santinesa. Y, como realeza, tenemos que asegurar la línea de sangre.

—¿De qué estás hablando? Gaspar y yo somos amigos —repliqué, molesto.

—¿Realmente no sientes nada más por el chico de los Costa? —inquirió, mirándome con firmeza. Y creo que esa fue la primera vez que pensé seriamente en lo que sentía por Gaspar. Si era tan difícil ponerlo en palabras, eso solo podía significar que sentía algo más fuerte de lo que creía. Si tanto me había dolido no verlo cada día en los jardines, si necesitaba tanto estar con él…

—No lo sé —admití. Mi padre asintió, cerró los ojos y, tras darme un par de palmadas en el hombro, se puso en pie de nuevo.

—Luca —si me llamaba por mi nombre es porque tenía algo muy importante que decirme. Había sido así desde que era pequeño—, tienes que tomar una decisión, con sabiduría y responsabilidad. Pensando en la estabilidad tanto de la monarquía como del reino. Si tanto significa para ti, accederé a que venga a tu *Coriali*. Pero debe haber una condición que espero que entiendas y valores en consecuencia. No volverás a ver a Gaspar Costa tras la coronación.

—No volver a ver a Gaspar… —repetí, sin entender la consecuencia real de esa frase.

—Esa fotografía ha dañado nuestra reputación. Y, ahora que me confirmas que sientes algo más por Gaspar, es algo que… Lo dejo en tus manos. Creo que eres lo suficientemente maduro como para saber la decisión que tienes que tomar. Piensa que en unos días será tu *Coriali* y, desde el primer día del año que viene, serás el nuevo rey de Santino.

Sus palabras confirmaban que iba a confiar en mí y me iba a coronar rey de Santino. Siempre y cuando cumpliera con su única condición: no volver a ver a Gaspar tras el *Coriali*.

Estuve todo el día de la celebración carcomido por los nervios. No podía decepcionar a mi padre, porque eso significaba decepcionar a mi reino, a todo Santino. Quizá me había equivocado insistiendo en que Gaspar fuera a mi *Coriali*, porque volver a verlo aquella noche en casa de sus abuelos habría sido una despedida perfecta. No tenía claro si realmente sentía algo más por él o no. Pero tampoco tenía claro si él sentía también algo más que amistad. ¿Cómo iba a saberlo si era mi primer amigo de verdad? ¿Cómo iba a haber visto las señales si ni siquiera sabía identificarlas? Por eso, cuando me confesó que ya sabía lo que significaba la letra de nuestra canción, quise que me dijera en palabras lo que realmente significaba para él. Nunca pensé que trataría de besarme.

El beso.

Ese beso lo cambió todo. Me puse nervioso. Entré en pánico. Fue mi primer beso, y estaba siendo con la única persona que me había tratado como un ser humano más allá de mi madre. Pero también era la única persona que mi padre me había prohibido ver. Su voz resonó en mi mente en ese momento. Todo se ralentizó. Solo pensaba que estaba decepcionando a mi país, a mi familia, a mi herencia.

—*Non posso*, Gaspar.

Pero mi corazón entendió que Gaspar sentía algo por mí, y, al unirse nuestros labios, entendí que yo también sentía algo por él.

Gaspar volvió a Madrid días después. Me las ingenié para enviarle varios de mis cómics favoritos, e incluso una flor de medianoche. Fue mi forma de decirle que me importaba, que volveríamos a vernos. Y que quería que me recordara. Pero, desde el *Coriali*, mi vida cambió por completo. Pasé de estar encerrado a pasar cada semana en un país diferente, conociendo a decenas de gobernantes europeos. Era mi gira de presentación. Tenían que conocerme, aunque fuera todavía un *regge lunare*. Por suerte, sabía a la perfección todos los protocolos que tenía que seguir. Me había preparado para esa tarea toda mi vida. Y no podía dejar de pensar en mi madre, en cómo me habría gustado que me acompañara en esos momentos, porque era la única capaz de calmarme. Hasta que conocí a Gaspar. Filippo me ponía cada vez más nervioso y, según fueron avanzando las semanas, casi dejé de hablarle, tanto a él como a mi padre.

Todo eran responsabilidades. Nada de libertad. Nada.

Le envié más cómics a Gaspar. Porque quería que supiera que seguía pensando en él, y, según fueron pasando los días, fui obsesionándome más y más con él, con volver a verlo, con contactar con él aunque fuera por un solo instante. Pero no obtuve ninguna respuesta por su parte. ¿Quizá no quería hablar conmigo? ¿No quería seguir sabiendo de mí? Me obligué a tratar de olvidarlo. Le había roto el corazón. ¿Qué esperaba? ¿Que estuviera igual conmigo? ¿Deseando saber de mí? Así que dejé a Gaspar olvidado en lo más profundo de mi mente. Hasta que lo vi en Madrid. Fue solo un momento, pero ahí estaba. Había venido. ¿Significaba eso que le seguía importando?

Fue en ese momento cuando decidí que teníamos que invitarlo al *Sansere Invernale*. Y, sorprendentemente, Filippo estuvo de acuerdo. Aunque tuve que luchar con mi padre, sorprendentemente acabó aceptando. Y, cuando supe que Gaspar había vuelto a Santino, entendí que había aceptado la invitación. Fue verlo en el *Sansere*, con esa máscara de zorro, y tuve claro lo que tenía que hacer. Lo llamé al despacho para hablar con él, para explicarle cómo funcionaba el baile para un rey. Pero tuvo que ponerse a hacer sus chistes y no pude decirle lo que pretendía. A veces me sacaba de quicio, porque parecía no entender mi posición, y quién era yo realmente. Pero ¿quién era yo? ¿Era solo el rey de Santino o era alguien más…, algo más? He nacido para reinar en mi país, pero… ¿y si la vida me tuviera preparada otra cosa? Esa noche creí entender que debía dejar atrás las cosas que daba por hecho, y aunque tenía dudas, al ver a Gaspar esperando en la cola de mis pretendientes, lo supe. Vi la mirada de mi padre, la de Filippo… Tantas expectativas, tanta presión. ¡Yo sabía cómo ser rey! ¿Es que acaso no confiaban en que tomaría las mejores decisiones? Si mi decisión era Gaspar, no había más que hablar. Antes de conocerlo, ni siquiera me habría planteado desobedecerlos, pero él me había enseñado que no todo era tan cuadriculado como yo creía. En cierta manera, me recordaba a…, me recordaba a mamá. Así que pensé en ella cuando cogí su mano. Todo cobró sentido entonces.

10

Brividi

¿Qué acababa de pasar?

Me había lanzado, sobre todo porque quería apoyar a Luca. Demostrarle que no estaba solo, y que no tenía por qué seguir los dictados de su padre, por mucho que siguiera siendo el rey. Porque el nuevo rey era él. Y tenía que empezar a tomar las riendas si quería ser libre. O, al menos, algo parecido a la libertad. Pero nunca se me habría ocurrido besarlo delante de todos los invitados, delante del maldito mundo. Al parecer, a él sí. No sabía si había sido un impulso o qué lo había llevado a hacerlo, pero, de repente, sus labios y los míos se habían unido en una ecuación imposible. Sus labios, húmedos, carnosos y suaves. Mis labios, amoratados y doloridos. Me dio igual. Porque estaba besando a Luca Calliveri. Corrijo. Luca Calliveri mc cstaba besando. Y, si la gente había dejado de prestarnos atención, fue solo durante unos segundos, porque sentí cómo todas las miradas volvieron a centrarse en nosotros dos, en la sorpresa que nadie esperaba en el *Sansere Invernale*. Así son las sorpresas, ¿no? Que llegan sin avisar.

Los ojos clavados en nosotros fueron sustituidos por los flashes de los fotógrafos. Menos mal que aún seguía llevando mi máscara de zorro. No me apetecía volver a salir en la primera página de todos los medios del mundo. Luca tardó en darse cuenta de lo que estábamos haciendo, de lo que él estaba haciendo, o es que quizá para mí pasó mucho tiempo. Pero pude ver cómo le fue cambiando la expresión, los ojos, transformándose paulatinamente hasta una explosión de vergüenza incontrolable. Separó sus labios de los míos, soltándome las manos en el acto y, tras negar con la cabeza y mirar en derredor a todo el mundo que nos observaba, vio a su padre, de pie, totalmente mudo, pero amenazante como siempre. Y, en vez de enfrentarse a lo que acababa de pasar, simplemente me miró, se disculpó y se fue.

—*Mi scuso profondamente*, Gaspar —fueron sus únicas palabras, y abandonó el salón de baile, donde la música se había visto sustituida por los susurros de la gente, comentando lo que podrían llamar el acontecimiento del año. El rey de Santino, Luca Calliveri, había elegido pareja. Un chico con máscara de zorro. Y se habían besado en medio de la fiesta. Solo de pensar en la cantidad de artículos que saldrían el día siguiente en la prensa empecé a marearme.

Al lado de Carlo Calliveri, estaba Bastian, con una sonrisa de oreja a oreja. Básicamente porque sabía que el chico zorro era yo. Dios, lo odiaba con cada fibra de mi ser, y me daba miedo lo que podría hacer… Escabulléndome disimuladamente de la fiesta, poco a poco también me fui acercando a la salida. Pero a la salida del palacio, directamente a los jardines, donde tomar aire fresco y analizar con cautela lo que acababa de pasar. Así que, sorteando a varias personas que no dejaban de mirarme como si fuera un animal exótico, conseguí llegar a la entrada, atravesando el *photocall* y, una vez fuera, me encontré a varios fumadores tiritando de frío, pero con gusto, dando rienda suelta a su vicio una vez más. Si estaban ahí fuera, no habrían visto ni el baile ni el beso, así que era un entorno seguro. Al menos durante un buen rato. Eso me daría tiempo a pensar. Quizá debería marcharme. O ir a buscar a Luca. ¿Qué podía hacer?

Después de todo, ¿le gustaba a Luca Calliveri? ¿Qué había cambiado? ¿Por qué no había querido besarme en un fotomatón y sí delante de todo Santino, dejando claro que me elegía como pareja? Al menos según esa estúpida traición. Aunque, si realmente se cumplía, ya no me parecía tan estúpida después de todo. No íbamos a buscarle problemas a algo que llevaba queriendo desde mediados de verano.

La temperatura había bajado mucho desde que había empezado la fiesta, porque Santino en invierno era así. Por la mañana calor y por la noche frío polar. Al menos estaban las enormes estufas que había a ambos lados de la entrada, calentando a los fumadores que no podían resistir más de treinta minutos sin dar una calada. Ni siquiera me había llevado abrigo. Ni lo había pensado. Estaba tan obsesionado con no estropear mi ropa nueva que ni se me pasó por la cabeza.

—La que has liado ahí dentro, ¿no? —No pensaba encontrarme a nadie entre los fumadores, pero ahí estaba Silvia, con su máscara en la misma mano que sujetaba el cigarrillo, y apoyada sobre la fachada del palacio. Pero no sabía si me había reconocido aún o no, así que me hice un poco el loco.

—Cosas que pasan —dije sin darle importancia.

—Yo pensaba que el rey ya tenía novio...

—¿Novio? —¿Qué decía?

—Sí, pero nadie lo sabe. Hay un chico que le encanta desde hace meses. Pero no ha trascendido nada. Llevan la relación en secreto —me aclaró y dio una calada más a su cigarrillo, exhalando una enorme nube de humo a su alrededor, agitándola con la mano para intentar evitar que me molestara.

—¿Un novio en secreto? ¿Quién? —pregunté, curioso. ¿Me estaba vacilando o había algo que yo no sabía?

—¿Celoso, Gaspar?

—Chissssss —chisté—. ¿Cómo sabes que soy yo?

—Te reconocería en cualquier parte. ¿Te crees Clark Kent ahora?

¿Te pones unas gafas y ya nadie te va a reconocer? —se burló y estiró la mano, bajándome la máscara hasta la nariz—. ¿Ves? Acerté.

Pero yo la aparté rápidamente y me volví a subir mi barrera protectora zorruna.

—¿Lo has visto?

—Lamentablemente, no. Pero cosas como esa se transmiten rápido. Tienes a varias adolescentes muy cabreadas, he de decir. —Y señaló con la cabeza al otro lado de las estufas. Varias chicas, entre las que reconocí a alguna de las que trataron de sacar a Luca a bailar, me miraban con cara de pocos amigos.

—Parece que no soy tan popular como me gustaría —respondí encogiéndome de hombros.

—Y más feo se va a poner, Gaspar. Pero, oye, me alegra ver que Luca por fin haya abierto los ojos, porque ya iba siendo hora. —Apagó el cigarrillo en uno de los ceniceros que había entre nosotros, haciendo ademán de volver a la fiesta.

—¿A qué te refieres? —Su respuesta fue un simple arqueo de cejas—. ¿Te vas ya? No me dejes aquí solo.

—Pues entra conmigo.

—No-no puedo volver a entrar ahí. Necesito un rato.

—Claro que lo necesitas —señaló—. Pese a que mi trabajo dependa de ello, me encanta vuestro plan de hacer avanzar la monarquía al siglo XXI.

—La monarquía no debería existir en el siglo XXI —repliqué, tajante.

—Pues lo que he dicho. —Se colocó su máscara granate oscuro, que le cubría casi como si fuera un antifaz e incorporaba una flor enorme en el lado izquierdo—. Te espero dentro. No sufras mucho, anda. No le des tantas vueltas.

Me acarició la cabeza con cariño y volvió a entrar, dejándome de nuevo solo y desamparado. Pero tenía razón. No sabía por qué estaba sufriendo tanto, por qué estaba tan agobiado. Debería estar dando saltos de alegría. ¡Debería estar gritándolo a los cuatro vientos! ¡Luca Calliveri me había besado! ¡Le gustaba a Luca Calliveri! Esbocé la mejor de las sonrisas y sentí un calor instantáneo en todo el cuerpo. Pero mi momento de lucidez se vio interrumpido por un grupo de gente que, al verme solitario, se acercó para intentar sacarme información.

—*Come ti chiami?* —preguntó una de ellas.

—¿Hablas español? —dijo otro—. ¿De qué conoces a Luca?

—*Are you a boy or a girl? Who are you?* —añadió otra chica, intrigada.

Cada segundo que pasaba, más y más gente se congregaba a mi alrededor, agobiándome con preguntas sin sentido, y queriendo saber quién se escondía detrás de la máscara de zorro. Incluso una chica pelirroja trató de quitármela, pero fui lo suficientemente rápido como para apartarme a tiempo.

—*Scusi, scusi.* —Era lo único que me salía decir. Pero daba igual, porque ninguno me escuchaba realmente. Solo querían saber, cotillear.

Hasta que una mano tiró de mí y no pude hacer nada por defenderme. Hasta que no me di la vuelta no supe quién era: Filippo, con una expresión de furia total. Empezó a dispersar a la gente que me había acorralado y, tirando de mí, me llevó de nuevo al interior del palacio, alejándome de todos los buitres que trataban de aprovecharse de la situación. Aunque lo hacía a su manera. Es decir, agresivo.

—¡Eh, eh! ¡Que no hace falta que me arrastres! ¡Que sé andar!

—*Silenzio!* —bramó y consiguió llevarme sin contratiempos al interior de otra de las decenas de habitaciones que tenía el palacio. Una vez que se hubo asegurado de que no había nadie, me metió dentro y cerró la puerta tras de sí.

—¿Me estás secuestrando?

—*Non dica zalone.* No digas tonterías —se tradujo a sí mismo.

—¿Entonces? Porque lo parece. Lo de cogerme contra mi voluntad, meterme en una habitación secreta y cerrar la puerta después. A mí me suena a secuestro. No sé qué dirá la policía, pero…

—¿Prefería el señor que le dejara a solas con toda esa gente? Por lo visto, lo estaba gestionando *maravigliosamente* —comentó, socarrón como él solo.

—Gracias —musité, pero lo dije tan bajo que era difícil que me hubiera escuchado siquiera.

—Solo hago mi trabajo, señor Costa. —Pude notar que hacía un tremendo esfuerzo por hablarme con suavidad y no gritarme sin control.

—Por favor, ¿seguimos con eso? Gaspar —insistí. Me ponía muy nervioso que me tratara de usted.

—Gaspar —pero sabía cómo le costaba tutearme en vez de seguir llamándome de usted—, no podemos dejar que hable de más. ¿Lo entiende? ¿Lo entiendes?

—Sí, sí, controlar el discurso y esas cosas, claro. Pero yo lo que quiero es ver a Luca.

—*Sua altezza* ahora mismo se encuentra en su habitación con su padre, el rey Carlo —me informó con pomposidad.

—¿Está bien? —pregunté, preocupado. Si estaba con su padre, eso solo podía significar algo malo. Seguro.

—Sí. Está bien. Están teniendo una charla *padre-figlio*.

—¿Tanto se ha cabreado? —Pero Filippo se quedó en silencio—. Esto es por lo que me dijiste, ¿verdad? ¿Cómo era? Ahora… Ahora Luca es el rey de Santino —lo imité—. Tiene responsabilidades y tiene que mirar siempre por su país. No por sus intereses. Algo así, ¿no?

—Sí, es cierto que yo dije eso, y lo sigo pensando, por supuesto.

—Ya empezamos…

—Pero ahora mismo su interés eres tú —me interrumpió—. Así que tendremos que trabajar con lo que tenemos.

—¿El rey Carlo opina igual?

—*Non lo so.* No lo sé, pero, por lo pronto, nada de hablar con la prensa. Tenemos la suerte de que no te han reconocido al llevar esa extraña máscara de perro.

—Es un zorro. Zorro.

—*Volpe? Non importa.* Nada de prensa, nada de redes sociales. ¿Entendido? —remarcó lo último con firmeza.

—Sí, sí —asentí, nervioso. Pero, en ese momento, diría a todo que sí. Habría vendido mi alma con tal de poder ver a Luca.

—Hoy pasarás la noche en el *palazzo*. No queremos que nadie trate de seguirte por el camino, ¿verdad?

—¿Quién me iba a querer seguir? —dije, alarmado.

—Demasiada gente. Mandaré que le preparen una habitación para poder dormir. Y mañana volverá a su casa con su *nonnetto*. —Acompañó toda la frase con un movimiento de cabeza final, como queriendo decirme que no había lugar a discusión—. Con sus abuelos.

—Pero no tengo mi teléfono aquí. Lo dejé en casa. Como siempre lo quitáis…

—Yo avisaré a Félix personalmente. Mientras, tendrás que esperar en esta habitación hasta que te preparen un cuarto adecuado.

—¿Y podré hablar con Luca esta noche?

—Espere aquí. —Con esa última frase regresó el tratarme de usted. Se despidió con un gesto de la cabeza y cerró la puerta, dejándome solo en ese cuarto extraño, sin tener muy claro qué iba a pasar después.

Empecé a mirar a mi alrededor y fui reconociendo algunos muebles. Creo que era la sala donde una vez vi a Luca reunido mientras organizaba el *Coriali*. Dos librerías de color blanco apagado decoraban las paredes, además de un escritorio ovalado en el centro de la habitación, con pequeños micrófonos y carpetas de color negro vacías. Lo comprobé. Debía de ser la sala oficial de reuniones o, al menos, una de ellas.

Qué tonto había sido al dejarme el móvil en casa. Me encantaría poder hablar con la abuela y contarle todo lo que había pasado. ¿Me dejarían al menos contárselo a mi familia? ¿O lo siguiente que tendría que hacer era firmar un contrato de confidencialidad, de esos que tanto les gustaban? Una explosión me despertó y estuve a punto de tirarme al suelo, asustado. Hasta que vi las luces, provenientes de una de las ventanas del fondo de la habitación. Me acerqué, cauteloso, y vi a los invitados de la fiesta, reuniéndose en uno de los balcones que daban al jardín, para ver los fuegos artificiales a lo lejos. Unos fuegos artificiales que, por segunda vez, veía después de un encuentro complicado con Luca Calliveri. Después de un beso apresurado. La anterior vez fue su rechazo a mi beso. Esa vez me había besado él. Las cosas habían cambiado, pero tampoco me permitían estar junto a él.

Pasé varios minutos mirando los fuegos, totalmente embobado, hasta que escuché cómo alguien abría con cuidado la puerta. No era Filippo, sino una de las sirvientas de la familia real.

—*Signore Costa*... —dijo con una voz suave pero a la vez autoritaria. Me giré para verla mejor, a ver si la reconocía, pero nunca la había visto.

—¿Puedo ir a ver los fuegos artificiales? —pregunté inocente de mí.

—Me han *ordinato* llevarle a su habitación —me explicó, servilmente.

—Vale. Por si colaba. —Me encogí de hombros y salí de la habitación, siguiéndola de cerca.

Sacó unas llaves del bolsillo de su pantalón y cerró la puerta con tres vueltas. Acto seguido, me indicó con la mano por dónde tenía que ir. Tenía muy claro qué camino coger para no mezclarnos con los invitados de la fiesta. Yo llevaba la máscara de zorro en la mano. Por si acaso alguien me veía, que no supiera que yo era el *volpe* al que había besado el rey. Así que, en vez de ir por el pasillo central y por la escalera de mármol de siempre, fuimos hacia la cocina y subimos por las escaleras que usaba el servicio y estaban ocultas en un lateral. Al menos así nos asegurábamos el no encontrarnos con alguien indeseado.

Todo me recordaba a la primera vez que me quedé a dormir en el *palazzo* Santino, cuando Luca entró en mi habitación en plena madrugada, esperando que le dijera que sí a irnos al pueblo a hurtadillas a las tres de la madrugada. Las cosas habían cambiado desde entonces. ¡Vaya si habían cambiado!

El palacio era tan inmenso que la música ni siquiera se escuchaba desde la planta de arriba. Había varias puertas cerradas y unas grandes columnas que decoraban el pasillo por el que caminábamos sobre un suelo de mármol brillante. En las paredes había varios cuadros colgados, de artistas santineses, italianos e incluso españoles. Lo supe porque, al lado de cada uno, había una pequeña placa metálica con el nombre y el año de la pintura. Casi como si fuera un museo. Nunca había estado en esa parte del palacio. Me sentía como Bella, a punto de descubrir un ala prohibida con una flor marchita cayendo pétalo a pétalo. La pregunta era si encontraría una bestia detrás de alguna de las puertas.

¿Cuál de todas las habitaciones que pasábamos sería la de Luca? ¿La conocería alguna vez?

—Ya hemos llegado —afirmó la sirvienta y abrió la puerta. Ante mí había una habitación muy similar a la que me había quedado la primera noche que pasé allí. Con una cama gigante en el centro, un sillón de lectura junto a una estantería repleta de libros, una enorme televisión colgada de una de las paredes y una puerta trasera que daba al baño. Además, unos amplios ventanales desde los que se podía ver la parte de atrás de los jardines, hacia la zona de los acantilados—. *Posso esserle di ulteriore aiuto?* Es… ¿Necesita algo?

—No, no. Muchas…, eh…, *molto grazie* —dije educadamente, y volviendo a hacer una reverencia totalmente sin sentido. La chica asintió y fue a salir de la habitación, pero se me ocurrió una última petición—. ¿Pijama o…?

—*Pigiama? Sul letto…* Cama. —Y entró de nuevo, señalando la cama y un pijama de terciopelo de color azul marino.

—Ah, vale, vale. Que no lo había visto, que no me había… *Grazie, grazie.*

Ella volvió a asentir, asegurándose de que todo estuviera a mi gusto, y, después de comprobar que no me faltaba de nada, se fue, cerrando la puerta con tal suavidad que ni siquiera escuché el ruido.

—Pues, bueno, aquí estamos otra vez —me dije a mí mismo. Coloqué la máscara de zorro sobre la mesa junto al sillón y me dejé caer sobre la cama, agotado por la tarde repleta de emociones. Así que el plan era que me quedara allí a pasar la noche y ya, al día siguiente, se gestionarían las cosas. Y con las cosas me refiero al beso que me había dado Luca.

Se me estaban cerrando ya los ojos cuando escuché un pitido extraño. Me puse en tensión al momento. ¿De dónde procedía ese ruido? Era como una especie de chirrido, y venía de cerca de la televisión. Me levanté de la cama y encendí una lámpara sobre la mesilla de noche. ¿A lo mejor la habitación tenía timbre y estaban llamando desde fuera? Me acerqué a la puerta y la abrí, pero no había nadie, ni a un lado ni al otro del pasillo. Y el sonido seguía sonando. Parecía como si fuera un teléfono. Sobre la mesa alargada de madera, junto a la televisión, había uno de color negro. Una pequeña luz roja titilaba cada vez que sonaba el timbre. ¿Quién podía estar llamándome a esas horas al mismísimo palacio? ¿Sería Luca desde su habitación? Descolgué para salir de dudas, pero no imaginaba la voz que iba a encontrar al otro lado de la línea.

—¿Qué ha pasado, Gaspar? ¿Qué has hecho esta vez? —preguntó mi padre con voz autoritaria.

—¿Papá? ¿Cómo-cómo tienes este número? —respondí, asustado.

—Han llamado a tu abuelo, diciendo que había habido un «incidente» y debías pasar la noche en palacio. Nos han permitido hablar contigo ya que... ¡No tienes tu teléfono! ¿Qué demonios, Gaspar? ¿Qué ha pasado? —Podía imaginarle con la vena del cuello hinchada y los ojos entrecerrados, enfadado a más no poder.

—¡No he hecho nada! Yo no quería quedarme a dormir aquí, pero Filippo... El mayordomo real me ha obligado. ¡Esto es básicamente un secuestro! —protesté.

Escuché otra voz junto a mi padre y se puso al teléfono. Era mi abuelo.

—Te dije que no te metieras en problemas, Gaspar.

—¿Me lo dijiste?

—*Mancio, Gaspar!* Esto es serio —bramó.

—¡No ha pasado nada! Ya está. Luca me ha besado y se ha liado que no veas y...

—¿Has besado al rey? ¿HAS BESADO AL REY? —Esta última frase la dijo gritando. Tanto que tuve que apartarme el auricular.

—No escucháis. ¡Me ha besado! Yo estoy igual de sorprendido. Y supongo que... —Pero la conversación se cortó al momento—. ¿Hola? ¿Eh? ¿Hay alguien? ¿Abuelo? Creo que me habéis colgado...

De golpe, la línea volvió a conectarse, como si simplemente hubiera habido una interferencia, pero la voz del otro lado no era ni la del abuelo ni la de mi padre.

—Nada de hablar de lo que ha sucedido esta noche —me avisó Filippo, contundente.

—¿Filippo? Pero ¿estabas escuchando? —repliqué, confuso.

—Por supuesto.

—¿Y eso no es denunciable o algo así?

—Su abuelo insistió en hablar con usted, pero, como le dije antes, tenemos que tener cuidado con las filtraciones.

—¡Si no estaba diciendo nada! Solo lo que ha ocurrido esta noche —exploté.

—Precisamente.

—Esto es una tontería. Es de locos. ¿Y para qué me dejas hablar con ellos? ¿De qué iba a hablarles? ¿Del tiempo? —A Filippo le dio exactamente igual todo lo que tenía que decirle. Se quedó en silencio, esperando a que yo terminara de hablar, provocando un silencio incómodo que duró más de la cuenta.

—¿Ha terminado? *Buonanotte*, Gaspar. —Y colgó.

—Me cago en la puta. —Menos mal que eso no lo escuchó. Creo.

Casi no pegué ojo en toda la noche. No sé si porque seguía nervioso por lo que había ocurrido con Luca, si por estar incomunicado en una habitación del palacio real, o por todo a la vez. En algún momento entre las tantas de la madrugada (no tenía ni idea de la hora, y tampoco se me ocurrió encender la televisión para comprobarla) me quedé dormido al final. Y, por primera vez, no soñé nada, o no lo recordé al despertarme. Quizá porque lo que me hizo abrir los ojos fue un golpe seco en la puerta. Tardé un rato en desperezarme y, cuando abrí los ojos, el sol ya había salido y se colaba entre las cortinas, dándome directamente en la cara. Ni siquiera me había puesto el pijama. Me había limitado a quitarme la ropa y quedarme en calzoncillos tirado en la cama, sin meterme dentro. Toda la noche parecía muy lejana, casi como si no hubiera sido real. Como el golpe en la puerta. Seguramente me lo habría imaginado. Un sueño febril. Una alucinación conjunta.

—*Buongiorno*, Gaspar —dijo la voz de Luca tras abrir la puerta. Fue escucharlo y pegar un respingo enorme, tratando de meterme dentro de las sábanas al momento. Primero, porque estaba en calzoncillos. Segundo, porque me había levantado… como me había levantado. Iba a ser un poco fuerte comenzar así nuestra relación. Pero de los nervios, y porque las malditas sábanas estaban demasiado metidas bajo el colchón, acabé en el suelo de culo cuando Luca entró en la habitación. Por supuesto perfectamente vestido de traje y arreglado como si llevara horas preparándose. Me encontró allí sentado, con una almohada cubriéndome los calzoncillos que dejaban muy poco a la imaginación—. ¿Qué haces ahí tirado?

—¡Has entrado sin avisar! —lo reprendí.

—He llamado varias veces y no respondías —me explicó, como si fuera la cosa más obvia del mundo.

—Porque estaba dormido —repliqué, nervioso—. Y casi desnudo.

Fue decir esa palabra y Luca se puso rojo al momento, empezando a titubear y girándose de golpe, tratando de parecer un caballero.

—*Mi scuso*, Gaspar —se disculpó mientras yo me ponía en pie y cogía mis pantalones y mi camisa, vistiéndome lo más rápido que pude.

—Es que a ti a lo mejor te visten por las mañanas, pero yo tengo que hacerlo todo solo y, claro, no esperaba visitas a estas horas.

—Yo me visto solo —repuso, molesto—. Y son las nueve de la mañana. Es una hora perfectamente normal.

—Demasiado pronto —señalé.

—¿Pronto? —preguntó, girándose de nuevo. Por suerte, yo ya estaba vestido—. Las nueve no es pronto. Además, tu camisa está del revés.

Y, por supuesto, tenía razón.

—Es que había demasiada presión —me excusé—. ¡Cualquiera se viste así!

—Siento mucho lo que pasó anoche, Gaspar. Quería disculparme, por mi actitud y por la de Filippo, obligándote a pasar aquí la noche.
—Espera, ¿cómo que se disculpaba por su actitud?

—No pasa nada, Luca. Pero sí que me pilló por sorpresa, la verdad —admití.

—¿El qué?

—Tu beso —contesté sin andarme con rodeos, y Luca volvió a sonrojarse.

—Lo siento. No estaba previsto.

—¿Es que programas tus besos con antelación? —Al momento noté que la broma no le había hecho mucha gracia—. Es que…, no sé, Luca… No sabía que… —Venga, tendría que preguntárselo de una vez—. ¿Te gusto?

Luca pareció meditar la respuesta, como si buscara las palabras adecuadas. Solo tenía que decir un «sí, Gaspar, casémonos». No era tan difícil.

—Creo que sí. —Y mi corazón dio un vuelco.

—¿Y por qué no habías hecho nada hasta ahora?

—No estaba seguro.

—¿De mí? Porque soy como un libro abierto. —Cuando me ponía nervioso, no podía parar de hablar. Pero con Luca me contenía todo lo que podía.

—De mí. Tenía que… poner en orden mis sentimientos. Es difícil, Gaspar. Voy a ser el *regge* de Santino. Tengo que tener siempre en cuenta todo —se lamentó.

—Lo entiendo. Claro que lo entiendo. Pero… ¿por qué en el *Coriali* me rechazaste y ahora te has lanzado a besarme? —pregunté, aunque temía la respuesta.

—Porque cada cosa tiene su momento. —Siempre hablando como si lo estuvieran vigilando, pero en su frase pude entender que quería decir otra cosa. Concretamente, «porque desde que te fuiste de Santino no he podido dejar de pensar en ti». Eso tenía mucha más lógica.

Los dos nos quedamos en silencio. La situación era incómoda, extraña. Estábamos dejando claro que nos gustábamos, pero no éramos capaces de dar ni un paso más. Yo no me atrevía a hacer algo que le molestara, y para Luca todo debía de ser tan nuevo que no sabía cómo gestionarlo.

—¿Quieres acompañarme a nadar?

—¿A nadar? Siento decirte, Luca, que estamos en pleno diciembre —puntualicé.

—Tenemos una piscina cubierta climatizada —me explicó como si yo tuviera que saberlo.

—¿Desde cuándo?

—¿Cómo que desde cuándo? Desde siempre. ¿Me acompañas? Me gusta nadar todas las mañanas.

—Pero yo no tengo bañador…

—Te dejo yo uno de los míos. Vamos.

Y abrió la puerta de la habitación de nuevo, invitándome a salir con él. No tardé mucho en pensarlo. Tampoco tenía mucho más que hacer. Me miré la cara en uno de los espejos de la habitación y casi no podía ni abrir los ojos del sueño que tenía. Un baño me vendría perfecto para despejarme.

La piscina cubierta del *palazzo* Santino era una obra maestra arquitectónica. Y no estoy exagerando. Una piscina olímpica con tres calles bajo un techo acristalado y rodeada de plantas tropicales que hacían del lugar algo propio de una mansión de las que podía ver en redes, en Bali o en algún sitio exótico. Del interior del agua emanaba un vapor cálido, dejando claro que estaba caliente, contrastando con la temperatura exterior. Varias hamacas de madera blanca estaban colocadas estratégicamente a ambos lados y, en una esquina, un pequeño bar con máquinas expendedoras repletas de comida y bebida. Eso sí, no conocía ninguna marca y todo era sano y proteico. Los dos entramos en el vestuario para cambiarnos, que contaba con sauna y baño de vapor. Abrió una taquilla y, de su interior, sacó un bañador en forma de slip, de color negro.

—¿Te sirve este?

—Deja… poco a la imaginación.

—Es un bañador deportivo —me explicó—. Puedo pedir uno más largo.

—No, no. Déjalo. Está bien así.

Luca asintió y se metió en una de las cabinas para cambiarse. Pensaba que lo haría delante de mí. Pero supuse que todavía no estaba preparado para eso. Yo me cambié lo más rápido que pude. Ese bañador estaba demasiado apretado en las zonas en que no tenía que estarlo, pero no me quejé. Cogí una toalla blanca que reposaba sobre uno de los bancos y mientras me calzaba unas chanclas que había en la misma taquilla que había abierto Luca, este salió de la cabina. Nunca lo había visto tanto cuerpo desnudo, y realmente tenía espalda de nadador. O, al menos, nadador incipiente. Llevaba unas gafas de nadar en la muñeca y la toalla en la otra mano. Qué guapo era y qué bien le quedaba ese bañador.

—Toma. —Y me lanzó un gorro de látex para la piscina.

—¿Me tengo que poner gorro?

—Claro.

Mi peor pesadilla. No me quedaban nada bien. Iba a parecer un monstruo. Seguro que a Luca le quedaban mucho mejor que a mí. Los dos salimos del vestuario y, tras dejar las toallas en una de las hamacas, nos duchamos y me metí en el agua, que estaba perfecta. Ni muy fría ni muy caliente. Traté de hacer pie, pero, por poco, no lo conseguí, así que me apoyé en el bordillo para colocarme el gorro. Pero Luca aún no había entrado. Estaba haciendo estiramientos con los brazos y hombros. Se colocó las gafas, el gorro y puso los pies al límite del bordillo. Sin decir nada, se impulsó y se lanzó al agua de cabeza, casi como si fuera un profesional olímpico, y empezó a nadar hacia la otra punta de la piscina. Era hipnótico verlo, la verdad. Cuando me dijo lo de que le gustaba nadar, no pensaba que fuera tan bueno. Pero entendí que se habría dedicado a ello toda su vida, al igual que al tenis o al tiro con arco. Yo que nadaba como si fuera un perro ahogándose no era rival para él, desde luego. Cuando llegó a mi altura y me vio parado en la misma posición, me miró, inquisitivo.

—¿No sabes nadar?

—Desde luego, no tan bien como tú.

—¿Quieres que te enseñe? —me preguntó y se acercó. Olía a cloro mezclado con su perfume de siempre.

—A ver, que sé nadar. Solo que mi técnica es bastante original —me defendí.

—Tienes buena espalda. —Y pasó su mano por mis dorsales, erizándome la piel y haciéndome cosquillas, haciendo que la curvara—. Y buenos brazos. —Y también los tocó con las yemas de los dedos.

—Me lo dicen a menudo.

—¿Quieres echar una carrera?

—Te encanta competir, ¿eh? —señalé, metiéndome un poco con

él—. Claramente me vas a ganar. Y además de paliza. ¿Qué sentido tiene?

—Porque quiero verte nadar.

—Entonces solo tienes que pedirlo. Venga, una carrera. Pero pónmelo un poco fácil, no vayas de sobrado.

—¿De sobrado?

—Que no te flipes. Que no te lo tomes muy en serio —le traduje, más o menos.

—De acuerdo. Venga. —Y se separó un poco de mí, colocándose en la siguiente calle de la piscina… y tomándoselo en serio. Era imposible cambiar esa competitividad innata que tenía.

—Va. Tres…, dos…, uno… —Al decir el último número, le salpiqué la cara y eché a nadar—. ¡YA!

—*Mancio, Gaspar!* —gritó, protestando, y se sumergió.

Yo nadaba como podía. Empecé a crol, pero era incapaz de no ahogarme, así que opté por el estilo de mi tía: a braza. Pero no llevaba gafas, así que no podía meter la cabeza o no vería nada. De pronto, Luca emergió a mi lado, tan cerca que me rozó y me rompió la concentración.

—¡Trampa! —Y giré hacia él, cogiéndolo del pie para que no pudiera avanzar, haciendo que gorgoteara dentro del agua y tuviera que frenar—. Es una carrera a muerte.

—¡Gaspar, que me ahogas! —protestó.

—Exagerado. —Y seguí nadando. Pero Luca no quería perder, así que se rehízo a toda velocidad y se lanzó contra mí, sumergiéndome en el agua y tomando la delantera. Lo que no sabía es que a mí nadie me gana en una pelea en el agua, por lo que lo cogí del tobillo y tiré de él hacia mí, haciendo que casi chocáramos los dos frente a frente.

Trató de zafarse, pero no lo conseguía…, hasta que se dio cuenta de lo cerca que estábamos el uno del otro. Respirándonos casi encima.

Me veía reflejado en los cristales de sus gafas de bucear. Podía ver cómo me caían gotas de agua de la nariz, mientras que a Luca le resbalaban por la mejilla, escurriéndose de varios mechones rebeldes de pelo que sobresalían de su gorro, indomables. No me había dado cuenta, pero los dos estábamos agarrándonos de las muñecas, haciendo fuerza con las piernas para no ahogarnos. Hasta que yo lo solté y, arriesgándome, le pasé las manos por detrás de la espalda y tiré de él hacia mí, chocando nuestros cuerpos.

—Gaspar…

—Luca… —repetí en un susurro.

—*Sua altezza…* —dijo una voz desde el otro lado de la piscina y Luca se separó. Era Pietro—. La reunión va a dar comienzo.

—¿Reunión? —pregunté.

—El equipo de comunicación de la *famiglia reale*. A partir de ahora, toda acción tiene importancia. Ya no soy un príncipe heredero oculto en el *palazzo*. Y tú ya no eres una persona anónima. O vas a dejar de serlo muy pronto —me avisó.

—Ya dejé de ser una persona anónima cuando nuestro querido amigo Bastian filtró nuestra foto a la prensa —le recordé, pero Luca negó con la cabeza.

—No tenemos pruebas de eso —sentenció . Salgamos. —Y empezó a nadar de camino a la escalera.

—Al menos habrá desayuno, ¿no? —le planteé mientras lo seguía de cerca.

—Por supuesto que habrá desayuno. —Y se le escapó una pequeña carcajada.

Y no había mentido. Porque había desayuno. No tan impresionante como la primera vez que me quedé a dormir allí, pero era de nivel.

Tuvimos la reunión en la sala donde me había encerrado Filippo tras el beso. EL BESO. Demasiado poco estaba pensando en él. En el beso, no en Filippo. Y, si no hubiera sido por Pietro, seguramente se habría repetido pero pasado por agua. Cuando entramos en el despacho, había varias personas ya sentadas, con sus móviles en la mano, con tazas de café humeantes y una bandeja enorme de cruasanes en el centro. En cuanto vieron a Luca, todos se pusieron en pie e hicieron una leve reverencia, saludando educadamente. Luca no hizo siquiera mención a ello y caminó con fuerza hacia la silla que presidía la mesa ovalada mientras seguía secándose el pelo con una toalla. Yo no tenía muy claro hacia dónde ir, por lo que me senté en la otra silla libre, en la otra punta. Uno frente al otro. Un hombre de pelo cano y cara sonriente me preguntó qué quería para desayunar de un modo tan susurrante que por poco no le entiendo.

—Un café, por favor. Con un poco de leche de avena, si tenéis.

El hombre asintió y se alejó a otra mesa alargada donde estaban colocadas varias jarras plateadas. Se acercó con una bandeja y me dejó una taza de cristal justo delante de mí. Acto seguido, empezó a verter café recién hecho hasta casi llenarla, y luego añadió un poco de leche.

—*Grazie.* —Y se alejó a un lateral de la sala, haciéndose invisible de nuevo.

La sala de reuniones estaba presidida por un enorme cuadro de Carlo Calliveri, con su cetro real y un traje muy parecido al que llevara Luca en el *Coriali.*

—*Buona mañana…* —saludó en santinés una de las mujeres que había en la reunión, con el pelo recogido en un moño extravagante y a todas luces hecho a toda velocidad. Pero Luca tomó la palabra, interrumpiéndola al momento, colocando la mano como si estuviera deteniendo el tráfico.

—Por favor, Sandra, hablemos en español —indicó, señalándome con uno de sus dedos, con un anillo dorado refulgiendo gracias a la luz solar que entraba por una de las ventanas. Dejó la toalla sobre la mesa, y uno de los sirvientes la recogió y se la llevó.

—Por mí no os preocupéis. Algo entiendo —dije, tratando de ser educado y crear el menor número de problemas posible.

La mujer volvió a mirar a Luca, dudosa, pero él se mantuvo firme, así que la reunión debía transcurrir en español para que yo lo entendiera.

—Hemos elaborado un plan de comunicación —habló de nuevo, con un acento muy marcado— aprobado por su padre, y nos gustaría compartir con usted los puntos más importantes.

El rey Carlo, salvo en la pintura de una de las paredes, no estaba por ningún lado. Filippo tampoco. Solo dos mujeres que no había visto nunca, y otros dos chicos un poco más jóvenes, que no dejaban de escribir en sus portátiles continuamente, sin descanso.

—Perfecto —fue la respuesta de Luca, como dando a entender que tenían vía libre para explayarse.

—Después de lo sucedido en el *Sansere Invernale*, creemos conveniente hacer un plan de contención con la prensa. Ya hemos hablado con nuestros periodistas afines para que nos ayuden a vertebrar la historia que queremos contar. Para empezar, dejar claro que simplemente se trató de una broma entre usted y un amigo, y que nada tiene que ver con… —Pero a Luca no le gustó nada el comienzo de la reunión, dado que se levantó de golpe, visiblemente enfadado. Porque cuando Luca se enfadaba era muy fácil notarlo. No era una persona que ocultara sus sentimientos o sus arrebatos. Eso ya lo había aprendido.

—No fue ninguna broma —masculló.

—Sí, sí, lo sabemos, pero hemos hablado con su padre y creemos que…

—*Mancio! Ma io non sono come mio padre!* —estalló. La mujer, amedrentada, se hizo pequeña en su silla mientras yo no podía dejar de contemplar el espectáculo, bebiendo de mi taza de café recién hecho, sin necesidad de meterme en la discusión. En esos momentos, era casi invisible—. No soy como mi padre.

—Creíamos que…

—Dejadme ver el plan. —Y extendió la mano. La mujer le dio su carpeta para que Luca pudiera echarle un vistazo a todo. Volvió a sentarse y comenzó a examinarlo, pero, según iba pasando hojas, iba refunfuñando cada vez más—. No.

—¿No? —preguntó ella, aún acobardada.

—No. Durante el *Sansere Invernale*, el rey elige a su pareja, y yo he elegido a Gaspar Costa. —Y todas las miradas se posaron en mí, que me atraganté al momento, volviendo de golpe a ser de carne y hueso, a ser visible de nuevo.

—Hey, ¿qué tal? —Sonreí forzadamente, haciendo un saludo con la mano tan ridículo como innecesario—. Un placer.

—Pero, *sua…*, su alteza, la tradición del *Sansere* es solo eso, una tradición. No está obligado a ello. Puede cambiar de parecer.

Luca me miró de reojo. Así que me había mentido. Un poco al menos. Había creado a un rey rebelde. Ya hasta mentía a sus súbditos… o a sus amigos.

—Elegí a Gaspar. Eso es lo que importa. A partir de ahí, quiero una nueva estrategia de comunicación —ordenó con voz grave y autoritaria.

Todo era tan formal, tan profesional…, que le estaban quitando el romanticismo de golpe. Pero si tenía que quedarme con algo era con que Luca me había defendido. Había defendido su beso, y me quería como pareja. Yo, Gaspar Costa, como novio del rey de Santino. Era de locos. Se me cerró el estómago de golpe y empecé a sentir un vértigo importante. No quería volver a ser el centro de atención, ni el centro de las iras de nadie. Tenía que intervenir.

—He de añadir algo… —interrumpí la conversación—. Nadie-nadie sabe que soy yo, ya que llevé en todo momento la máscara de zorro. El único que sabe que estaba allí es Bastian. —Y Silvia, pero dudaba mucho que ella fuera a venderme al mejor postor.

—¿Bastian? ¿Su primo? —intervino la otra mujer, mirando a Luca, que asintió—. Podemos jugar un par de días con la idea del chico misterioso al que besa el rey Luca Calliveri —propuso, tomando el mando de la reunión—. Que la gente teorice hasta que llegue el día de la *orontine* y, a partir de ahí, presentamos a Gaspar en sociedad, con un amplio reportaje cenando aquí, en *palazzo* Santino, en la *cena di Natale*. —*Orontine*. Marco había dicho la misma palabra al mencionar las ruinas de Santino, donde estaban los túneles repletos de rosales.

—No me gusta la idea del «chico misterioso» —añadió Luca, que parecía empeñado en no querer estar de acuerdo con nada de lo que propusieran.

—Espera. Si yo tengo voto en esto —intervine—, creo que lo del chico misterioso es buena idea, y puede preparar el terreno muy bien. No sé, por añadir algo. Siempre funcionan bien esas cosas, ¿no? Las teorías y… esas… cosas… —callé, porque estaba hablando demasiado. De hecho, me di cuenta en cuanto miré a Luca, que estaba matándome con la mirada por haber osado llevarle la contraria delante de sus súbditos, así que me hice un ovillo y me refugié en el fondo de mi taza de café.

—Mantengamos pues la estrategia —se rindió tras unos segundos de reflexión—. Para estos asuntos, ¿no debería estar aquí mi padre? Si él se ha encargado de aprobar el plan, me gustaría que también participara en las correcciones. —Quizá otra persona no, pero yo sí lo noté: tenía ganas de confrontación con su padre.

—Su padre ha tenido que atender un asunto urgente —le explicó Sandra.

—¿Y Filippo? —inquirió, confuso.

—No pensamos que… ¿Quiere que lo llamemos?

—Es mi consejero más fiable. Lo quiero en esta reunión —ordenó Luca.

—Claro, *sua altezza*. —Y, rápida como nadie, empezó a escribir en su teléfono, avisando a Filippo de que se le requería en la sala de reuniones.

—¿Quién viene este año a la *cena di Natale*? —preguntó Luca, que dejaba poco tiempo para los silencios.

—Estará su padre, por supuesto. Además, este año vienen los reyes de Noruega, la actriz Saritta… —expuso uno de los chicos, con gafas de pasta y cara de estrés—. También vendrá por primera vez el empresario Bill Gates… —Y siguió leyendo una lista de nombres de los que no conocía a casi nadie. Lo dicho, demasiado profesional, demasiado calculado todo. ¿Así era formar parte de una familia real o ser el dirigente de un país? ¿No podía haber nada espontáneo? Quizá ese era el problema: distanciarse tanto de la gente a la que habían prometido servir.

—Bueno… —comencé a hablar, y, claro, todos volvieron a mirarme, pero con ganas de decirme que me callara, que estar ahí simplemente era por mera formalidad.

—¿Sí? —replicó Luca, intrigado—. ¿Querías decir algo, Gaspar?

—A ver, yo lo siento, pero no puedo no pasar la Nochebuena con mis abuelos. Me matan.

—Tus abuelos pueden entender que… —Pero lo interrumpí, porque según iba hablando se me había ocurrido un plan.

—Yo propongo, si puedo hacerlo, que no sé si puedo opinar mucho aquí… Propongo que Luca…, perdón, *sua altezza* —Luca sonrió—, venga a la cena en casa de mis abuelos.

Todos me miraron con la boca abierta, como si hubiera dicho la mayor barbaridad que podía decir.

—¿Qué? ¿Qué pasa?

—Nunca un rey de Santino ha faltado a la *cena di Natale* en el *palazzo* Santino —declaró el otro de los chicos, con el pelo rubio rizado y cara de no haber dormido en tres días.

—Pero no va a faltar. Es decir, la cena se seguirá haciendo, solo que en mi casa. Y aquí, pues puede presidirla, no sé si se dice así, el rey Carlo. ¿No? Tampoco es mal plan.

—No te ofendas, pero tú no trabajas aquí. Solo eres el nieto del *pastero* —intervino de nuevo Sandra, una de las responsables del equipo de comunicación, y Luca, nada más escucharlo, dio un fuerte golpe en la mesa con la mano. Nunca lo había visto tan enfadado como en ese momento. Dio tan fuerte que incluso el eco perduró unas milésimas de segundo. Vi en sus ojos que se había hecho daño de verdad, pero no quiso mostrar su debilidad.

—Sandra, recoge tus cosas. *Sei licenziata* —espetó con contundencia. Entendí que la acababa de despedir. La mujer no dijo ni una palabra más, se levantó de la silla y salió de la habitación en silencio. Iba a comentar algo, pero elegí permanecer callado. Mejor no tentar a la suerte—. No permitiré ni una sola falta de respeto en este lugar. ¿Entendido? —Ante el silencio generado, prosiguió—: Los demás, ¿algún comentario sobre la propuesta de Gaspar? ¿Amelia?

Todos se miraron, dudosos, hasta que la citada Amelia, la otra mujer que había en la sala de reuniones, se decidió a hablar.

—Podría... Podría ser una buena forma de acercar la realeza de Santino al pueblo, mostrarle más cercano, más natural —comentó mientras revisaba algunos datos en su ordenador—. Las últimas encuestas valoran a la monarquía de manera bastante tibia. Podría ser un revulsivo y, sobre todo, que las nuevas generaciones le vieran con otros ojos. Además, sería el momento perfecto para presentar a Gaspar como su pareja, con un reportaje en casa de sus abuelos.

En ese momento, se abrió la puerta y apareció Filippo, con su porte habitual, mirando a todo el mundo por encima del hombro, pero sin perder la compostura.

—*Posso aiutarla?* —preguntó, dirigiéndose a Luca con predisposición a servirle, como siempre, lo mejor posible.

—*Buona mañana*, Filippo. Quería que pudieras escuchar las propuestas que están comentando y me gustaría saber tu opinión.

—Por supuesto —convino, pero no se sentó, sino que se quedó de pie, en la misma posición, esperando a que alguien hablara. Así que Amelia se adelantó y le contó lo de celebrar la Nochebuena en casa de mis abuelos. No pareció hacerle mucha gracia la idea, aunque era difícil adivinar lo que estaba pensando, porque era casi imposible verlo cambiar de expresión.

—Si me permite, *sua altezza*, no puede empezar su reinado sin respetar una de nuestras más antiguas tradiciones. La gente no lo entenderá.

—O sí, Filippo. Necesitamos acercarnos a la *ludi*…, a la gente.

—Sí, eso lo entiendo, *sua altezza*. Pero sería un ambiente no controlado. Podría pasar cualquier cosa.

—Ya estuve un par de veces en casa de los abuelos de Gaspar. No hay que preocuparse por ello. Solo necesito saber si podría hacerse o no —insistió Luca.

—Teóricamente sí, pero su padre nunca lo aprobará y…

—Yo hablaré con mi padre —lo calló al momento—. Pregunta al equipo de seguridad para saber si es *fattibile*. ¿Podríais preparar un nuevo plan sobre esta proposición? —lanzó esa última pregunta al resto de las personas que había en la sala.

—Claro, *sua altezza* —asintió Amelia y los tres se levantaron y salieron de la sala de la manera más ceremoniosa posible, con sus ordenadores y carpetas bajo el brazo. Filippo se mantuvo impasible en su sitio. No había movido ni un dedo desde que había llegado.

—Disculpe, *sua altezza.* —Y, por primera vez, lo vi titubear—. No entiendo por qué me ha hecho llamar si no va a tener en cuenta mis consejos —se lamentó.

—Claro que los tengo en cuenta. Pero, en este caso, no son acertados. —Filippo se rompió un poco por dentro en ese momento—. ¿Podrían acercar a Gaspar a su casa?

—Por supuesto, pero...

—*Grazie*, Filippo.

El mayordomo inclinó su cabeza, obediente, y salió también de la habitación, dejándonos solos a Luca y a mí.

—Nunca te había visto así —confesé, y pude ver cómo Luca bajaba un poco sus defensas, dejando atrás esa coraza que se había creado durante la reunión.

—No sé a qué te refieres —comentó.

—Tan... agresivo.

—¿Agresivo? —dudó.

—Da igual. —No sabía si levantarme, si irme, si esperar a que él hablara... Finalmente, se levantó de su silla y yo lo imité, suponiendo que tenía que levantarme cada vez que el rey estuviera de pie. Pensaba que iba a irse, pero, en vez de eso, se acercó—. ¿Estás bien, Luca?

—Aunque no lo parezca, esto es... complicado.

—Claro que lo parece. No sé cómo eres capaz —admití—. Yo me habría venido abajo con cada comentario. Pero tú... vas a ser un rey magnífico.

—¿En serio lo crees?

—Sí.

Poco a poco se había ido aproximando y, cuando quise darme

cuenta, estábamos demasiado cerca como para que yo me sintiera cómodo. Seguía poniéndome nervioso. Sobre todo cuando nos separaban centímetros de distancia.

—Luca... Te... quiero... Quiero preguntarte algo... —dije con timidez.

—Puedes preguntar.

—¿Me das permiso? —bromeé.

—Si algo has demostrado es que nunca esperas permiso para hacer algo. —Y, la verdad, tenía bastante razón.

—¿Realmente querías besarme anoche?

La pregunta lo pilló por sorpresa y se apartó un poco, frunciendo el ceño, tratando de discernir el porqué de mi pregunta. Pero yo necesitaba hacérsela.

—Creo que lo he dejado bastante claro, ¿no te parece? —me recriminó, molesto.

—Vale, vale. Es decir... Bueno..., te... A ver... Quiero preguntarte otra cosa... ya que me has dado permiso. —Ya no se fiaba de lo que fuera a decir, así que fui rápido—. ¿Puedo..., puedo besarte?

Y, desde luego, esa pregunta SÍ que no se la esperaba. Para nada.

—¿Besarme?

—Sí. Llevo... Llevo queriendo hacerlo desde anoche... Bueno, a ver, desde mucho antes, pero eso no viene al caso. Porque para qué vamos a pensar en ello. Realmente, llevo queriendo hacerlo desde que me besaste anoche, y desde que me has despertado esta mañana, y desde que me has defendido en la reunión... —Luca estaba rojo de vergüenza y, seguramente, yo también lo estaría en ese momento. Porque no solo era nuevo para él. También para mí. Todo. Estábamos en terreno inexplorado. Sin cobertura para ver la ruta que nos guiara, y yo nunca había sido capaz de leer un mapa—. Desde que buscamos los Siete Puntos del Amor, y desde que te agarraste a mí en el cortacésped, y desde que...

—*Vorrei davvero* —dijo con timidez.

—Espero que eso sea un sí —sonreí y, nervioso como nunca lo había estado, me acerqué aún más a Luca, temblando y repleto de dudas. Con suavidad para no asustarlo, coloqué la mano en su cara, sonreí, cerré los ojos y lo besé.

11

Mi fai impazzire

Me gusta Luca Calliveri.

Nuestros labios se unieron una vez más. Pude sentir cómo Luca también cerraba los ojos, porque esas cosas se sienten, y poco a poco fui abriendo la boca, dejando que mi lengua encontrara la suya. Luca ni se movía. Estaba en una tensión insoportable, como si no supiera qué hacer. Pero su boca seguía sobre mis labios, empujando mis dientes con su lengua, y dejando que su saliva se mezclara con la mía. Según pasaban los segundos, iba relajándose y su mano empezó a acariciarme la cabeza con suavidad. No sé si fue eso o su forma de lamer mi paladar, pero empecé a excitarme. Mucho. Necesitaba tocarlo. Necesitaba que me tocara. Necesitaba todo de Luca. No podía permitir otra cosa que no fuera estar besándonos durante horas, abrazándonos sin descanso, juntando nuestros pechos, nuestros ombligos. Porque no solo era atracción física. Estaba enamorado de Luca Calliveri. Ya no podía negarlo más.

Estoy enamorado de Luca Calliveri.

Bajé las manos para cogerlo de la cintura y torpemente lo guie hasta la mesa, sentándome sobre ella mientras su cuerpo quedaba entre mis piernas. Tiré de él para que su entrepierna quedara pegada a la mía. Y también pude notar que él estaba excitado, lo que provocó que lo besara aún con más ganas. Quería desnudarlo ahí mismo, quitarle la chaqueta, desabrocharle la camisa, arrancarle el cinturón… Solo de pensar en ello me ponía nervioso. Sus manos se colocaron sobre mis muslos, de una manera bastante automática, y empezó a apretarlos cada vez más fuerte. Según se iba excitando, apretaba más y más, casi como si no pudiera controlarse a sí mismo. Tanto que, sin querer, me mordió el labio que aún tenía dolorido y me aparté.

—Ay.

—Perdón. Me he dejado llevar —se disculpó.

—No, no. No pasa nada. Pero aún tengo una herida en el labio y…

Acercó sus labios de nuevo pero, en vez de abrir la boca, le dio un beso a mi herida, con mucho cuidado. Casi como si tuviera miedo de volver a hacerme daño. Después pasó su índice por encima, como tratando de sellar la herida con la saliva, utilizándola como si tuviera propiedades cicatrizantes. Orgulloso de su obra, volvió a mirarme a los ojos, sonriente.

—¿Mejor? —susurró.

—Mejor —asentí. Seguía sin creerme que estuviera pasando lo que estaba pasando.

—¿Puedo volver a besarte?

—No hace falta que preguntes. Claro que sí.

—Tú preguntaste antes —añadió, con ese toque de sabelotodismo.

—Razón tienes —convine con la más amplia de mis sonrisas, y me lancé de nuevo, con ganas de seguir así hasta el infinito.

Hasta que alguien llamó a la puerta.

Luca se separó al instante, entrando en un pánico total, y empezó a peinarse el pelo, como si estuviera totalmente enmarañado, cuando la realidad era que lo tenía perfecto. Como siempre. Nunca lo descuidaba. Ni siquiera un mechón. Salvo cuando se metía en un cortacésped.

—No hay forma de estar tranquilos —gruñí.

—*Coreggio* —dijo Luca, arreglándose el traje para que no tuviera ni una sola arruga—. Adelante.

La puerta se abrió y apareció de nuevo Filippo. ¿Cuántas veces nos había interrumpido desde que lo conocía? Parecía tener un sexto sentido. Pero no veía muertos, sino que aparecía siempre en los momentos más inoportunos.

—Ya hay un coche listo para el *signore* Costa. —Y me miró de soslayo.

—*Perfetto.* ¿Vamos? —Luca me miró a su vez, pero su mirada se había transformado. Ya no quedaba nada del Luca de hacía unos segundos, el que me había estado besando como si no pudiera contenerse. Ya volvía a tener delante de mí al rey de Santino.

—Sí, cla-claro. Pero espera, que beba un poco de agua. —Todo era una excusa para meterme la mano en los calzoncillos y colocármela. No me apetecía que Filippo me viera así. Por suerte, ninguno pareció notar nada raro y salieron delante de mí, para esperarme en el pasillo diligentemente.

Cuando salimos del *palazzo*, Luca se despidió desde la entrada con un gesto de la cabeza, sin mediar palabra, y se alejó hacia las escaleras, dejándome a solas con Filippo. Todo se había vuelto incómodo súbitamente.

—Menuda despedida más… formal —maldije entre dientes.

—¿Cómo dices?

—Nada, nada. Hablaba para mí mismo. Vamos, Fili, llévame a mi carruaje.

Filippo se limitó a gruñirme, como siempre, y me acompañó hacia el coche que esperaba en la gravilla de la entrada, junto a la gran fuente que funcionaba sin descanso. Abrió la puerta para que pudiera entrar, y yo esperaba alguna despedida por su parte, pero nada. El silencio más ensordecedor, si eso tiene algo de sentido. Ni siquiera se dignó a darme una palabra. Ni un «adiós» solitario o un «olvídate de Luca». La nada como respuesta. Así que entré en el coche y, mientras este se alejaba, fui sintiéndome cada vez peor. Distanciarme de Luca y del *palazzo* Santino me enfermaba, me debilitaba. Nos habíamos conectado, por fin, después de tanto. Ahora no podía pasar tiempo alejado de él.

Al llegar a casa, me estaban esperando mi abuelo, mi abuela y mi padre en la entrada, y los tres con cara de preocupación. Casi como si hubiera cometido la última traición a la Corona. Claro, a esas horas ya habrían visto la foto de mi beso con Luca. ¡Y pensarían que todo había sido idea mía!

—*Jubico!* ¿Qué pasó anoche? ¿Fue bien la fiesta? —me preguntó la abuela, yendo a buscarme y tomándome de la mano, deseando que le contara todo lo que había ocurrido. Y yo me moría por contárselo.

—Sí, sí. La fiesta sí.

Mi padre y mi abuelo me miraban desconfiados.

—Habéis visto la foto ya, ¿verdad? —Ambos asintieron—. Ya te lo expliqué, abuelo. Fue Luca el que se me lanzó.

—Pero tú le pediste bailar —convino el abuelo, con toda la razón del mundo.

—Sí, pero… No sé por qué me vais a echar la bronca. Es decir, acabo de descubrir que le gusto a Luca. Después de meses comiéndome la cabeza, escuchando las canciones más tristes del mundo y volviendo completamente locos a mis amigos…, bueno, y a ti, papá…, sé a ciencia cierta, más o menos…, que… ¡le gusto a Luca Calliveri!

—Nadie va a echarte la bronca —aclaró mi abuela. Mi padre se mantenía en silencio—. Pero nos gustaría saber todo lo que ha pasado.

—Ah, claro, sí, sí. Además, me muero de hambre. —Y a la abuela, al escuchar esa frase, se le iluminó cara—. Os tengo que contar muchas cosas — dije antes de entrar en la casa.

Como siempre, cuando teníamos una conversación importante, nos sentamos todos a la mesa. Y, como tantas otras veces, era a mí al que le tocaba explicar algo.

—¿Cómo que sois pareja? —preguntó mi padre, tratando de procesar la información que acababa de recibir. Por lo visto, necesitaba una noticia impactante para hablar cuando estábamos en Santino.

—Bueno, hay una tradición que…

—Sé la tradición, Gaspar. Pero ¿cómo pasó? ¿Qué ocurrió? No creía que fuera algo real —reflexionó, buscando el apoyo de los abuelos.

—Ya os lo he contado. Yo me puse en la cola, lo saqué a bailar y me besó. Pero eso no es lo importante, sino lo que va a pasar a continuación. Porque, como soy su pareja —qué bien sentaba decirlo en voz alta—, quieren que pase la Nochebuena con él. ¿Cómo lo llamáis aquí? La *cena di Natale*, eso.

—¿Pasar la *cena di Natale* sin nosotros? Ni hablar. Ese día es para estar con tu familia —intervino mi abuela. No sabía que le fuera a enfadar tanto la posibilidad de no pasar juntos ese día, cuando llevábamos sin hacerlo años—. Vendrán tus primos, tus tíos… Y ahora que por fin habéis vuelto a Santino… —Miró de soslayo a mi padre. Había tono de reprobación en su voz, pero su hijo prefirió no entrar en la discusión. No iba a servir de nada.

—Espera, espera, abuela. Eso querían, ¿vale? Querían que cenara con ellos en el *palazzo* Santino, pero yo les propuse… hacer aquí la cena. Tacháááááán. —Y se hizo el silencio. Los tres se miraron, con la cara desencajada. No esperaba ese efecto, la verdad—. A ver, ya que estamos aquí, quiero pasar ese día con vosotros. Y, si en el palacio real se empeñan en que ya hay que presentarme como la pareja de Luca

Calliveri, ¿qué mejor opción que aquí? Una casa de santineses de toda la vida, todo mucho más hogareño, más cercano. ¡Y-y tenemos hasta nuestro propio famoso! Porque Boro viene, ¿no?

—Pero, Gaspar, esas cosas tienes que consultarlas antes de hacerlas. No es tu casa —me reprendió mi padre, mirando primero a los abuelos, que aún seguían en silencio—. ¿Organizar aquí una cena para el rey de Santino?

—Si ya-ya estuvo aquí, cuando mi cumple. O cuando volví a Santino. Vendrá él y supongo que su equipo de seguridad. Pero el rey Carlo tendrá que quedarse en el palacio, por ejemplo. Tiene que ser anfitrión de toda la gente importante que va ese día. Esto solo será para..., pues para presentarme, y para hacerlo como más cercano.

Daba igual lo que dijera, porque todos seguían en silencio, como dándole vueltas a todo lo que podría salir mal en esa cena de Nochebuena.

—Solo quiero poner una condición —dijo la abuela al fin.

—Claro.

—La cena la decido yo. Y no me importaría tener algún ayudante para hacerla.

—Eh, vale, supongo que no habrá problema. No sé si Luca tendrá alguna alergia o algo, pero todo es preguntarlo, por supuesto. Pero, vamos, yo no tengo ni idea. Supongo que habrá que hablar ¿con Filippo? —Y miré al abuelo, que se mantuvo callado.

—¿Se quedará a dormir aquí? —quiso saber mi padre.

—No-no lo sé. Si acabamos de aprobar el plan. No tengo mucha más información de la que os he dado. Pero, bueno, hay un cuarto en el fondo que...

—¡Ese cuarto está *vietato*! —bramó el abuelo.

—¡Félix! —lo reprendió la abuela.

—Gaspar lo sabe. Ese cuarto está fuera de límites.

—Pero, abuelo…

—¡*Mancio*, niño! Deja de insistir. —Y, dicho eso, se levantó de la silla y abandonó la cocina, casi dejándome con la palabra en la boca.

—No se lo tengas en cuenta. Ya sabes que tu abuelo tiene un pronto bastante…, bastante insoportable. Estas cosas deberías consultárnoslas antes, Gaspar. Pero, aun así, me parece buena idea. Aunque solo quedan dos días. Tengo que pensar el menú, y tenemos que dejar bien limpia la casa y…

—Abuela, frena, frena. Si la casa la tienes estupenda. Seguro que Luca ama toda la decoración navideña que hay. ¡Si, mires donde mires, hay algo! Va a ser una Nochebuena maravillosa. Y, para cualquier ayuda que necesites, aquí estoy. Ya que no tengo que trabajar con el sieso del abuelo, aquí al menos puedo ser útil, ¿no? Aunque vuelvo a decirlo: no es seguro. El rey Carlo tiene la última palabra.

—Todos te ayudaremos, mamá —aseveró mi padre de repente, súper a favor de la historia. Menudo giro de los acontecimientos de repente—. Y Gaspar el primero.

—Sí, sí. ¿Yo el primero? —pregunté, sorprendido.

—¿Cómo estás tú con todo esto, *jubico*? No nos has contado cómo te sientes.

—Bien, bien. Desubicado. Demasiadas cosas. Pero bien. Con-contento. —Era raro que me costara responder cómo me sentía realmente, pero era verdad. Estaba pasando todo tan rápido que ni siquiera había sido capaz de procesarlo debidamente.

—Pues entonces, a trabajar. Yo hablaré con tu abuelo. Se ponga como se ponga, necesitaremos esa habitación para Luca, y habrá que adecentarla un poco. —Pasó a mi lado y me dio un sonoro beso en la frente—. Me alegro mucho por ti, cielo.

—Gracias, abuela. —Me acarició la cara y salió de la cocina, dejándonos solos a mi padre y a mí.

—Bueno, Luca y tú… —comenzó a decir.

—Luca y yo…

—Luca y tú… —repitió, se levantó de su silla y, al igual que mi abuela, salió de la cocina, después de darme un par de palmadas en el hombro.

Vale. A todos los había pillado por sorpresa. Eso lo debería haber visto venir.

Subí a mi cuarto y lo primero que hice fue comprobar el móvil. Tenía como veinte llamadas de mi padre, por supuesto, y un montón de mensajes de Lucía, de Magda, de Iván… y uno de Alejandro. Fue el primero que abrí, sin prestar atención a los demás. Eran solo dos palabras y una fotografía de Luca besándome en la fiesta.

Eres tú?

Lo de jugar a «¿Quién es el chico misterioso?» no iba a tener mucho recorrido. Aunque en la imagen no se me distinguía del todo. Pero, claro, las personas que me conocían seguramente me habrían reconocido. El resto del mundo no me había conocido con el pelo rapado y rubio, eso era una ventaja. Y la máscara de zorro despistaba bastante.

Chi è il ragazzo misterioso?

Era el titular que más se repetía en todos los medios del mundo. En *Il Posto*, el periódico de Santino, salía la imagen ocupando toda la portada, con multitud de artículos de opinión con titulares entre ofensivos y reivindicativos. «¿Es gay el rey?», «En peligro la línea sucesoria», «Santino se abre al mundo», «*Benvenuti nel 21 secolo*»… Había de todo. Me metí también en mis redes y, obviamente, tenía unos cuantos mensajes en los que me preguntaban directamente si era yo el chico con la máscara de zorro. Había memes, había chistes de mal gusto, teorías conspiratorias, gente que afirmaba que era una chica con el pelo corto, otros que decían que era un montaje hecho con inteligencia artificial... Nadie se ponía de acuerdo. Pero, gracias al beso, Santino había saltado a la primera plana ya no solo de Europa, sino de medio mundo. Que un rey besara a un chico, porque la gran mayoría daba por hecho que era un chico, todavía era algo novedoso y sorprendente. Después de años y años de romances reales de cuentos de hadas clásicos, con un rey y una reina..., habíamos llegado nosotros para desestabilizarlo todo.

Pero ¿qué estaba diciendo? ¿Realmente creía que eso iba a llegar a algo más que a un beso nocturno y una cena de Nochebuena? Teníamos diecisiete años. Me gustaba Luca. Pero no sabía si estaba preparado para ser el novio de un rey... y para dejar mi vida completamente atrás. Porque eso significaba, ¿no? Volverme de la familia real.

Dejé el móvil de nuevo sobre la cama, sin ser capaz de responder ni a un solo mensaje. Era demasiada información, demasiados futuribles. ¿Llevaba todos esos meses deseando que Luca me hiciera caso, que mi amor, y sí, he dicho «amor», fuera mutuo..., y ahora me asustaba? No tenía sentido. Me asomé a la ventana para tomar un poco de aire, y vi a mis abuelos hablando en la entrada de la casa. Más bien, parecían estar discutiendo. Mi abuelo se despidió de malas maneras y entró en su coche, arrancando y saliendo de la finca.

A media tarde, después de pasarnos el día haciendo galletas, llegó la llamada más esperada. Era Filippo, obviamente, y estuvo hablando con la abuela por teléfono más de veinte minutos. Entendí algunas cosas, pero era difícil porque hablaban rápido y en santinés. Por lo que nos explicó después, el rey Carlo había aprobado la cena, pero al día siguiente tendría que ir yo a comer al *palazzo* Santino, al *cibo di Natale*. Además, esa misma tarde llegaría el equipo de seguridad de la familia real a revisar toda la casa. Al día siguiente, llegarían varios sirvientes del palacio y dos ayudantes de cocina para supervisar el menú que había elegido mi abuela. Aunque tuvo que cambiarlo porque Luca Calliveri no comía carne.

—Entonces ¿qué vamos a cenar? —pregunté.

—Primero, *escaplione* —me explicó mientras iba revisando todo lo que había en la nevera.

—¿Qué es eso?

—Es la comida típica de Santino en la *cena di Natale*. Una sopa con verduras, castañas, alubias y carne de venado. Pero sustituiré la carne, no hay problema. Tengo muchos trucos en esta cocina.

—No la he probado nunca, pero seguro que queda buenísima. ¿Y después?

—Tradicionalmente, se cena *piccine* asada. Gallina asada. Así que habrá dos menús. Uno con la *piccine*, y otro con mi receta de setas asadas. Te gustaron, ¿verdad?

—¿Las del otro día? ¡Eso estaba riquísimo, abuela!

—Me alegro que te gustara —declaró, sonriente—. Y de postre, por supuesto, mi tiramisú navideño especial. Eso sí que es un secreto, y tendrás que verlo en la cena.

—¿Y vas a conseguir cocinar todo eso para tanta gente?

—Ah, *zalone*. —Tonterías—. Esta cena no es nada. Hubo una vez que tuve que preparar una para más de treinta personas. ¡Y yo sola! Aquí tendré ayuda de cocineros del *palazzo* Santino.

—¿Vas a dejarlos entrar en tu cocina? —pregunté con sorna.

—Eso aún está por ver —sonrió con picardía mientras miraba el reloj de la pared—. ¡Qué tarde es! Hay que preparar la habitación de

Luca. Toma. —Y, abriendo uno de los cajones de la isla central, sacó una llave de color negro oscuro—. Abre las ventanas para que se pueda ventilar un poco y pídele ayuda a tu padre para limpiarla.

Miré la llave como si me hubiera dado el bien más preciado. Esa llave abría la habitación donde se quedaba mi madre siempre que iba a visitar a los abuelos. En esa habitación se quedó embarazada. No sabía muy bien cómo habría conseguido convencer al abuelo, pero eso ya era historia para otro momento. Me la guardé en el bolsillo y, después de coger una de las galletas que habíamos horneado, fui directo hacia las escaleras… y hacia ese cuarto prohibido, con la música navideña que había puesto mi abuela acompañándome de fondo. Sabía que la abuela entraba de vez en cuando para quitar el polvo. Pero nunca había conseguido ver su interior. Así que, antes de pedir ayuda a mi padre, entraría yo por mi cuenta. Con cada paso que iba dando, los nervios me atenazaban más y más. Estaba acercándome a una parte de mi vida muy importante y la desconocía tanto… Porque nadie se había molestado en contármela. Ya habían pasado dos años desde la muerte de mi madre, y seguía doliendo como el primer día. Y necesitaba conocer más de ella. Tenía ganas de saber cómo había sido en su juventud, cómo había sido su vida antes de tenerme, en Santino, y por qué todo se estropeó tanto entre ella y mis abuelos. Aunque ya sabía que mi padre había tenido mucho que ver en ese distanciamiento… Mi padre y mi abuelo. Maldita sea, los hombres y su orgullo estúpido.

Pasé por delante de la habitación de mi padre de puntillas. Mejor que no me escuchara. Ya lo llamaría después, cuando necesitara ayuda. Me saqué la llave del bolsillo y, sin pensarlo mucho más, como cuando te tiras a la piscina sabiendo que el agua va a estar helada, abrí la puerta. Solo hicieron falta dos vueltas de muñeca para que sonara el clic y pudiera entrar. Pasé un pequeño pasillo que olía a cerrado y donde hacía mucho frío, con una ventana en el fondo que asomaba en la parte más grande del cuarto, donde había una gran cama de matrimonio con una mosquitera colgando del techo. Las dos ventanas daban a la parte delantera de la finca, desde la que se veían los olivos y la entrada de los coches. Frente a la cama, un pequeño escritorio y, sobre él, una lámpara de mesa de color negro con varias libretas del mismo color apiladas unas sobre otras. Sobre la mesa, varias baldas de madera repletas de libros, aunque dos de ellas estaban a punto de ceder por culpa del peso. De una de las baldas colgaba lo que parecía ser dos collares entrelazados de flores plateadas. La sensación que me embargaba en el interior de ese cuarto era bastante extraña. Ni siquiera sabría describirla. Simplemente me atenazaba, me apretaba el pecho, haciendo que fuera más difícil respirar.

Tardé un rato en volver a ser consciente de dónde estaba, y cuando lo hice abrí las ventanas con cuidado para que entrara aire fresco. Era la única forma de atarme a la realidad que me rodeaba. En cuanto una brisa de aire entró por la ventana y acarició mi cara, volví a ser yo, y la presión desapareció. Observé la cama y, sin tener mucho cuidado, me dejé caer sobre ella, llevándome un par de telarañas por delante.

—¡MIERDA! —grité y me levanté de golpe, tratando de quitármelas de la cara, protagonizando el baile más ridículo de mi vida.

—¡Gaspar! ¿Qué haces aquí? —dijo mi padre desde la entrada, con una expresión de preocupación dibujada en la cara—. ¡Sabes que tu abuelo no te deja entrar!

—¡Ay, quítamelas, por favor! ¡Qué asco! —le pedí mientras seguía moviéndome sin parar. Juraría que notaba a las arañas paseando por mi piel, dispuestas a poner sus huevos en cualquier pliegue que encontraran.

—¡Gaspar!

—¡QUÉ! —chillé, con un escalofrío recorriéndome todo el cuerpo—. ¡Tengo telarañas!

Mi padre resopló y se acercó, cogiéndome de los hombros para que dejara de moverme. Me revisó la cabeza, el cuello, la cara, pero no encontró nada.

—Ya está. Te las has quitado.

—¿Seguro?

—No tienes nada —insistió para calmarme.

—Uf... Odio las telarañas.

—Vámonos. No puedes entrar en esta habitación, Gaspar, lo sabes. —Y tiró de mí hacia la salida, pero yo hice fuerza para que no pudiera conmigo—. ¿Gaspar?

—Me ha dado la llave la abuela. Me ha pedido que la limpie un poco para la cena de Nochebuena. Porque Luca tiene que tener una habitación disponible. Supongo que por si quiere pasar aquí la noche, o necesita cambiarse o cualquier cosa... No lo sé.

—¿Eso te ha dicho tu abuela? —respondió arqueando una ceja.

—Ha estado hablando con Filippo como media hora.

—Ajá —fue la única respuesta que me dio—. ¿Y cómo piensas limpiarla? ¿Dónde está la escoba? ¿O el aspirador?

—Me dijo que te pidiera ayuda —admití—. Solo había entrado para ventilar un poco y... Bueno..., esta era vuestra habitación, ¿no?

—Hacía años que no entraba aquí —declaró, en una especie de trance—. Oh, mamá, has conservado nuestras libretas. —Y cogió una de las varias que estaban apiladas sobre el escritorio. Le quitó la goma elástica y empezó a leer.

—¿Qué son esas libretas? —pregunté, tratando de ver por encima, pero su cuerpo me impedía pasar.

—Aquí escribió tu madre su primer libro. Llenaba libretas y libretas, y yo se las iba revisando, con anotaciones y correcciones. No sabía que mamá..., que la abuela las hubiera guardado todo este tiempo. Ni siquiera tienen una mota de polvo... —reflexionó y, durante unos segundos, se quedó en silencio—. Voy... voy a por el aspirador.

—Papá, ¿estás bien?

—Tú ve quitando las sábanas de la cama, ¿vale? Habrá que poner nuevas por si acaso decide quedarse a dormir. —Y salió del cuarto juraría que llorando. Siempre pensaba en lo que me había afectado a mí la muerte de mamá..., pero pocas veces pensaba en cómo le había afectado a papá. Era tan reacio a hablar de las cosas que resultaba muy difícil saber lo que sentía. Solo podía recordar la conversación que tuvimos antes de regresar a Santino para el *Coriali*, y una frase que nunca olvidaría: «Eres igual que ella, Gaspar. Cada vez que te miro, veo a tu madre. Sus ojos, su nariz, su..., su todo. ¿A ti te cuesta? A mí también».

El equipo de seguridad del palacio no tardó mucho más en llegar, y nos pilló empezando la limpieza. Llamaron al timbre navideño que había colocado mi abuela (sonaba la música de *Jingle Bells* cada vez que alguien lo pulsaba), y bajé a todo correr para ver si, por algún casual, también había venido Luca. Pero solo había cuatro hombres de traje y con la cara más seria que había visto en mi vida. Saludaron amablemente a la abuela y esta les fue indicando cada zona de la casa, dándoles absoluta libertad para asegurarla y que fuera un entorno fácil de vigilar. Al final, iba a pasar la cena con nosotros el mismísimo rey de Santino. Siempre había cosas que podían salir mal, por lo que supuse que querían asegurar hasta el más pequeño detalle. Sobre todo siendo una fecha tan importante y señalada. Nada podía salir mal.

Eso los llevó a revisar el salón con una minuciosidad inusitada. Mi abuela no dejaba de ir tras ellos, colocando bien todo aquello que no dejaban milimétricamente en su sitio. Hasta que se rindió y les ofreció un poco de chocolate a la naranja mientras proseguían con su labor.

Al menos, que se sintieran como en casa mientras estaban trabajando, y mi abuela era experta en eso, en hacerte sentir bien y cómodo. No tardaron más de diez minutos en examinar toda la zona de abajo hasta que pasaron a la planta de arriba. Mi padre salió de su cuarto para dejarlos entrar, mientras revisaban sus cajones, su armario, su mesa de trabajo... Todo, punto por punto. ¿Iban a hacer lo mismo en mi habitación? Los adelanté disimuladamente y entré en ella, dispuesto a dejar todo un poco decente antes de que me tocara el turno, pero no fui lo suficientemente rápido. Dos de los hombres de seguridad entraron y me pidieron que esperara fuera mientras lo revisaban. Yo me quedé en el umbral de la puerta en tanto que lo revolvían todo y metían sus manos hasta en...

—¡Eh, que ahí guardo mis calzoncillos! —grité, pero les dio un poco igual. Comprobaron bien la ventana y salieron, yendo a acompañar a los otros dos en el cuarto de mi madre.

—Déjalos hacer su trabajo —me dijo mi padre con voz seria.

—¿Yo? Si los dejo, pero ¿qué piensan encontrar? ¿Una recortada entre mi ropa sucia? —ironicé—. ¿Una granada entre mis slips?

—Te recuerdo que viene un rey a esta casa. Toda precaución es poca —me explicó.

—Ni que fuéramos de la mafia. Si ya estuvo en esta casa. ¡Dos veces! Y no hubo tanta «precaución» —me burlé, dibujando unas comillas en el aire.

—Ve a ver si tu abuela necesita algo, anda. —Y volvió a encerrarse a seguir trabajando en lo que fuera que estuviera trabajando.

—Eh, tú —me llamó uno de ellos desde el final del pasillo.

—¿Yo?

—Sí. Vives aquí, ¿no? —gruñó.

—No. Me he colado. Estaba por la zona y me dije: «Uy, qué casa más bonita. Voy a entrar». —Tampoco pillaron mi humor. Iba a empezar a pensar que era culpa de mis chistes y no de los demás—. Sí, sí, vivo aquí.

—Ven un segundo.

—Eh, vale. —Y fui hasta la habitación donde me esperaban, sin saber muy bien lo que necesitaban.

—¿Qué ocurre con esta ventana? No cierra bien —me preguntó otro, mientras abría y cerraba la ventana, con los goznes protestando.

—¿Ah, no? Quizá mi abuelo pueda arreglarlo.

—Este será el cuarto de *sua altezza*, así que tiene que estar perfecto —recalcó, remarcando cada palabra que decía.

—Claro, claro.

—Haced algo con esta ventana, ¿de acuerdo?

—De-de acuerdo. —Joder, qué mala leche de repente.

—Nosotros ya hemos terminado.

—Ah, ge-genial. Os acompaño a la salida. Claro. Por-por aquí, caballero. —Y me puse por delante, liderando la marcha hasta el piso de abajo, donde esperaba mi abuela con una bandeja con cuatro vasos de los que salía un humo delicioso. Espera, ¿cuatro? ¿Y mi chocolate dónde estaba?

—*Molto grazie* —exclamó el más grande de los cuatro. Al coger su taza, los demás lo imitaron, como si fuera el jefe, el líder, y debieran esperar a que él hiciera las cosas para tener permiso.

—*Tutto bene?* —preguntó mi abuela, pero, al verme, decidió cambiar al español—. ¿Está todo correcto?

—Sí. Solo falta revisar una ventana en el que será el cuarto de *sua altezza*. El día 24 por la mañana llegarán los ayudantes de cocina y el rey estará aquí a las cuatro de la tarde para comenzar el reportaje. ¿Cuántos invitados habrá en la cena?

Mi abuela empezó a contar mentalmente. ¿Tanta gente iba a venir?

—Seremos trece en total. Catorce contando a *sua altezza*.

—Perfecto. Muchas gracias por su amabilidad.

Y, tal como habían llegado, se fueron. Eso sí, después de vaciar cada uno su taza de chocolate caliente. Porque era pecado no terminárselo con lo rico que lo preparaba mi abuela.

12

Millevoci

Santino Porto estaba precioso a media tarde, cuando las luces de los adornos en las calles comenzaban a encenderse. Todos tenían temática invernal, similares a los que había en el *palazzo* el día del *Sansere Invernale*. Copos de nieve iluminados con tonos azulados, guirnaldas subiendo por las farolas y coronas navideñas con hojas de olivo en casi cada puerta. En la plaza central, junto a la playa, estaba el mercadillo navideño tradicional, y sí, había *corni* navideños. Unos especiales rellenos de una pasta verde de pistacho y frambuesa caramelizada por encima. Me compré como cinco, y me habría comprado más, pero no me sobraba el dinero. Además, había bajado solo y tenía que guardar lo poco que tenía para comprar los regalos de Navidad.

La abuela me había explicado que, en Santino, solo se hace un regalo por persona. Tienes que elegir a una y dejárselo bajo su asiento en la mesa donde se va a cenar. A medianoche, cada uno mira bajo su silla y ahí descubre cuántos regalos ha tenido esa Nochebuena. Una especie de amigo invisible, aunque sin especificar quién regalaba a quién. Y eso me daba pena, porque imagino que, en esas tradiciones, siempre habría alguien que se quedaba sin nada. Me imaginé mirando bajo mi silla y no encontrando absolutamente nada. Yo tenía claro a quién regalarle el mío, pero lo que no acababa de saber era el qué. Porque ¿qué se le regala a un rey?

El frío en Santino por las tardes y, sobre todo, por las noches era helador. En pocos minutos tenía la nariz roja y las orejas congeladas. Me bajé un poco más el gorro para que me cubriera toda la cabeza casi por completo, pero así era difícil ver adónde iba. Pasé junto a Metrópolis, pero estaba cerrada a esas horas. Además, no iba a comprarle un cómic a Luca. Sería imposible acertar. Los tenía todos. Pensé en regalarle una caja de *corni*, pero no sé si aguantarían en buen estado hasta la cena. También pensé en algo para Robin, pero no quería darle algo que no fuera a usar. Nunca había regalado nada a un perro. Así que solo me quedaba dar vueltas y vueltas hasta que se me ocurriera una idea brillante, mientras me escribía con Lucía y con Alejandro, a ver si ellos encontraban la solución a mi problema. Porque para solucionar un problema siempre es mejor hablarlo y ver otras perspectivas. Hasta que pasé por una tienda que reconocí al instante. Era la tienda de las pulseras de *tauro*. ¿No sería ese el mejor regalo que podía hacerle? No me sonaba que tuviera una. O, al menos, nunca se la había visto.

Le daría una de las bolitas que tenía la mía, y así empezaría la suya propia.

—Eres un genio, Gaspar —dije, en voz alta, orgulloso de mí mismo, y mirando el interior de la tienda desde el escaparate. Había bastante gente, y no sabía cuándo cerraban, así que a lo mejor ni siquiera me daba tiempo. Pero, entre todas las personas que había dentro, me fijé en una que también fijó sus ojos en mí. Al verme, empezó a agitar las manos como si estuviera espantando moscas y me invitó a entrar. Era Dante. El chico que conocí el otro día comprando la máscara de zorro. Me había reconocido al momento.

Al cruzar el umbral, el olor a cuero me transportó a la granja escuela de mis diez años. Al verano en el que mis padres decidieron enviarme a un campamento durante una semana, donde Lucía y yo nos conocimos y nos volvimos inseparables. Pero también me traía malos recuerdos. Porque asociaba ese olor a la primera vez que mi madre tuvo una revisión que salió mal.

—¡Gaspar, eh, aquí! —chillaba Dante y varias personas se giraron para verme entrar en la tienda, muriéndome de vergüenza al momento. Le respondí con una sonrisa y me acerqué lentamente a la mesa en la que estaba con varias personas más. Aunque, al parecer, él estaba solo.

—Hola —saludé tímidamente.

—*Sontero calero damero* —me dijo, canturreando, pero no entendí lo que quería decir—. Es una expresión santinesa. No te la sabría traducir, pero se dice cuando te encuentras a una persona que no pensabas volver a ver.

—*Sontero calero damero* —repetí—. Curioso.

—Las tres palabras solas no tienen mucho sentido. Creo que eran parte de una canción antigua. O puede que me lo esté inventando. Lo decía mucho mi abuela. —Y se encogió de hombros. Entre sus manos tenía una pulsera de *tauro*.

—¿Estás haciendo una pulsera?

—Para mi hermana. Se le rompió la suya. Claro, se la había comprado en una tienda mucho peor que está. Ni siquiera era de cuero.

—¿Y dónde está tu hermana?

—En casa. ¿Dónde va a estar? —replicó, como diciendo la mayor obviedad del mundo—. ¿Y tú? ¿A quién se la vas a regalar?

—Ah, bueno, solo entré a mirar y…

—Perdona, que no quería meterme donde no me llaman. Pero siéntate aquí conmigo, y la hacemos juntos. Solo tienes que hablar con el dependiente y ver si hay hueco disponible. Yo te espero aquí. —Sonrió y me señaló al dependiente con la mirada.

Asentí y me acerqué al mostrador. Por suerte, el dueño me reconoció como el primo de Marco y Sofia, y no me puso ningún problema para poder hacer mi pulsera. No tenía muy claro si podía darle a Luca más bolas aparte de la mía, pero sabía que, cuando te regalan una pulsera *tauro*, tienes que elegir la primera tú y el resto te las dan los demás. Así que, como no estaba conmigo, la elegiría por él. El problema es que no sabía qué significaba cada color. Solo recordaba las mías: verde, que simbolizaba lealtad; azul oscuro, valentía; y dorada, inteligencia. Pero había decenas de otros colores. Aunque había uno rojo oscuro, casi granate, que me llamaba mucho la atención.

—Hola… Eh… *Ciao… Come…*

—Puedes hablar español si quieres —me indicó el dependiente.

—Uf, menos mal, era como si me estuviera dando un infarto. A ver, me quiero llevar esta pulsera, pero también esta bola roja. ¿Qué simboliza el color?

—¿Esta de aquí? —Y la cogió de entre mis dedos, sonriendo de una forma bastante estúpida, he de añadir—. Significa que estás enamorado.

—¿Cómo? ¿Qué?

—Esta bolita simboliza amor. Es muy afortunada la chica a la que se la vayas a regalar.

—Afortunado —lo corregí.

—¿Perdona?

—Que es un chico muy afortunado —insistí. Saliendo del armario cada día de mi vida.

—Sabes la historia de las pulseras *tauro*, ¿verdad?

—Sí, claro. Me la contaron mis primos—afirmé. El dueño me dio una pequeña cajita con las cuerdas y las dos bolas que había elegido. Me indicó que me sentara a una de las mesas y lo obedecí, pero yendo a donde estaba Dante.

Dio un par de palmadas a la silla vacía junto a él y me senté, dispuesto a hacer una pulsera *tauro* para Luca.

—¿Primera que haces? —me preguntó, curioso.

—Nooo. —Y le mostré la mía—. Esta me la hice yo en verano.

—Ah, pues toma. —Abrió la suya y sacó una bola de color negro. La cogí con cuidado y la metí dentro de mi pulsera.

—¿Qué significa la bola negra?

—Tristeza. Me parece algo importante abrazar la tristeza de cada uno. No ignorarla, ¿verdad? Esta bola no suele ser muy popular.

Su pulsera estaba repleta de bolas diferentes. Muchas más que las que tenía yo.

—¿Cómo es que tienes tantas? ¿No se supone que solo puedes tener las que te regalan?

—¿Quién te ha dicho eso? —repuso entre risas—. A ver, puedes hacerlo. Pero entonces nunca vas a tener muchas. Sobre todo si siempre tienes que dar una de las que tienes. Yo he comprado muchas de estas. Me encanta la sensación de comprar tristeza, por ejemplo.

—Ah, pensaba que no funcionaba así. —Y, acariciando las que tenía en mi pulsera, cogí la dorada y se la entregué—. Esta significa…

—Inteligencia. Gracias por verme así —bromeó y la colocó en un hueco libre de su propia pulsera, cerrándola y agitando la muñeca para que se colocara mejor.

Durante quince minutos estuvimos charlando mientras hacíamos nuevas pulseras, y le hablé de mi vida en Madrid, de la Navidad en casa de mis abuelos y de mis películas favoritas. Dante me contó que era el menor de cuatro hermanos, que su sueño era viajar a la Antártida y que podía leer más de cuatro libros a la vez.

—Te caerá bien mi padre entonces.

—¿Ya vas a presentarme a tu padre? Sí que vamos rápido, ¿no? —se burló. Pero no me conocía lo suficiente como para saber que yo no iba a ceder tan fácilmente ante su primera broma.

—Mejor a mi padre que a mi abuelo, eso desde luego. No volverías a hablarme.

—¿Tan terrible es?

—El demonio en la tierra —me lamenté—. ¿Tu abuelo también es insoportable?

—Mi abuelo está muerto. —Si había forma de cortar una conversación, era esa.

—Oh, eh… Perdona. No quería decirlo así…

—Tranquilo. Si realmente era insoportable. Se habrían llevado bien los dos —rio—. ¿Por qué hay gente así…, insoportablemente insoportable? Personas a las que les gusta estar de mal humor.

—Se lo preguntaré de tu parte —sonreí—. ¿Qué planes tienes para Nochebuena?

—Pues ninguno en especial. Viene el nuevo novio de mi madre, al que no soporto. Y mis hermanas están cada una en un sitio. Así que nada fuera de lo común. ¿Y tú? ¿La pasarás en palacio? —Y, al decirlo, se llevó la mano a la boca y evitó mi mirada, como si hubiera dicho algo totalmente prohibido—. Perdona. No quería soltarlo así. Pero vi la foto… y, bueno, no sé si… No sé si hay más máscaras de zorro como esa. Porque eras tú, ¿verdad?

Me puse en tensión. Desde la punta de los pies al último de los pelos de la cabeza. ¿Lo negaba? No tenía mucho sentido. Me había visto comprar la máscara. Solo había que sumar uno más uno. Pero ¿podía confiar en él?

—No quiero meterme en nada que no deba. Pero que sepas que no voy a contarle nada a nadie. Solo me hizo gracia la casualidad. —Ante mi silencio, entendió que no podía decir mucho más. Aunque, para un amigo nuevo que tenía, tampoco quería empezar con mentiras.

—Sí, soy yo. Era yo, vaya. Pero no puedes decir nada, ¿eh?

Se apartó el pelo de los ojos y se le iluminó la cara por completo. Parecía que le hubieran dado la mejor noticia de su vida.

—Pues sois monísimos, la verdad. Qué fuerte, con el *regge* Luca Calliveri. Encima es guapísimo. Aunque tú también, ¿eh? No me malinterpretes. —Y me dio un par de palmadas en la pierna.

—Uno hace lo que puede —bromeé.

—Pasaréis la Nochebuena juntos, supongo.

—Se supone que sí, pero todo es extraño. Es decir, tú lo has dicho. Es un rey y yo no soy nadie. Un simple zorro que se coló por la puerta de atrás.

—Eres mucho más que eso. Estoy seguro —sonrió y me sentí con ganas de contarle cualquier cosa. Aunque quizá debería callarme un poco, porque podía irme de la lengua demasiado, y, solo de pensar en la cara que estaría poniendo Filippo, me entraban sudores por todo el cuerpo—. Bueno, esto ya está.

Cerró la pulsera que había estado haciendo para una de sus hermanas y se levantó de la silla, dispuesto a irse. Con una despedida rápida e incómoda. No sabía si le habría superado demasiado la situación.

—¿Te vas ya?

—Si quieres que nos veamos algún día mientras estés por Santino Porto, escríbeme. O si estás nervioso el día de Nochebuena. No voy a estar haciendo nada.

—Vale, pero no tengo tu número.

—Eso se soluciona rápido —Y, cogiendo un rotulador que estaba sobre la mesa, me pidió que estirara el brazo y escribió un número de teléfono sobre mi piel—. No te duches, ¿eh?

—Solo lo estrictamente necesario —dije, llevándome la mano al pecho, como si hiciera un juramento.

—Y, tranquilo, que tu secreto está a salvo conmigo. —Hizo el gesto de cerrar su boca con una cremallera, se dio la vuelta dispuesto a irse, pero se quedó inmóvil unos instantes para girarse finalmente de nuevo hacia mí—. Oye, ya sé que me he despedido. Pero soy de los que cambia continuamente de opinión. No sé si tienes más planes hoy pero ¿te apetece dar una vuelta?

—¿Dar una vuelta ahora? —repetí como si no lo hubiera escuchado bien.

—No es para sacarte información ni mucho menos. Me caes bien, Gaspar. No tengo muchos amigos por aquí, así que conocer a alguien *novo* es *gratificantti*. Gratificante, vaya —sonrió—. ¿Te apetece?

¿Me apetecía?

—Eh, vale, sí, claro. Aunque en veinte minutos he quedado con mi padre para que me recoja en la plaza del *mercato*.

—Sin problema. Yo también tendré que volver a casa en algún momento. Solo tengo que recordar dónde aparqué mi Vespa.

—¿Tienes una moto? —pregunté, alucinado.

—¿Tú no?

—Qué va. Seguramente me la pegaría nada más cogerla —admití.

—¿Y qué te crees que me pasó a mí? Esta cicatriz. —Y cogió mi mano, llevando mi dedo índice a una cicatriz en el lateral de su cara, que iba desde la ceja derecha casi hasta la barbilla. No me había fijado hasta ese momento—. ¿Ves? La primera vez que cogí una moto me comí el suelo. Todo por no atropellar a un *conecino*. Un conejo —me tradujo—. Aprendí que tenía llevar un casco mejor.

—¿Y cómo era el que tenías? —Y señaló su cabeza, dándose un par de golpes con el puño cerrado.

—¿Vamos?

Asentí, me levanté de la silla, metiendo mi pulsera y las bolitas que había elegido en una bolsa transparente de papel y la llevé al mostrador, donde le pagué al dueño mientras Dante esperaba en el umbral. Salí de la tienda feliz por tener por fin el regalo perfecto para Luca.

Acto seguido, los dos juntos fuimos al mercado de la plaza central, que se había reconvertido en uno navideño, y me invitó a dos *corni* con chocolate caliente, sentándonos en uno de los bancos que rodeaban la playa, mirando hacia el mar y escuchando las olas romper en la orilla. Dante era muy extrovertido y, como yo, contaba todo lo que se le pasaba por la cabeza. A veces, demasiadas cosas. Escucharle hablar era como verse reflejado en un espejo. Solo que él era bastante más guapo que yo. Tampoco bastante más. Solo un poco.

—¿Sabes que el Cenere estuvo a punto de cerrar hace unos años? —me explicó mientras sorbía un poco de su chocolate haciendo un ruido ensordecedor y dejándose los labios completamente manchados de color marrón.

—Tienes algo de cara en tu chocolate —me burlé.

—Es la mejor parte: lamerse los labios después. —Y se relamió hasta llegar casi a la punta de la nariz—. ¿A que tú no llegas?

—Qué va. Tengo muchos talentos, pero chuparme la punta de la nariz no está entre ellos —repuse, encogiéndome de hombros.

—Uno no puede tenerlo todo, ¿verdad? —comentó, terminándose su vaso de chocolate caliente—. Bueno, pues estuvieron a punto de cerrar porque la dueña debía mucho *soldi*, es decir, dinero. Algunos dicen que paga a la mafia con *corni* desde entonces. Pero creo que todo son *zalone* y que realmente solo debía impuestos o algo así.

—Me gusta más la idea de pagar a la mafia con *corni*. Yo podría vivir así, de verdad te lo digo —le confesé—. Creo que es lo que más me gusta de Santino.

—¿Los *corni*?

—Debería haber dicho Luca, ¿no? —Dante puso los ojos en blanco.

—Ningún hombre está por encima de un buen *corno*, de verdad te lo digo. —Y devoró el último de la caja que había comprado—. ¿Cómo llevas lo de ser la pareja del *regge* de Santino? ¿Mucha presión?

—Pues no te sabría decir realmente. Me gusta Luca. Me encanta Luca. Solo que…, bueno, todo son normas, y tradiciones. Le quitan el romanticismo a todo.

—Un *romanccero* eres, por lo que veo. Un romántico. Pero ¿qué esperabas? Ser el novio del rey de Santino implica muchas cosas. No es una persona normal —reflexionó.

—Pues esperaba que fuera más fácil —sentencié. No me gustaba el tema sobre el que estábamos hablando.

—Bueno, quizá lo sea más adelante, ¿no? Daos tiempo. *Mancio*, hablo como mi madre. Hablando de mi madre, tengo que comprar mi sobre. —Y se levantó del banco—. ¿Me acompañas? ¿Te da tiempo?

—Creo que sí. ¿Sobres? ¿Es que seguís escribiendo cartas? —me burlé.

—Nos gustan las tradiciones, qué te voy a contar que no sepas. Y sí, escribimos cartas. Como las vuestras a los Reyes Magos o a Papá Noel. Pero este año son para el rey. Es decir, para Luca —me explicó mientras andábamos de vuelta a la zona de tiendas de Santino Porto.

—¿Le escribís cartas a Luca? ¿Para qué?

—Cuando hay un nuevo rey, tiene que hacer su *orontine* y, para ayudarlo, todos los santineses podemos enviarle una carta con nuestros deseos para su reinado. Tenemos hasta Nochebuena.

—Pues vas un poco justo de tiempo.

—Siempre lo dejo todo para el último momento. Así soy yo —sonrió—. El sobre es dorado, y se vende en una tienda junto a Cenere. ¿Quieres enviar una carta tú también? Bueno, qué tonto soy. Tú se la puedes dar en mano cuando quieras. ¡Eh, podrías darle la mía!

—No sé yo si…

—Era broma, era broma. No soy un aprovechado, tranquilo.

Llegamos a la papelería Lare justo cuando mi padre me llamó para avisarme de que salía de casa de los abuelos. Así que tendríamos unos quince minutos para volver a la plaza del *mercato*. Lo esperé fuera mientras comparaba el sobre dorado y lo vi escribiendo algo sobre el mostrador. Cuando salió de la papelería, iba metiendo un papel con cuidado y suavidad en el sobre para que no se doblara.

—Y, ahora, a echar la carta en el buzón real.

—¿Buzón real?

—Hay uno en la plaza del *mercato*.

Cuando llegamos a la plaza, mi padre ya estaba en los aledaños, aparcado, así que Dante me acompañó hasta el coche. Empezaba a hacer cada vez más frío y no iba bien preparado para soportarlo. Abrí la puerta y, tras despedirme de él, volvimos a casa de los abuelos mientras lo veía alejarse con su sobre dorado en la mano, perdiéndose entre los distintos puestos del mercadillo, buscando el buzón real.

—¿Quién era ese chico? —preguntó mi padre, curioso.

—Dante. Un amigo. Ya os hablé de él.

—¿Ah, sí? Bueno, me alegro de que hagas amigos por aquí. —Y arrancó el coche. Fueron las últimas palabras que dijimos hasta que volvimos a casa de los abuelos.

Yo, mientras, aproveché para guardar el número de teléfono de Dante en mi móvil, esperando no haberme equivocado en ninguna de las cifras, algo borrosas en mi brazo sudoroso. Le escribí al momento para que supiera que era yo.

Aquí Gaspar
Espero haber guardado bien tu número

Quién eres?

Gaspar. Gaspar Costa
Eres Dante?
Mierda, me he equivocado

Si te refieres a Dante, el chico más guapo de Santino...
Sí, soy yo

Y, con ese mensaje tan absurdo, me hizo sonreír y estuvimos hablando el resto del día.

13

Cena di Natale

Nochebuena siempre era mi día favorito de las Navidades. Volvía a sentirme un niño otra vez. Curioso el efecto que tenía un solo día al año. La abuela nos hizo levantarnos a todos muy pronto para ayudarla. Y lo primero era determinar dónde se sentaría cada invitado. Luca era el rey, así que estaba reservado su sitio presidiendo la mesa, y fue ahí donde coloqué su regalo, con una rama de olivo encima, como mandaba la tradición. Yo estaría sentado a su derecha, Filippo a su izquierda. Vigilante como un halcón. Luego estaban sentados Marco y Sofia juntos, a mi lado. Frente a ellos, Boro Lodi y su mujer. El abuelo y la abuela uno frente al otro. Luego mi padre junto al tío abuelo Ricardo. Y, en la mesa supletoria, mis dos primos pequeños y su madre Arisa. Marco y Sofia llegaron por la mañana para ayudarnos a colocar. Sofia y yo estuvimos con el abuelo preparando la leña para la chimenea y el horno, mientras que Marco y la abuela se dedicaban a dejar todo listo para cuando llegaran los ayudantes de la cocina real. La *piccine* estaba cocinándose casi desde que nos habíamos levantado, y la sopa estaba hecha desde la noche anterior. «Fundamental para que coja el sabor necesario», me explicó la abuela.

—Con fuerza, Sofia, por favor —insistió mi abuelo.

—Quin firzi, Sifii, pir fivir —se burló ella, pero en una voz tan baja que no la escuchó. Yo sí, y no pude reprimir una risa nada disimulada.

—Así no vamos a terminar nunca.

—Abuelo, hago lo que puedo. ¿Por qué no compras la madera ya cortada, como cualquier persona en pleno siglo XXI? —protestó Sofia.

—A saber lo que tienen esos troncos. ¿No sabes que les echan líquidos acelerantes para que ardan mucho más rápido? Eso no puede ser bueno. No, no, no —señaló mi abuelo, que, hasta ese momento, no sabía que creyera en esas teorías de chats oscuros de internet.

—¿Ahora me vas a decir también lo de los aviones que echan químicos para castrarnos y esas cosas?

—Aunque no lo creas, tu abuelo no es *stupido* y no se cree cualquier tontería —masculló entre dientes a la vez que cortaba un trozo más de leña y lo metía en el interior de la carretilla desvencijada que teníamos al lado.

—Déjame a mí, anda. —Y la cogí yo para que no tuviera que hacer el esfuerzo. Llevamos todos los troncos a la parte trasera de la casa, y, mientras la mitad la bajamos al semisótano para las estufas, la otra mitad la llevamos a la chimenea del salón, dejándolos en un lateral para usarlos por la noche.

La casa olía a comida recién hecha, a una mezcla de romero, jengibre y verduras asadas. Marco y la abuela reían mientras no dejaban de ir preparando todo. Marco, al verme, me lanzó un trozo de pan que yo, sorprendentemente, cogí al vuelo. Estaba preparando sus propios aperitivos, con permiso de la abuela, que iba supervisándolos poco a poco.

—Para cuando llegue tu querido novio, que tenga algo que comer —sonrió Marco mientras mojaba otro trozo de pan en una salsa blanca con trozos de cebollino—. ¿Quieres probar? Mi famosa salsa de queso.

Miré a Sofia y ella asintió, como dando permiso. ¿La verdad? Estaba muy rica. Pero no sabría decir qué tipo de queso era. Tenía un toque ácido y fuerte, pero el cebollino lo compensaba. Además, tenía trozos de algo que me sonaba, pero no acababa de reconocer tampoco.

—¿Te gusta?

—Está muy rica —admití.

—¡JA! ¡Aprende, Sofia! —Y me cogió del brazo, tirando de mí y estando a punto de hacerme caer, literalmente.

—¿De qué es?

—Queso de cabra, anacardos, un poco de *natto*…

—¿*Natto*?

—Creo que solo existe aquí. Es una especie de queso a medio fermentar… Similar a la ricotta, pero más denso. Y, para mi gusto, mucho más rico. —Me guiñó un ojo—. A Nicol le encanta.

Volví a mirar a Sofia, porque era incapaz de recordar a nadie que se llamara Nicol. No me sonaba que ninguno de los primos pequeños que conocí en mi cumple se llamara así.

—Es su nuevo novio —explicó Sofia.

—¿Novio?

—Ni que fueras tú aquí el único con pareja. ¿Has visto su cara de sorpresa? ¿Es que tu primo no te parece lo suficientemente atractivo como para tener novio? —protestó Marco, haciéndose el ofendido.

—No, no, no. Para nada. Solo que no sabía que tenías novio.

—¡Sorpresa! Lo conocerás esta noche.

—¿Esta noche? ¡*Mancio*, Marco! ¿Por qué no me habías avisado? —protestó la abuela al escucharlo.

—Ay, lo siento, *nonna*. Pensaba que te lo había dicho. Puedo decirle que no venga si es demasiado problema —se excusó, exagerando su acento todo lo posible.

—No, no. Donde caben catorce, caben quince. Pero ¡más te vale seguir ayudándome, porque esa cebolla no va a cortarse sola!

—¿Y los ayudantes del *palazzo*? ¿No tendrían que ayudarte ellos? —dijo mientras se echaba un poco de vino tinto en su copa.

—¿Tú los ves por aquí? —repuso la abuela y le arrebató el vaso sin casi darse cuenta—. No hay vino para ti hasta que termines.

—Jopé, *nonna*. Cuando te pones firme, das miedo.

Marco volvió a sentarse sobre la isla de en medio y, cogiendo de nuevo un cuchillo y una enorme tabla de madera, reanudó su tarea de cortar cebolla. Llevaba su melena de rizos negros recogida con una coleta, pero era incapaz de evitar que algunos mechones le cayeran por la frente, molestándole continuamente. Mientras, Sofia y yo terminamos de decorar la mesa. Hasta que, unos minutos después, llegaron los trabajadores del *palazzo* Santino (tres sirvientes), que sustituyeron a Marco y ayudaron a terminar de cocinar todo lo que estaba preparando mi abuela para la cena. Aunque cada poco la escuchábamos protestar en santinés. No llevaba nada bien que se metieran en su cocina, pero ese día no le quedaba otra que aguantar.

Yo aproveché para poner al día a Lucía, que llevaba queriendo hablar conmigo desde el momento beso con Luca. Pero había sido imposible. Y, siendo sinceros, tenía un poco de miedo, porque, por mucho que la amara, era una bocazas, y acabaría por contar todo lo que yo le fuera a explicar. Así que tenía que tener cuidado con qué le decía y qué no.

—¡Feliz Navidad! —exclamó nada más descolgar la llamada.

—¿Y ese entusiasmo? Si tú odias la Navidad.

—Pero sé que a ti te gusta, y lo que sea por mi Gasparcín. ¿Qué tal? Llevo dos días esperando a que me cuentes todos los detalles, por favor. ¡Me he enterado por la prensa antes que por ti! ¡Y eso que yo no leo la prensa! —explotó.

—Ya, ya. Pero es que me tienen prohibido hablar sobre el tema.

—Así que eras tú. A ver, obviamente, lo sabía desde que me enviaste esa foto con la máscara de zorro. Pero ahora ya está confirmado cien por cien. ¿Y cómo te sientes? ¿Qué tal besa? ¿Habéis hecho algo más? ¡¿Cómo la tiene?!

—¡Lucía! —chillé, avergonzado.

—No te pongas ahora mojigato conmigo. Son preguntas totalmente lógicas y pertinentes.

—Te voy a colgar.

—¡No, no! Vale, vale. No me cuentes nada. Acuerdos de confidencialidad y esas cosas. Lo entiendo. Pero cuéntame qué tal en Santino. ¿Lo estás pasando bien? ¿Te ha venido bien volver? —inquirió con su curiosidad innata.

—Sí, sí. En Madrid… me estaba ahogando —confesé.

—Lo sé. Lo sabemos. Tenías que volver y cerrar lo que fuera que tuvieras abierto.

—Ya, pero no era fácil tomar la decisión —reconocí—. Y tú tampoco es que estuvieras muy a favor de que regresara.

—Yo solo te pongo pruebas para endurecerte. Y, para que los sepas, nunca es fácil tomar decisiones. Pero, oh, sorpresa, la vida es tomar decisiones, y cada vez más difíciles —declaró con seriedad—. Me alegra saber que estás mejor, y que todo va bien con el-que-no-debe-ser-nombrado-que-ya-puede-ser-nombrado-porque-estáis-enamorados.

—Deja de hablar así.

—Deja tú de cohibirme. ¡Estoy deseando verte cuando vuelvas y que me cuentes todo!

—Y yo, y yo. Te tengo que dejar, que creo que ha llegado.

—¿Ha llegado? ¿Quién? ¿Cómo?

—Mañana te cuento.

—¡Más te vale! —Y colgué la llamada. Realmente no estaba llegando nadie, pero el hecho de plantearme volver a Madrid me había puesto nervioso al instante. Sobre todo porque, si lo pensaba fríamente, no estaba claro que fuera a volver. Puede que estuviera sobrepensando todo demasiado, pero, si finalmente Luca y yo éramos novios, ¿me quedaría a vivir con él en Santino? ¿Volvería a Madrid y tendríamos una relación a distancia? Es decir, teníamos diecisiete años. ¿Cómo podía salir eso bien siquiera?

—¡GASPAR! ¡BAJA! —gritó mi padre. Me subí de rodillas a la cama para asomarme a la ventana y vi cómo llegaban tres coches oficiales del *palazzo* Santino por el camino de grava que rodeaba la finca de los abuelos. Luca.

El primero de los coches abrió la puerta del copiloto y apareció Filippo, con su traje de siempre. Llevaba una chaqueta sobre los hombros y un paraguas en la mano que abrió al momento. Ni siquiera me había dado cuenta de que empezaban a caer, tímidamente, algunos copos de aguanieve en el horizonte. Parecían motas de ceniza, como si el monte Nuvole hubiera entrado en erupción y nos llegara el aviso del desastre inminente. Un Pinatubo en potencia. Dante's Peak sin Pierce Brosnan.

Cuando quise darme cuenta, estaba literalmente pegado a la ventana, respirando entrecortadamente. La última vez que había visto a Luca, nos habíamos besado. Y porque nos interrumpieron, que si no… no sé cómo habríamos terminado. Después de desplegar el paraguas, abrió la puerta trasera del coche y primero apareció Robin, que echó a correr y a ladrar, totalmente desatado.

—*Robin, stai calmo!*

Luca salió del interior, y me dejó con la boca abierta. Llevaba una capa que le cubría hasta la cintura, con una franja amarillo ocre delineándola, además de tener el mismo color en el interior. Le cubría parte del cuello y la llevaba abrochada justo bajo la barbilla con dos botones en forma de cruz. Su pelo estaba revuelto pero con cada mechón perfectamente colocado y una corona de hojas de olivo doradas colocada en la cabeza, en un ángulo de cuarenta y cinco grados, que le iba desde la frente hasta la nuca.

Bajo su capa, una levita también de color negro con motivos dorados, que acababa recortada por encima de la cadera sobre unos pantalones anchos que reflejaban con la luz que se filtraba a través de las nubes que cubrían el cielo. Además, unos guantes oscuros que le llegaban hasta el codo y unas botas con tacón que le hacían parecer mucho más alto de lo que ya era. Y, como siempre, un pequeño alfiler con el blasón de los Calliveri. Que nadie se olvidara de quién era. Robin me identificó a los pocos segundos y empezó a ladrar en mi dirección, hacia la ventana, meneando el rabo y jugando sobre la gravilla. Luca siguió la dirección de sus ladridos y cruzó su mirada con la mía. Pero me dio tanta vergüenza estar aún en chándal que me agaché al momento, tirándome sobre la cama, sudando como si fuera pleno agosto.

—Uf, creo que no me ha visto.

¿Y yo cómo iba a competir con semejante belleza? Era imposible que pudiera estar a su altura. Lo más elegante que tenía era la ropa que había llevado al *Sansere Invernale*. Podría usar el traje que había comprado con mi padre en Madrid, y darle algún toque mío con el resto de las cosas que había en el armario. Aunque se me ocurrió algo diferente. ¿Podría usar los collares que había en el cuarto de mi madre? Quizá podrían darme el toque que necesitaba para destacar.

Me puse en pie de un salto, abrí la puerta y me asomé al pasillo. No había nadie, pero podía escucharse la música navideña que tenía puesta mi abuela a todo volumen. Corrí hacia el final, hacia la habitación anteriormente prohibida, y entré. Estaba más limpia que ninguna otra de la casa. Junto al escritorio, sobre una de las baldas, descansaban los dos collares que recordaba. Pero al cogerlos me di cuenta de que llevaban una especie de pinza en el extremo, casi como si fueran pendientes. Me probé uno, pero casi me deja sin oreja.

—Esos pendientes eran de tu madre —dijo la voz de mi padre desde la puerta, dándome un susto de muerte.

—¿Cómo sabías que…?

—No eres muy silencioso, y te he oído venir corriendo hasta la habitación.

—Ah, sí, vale, lógico. Quería… Quería llevar algo de ella esta noche, pero me hacen polvo las orejas.

—Eso es porque tienen truco. —Y se acercó con parsimonia. Cogió uno de los pendientes y colocó bien una pequeña almohadilla en el extremo—. Prueba ahora.

Volví a colocármelo y ya no dolía. Aunque pesaba una barbaridad.

—Se los regalé yo. Fue mi primer regalo de *Natale* para tu madre.

—Ah, no lo sabía. —Y me lo quité, dejándolo en el mismo sitio de donde lo había cogido.

—Llévalo. No te lo quites. Te queda bien —sonrió. Poco a poco, mi padre iba superando el tener que lidiar él solo con un niño adolescente. Le costaba, por supuesto, igual que a mí, pero habíamos avanzado mucho en los últimos meses.

—¿Seguro?

—Seguro. Pero ¿piensas bajar en chándal?

—¡Quince minutos y estoy! —Y salí corriendo hacia mi cuarto, dispuesto a coger toda la ropa y meterme en la ducha a toda velocidad.

Pero, al salir al pasillo, vi al fondo la cabeza de Filippo subiendo por las escaleras. Eso solo podía significar que Luca y él ya estaban yendo a ver su habitación. ¡No me podía ver así, hecho un auténtico desastre! No iba a llegar a mi dormitorio, así que me metí de golpe en el cuarto de baño y cerré la puerta a tiempo. Escuché a Filippo hablando con Luca mientras pasaban por delante, y luego oí a mi padre, que los acompañaba al cuarto. ¡Qué poco había faltado! Pues tendría que ducharme primero y luego pensar la ropa que iba a ponerme.

Cuando terminé, me puse una toalla a la cintura y, abriendo la puerta con cuidado por si acaso me cruzaba con alguien, vi que estaba todo vacío y atravesé el pasillo con cautela, observando continuamente a ambos lados. Al chocar mi espalda con la puerta entreabierta de mi cuarto, entré de espaldas y cerré, respirando al fin.

—Misión cumplida. —Y me solté la toalla, dejándola caer al suelo.

—*Ciao, Gaspar* —dijo una voz al otro lado del cuarto.

—¡JODER! —chillé y vi que Luca estaba frente a mí, con los ojos abiertos como platos, tratando de no mirar hacia abajo. Se tapó la cara con la mano y se giró de golpe. Yo…, pues me puse rojo como un tomate y tardé demasiado en coger la toalla y volver a anudarla bajo mi ombligo, cubriéndome de nuevo—. PERO ¡¿QUÉ HACES AQUÍ DENTRO, COMO UN FANTASMA?!

—Solo quería saludarte. Pero veo que aún estás… ocupado. —Seguía de espaldas y tapándose los ojos.

—Estoy-estoy preparándome aún. Madre mía, Luca, qué susto. —Tenía el corazón en la garganta—. No puedes entrar así en las habitaciones de los demás. Primero en tu palacio, y ahora en mi casa.

—*Scuso*, Gaspar. Tu padre me dijo que era tu dormitorio y quería verlo. Siento la indiscreción.

—No pasa nada. Eh… Espero que al menos te haya gustado lo que has visto. De mi cuarto, de mi cuarto —me corregí, mientras no dejaba de pensar en que Luca me había visto desnudo. Por completo.

—Sí, claro. Me gusta este mapamundi, aunque está un poco… *defetto*. Defectuoso.

—Lo estoy restaurando.

—Interesante.

—Puedes destaparte ya los ojos. Me he puesto la toalla —lo avisé.

Luca, obediente, bajó la mano de la cara y se giró lentamente, aún temeroso de lo que podría encontrarse al darse la vuelta. Yo estaba sentado en la cama, con otra toalla sobre los hombros, tratando de taparme lo máximo posible. Dios, estaba tan guapo… Él, él. Yo no. Yo era un desastre. Pero Luca estaba increíble. Es que era tan magnético que juraría que me movió unos centímetros al mirarme, como si tirara físicamente de mí. Como si tuviera su propia atracción gravitatoria. Desde luego, Newton no consideró la existencia de Luca Calliveri para formular su teoría. O quizá sí, y tenía su propio Luca. Ley Calliveri, debería haberla llamado.

—Yo vuelvo abajo. El reportero ya ha llegado y querrá ir preparando la entrevista. Pero antes quería preguntarte si estabas bien, y si estabas de acuerdo con todo esto. Siento que te he metido en un problema con el que no contabas, y me disculpo por ello.

—No tienes que disculparte. Va a ser… divertido. Ya verás —le aseguré.

—¿Estás cómodo?

—¿Cómodo?

—Sí. Cómodo. De ser mi pareja oficial.

—A ver, no sé si «cómodo» sería la palabra perfecta para definir algo así. Es decir… A ver, Luca. Creo que a estas alturas está claro que me gustas, ¿verdad? Aunque no supieras verlo, me gustas, desde hace tiempo. Así que no me siento obligado a nada. Y, respondiendo a tu pregunta, sí. Estoy cómodo. ¿Es que tú no?

Calló unos segundos y ese silencio empezó a aumentar mis inseguridades por encima del límite recomendado.

—Sí. Estoy cómodo —contestó al fin, aunque su duda no me había dado buenas sensaciones—. Te espero abajo.

—Vale. Iré tan rápido como pueda.

—Tómate tu tiempo. —Y salió del cuarto, pero con una expresión extraña en su rostro que no acabé de identificar. ¿Qué le pasaba? A veces, Luca era como un libro cerrado, con candado y con cadenas. Tan pronto se abría como se cerraba de golpe con una combinación imposible de adivinar. Pero no tenía tiempo para preocuparme por eso, porque abajo me estaban esperando, y ni siquiera sabía lo que me iba a poner aún.

Vestirse con tanta presión no es bueno. No es nada bueno. Y, según iba pasando el tiempo, me iba poniendo más y más nervioso. Así que al final me decidí por algo clásico y fácil. Me puse el traje que me había comprado mi padre, con mi camisa negra y, en la oreja izquierda, el pendiente de mi madre, que me llegaba casi hasta el hombro. Me acerqué al espejo y me coloqué bien los mechones de pelo rebeldes. Esperaba estar guapo para el reportaje que querían hacer. Ese era yo. El reflejo que veía en el espejo. Por mucho que quisiera escapar de él tantas veces. Ese era Gaspar Costa. Solo esperaba ser más Costa y menos Gaspar cuando empezaran a preguntarme cosas. Porque quizá era más inteligente responder lo más escueto posible. No quería meter la pata con nada que pudiera decir.

En el salón estaba Luca sentado en uno de los sofás, con la espalda más recta que había visto en mi vida, y delante de él, una chica maquillándolo cuidadosamente. Robin no estaba por ningún lado. En cuanto me vieron, el reportero se acercó y me estrechó la mano. Acto seguido, me indicó que me sentara junto a Luca para que la fotógrafa pudiera tomar un encuadre que le gustara. El sofá lo habían movido estratégicamente para que quedara más cerca de la chimenea, ya encendida, y del árbol de Navidad. Como si fuera una postal navideña para enviar a todo el reino. Mi padre observaba desde una esquina, con semblante serio. Pero ni rastro de Filippo o el abuelo.

—Gaspar, ¿verdad? —preguntó la maquilladora y asentí—. ¿De dónde eres?

—De Madrid.

—Yo de Jaén. Alba. —Y me sonrió, cómplice, al ser los dos de fuera de Santino—. Pero llevo viviendo en Santino varios años, trabajando para *Il Posto*.

—Ah, encantado.

—Tu pendiente es precioso. Va a ser perfecto para las fotos, ya verás. —Y esas palabras consiguieron reafirmarme al momento—. Y tú, Luca, ya estás listo.

Pero la mirada de Luca fue tal que Alba improvisó rápido.

—Perdón, *sua… altezza*. A veces se me olvida cuando sois tan majos. *Bellissimo!* Ahora te toca a ti, Gaspar.

Luca carraspeó un poco y fue a levantarse, pero la fotógrafa le pidió que siguiera sentado unos segundos más para las pruebas y las fotos para el *making of* del reportaje.

—Yo puedo llamarte Luca, ¿no? —bromeé mientras Alba rebuscaba en sus múltiples neceseres para empezar a maquillarme. Luca me mató con la mirada.

—A ver, estate quieto un segundo, Gaspar —me pidió la maquilladora mientras me ponía base en la cara para luego empezar a retocarme por todos lados. No sabía que necesitara tanto encima—. Sé lo que estás pensando, pero esto es sobre todo para los brillos. Estás guapísimo, tú tranquilo.

—Vale, vale. Si no digo nada…

—Pero conozco esa mirada. Todos pensáis que os pongo demasiado, pero sé lo que me hago. A ver, cierra los ojos.

De fondo, seguía el hilo musical preferido de la abuela para esas

Navidades, aunque no reconocía casi ninguna canción porque eran en santinés o en italiano. Sí, había versiones de villancicos clásicos, y de vez en cuando aparecía Michael Bublé, pero la gran mayoría eran totalmente desconocidas para mí. Aunque no para Luca, al que escuchaba tarareando de vez en cuando.

—¿Te la sabes? —le pregunté.

—*Che cosa?*

—La canción. ¿La conoces?

—*Il Paradiso?* Es una canción navideña muy famosa en Santino —me explicó, ofendido.

—Vale, relaja. Que no tenía ni idea —me defendí.

—¿Que me relaje? No entiendo.

—Da igual —sonreí y Alba me apretó los mofletes—. ¡Ay!

—Deja de hablar y de moverte o vas a quedar como un payaso —me advirtió.

—Captado, ok, ok. Es que no me doy cuenta, pero, claro…

—Gaspar. Calla —insistió una vez más.

—Callado me quedo.

Me repasó cuidadosamente las cejas, usando unas pinzas especiales para quitarme los pelillos que sobraban, y luego las perfiló, al igual que las pestañas, alargándolas lo máximo, y diciendo de paso que eran preciosas. Así daba gusto, desde luego. Cuando terminó conmigo, después de unos diez minutos de maquillaje, ya estábamos listos para empezar. La fotógrafa siguió tomando imágenes de los dos, aunque más naturales, sin posar. Obviamente, eso no le gustó ni un pelo a Luca, e insistió en que esas fotografías tendrían que pasar el filtro real. Como todo lo que íbamos a hacer esa noche.

El reportero se sentó en un sillón a la izquierda de Luca, dispuesto a comenzar la entrevista, pero, antes de ello, me extendió una carpeta con varias hojas repletas de una letra minúscula. No tenía ni idea de lo que tenía delante hasta que Filippo me lo explicó. Era un acuerdo para dar mi consentimiento para que se pudieran usar imágenes mías en el reportaje, ya que tenía menos de dieciocho años. Estaba la firma de mi padre en todas las hojas, así que entendí que estaba todo bien y firmé. Nada más hacerlo en la última hoja, se lo entregué a Filippo, que lo guardó en una pequeña cartera junto a la entrada. Tras la parte más formal, el periodista dio por comenzada la entrevista, pero, cuando empezó a hablar en santinés, Luca lo cortó al momento:

—La entrevista será en español.

—*Sua altezza*, el medio es santinés —intervino Filippo, que seguía en una esquina, tratando de participar lo menos posible.

—Sé perfectamente qué medio es *Il Posto*, Filippo —lo reprendió.

—Mil disculpas, *sua*…

—Quiero que sea en español, para que Gaspar pueda expresarse libremente —dijo, interrumpiéndolo con ese tono de rey que le salía de vez en cuando.

—Yo estoy bien. Si me vais traduciendo y eso…, algo entiendo.

—No —se mostró tajante. El reportero miró a Filippo, que asintió, dejando claro que el que mandaba era Luca.

—Está bien. Aunque mi español es un poco mal. —El acento con el que hablaba estaba muy marcado, pero se defendía mucho mejor en español que yo en santinés—. Luca Calliveri, nuevo rey de Santino. ¿Cómo se siente? ¿Qué tal los primeros días del reinado?

—Aún no soy rey —fue su primera respuesta.

—¿Disculpe?

—Como sabrá, la tradición de Santino especifica que, los cuatro primeros meses tras *il Coriali*, el rey seguirá siendo el antecesor. Es decir, mi padre. Hasta el 31 de diciembre, no soy el único rey de Santino. Ahora soy *regge lunare*.

—Ah, sí. *Certamente.* Por supuesto —dijo el entrevistador, nervioso por la corrección de Luca.

—Solo era por dejarlo claro. Podemos continuar.

—*Perfetto.* ¿Puedo entonces llamarlo rey?

—*Regge lunare* está bien.

—Repito entonces la pregunta. Luca Calliveri, *regge lunare* y futuro rey de Santino, ¿cómo se siente? ¿Qué tal estos primeros meses desde su coronación durante el *Coriali*?

—*Buongiorno* —comenzó a decir, casi como si estuviera en un discurso, dirigiéndose a la ciudadanía—. Ser el próximo rey de Santino y Montez —otra corrección— es un privilegio y un honor por el que estoy agradecido todos los días. Solo espero estar a la altura de mi padre, el rey Carlo Calliveri, y del apellido que represento, gobernando de manera justa para todos los santineses y santinesas. —Su voz le había cambiado por completo y había empezado a usar su tono formal, su tono de rey. Voz más grave, con las palabras mucho más pronunciadas, con una dicción perfecta y las pausas medidas entre frase y frase. Se notaba que llevaba aprendiendo desde pequeño—. Estos primeros meses han sido un auténtico reto, pero, por suerte, mi padre, el rey Carlo, sigue a mi lado, aportando toda su experiencia.

—Ha podido salir del *palazzo* Santino para visitar otras ciudades europeas, como Ámsterdam, Roma, Ciudad del Vaticano o Madrid. En esta…, en esta última pudo conocer a los reyes de España. ¿Cómo fue dicho encuentro?

—Cada ciudad que visito es un mundo por descubrir. Aprecio mucho las cosas que nos unen, pero también nuestras diferencias, porque de ellas podemos aprender mutuamente. —Seguía hablando a un ritmo pausado, dando tiempo al reportero para que comprendiera cada palabra que le decía—. Tuve la oportunidad de conocer al papa en Ciudad del Vaticano y, sí, a los reyes de España, aunque ya había coincidido con ellos en varios eventos en el *palazzo*. Fue un encuentro muy cordial y fructífero, en el que también estuvo presente el actual presidente del Gobierno, así como varios ministros, incluyendo a la ministra de Cultura. Y quiero añadir que tenemos grandes planes para unir más aún la cultura santinesa con la española —sonrió, complaciente.

—Esa es una muy buena noticia. ¿Hay algo que pueda adelantarnos? Porque el Gobierno santinés actual ha llevado a cabo graves recortes en subvenciones culturales en los últimos meses.

Pensaba que iba a ser una entrevista fácil y sencilla, pero estaba empezando a llevarla por el lado político, y eso siempre acababa mal.

—Cuando sea oficialmente *regge* de Santino y Montez, tendré las reuniones pertinentes para solventar cualquier problema que haya surgido en estos meses. Así que habrá que esperar un poco para poder adelantar nuestros compromisos con España y otros países. Aun así, quiero recalcar mi deseo de expandir la cultura santinesa por el mundo.

—Y, hablando de sus viajes por Europa, ¿qué puede decirnos sobre las distintas capitales que ha visitado? ¿Cómo ha…? Perdón, mi español. ¿Cómo ha sido salir de *palazzo*?

—La verdad es que…

—Porque no era la primera vez que salía de *palazzo*, ¿no es así? —interrumpió, y esa pregunta provocó que la tensión aumentara de cero a cien en apenas un segundo. ¿Se refería a lo que todos creíamos que se refería?—. Días antes del *Coriali*, se le pudo ver visitando diferentes lugares en Santino Porto, saltándose el reglamento impuesto por la propia familia real de Santino.

Esa pregunta dejó a Luca fuera de juego durante unos segundos. Pensé en salir en su ayuda pero ¿qué iba a decir? Tenía que esperar a que me preguntaran directamente.

—Sí, es cierto que salí del *palazzo* Santino días antes del *Coriali*, y por ello estoy profundamente arrepentido, porque puse en peligro mi coronación. Pero también me sirvió para conocer de cerca al pueblo que he jurado liderar y proteger —afirmó con contundencia—. Y, como respuesta a su otra pregunta, me encantaría poder volver a…

—En esa escapada, perdón por la *interruzione*, estuvo acompañado del nieto del jardinero real, ¿es cierto? Gaspar Costa.

—Sí, es cierto —asintió Luca, serio como nunca.

—El que ahora es su pareja, y el chico que se esconde tras la máscara del zorro que lo besó durante el *Sansere Invernale*.

—Sí —sentenció.

—¿Cómo se conocieron?

—Como ha dicho, Gaspar Costa es el nieto de Félix Costa, el jardinero real del *palazzo* Santino. Empezó a trabajar este pasado mes de agosto en nuestros jardines, y ahí fue donde lo conocí.

—¿Puedo intervenir? —dije, y todos me miraron, sorprendidos. El primero, Luca.

—*Buongiorno*, Gaspar.

—Solo quería añadir que la primera vez que nos vimos fue un momento muy gracioso —me reí, tratando de relajar un poco la entrevista—. Porque yo estaba cortando el césped, pero a Luca no le parecía que lo estuviera haciendo lo suficientemente bien, y, como yo no sabía quién era, me enfadé y le contesté de bastante mala manera. Así como…, bueno, yo de vez en cuando no mido mis palabras. Pero Luca, en vez de mandarme a torturar o algo parecido, me regaló a los días un cortacésped increíble. Con el que, por cierto, destrocé el… —Pero ahí caí en la cuenta de que estaba hablando demasiado. Había intentado contar algo gracioso para humanizar a Luca y seguramente lo estaba dejando peor. A él y a mí—. Nada, pues eso. Que así…, así nos conocimos.

—Muy bien —respondió el periodista, pero Luca no dijo nada. Total, ¿qué iba a decir?—. Ya que has hablado, Gaspar, me gustaría... A todos los santineses nos gustaría saber más de ti. Eres de Madrid, ¿verdad?

—Sí, sí. De toda la vida. Creo.

—¿Crees? —dijo, enarcando una ceja, curioso.

—Sí, a ver, sí, sí. Soy de Madrid.

—Y tus abuelos son de aquí, de Santino. —Y los señaló con la mirada. Ni me había fijado en que la abuela estaba también en el salón—. Pero tu primera vez en Santino Porto fue este pasado verano, ¿verdad?

Pero ¿cómo sabía tantas cosas? ¿Era un reportero o un detective privado?

—A ver, estuve aquí de pequeño. Pero, claro, no me acuerdo. Venía aquí con mis padres, pero dejamos de venir... Eh, por cosas de la vida —me apresuré a decir—. Así que sí, sería mi primera vez aquí. Al menos, conscientemente. Bueno, ahora segunda. Pero he de decir que me encanta Santino. Es un país precioso, aunque mucho calor, ¿eh? No sé cómo podéis aguantar con este clima tanto tiempo. Incluso en invierno.

—¿Qué les dirías a la gente que dirá que eres un... *ciansero*?

—¿Chansero? —inquirí, confuso.

—No. *Prossima domanda* —ordenó Luca, y el reportero, tras carraspear un poco, aceptó.

—Pasemos a la *notte del Sansere Invernale*. Cuéntanos, ¿cómo fue ese encuentro? ¿Cómo elegisteis a Gaspar Costa como vuestra pareja? —le preguntó a Luca directamente.

—Gaspar es una persona muy importante en mi vida. Por eso lo invité al *Sansere*. Porque quería que fuera mi pareja. —Espera. ¿Qué? ¿Eso era verdad?—. Y creo que es la elección perfecta. Al haber trabajado en *palazzo* Santino, no solo conoce todos los recovecos, sino que además me acerca mucho más a la gente.

No sabía si sentirme halagado o utilizado por lo que estaba diciendo en esos momentos.

—¿Es Gaspar Costa una elección para lavar la imagen de la monarquía? Después de alguno de los escándalos de su padre Carl…

—*BASTA!* —chilló Luca, poniéndose en pie de golpe—. *Non accetto insinuazioni infondate sulla mia famiglia. Questa intervista? Terminata!*

—*Per favore, permettami di esprimerle le mie scuse…* —pidió el reportero, buscando la mirada cómplice de Filippo, pero este se acercó no para apoyarlo, sino para ayudarlo a levantarse, acompañándolo hasta la salida de la casa, dispuesto a hablar con él. Yo no sabía qué hacer, o dónde meterme. Pero todos nos habíamos quedado igual, incómodos por la situación. Luca respiraba muy agitado, así que me puse en pie también y lo cogí disimuladamente la mano, tratando de darle un poco de mi apoyo. La fotógrafa aprovechó el momento para tomar una foto. Por suerte, Luca no se dio cuenta.

—¿Quieres que nos tomemos unos segundos? —le propuse.

—No. La entrevista se ha acabado. —Seguía furioso.

—¿Estás seguro? Terminarla así… No sé si te va a dejar bien…

—No lo has entendido. Esa entrevista no va a salir —respondió, tajante.

—Pero, Luca, a ver, si quieres acercarte un poco a Santino, esta entrevista es una buena oportunidad. Al principio la cosa iba bien, ¿no? Vale que el reportero era un poco… Sí, lo voy a decir: tocapelotas —susurré para que no me escuchara nadie—. Pero, bueno, vamos a tomar algo, que mi abuela ha preparado una comida muy rica. ¿Te parece? Así relajamos un poco todo. Además, el resto de la gente está a punto de llegar. Será divertido.

—¿Tú crees que habría que seguir con la entrevista?

—Las fotos seguro que están quedando bien porque estamos guapísimos, ¿no? Al menos que sigan haciéndonos unas cuantas, y luego, si Fili…, si Filippo decide que es buena idea seguir, pues le dejamos claro qué cosas no preguntar y ya está.

—Filippo sabe perfectamente qué preguntas están prohibidas. —Seguía muy enfadado con la situación.

—Pues se lo recordamos. Aunque a mí también me gustaría saber qué puedo decir y qué no.

—¿A qué te refieres?

—No sé. Parece un poco como si…, como si solo me hubieras elegido porque soy… del populacho —me lamenté. No tenía muy claro si realmente pensaba lo que le acababa de preguntar, pero ahora que lo había hecho, necesitaba saber la respuesta.

—¿Populacho?

—No sé cómo traducirte eso —admití.

—Creía haberte dejado claro que me gustas, Gaspar. Esto… Esto también es difícil para mí. Mi padre no está de acuerdo con… Con… —No sabía si no encontraba las palabras, o se había dado cuenta de lo que iba a decir y había decidido callar—. Bueno, da igual. Tienes razón. Es una tontería. Vayamos a comer algo, y luego veremos cómo continuar. —Ahí me di cuenta de que no me había soltado la mano en toda la conversación.

—Vale —acepté.

En cuanto entramos en la cocina, los ayudantes dejaron de trabajar para hacer una reverencia a Luca. Como siempre. La fotógrafa iba siguiéndonos para tomar imágenes de cualquier momento en el que pudiera pillarnos desprevenidos. Aunque era difícil, porque tener a una persona siguiéndote a cada paso que das, y lanzando flashes que te ciegan, pues muy disimulado no es, siendo sincero.

La abuela había preparado sobre la isla del centro un montón de bandejas para ir picando comida antes de la gran cena. Y se había empeñado en que todo el mundo comiera. No solo los invitados, sino también los sirvientes del palacio, la fotógrafa, la maquilladora, el reportero… Había de todo sobre esa mesa. Estaba la salsa que había hecho Marco, acompañada de un montón de verduras asadas; una ensalada central de zanahoria y boniato caramelizado; diferentes tipos de panes, entre ellos, uno de pistacho y arándanos que me volvía loco; distintos tipos de frutas; dos enormes focaccias, una con romero y tomillo y otra con queso pecorino; burrata con tomate, embutidos santineses… ¡Un paraíso! En cuanto empezamos a comer, aparecieron en casa Sofia y Marco, aunque sin su novio Nicol. «Una pelea sin importancia, así que lo he castigado sin venir». Los cachearon para evitar cualquier objeto no deseado y les requisaron los móviles los responsables de la seguridad del futuro rey de Santino.

Luca estaba apartado en una esquina, sin querer probar nada, como muy cohibido, sin saber muy bien cómo intervenir, cómo hablar con los demás. Yo lo miraba desde el otro lado de la cocina, queriendo acercarme, pero era difícil dejar atrás a Marco y a Sofia, que no dejaban de preguntarme cosas.

—El abuelo no parece muy contento, ¿no? —preguntó Sofia, señalándolo con la mirada.

—¿Desde cuándo el abuelo parece contento con algo? —añadió Marco.

—La entrevista no ha ido muy bien —les confesé—. El reportero…, bueno, ha dicho algo del rey Carlo. Algo sobre unos escándalos o algo así…

—¡Qué dices! ¿Ha ido por ahí? —exclamó Marco, llevándose las manos a la boca—. A ver, no es que el rey Carlo sea la persona más honesta de Santino, sinceramente. Pero pensaba que esta era una entrevista más… controlada.

—Eso pensaba yo.

—¿Y qué ha hecho Luca? —preguntó Sofia.

—Cortar la entrevista. —Estaba junto a Filippo, que le susurraba cosas al oído mientras Luca asentía con los ojos cerrados—. Ya estaba yendo regular, he de decir. A mí no se me dan bien estas cosas. Me pongo nervioso y trato de llenar los silencios. Demasiado.

—Pues vas a tener que acostumbrarte, bellezón. Porque siento decirte que va a ser la primera de muchas. Por cierto, menuda pasada de *orecchino* llevas, ¿no? ¿Puedo tocarlo? —Entendí que *orecchino* significaba «pendiente», porque me lo miraba embobado.

—Claro. Era de mi madre. —Y, mientras Marco lo examinaba entre palabras de admiración, yo empecé a darle vueltas a lo que me había dicho. «Va a ser la primera de muchas». Un vértigo me empezó a recorrer el cuerpo. Si ya lo había pasado mal en esa, y había durado escasos minutos…, ¿cómo iba a aguantar el resto? Miraba a Luca de reojo, pero le veía fuera de lugar, algo desubicado. Así que me propuse salvarle. Por algo era mi novio. —Toma, pruébatelo.

Me lo quité de la oreja y se lo di a Marco, que sonrió como un niño pequeño, y, cogiendo dos vasos de limonada, rodeé la isla central, sorteando a toda la gente reunida en la cocina, hasta llegar al otro lado, donde estaba Luca. Al verme, me sonrió, aliviado.

—Toma. —Y le tendí uno de los dos vasos.

—¿Qué es?

—Limonada con un toque de menta y jengibre.

—No me gusta el jengibre —dijo Luca, poniendo una mueca de asco, pero le insistí.

—No lo vas a notar. Solo pica un poco y ya está. Te gustará.

Aunque dubitativo, acabó cogiendo el vaso y dio un pequeño sorbo. Su cara cambió y se relamió el labio superior de una forma tan sensual que solo pude pensar en una cosa: me habría gustado lamérselo yo.

—Tenías razón. Está rica —admitió.

—¿Vamos al salón un rato? —Indiqué con la cabeza, para poder estar los dos solos.

—¿Para qué?

—Porque aquí hay mucha gente, ¿no? —Luca se encogió de hombros. Chisté con fuerza, me acerqué a la comida y cogí un plato, llenándolo de todo lo que veía. Fui tan rápido que la abuela me miró desde la otra punta, pidiéndome con los ojos que tuviera cuidado. Sí, abuela, sí.

Una vez lleno el plato, cogí a Luca del brazo y literalmente lo arrastré al salón, lejos de miradas indiscretas y, sobre todo, de Filippo. Aunque, por supuesto, nos siguió uno de su equipo de seguridad.

—¿Qué pasa? —me preguntó Luca, sin entender la prisa que le estaba metiendo.

—Que prefiero que estemos solos un rato. ¿No te apetece?

—Claro —afirmó—. Pero Filippo me ha dicho…

—¡Que le den a Filippo! —exploté.

—¿Cómo dices? —Era como si hubiera dicho que iba a poner una bomba en el palacio o algo peor. Su cara de terror fue absoluta.

—¿No te quejas siempre de estar recibiendo órdenes? Eres el rey, Luca. Perdón. El *regge lunare*. Vamos a empezar a hacer las cosas que a ti te apetezcan. —Y me senté en el sofá donde habíamos tenido la entrevista, indicándole que se sentara a mi lado. Me encantaría besarlo, pero con tanta gente allí, tan cerca, estaba más cohibido que nunca. Y sabía que Luca también. Podía notarlo.

Dejé el plato de comida sobre mis piernas y le ofrecí un tenedor para que pudiera comer él también. Lo primero que hice fue probar la ensalada de zanahoria y boniato caramelizado. Y, para variar, estaba buenísima.

—Mi abuela ha hecho un menú vegetariano especial para ti —sonreí—. No sabía que no comías carne.

—Hay muchas cosas que no sabes de mí —replicó.

—Oye, que ya no tienes que estar a la defensiva conmigo, Luca —repliqué a mi vez, molesto—. Es decir, se supone que, según las tradiciones de tu país, aunque las hayas retorcido un poco, somos novios, ¿no?

—Sí —admitió—. ¿No te gusta?

—¿Otra vez? ¿Cómo no me va a gustar si llevo enamorado de ti desde…? —Y, al decir la palabra «enamorado», me callé al momento. Luca se puso pálido—. A ver, en plan que me gustas…

—¿Enamorado? No sabía que sintieras eso por mí, Gaspar.

—Sí, es decir, a ver… Uf, cómo explico yo esto… A ver, creo que tenemos una conversación pendiente. Sobre mi verano aquí en Santino, sobre los meses de después, sobre tus cartas y cómics no recibidos, y sobre lo que está pasando ahora. ¿No lo crees tú?

—Sí —asintió de nuevo—. Sí. Debemos tener una conversación. Pero no ahora. No quiero que nadie escuche lo que tenemos que hablar.

—Me parece bien, supongo —asentí, un poco sintiéndome derrotado. Entonces su mano se deslizó con suavidad sobre mi muslo. Lo que en un principio pareció un gesto automático, como de robot, se desveló como una muestra de cariño que me hizo creer en que lo nuestro iba a funcionar de verdad. Porque, al final, ¿no decía eso la primera ley de la robótica? Un robot no hará daño a un ser humano.

—¿Qué es eso?

—Esto es…, mmm…, castañas asadas con salsa de cereza. Nunca las había probado así hasta que me las hizo mi abuela. Y confirmo. Se te va la olla.

—¿Puedo probar una?

—Claro. —Y le tendí el plato. Luca se frotó un poco los dedos y cogió una de ellas. La miró con curiosidad, como intentando descubrir sus secretos más profundos pero, en fin, era una castaña. Tampoco tenía mucho misterio. Quizá esa fuera una de las cosas que más me gustaban de él. Esa sensación que daba de que todo lo veía o probaba por primera vez. Sacó la punta de la lengua y lamió un poco de la salsa de cereza. Su expresión cambió por completo y se metió la castaña de lleno en la boca, chupándose el dedo después.

—*Meraviglioso! Delizioso!* —exclamó, y cogió otra del plato sin darme tiempo a decir nada. Seguía pareciéndome increíble cómo cambiaba de un idioma a otro con tan asombrosa facilidad—. Tu *nonna* debería ser cocinera real.

—¿Sabías que trabajó en el *palazzo*? —Esa información lo pilló por sorpresa, aunque la abuela me hubiera confirmado que lo conoció cuando era pequeño. Seguramente ni se acordara.

—No, no lo sabía. Hablaré para que…

—No creo que quiera volver. Tiene su marca de aceite y ama cocinar aquí para la gente y esas cosas.

—¿No quiere cocinar para el rey de Santino? —planteó, ofendido.

—Bueno, hoy lo ha hecho, ¿no? —sonreí.

La puerta de la entrada se abrió y, liderados por otro de los responsables de la seguridad de Luca, aparecieron mi tío abuelo Ricardo, Boro Lodi y su mujer, mi tía Arisa y sus dos niños pequeños. Ya estábamos todos. Luca, al ver a Boro, se puso en pie de inmediato, de los nervios. Se colocó bien su corona de laureles dorados, y se arregló la chaqueta.

—¿Qué hace aquí Boro Lodi? —me preguntó disimuladamente.

—¿No te lo había dicho? Es mi tío —contesté, orgulloso y haciéndome el interesante.

—¿Tu tío es Boro Lodi?

—Sí. No te sorprendas tanto, que yo también conozco a famosos. —Y le di un codazo amistoso—. Además, ¿tú no habías entrenado con él en el *palazzo*?

—¿Con Boro Lodi? Sí. Pero hace años. No lo he vuelto a ver.

—¿Está nervioso *sua altezza*? —lo chinché, pero no le sentó nada bien.

—¿Yo nervioso? Soy el rey de Santino…

—*Regge lunare* —lo corregí y me respondió con un gruñido. Boro, al verme, me saludó con una sonrisa y se acercó junto con su mujer Carolina. Mi prima segunda—. Viene hacia aquí. ¿Quieres que te lo presente?

—A un rey no hace falta que le presenten.

—Vale. Entonces nada.

—No, no. Preséntame —susurró, sonrojado.

—Claro, cariño. —Y eso lo sonrojó aún más.

Cuando llegó Boro Lodi a nuestra altura, me dio un abrazo muy emotivo… y yo no podía dejar de fijarme en sus manos. En esas manos perfectas. Después me dio dos besos Carolina y ambos se quedaron en silencio, mirándome, incómodos, porque no acababan de saber muy bien el protocolo que seguir.

—A ver, no creo que haga falta presentación, pero Boro, Carolina, este es Luca Calliveri, *regge lunare* de Santino. Y tu fan declarado, Boro.

—La última vez que le vi, *sua altezza*, era así de pequeño. —Y colocó la mano a la altura de su cadera—. Un placer —dijo acompañando las palabras de una reverencia.

—*Il piacere è mio.* —Luca estiró la mano y le apretó la suya a Boro con fuerza.

—¿Un día volvemos a entrenar en el *palazzo, calo*?

—*Ovviera* —sonrió un Luca totalmente exultante. *Ovviera* significaba «por supuesto» en santinés. No era la primera vez que lo escuchaba.

—*Nonna!* —gritó Boro y, despidiéndose con un gesto de la cabeza, se fue hacia la abuela para saludarla ya que, al escuchar que habían llegado, había venido al salón con mi padre a su lado.

Tras alejarse, Luca volvió a respirar. Nunca lo había visto tan nervioso. Miento. Sí que lo había hecho, pero me sorprendía que le pasara delante de Boro. Es decir, él era el rey de Santino. Tendría que haber sido al revés.

—Es muy majo, ¿verdad?

—Quiere entrenar conmigo —afirmó aún en shock.

—Claro que sí. ¿Cómo no va a querer hacerlo con el futuro rey de Santino? Y yo quiero estar presente, ¿eh? Que aún tenemos que terminar el partido que empezamos.

—Si tienes ganas de perder, por supuesto. —Poco a poco, Luca iba soltándose. Le había costado, sí, pero ya estaba cada vez más tranquilo. La puerta volvió a abrirse y entró Robin a toda velocidad, seguido de uno de los cuidadores que lo acompañaban el otro día en la playa. Así que había estado fuera hasta ese momento. Quizá para que no pudiera interferir en la entrevista...

Nada más verme, vino directo hacia mí, poniendo sus patas sobre mis muslos y ladrando sin parar, casi como si estuviera... No, no. Realmente estaba saludándome. Así que me agaché y empecé a acariciarlo, cogiéndolo de la cara y hablándole como si fuera idiota. Y sabía que, mientras lo hacía, Luca no me quitaba ojo de encima.

—Ya, Robin, ya... —dijo con suavidad. El perro, obediente como pocos, se sentó en el suelo con la lengua fuera y esperó a que Luca le acariciara la cabeza—. Veo que os seguís llevando muy bien.

—Por supuesto. Perdón. *Ovviera.*

—En este caso, sería más correcto decir *certamento*. *Ovviera* se utiliza más para mostrar gratitud.

—Me lo apunto. Necesito un diccionario santinés-español con urgencia.

—¡La cena está servida! —interrumpió el momento mi abuela, y su anuncio fue recibido con aplausos.

Todos pasamos a la gran mesa que habíamos estado preparando por la mañana. Pero ninguno se sentó hasta que Luca lo hizo, porque así era el protocolo establecido. Era raro estar sentado a su lado, pero más raro aún era tener a Filippo enfrente, vigilando cada movimiento como si fuera un halcón. Y, bajo la mesa, Robin, con su propio plato de comida preparado expresamente por los ayudantes de la cocina del *palazzo*.

—El primer plato es *escaplione*, pero esta receta no lleva carne —presentó mi abuela, orgullosa.

—¿Sin carne? Menuda tontería —replicó mi tío abuelo Ricardo, siempre teniendo que llamar la atención.

—Ricardo, *silenzio* —le pidió mi abuela, pero, como siempre, no había quien lo callara. ¿Quién narices lo había invitado?

—No, no. Déjele que hable. ¿Por qué es una tontería que no lleve carne? —intervino Luca, y todos miramos a mi tío abuelo perplejos, expectantes por saber cuál sería el siguiente improperio que soltaría.

—El ser humano es…, cómo se dice…, *onnivoro*. Come de todo. Carne, pescado, verduras. ¡Es la *evoluzione*! —Tierra, trágame.

—¿Quiere decir que yo no soy un ser humano evolucionado porque no como carne? —replicó Luca, pero con una tranquilidad increíble.

—*Oh, scusi, sua altezza*, no sabía que usted…

—No pasa *niente*. No es mi casa y yo no dicto las normas. Solo quiero que sepa que hay gente como yo, que no come carne. No voy a decirle lo que usted tiene que comer, y nunca diré que es una tontería. El mundo puede evolucionar de mil formas diferentes. Hace pocos años, aquí mismo en Santino, ni siquiera había lugares para gente LGTBI, o, si una mujer quería abortar, tenía que hacerlo a escondidas. Pero, gracias a la evolución como sociedad, somos más conscientes del mundo que nos rodea y las cosas cambian. Que algo lleve haciéndose toda la vida no significa que sea bueno. Así que, por favor, le rogaría que no califique estas cosas de tonterías. —Y, sin meterse en mucha discusión, Luca consiguió callar a mi tío abuelo al momento… además de excitarme casi más que nunca con ese discurso tan de rey. Tan confiado, tan… Tan Luca.

Por suerte, el silencio incómodo creado se vio interrumpido por la llegada del primer plato. Los sirvientes lo colocaron sobre la mesa y se retiraron a la cocina, aunque mi abuela insistió en que había sitio para ellos a nuestro lado, así que después de mucho pelearlo, consiguió convencerlos para que se sentaran a otra de las mesas supletorias.

—Aquí todos somos *equales*. Iguales —declaró mi abuela mirando a Luca, que asintió sonriente para dar su bendición.

—¡Y probad mi salsa, que está buenísima! —dijo de pronto Marco y todos nos echamos a reír.

La verdad es que la sopa tenía un sabor curioso, con un toque agrio y ácido, pero caliente y muy sabrosa. No sé cómo la habría hecho mi abuela, porque era una de sus recetas secretas, pero era totalmente diferente a cualquier cosa suya que hubiera probado antes. Luca fue tomándola poco a poco, cucharada a cucharada, sin cambiar mucho su expresión. Eso sí, con una perfección increíble. Para eso era el rey (me daba igual lo que dijera, pero era el rey) de Santino. Yo, por mucho que me concentrara, acababa agachándome para no salpicar toda la mesa. Aunque era difícil conseguirlo con una cámara continuamente sacando fotografías mientras comíamos.

—¿Tiene que sacar fotos de todo? —protesté entre dientes. Por suerte, solo Luca me escuchó.

—No te preocupes. Estás muy guapo.

—¿Sí? Muchas gracias —repliqué, contento por su cumplido.

—Su *escaplione* está perfecto —declaró Luca, mirando a mi abuela—. Se parece mucho al que me cocinaba mi madre, la reina Laura Calliveri.

—Es todo un honor, *sua altezza.*

—El honor es mío. No solo por ofrecernos su casa y su hospitalidad, sino por hacerme recordar a mi madre en un día como hoy. *Molto grazie* —dijo, visiblemente emocionado.

—¿Un día como hoy? ¿Qué me he perdido? —le susurré a Marco, que no dejaba de sorber la sopa.

—¿En serio me lo dices?

—¿Qué ocurre?

Marco dejó el cuenco en el plato y, acercándose a mi oreja, me susurró al oído:

—Laura Calliveri murió un 24 de diciembre.

14

Finché le stelle non brillano

Laura Calliveri. Nunca había hablado mucho con Luca sobre ella. Habíamos tenido un par de conversaciones sobre la muerte de su madre, pero no había querido indagar mucho más allá. Quizá porque no tenía aún la confianza suficiente… o quizá porque preguntarle por ella supondría hablar también sobre la muerte de mi madre, y era algo que me costaba demasiado. Puede que por eso Luca estuviera tan a la defensiva esa noche. De todos modos, sabía que era algo de lo que tendríamos que hablar tarde o temprano. Porque quería saber más sobre ella, y sobre la relación que había tenido con su hijo.

—No tenía ni idea —confesé.

—Sabes lo que ocurrió, ¿verdad?

—El abuelo me contó algo, sí… —recordé, y Marco asintió, volviendo a su sopa y dando por terminada la pequeña confesión. También había leído sobre ello, y su accidente en avioneta, aunque internet siguiera lleno de conspiraciones que incluían a la propia familia real.

Miré a Luca, sonriente, hablando con Boro Lodi sobre cuál sería su primer torneo del año siguiente, y no podía dejar de ver a un niño que había tenido que crecer demasiado rápido.

—¿Qué miras? —me dijo de repente mientras los sirvientes se levantaban para retirar los platos de la mesa.

—¿Eh? ¿Yo?

—Sí. Llevas un rato mirándome, y eso es de mala educación —constató.

—Bueno, estaba mirándote, sí. ¿No puedo? —Y mi pregunta lo descolocó.

—Sí, eh, claro que puedes.

—Creía que ibas a prohibírmelo —traté de vacilarlo un rato. Si podía conseguir que se destensara un poco, iba a seguir intentándolo con todas mis fuerzas.

—No eres santinés. No puedo prohibirte nada.

—¿Y al resto de los santineses sí?

—No es mi labor prohibir cosas —declaró con orgullo, con Filippo atento a la conversación, aunque disimulara (muy mal), como si estuviera pendiente de otras cosas en la mesa.

Después del primer plato, llegó la *piccine* asada, que estaba por supuesto buenísima, y la variante vegetariana para Luca, con setas asadas. Pese a que no habló mucho, se integró con toda mi familia e incluso dejó que los niños le hicieran un par de preguntas. Bastante estúpidas, la verdad. Pero no seré yo quien diga nada. Claramente Arisa estaba hasta las narices de ellos. Normal, porque eran bastante insoportables. Marco estuvo especialmente gracioso y, sin que nadie supiera cómo, consiguió que lo invitaran al *palazzo* Santino para conocerlo un día. Ojalá yo tuviera el morro que tenía él para las cosas, con el que conseguía todo lo que se proponía.

Y, tras el postre, la fotógrafa volvió a pedirnos a Luca y a mí que regresáramos al salón para tomar más fotos, pero esa vez con Robin a nuestro lado. Todo muy señorial, muy formal. Tanto que empezaba a agobiarme, y, cuando me agobiaba, hacía tonterías.

—Si quieres salimos comiendo un poco del tiramisú de mi abuela… —sugerí.

—Claro. Lo que queráis. Sed lo más naturales posible. Como si yo no estuviera.

—Bueno, eso es difícil —murmuré. No me escuchó. Luca sí y soltó una risotada.

—Tu abuela es una experta cocinera.

—La mejor de las mejores. —Y cogí un plato con un trozo de tiramisú para devorarlo—. ¿Tu abuela cocina bien? Bueno, no… No sé si…

—¿Si está viva? Sí. Mis dos abuelas. Pero no tengo mucha relación con ellas. —Su respuesta me dejó claro que no quería hablar más del tema, así que se me ocurrió algo que, o conseguiría que Luca me odiara de por vida, o le haría reír.

—Oye, tienes algo ahí en la nariz —dije, señalándole.

—¿Aquí? —respondió, llevándose la mano a la cara.

—Un poco más a la izquierda. No, un poco más… —Y, sin darle tiempo a reaccionar, metí el dedo en plato y le planté un poco de mascarpone en la mejilla—. Justo ahí.

—¡EH! —protestó mientras yo me echaba a reír—. Yo no le veo la gracia.

—¿Cómo que no? Nunca te había visto mancharte… Bueno, salvo aquella tarde en Santino, cuando te explotó el *corno* en la camisa.

—Te hace mucha gracia, ¿eh?

—Un poco sí.

Para mi sorpresa, él también metió el dedo en el tiramisú y me restregó un trozo por la frente, casi como si me estuviera marcando para ir a la guerra.

—Ahora tú también estás manchado.

—Pensaba que me estabas pintando para ir a alguna batalla. ¿No te han enseñado en palacio que no se juega con… la comida? —Y le volví a manchar, esa vez en la nariz.

—*Che fai!* ¡Qué haces! —protestó e intentó hacer lo mismo, pero conseguí esquivarlo, así que optó por cogerme de los brazos para intentar inmovilizarme y poder mancharme. Yo no podía parar de reír mientras veía a Luca totalmente obsesionado con conseguir la victoria, por pequeña que fuera, así que acabé cediendo y, cuando iba a conseguir su objetivo, saqué la lengua y le di un lametazo al dedo. ¡Ojalá hubieran hecho una foto de su cara en ese momento!

El plato cayó al suelo y Robin vio la oportunidad de oro para lamer los restos mientras Luca seguía sin hablar, y casi sin respirar. Esbocé media sonrisa y me fui quitando los restos del postre de la cara. Cogí una servilleta que tenía sobre el reposabrazos del sofá y la acerqué a la cara de Luca y lo limpié con cuidado. Y sí, sorprendentemente se dejó.

—¡ROBIN! ¡NO! —dijo al verlo comiendo del plato—. ¡No puede comer *zucchero*! El azúcar le sienta fatal al estómago.

Luca trató de arrebatarle el plato, pero Robin le gruñó con rabia, algo a lo que seguramente Luca no estaba acostumbrado. Así que traté de ser lo más rápido posible y empecé a acariciarle debajo de la oreja izquierda, que sabía que era su debilidad, despistándolo lo suficiente como para que Luca reaccionara y le quitara las sobras del postre de la abuela.

—Creo que con todas las fotos que tenemos, ya es suficiente para el reportaje —comentó la fotógrafa, guardando la cámara en su bolsa.

—¿Podría revisarlas? —intervino Filippo, que, hasta ese momento, se había mantenido en la sombra, en silencio, observando. Ni siquiera me había dado cuenta de que estaba ahí. Era como un ninja.

—Sí, claro.

La chica se acercó a él y los dos salieron del salón mientras iban pasando las fotografías una a una, dejándonos a Luca y a mí de nuevo solos.

—Oye, ¿puedo decirte algo?

—Por supuesto —contestó.

—Quiero… Me gustaría estar a solas contigo.

—Ahora lo estamos, ¿no?

—No me has entendido… Me refiero a estar a solas… a solas…

—No te estoy entendiendo, Gaspar —confesó Luca, completamente perdido.

—Vamos a ver, Luca. Que me gustaría estar como el otro día en el palacio. Que tengo ganas de…, ya sabes…, de… —Dios, me estaba muriendo de la vergüenza. ¿Qué me pasaba?—. Que tengo ganas de besarte.

—Ah, bueno… —fue su único comentario.

—¿Ah, bueno?

—No me sentiría cómodo aquí delante de todo el mundo…

—Por eso digo que me gustaría estar a solas. Qué obtuso eres a veces, Luca Calliveri.

—¿Obtuso?

—Nada, da igual —repuse, dándome por vencido.

—¡GASPAR! —gritó mi padre desde la mesa.

—Debe de ser medianoche ya. Ahí está el aviso del momento de dar los regalos. ¿Vamos? —Y lo cogí de la mano, para ir los dos juntos de vuelta a donde estaban todos los invitados.

Robin ladró un par de veces y nos siguió, muy entrenado para no ladrar ni volverse loco, y volvimos a entrar en la zona del comedor. Los dos de la mano. Como si fuéramos dos jóvenes enamorados. Bueno, yo lo estaba. Luca aún estaba por ver.

—Por fin, *jubico*. Vamos a dar los regalos de *mezzanotte*. Ya sabéis que, como manda la tradición, cada uno tiene su regalo bajo su asiento en la mesa —explicó mi abuela y yo caí en la cuenta de que no me había fijado en si, bajo mi silla, había algún regalo esperándome. ¿Me habría traído algo Luca? ¿O me lo habría regalado mi padre?—. Pero, antes de empezar, ya sabéis que una cena en Santino siempre hay que terminarla con tres chupitos.

Mi abuela había llenado todos los vasos de chupito con un poco de su *mandaricce* casero y se puso en pie.

—Uno por los que no están. —Y todos bebimos el chupito de rigor. Estaba muy dulce, fuerte, pero con un sabor final que te dejaba con ganas de más. Volvimos a llenar cada uno nuestro vaso y lo elevamos para el segundo brindis—. Otro por los que estamos… —Y ese segundo empezó a hacerme efecto. Bebiendo alcohol con mi familia. Curioso cuando menos. Llenamos el vaso de chupito una última vez y fuimos a por el tercero—. Y otro por los que vendrán.

—¡Y otro por los que vendrán! —exclamaron todos al unísono. Yo no. Me dio mucha vergüenza. Pero el chupito me lo bebí. Por supuesto.

—¡¡¡Regalos!!! —dijo uno de los niños pequeños, que, en vez de beber *mandaricce*, habían bebido zumo de naranja.

Poco a poco, cada uno buscamos debajo de nuestra silla y sí, yo también tenía algo escondido bajo la mía. Envuelto en un papel azul turquesa y con un lazo blanco en uno de los laterales. Era cuadrado y no era muy grande. No tenía muy claro lo que podía ser. Estuve a punto de abrirlo, pero al parecer también había un protocolo para ello. Siempre abrían el regalo los más mayores de la mesa, y los más pequeños eran los últimos. Así que el primero fue mi abuelo. Lo abrió poco a poco y descubrió un jersey de lana de color marrón. Era regalo de mi abuela, por supuesto. Creo que fue de las pocas veces que vi reír a mi abuelo de corazón. Se levantó y le dio un beso a mi abuela en la frente y le agarró las manos, teniendo el gesto más cariñoso que les había visto desde que los conocía. Mi abuela fue la siguiente, y su regalo fue un colgante plateado con dos corazones entrelazados. ¿Eso le había regalado mi abuelo? Resulta que, después de todo, podía ser un romántico cuando quería…

Tras ellos, le tocaba el turno a mi padre, pero resultó que Filippo también tenía un regalo debajo de su silla. Sorprendido, lo cogió y abrió una pequeña caja y, en su interior, había un reloj de muñeca con una correa de cuero y una esfera en la que se veía el mapa de Santino. Luca sonrió, dejando claro que había sido el artífice del regalo. Para el resto de los que no estábamos seguros que fueran a tener algo bajo su silla, mi abuela se encargó de dejarles un detalle: una pequeña botella de su aceite de limón envuelto en papel de cera y atado con un cordel de romero. Siempre teniendo detalles con todo el mundo.

Y entonces llegó mi momento.

No sabía quién me lo había regalado.

—A ver, a ver… —dije, nervioso.

—¿Necesitas ayuda para abrirlo? —se burló Marco.

—Déjale su tiempo —le indicó Sofia mientras yo luchaba por abrir el regalo sin romper demasiado el papel. Hasta que lo conseguí. Era una caja de color azul oscuro, con un acabado de terciopelo, y el blasón de los Calliveri marcado en la tapa. Miré a Luca, que asintió con la cabeza.

—¿Y esto? —fue lo único que me salió decir.

—Ábrelo —respondió, ceremonioso.

Obediente, abrí con cuidado la tapa de la caja y, en su interior, sobre una pequeña almohadilla acolchada, había una llave de cobre con dos rubís incrustados. Era antigua y demasiado grande para abrir cualquier puerta normal.

—¿Te gusta? —me preguntó.

La cogí entre mis dedos y la observé por ambos lados, tratando de discernir el secreto que escondía. Porque para mí solo parecía una llave.

—Es… es una llave.

—Pero no una llave cualquiera —añadió Luca mientras el resto de la mesa nos observaba, impacientes por saber lo que abría.

—¿Es una metáfora de la llave de tu corazón o algo así?

Ante mi intento de adivinar, Luca se sonrojó al momento y comenzó a titubear preso de los nervios. Vi a Marco reprimiendo la risa mientras Sofia no dejaba de darle codazos para que se callara.

—No, no. Es decir, es una llave que abre una puerta.

—¿La puerta de tu corazón? —me burlé un poco más.

—Gaspar, por favor —dijo con seriedad—. Es la llave de la Biblioteca Real.

La llave de la Biblioteca Real.

Me había regalado la llave para abrir su sitio seguro, su refugio, su lugar favorito entre todos. Y yo haciendo bromas y estropeando el momento por completo.

—¿La llave de la Biblioteca Real? —repetí—. Pero ¿y tú cómo vas a entrar?

—Tengo mi propia llave, por supuesto —declaró como si fuera algo obvio que no hacía falta aclarar.

—No… no sé qué decir. A tu lado, mi regalo va a ser una mierda. —Luca se escandalizó al escucharme hablar así—. Oh, se supone que no podía decir que yo era el autor de tu regalo, ¿no? Joder. *Mancio!*

—Di «gracias» y ya está —intervino Marco. Sofia lo mató con la mirada mientras me pedía la llave para verla más de cerca.

—Me encanta —le dije en un susurro mientras Luca asentía, sonriente.

—Mi turno —anunció con ganas y se agachó para recoger su regalo (mi regalo), colocándolo sobre la mesa. Lo abrió con cuidado de no romper la bolsa de papel y ahí estaba mi pulsera de *tauro*, con la bolita roja entre las cuatro cuerdas entrelazadas.

—¿Es una pulsera *tauro*?

—Sí. No tenías ninguna, ¿no? —inquirí, nervioso.

—No. Es la primera que me regalan —afirmó, visiblemente emocionado mientras trataba de ponérsela.

—Espera, que tengo… A ver, por lo que me explicaron —miré a Marco y Sofia—, cuando te regalan una pulsera *tauro*, alguien tiene que darte una de las bolas de su propia pulsera para que puedas tener más. Yo te elegí esa —señalé la de color rojo—, y te voy a dar la primera que elegí cuando me regalaron la mía. Es la de color verde —indiqué mientras la sacaba con cuidado de que no se me cayera—, que significa lealtad.

La metí en su pulsera y se la até en la muñeca, ahora con dos bolitas brillantes, igual que la mía. Su emoción era palpable. Claramente habíamos ganado la Nochebuena con nuestros regalos. Porque de lejos habían sido los mejores. O, al menos, los más emotivos.

—Gracias, Gaspar. *Grazie.*

—A mandar. —Le guiñé un ojo en tono chulesco. Me eché a reír, nervioso, me acerqué y le di un beso en la mejilla, haciendo que se pusiera rojo de golpe.

—Ahora los pequeños —intervino Arisa, pero ya desconecté. Lo siento, pero no me interesaba nada lo que les hubieran podido regalar a mis primos, porque eran insoportables y unos mimados. Así que seguramente cada uno tendría una Nintendo Switch nueva o similar. ¡Qué sé yo! Me daba igual. Porque el regalo importante es el que tenía entre las manos. El que me había dado Luca.

Había sido el momento más especial de la noche. Mi abuela empezó a sacar turrones, mazapanes y *corone*, que eran parecido a los polvorones pero más duros, y con ralladuras de todo tipo. Y, por supuesto, sus *corni* navideños. Mientras todos tomaban el postre y hablaban sobre las fiestas de Fin de Año en Santino, el reportero, que se había mantenido en silencio casi toda la cena, nos pidió continuar la entrevista, con la aprobación de Filippo. Pero esa segunda vez todo fue muy políticamente correcto, y casi ni habló conmigo. Como si no existiera. Luca respondió a todas las preguntas con la diplomacia que se le presuponía a un rey como él y, tras quince minutos, terminó. Una entrevista aburrida y que a nadie le interesaría leer, pero era lo que habían decidido hacer.

Yo solo esperaba que la despedida no llegara nunca, y que Luca no volviera al *palazzo* Santino, sino que prefiriera quedarse a dormir con nosotros. Filippo no estaba muy por la labor porque, en cuanto terminó el reportaje, indicó a todos los trabajadores de la familia real que era hora de volver. Pese a las insistencias de la abuela, todos fueron saliendo uno a uno, despidiéndose educadamente. Boro y su mujer Carolina, Marco y Sofia, Arisa, sus hijos y el tío abuelo Ricardo, todos se quedaban en casa. Seguramente veríamos una película navideña y luego a dormir cada uno en su habitación. Así que, pese a que había intentado que no llegara el momento, ya solo quedaban Luca, Filippo y Robin por salir. Me despedí del dálmata, acariciándolo como nunca. Pero, en vez de irse, Luca cambió de opinión en el último segundo, justo cuando le tocaba despedirse de mí.

—Me gustaría pasar aquí la noche —me confesó, mirándome fijamente. Antes de que pudiera decir algo al respecto, se giró para decírselo a Filippo—. Me gustaría pasar aquí la noche.

—Disculpe, *sua altezza*, pero creo que…

—Filippo, si estamos haciendo esto para acercarme el pueblo, ¿no será lógico que me quede aquí a dormir en vez de salir corriendo? Han sido muy hospitalarios conmigo. Con nosotros. Y me han prometido el mejor de los desayunos —sonrió, mirando directamente a mi abuela. Abuela. Te quiero. No se lo decía mucho, pero, en ese momento, lo estaba pensando con mucha fuerza.

—¿Está convencido de…?

—Sí. Y, si no estás seguro, siempre puedes quedarte tú también o dejar a Fabrizio. —Fabrizio era uno de los hombres encargados de la seguridad del rey—. Aunque no creo que haga falta.

Estaba claro que a Filippo no le entusiasmaba del todo la idea, pero no podía decirle que no a Luca, así que acabó aceptando. Salió de la casa después de despedirse de todos y, al rato, volvió a entrar Fabrizio, con ese porte de jugador de fútbol americano, la mandíbula cincelada en piedra y la espalda más ancha que había visto en mi vida. En su mano llevaba una pequeña maleta negra con una etiqueta dorada en la que se podía leer Luca Lorenzo Calliveri.

—*Fabrizio, mi porti il bagaglio in stanza, per favore* —le ordenó Luca y él, con unos bíceps más grandes que mi cabeza, asintió y fue tras el abuelo, quien le indicó el camino para dejar su maleta en la habitación que le habíamos preparado.

—Me alegro de que haya aceptado quedarse, *sua altezza* —le dijo mi abuela, siendo la mejor de las anfitrionas—. Gaspar, tú y Marco tendréis que compartir cama.

—Oh, en ese caso, si va a suponer una molestia… —comenzó a decir Luca.

—¿Molestia? Ninguna. Ahora vamos al salón, que toca ver *The Holiday*. Es una tradición en esta casa. —Y le indicó con la mano que la siguiera.

The Holiday? ¿La película de Kate Winslet y Cameron Diaz? ¿Esa *The Holiday*? A mi madre le encantaba, y la había visto muchas veces con ella, pero no sabía que también se viera en casa de mis abuelos por Navidad. Nos fuimos todos colocando en torno a la televisión, junto a la chimenea aún encendida. Luca sentado en un sillón solitario, Robin a sus pies, y yo en otro sofá junto a mi padre y a mis abuelos. Pero aproveché un viaje a la cocina para coger más *corni* y, al volver, me senté en el reposabrazos del sillón de Luca. Me miró con cara de «¿qué estás haciendo?», pero me dio igual. Si podía seguir a su lado, no me importaba estar incómodo.

Según fue avanzando la película, fuimos quedando cada vez menos. Los primeros en irse fueron los niños pequeños, y menos mal porque no dejaban de protestar. Arisa se fue con ellos para acostarlos y no volvió a bajar. Tras ella, se fue mi tío abuelo Ricardo, acompañado de Boro y Carolina. Y después le tocó el turno a mi padre. Nos dio las buenas noches muy educadamente y subió en dirección a su habitación. El abuelo, pese a estar dormido la mitad de la película, se resistía a irse. Hasta que, un poco antes de que terminara, Luca se levantó, diciendo muy educadamente que se retiraba a su habitación a dormir. Siempre tan ceremonioso…

—¿Te vas a dormir ya?

—Sí. Disfrutad del final de la película. Nos vemos mañana en la *colazione*. En el desayuno —Y se marchó hacia el que sería su cuarto improvisado para pasar la noche.

Que se fuera provocó que todos acabáramos desistiendo y dando por finalizada la *cena di Natale*. Y, cuando cada uno acabó en su cuarto, con Fabrizio vigilando la puerta del de Luca, y yo con Marco en el mío, sabía que no iba a ser ese el dormitorio en el que pensaba levantarme por la mañana. No tenía muy claro cómo, pero tenía que entrar en la habitación de Luca.

15

Ci pensiamo domani

—Espero que no ronques mucho. Aunque yo duermo profundamente. Puede que ni me entere, la verdad —admitió Marco mientras se iba desvistiendo hasta quedarse en calzoncillos, dejando toda su ropa sobre una de las sillas del cuarto. Yo ni siquiera había empezado a cambiarme porque seguía dándole vueltas a cómo colarme en el cuarto de Luca. Cogí el móvil que había dejado sobre la mesilla de noche y vi que había un mensaje de Dante. «Qué tal ha ido la cena?», acompañado de una foto. Cuando la abrí, estaba él tirado en el sofá de su casa, con una chimenea encendida de fondo, y un libro sobre las piernas. «La mía ha ido mejor de lo que esperaba».

Marco se sentó en el borde de la cama mientras se quitaba sus anillos y el pendiente que tenía en la oreja derecha. Y, tras revisar su teléfono, lo dejó en el suelo.

—Cuidado, no lo pises —me avisó.

—Sabes que aquí hay una mesa, ¿no? —le dije, señalando la que había cerca del tocadiscos, donde dejé de nuevo el mío.

—Oh, ¿me lo dejas ahí? —Me acerqué hasta él y lo recogí del suelo—. Sofia ya me estaría llamando vago.

—Un poco vago sí que eres —afirmé.

—Es que ya estoy casi metido en la cama. Venga, ponte el pijama y métete que hace frío —me apremió mientras se tumbaba y se iba cubriendo con las sábanas. Pero no sabía que yo no tenía ninguna intención de dormir ahí—. A ver, primito. Es obvio que estás dándole vueltas a algo, así que suéltalo. Para eso estoy aquí, ¿no? Si necesitas hablar…

—Pues la verdad es que… creo que me puedes ayudar.

—Quieres ir a la habitación de Luca, ¿verdad?

—¡Cómo lo sabes! —exclamé, sorprendido.

—No hay que ser muy listo. Ser dos adolescentes de diecisiete años es lo que tiene. Pero está su matón personal en la puerta, vigilante. Tendrías que habérselo pedido antes de subir, que para algo sois novios. O algo parecido.

—¿Algo parecido?

—Tampoco sois una pareja muy *normale*. Pero no pasa nada. ¿Ser el novio de un rey? Difícil, si me preguntas.

—No sé si aún está preparado para ello…

—Olvídate de él, Gaspar. La pregunta es ¿tú estás preparado? —Marco siempre siendo directo y a la yugular.

—¿Yo? Claro. Si me gusta desde hace…, casi desde que lo conozco —admití.

—No seré yo el que impida a dos adolescentes hacer guarrerías, así que cuéntame. ¿Cuál es tu maravilloso plan? —sonrió, expectante.

—Pues… si tú puedes distraer al tal Fabrizio, aunque sea unos segundos…

—Dalo por hecho, primito. —Y se puso en pie de un salto.

—¿No piensas vestirte?

—No quiero que sea más sospechoso —replicó. Pero eso de pasearse en calzoncillos por el pasillo no tenía mucho sentido, así que le dejé una camiseta, que le quedaba un poco pequeña, y llevamos a cabo nuestro plan para nada organizado.

Marco abrió la puerta lentamente y se asomó al pasillo, saliendo y dejándome a mí dentro, expectante. Cogió un pequeño trozo de cartón que había encontrado en mi cuarto y lo colocó bajo la puerta del baño, haciendo tope. La puerta se quedó atascada y no podía abrirse. Lo intentó un par de veces y, al ver que era incapaz, se dirigió hacia la habitación de Luca. Fabrizio estaba sentado en la puerta, mirando un vídeo en su móvil, con los auriculares puestos. Hasta que se dio cuenta de que Marco estaba parado frente a él. Este le indicó si podía quitarse los cascos y Fabrizio accedió, servicial como pocos.

—*Posso aiutarti?*

—*Buonasera. Mi dispiace, Fabrizio, ma mi sono alzato per andare in bagno e la porta sembra bloccata. Potresti aiutarmi? Non riesco a aprirla.*

Era un plan muy absurdo, y seguramente Fabrizio diría que no, que no podía abandonar su puesto de vigilante para ayudarle a abrir la puerta del baño. Pero, para sorpresa tanto de Marco como mía, dejó su móvil sobre la silla y lo siguió por el pasillo en busca del problema. Los vi pasar justo por delante de mi puerta y, en cuanto estaban ocupados, salí corriendo de la habitación y giré la esquina para llegar al cuarto de mi madre. Por suerte, desde el baño era imposible que me viera. Así que tendría unos segundos para poder entrar. Estaba muy nervioso. ¿Y si Luca me echaba? ¿Y si estaba dormido? ¿Y si no quería que estuviera ahí con él? Por otro lado, ¿y si sí quería que me quedara? Puse la mano sobre el pomo de la puerta y lo giré… Pero la puerta no se movió.

—¿Qué coño? —Y volví a intentarlo. Nada. Estaba cerrada. Mierda. Sin llave era imposible entrar. Mierda, mierda, mierda. Pero ¡¿es que se pensaban que íbamos a intentar matar a Luca o algo así?! ¿Para qué tanta seguridad? La única forma de entrar era con la llave. O… o si Luca me abría. Así que llamé a la puerta, con suavidad, pero esperando que me escuchara desde el otro lado. Aunque el que me iba a escuchar a ese paso iba a ser Fabrizio.

Pegué la oreja al otro lado de la puerta, pero no escuchaba nada.

Luca debía de estar dormido ya. Mi plan a la mierda. Insistí varias veces más, pero no había forma.

—*Molto grazie!* —chilló Marco. Esa era la señal…, y seguramente despertaría con ella a toda la casa. Menudo grito. Yo no tenía escapatoria. Tenía que pensar una excusa para decir en cuanto me pillaran. El corazón me latía a mil por hora mientras escuchaba los pasos acercarse… hasta que la puerta se abrió.

—¿Sí? —No le di tiempo a decir nada más. Entré como un huracán y cerré la puerta tras de mí—. ¿GASPAR? ¿Qué haces?

—¡No estoy aquí! —Y corrí a esconderme detrás de la cama. En cuanto conseguí agacharme, volvieron a llamar a la puerta. Luca abrió y escuché la voz de Fabrizio.

—*Va tutto bene? Ho sentito disturbi.*

—*Disturbi?* —El silencio de Luca duró demasiado y, por un breve momento, pensé que me iba a delatar—. *Tutto bene, Fabrizio.* —Y cerró la puerta de nuevo con cerrojo.

Suspiré como en mi vida y escalé por la cama hasta que conseguí ponerme de pie, esperando a que Luca volviera y tener que darle las explicaciones pertinentes. Tardó un poco más de lo que esperaba, porque tampoco es que fuera una habitación muy grande. Llegó con el ceño fruncido, las manos tras la espalda y los labios curvados. Hasta ese momento no me había fijado en su pijama. Unos pantalones azul marino algo holgados que le llegaban hasta los tobillos y, en la parte de arriba, una camiseta de tirantes blanca, cubierta por una bata a juego con los pantalones, aunque semitransparente. Tenía el pelo alborotado. Nunca se lo había visto igual. Y los ojos rojos de sueño. Espera. ¿Era sueño o era otra cosa?

—Gaspar…

—Chisss. Más bajo o me pillan —lo avisé.

—¿Qué haces en mi habitación? —me preguntó, aún confuso por toda la situación.

—¿Has estado llorando? —repregunté.

—¿Llorando? ¿Por qué dices eso? Responde a mi pregunta —me ordenó con firmeza.

—Quería pasar la noche contigo.

—Pero aquí hay solo una cama… —Decidí no contestar y esperar a que se diera cuenta él mismo—. ¿Te refieres a dormir juntos?

—No tenemos por qué dormir. —Y me di cuenta de cómo había sonado—. ¡No me refiero a eso! Es decir, que podemos hablar o lo que quieras. Pero no quería que estuviéramos separados.

—Siempre haces lo que te da la gana —me recriminó.

—Básicamente —sonreí—. ¿Lo has pasado bien esta noche? Mi familia no está tan loca. Bueno, la verdad es que sí.

—Ha sido una noche *inolvidabile*.

—Ah, mira, esa palabra se parece bastante. Supongo que es lo mismo que «inolvidable» en español, ¿no?

—Sí. Supones bien —confirmó. Pero seguía notando tristeza en su voz. Tenía un tono de melancolía extraño, de desgana, de dejar ir las palabras, más que pronunciarlas con sentido. En automático.

—¿Has quedado contento con la entrevista? —traté de llevar la conversación por otro lado, intentando descubrir qué era lo que lo estaba carcomiendo por dentro, aunque tuviera una idea clara de ello.

—Hay que revisarla antes de que se publique —sentenció.

—Menudo control tenéis, ¿no?

—No pueden publicar lo que quieran —aseveró, reafirmando su postura.

—Hombre, a ver, yo creo un poco en el periodismo libre. Te puede gustar o no, pero conceder una entrevista y luego hacerla a tu conveniencia… no tiene mucho sentido. Para eso, es mejor poner algo en las redes de la familia real y punto.

—No pueden publicar mentiras.

—Pero se supone que hay mecanismos para impedirlo, ¿no? Es decir, si publican algún bulo sobre vosotros, pues denuncia y listo. —Luca se mantuvo en silencio una vez más—. ¿Es por lo de tu padre?

—Déjalo. No lo entenderías —dijo, girándose y yendo hasta la cama, sentándose en el borde. No tenía muy claro si tenía permiso para acercarme o tenía que esperar a que él me dijera algo.

—¿Estás bien, Luca? —pregunté al fin.

—Sí. Sí, estoy bien.

—¿Y por qué has llorado? —porque estaba claro que lo había hecho.

—Yo no he dicho que haya llorado.

—No hace falta que me lo digas. Reconozco cuando alguien ha llorado —me expliqué—. De hecho, creo que hasta reconozco el tipo de lágrimas. Porque yo he usado muchas de esas. Demasiadas. Incluso una vez pensé que ya había llorado todas las que podía llorar, que ya no quedaba más agua en mi cuerpo, y me fui corriendo a la cocina a beber como un loco. —Y sí, era una historia totalmente verídica. Dos días después de morir mi madre.

—Eso es una tontería.

—Lo sé, pero en ese momento me pareció lo más lógico del mundo. —Y, según íbamos hablando, yo me iba acercando. Como siempre con Luca: con cuidado para no asustarlo demasiado—. No lo escondas, Luca. Si quieres llorar, llora.

—No estoy llorando. —Pero su voz se rompió un poco hacia el final.

—Lo de que los chicos no puedan llorar es una gilipollez. Precisamente por culpa de eso, muchos hombres no saben gestionar sus sentimientos. Mira mi padre. ¡O mi abuelo! ¿Quieres ser como mi abuelo? ¿Eh? «No digas tonterías, bla, bla, bla» —empecé a imitarlo. Bueno, más bien a parodiarlo—. «¡*Mancio*, niño! ¿Qué tienes en tu cara? ¿Eso es una sonrisa? Eso está *vietato* en esta casa, buf, buf, buf».

Gracias a mi pésima actuación, pude escuchar una risa disimulada viniendo de Luca. Pero seguía dándome la espalda.

—Venga, no ha sido tan mala mi imitación, ¿verdad? Los adultos siempre están diciéndonos qué tenemos que hacer o decir. Siempre amargados, siempre prohibiendo cosas. Siempre tratándonos como niños —gruñí—. ¿No estás hasta las narices? ¿No estás harto?

Luca se limitó a encogerse de hombros.

—La echas de menos, ¿verdad?

No respondió. Al menos, no al momento.

Y, muchas veces, un silencio puede ser ensordecedor. Ese lo era.

—Todo el tiempo —admitió entre gemidos.

—Yo también. Pero, aunque no sea lo mismo…, bueno, ahora me tienes a mí —dije, sentándome a su lado. Solo tenía ganas de abrazarlo.

—No quiero ser rey, Gaspar. —Y su confesión me pilló totalmente desprevenido—. No quiero esta *responsabilità*. No sé qué hacer la mayor parte del tiempo. Odio que me den órdenes, pero, sinceramente, no sé qué hacer si no me las dan—. Estaba desahogándose, pero yo tampoco sabía muy bien qué decirle.

—Eso no es verdad. Cuando te veo hablar, hablas exactamente igual que un rey. Pero un rey inteligente, astuto y con ganas de cambiar las cosas. ¿La bronca que le has echado a mi tío abuelo? Tío, *chef kiss* —le recordé.

—Lo siento por eso. No pretendía ser impertinente —se excusó.

—¡Qué dices! Ya era hora de que alguien lo pusiera en su sitio. Menudo cavernícola está hecho. —Escucharme hablar así le sorprendió, y volvió a mirarme por fin.

—Es tu *famiglia*. ¿Por qué hablas así de ella?

—Porque sea familia no tengo que pasarle todo lo que haga o diga, ¿no? Si es un imbécil, lo es. Sea mi tío abuelo o no.

—Ya, pero… —Aunque no dijo nada más—. Mi madre me enseñó otras cosas.

—Eso es porque no conocía a mi tío abuelo —reí y Luca volvió a sonreír—. Es normal que no quieras ser rey. Yo tampoco querría. Es demasiada responsabilidad. Pero si la monarquía se votara, y yo tuviera edad para votar, tendrías mi voto cada vez.

Luca dudaba entre seguir hablando del tema o darlo por zanjado. Por suerte, eligió la primera opción. Ya que se había abierto, quería llegar un poco más allá.

—Siento que no conozco a mi pueblo, Gaspar. No conozco Santino. ¿Por qué esa estúpida ley que me impide salir de *palazzo* hasta los diecisiete años? ¿Por qué hasta ahora no he podido conocer mundo?

—Quizá sea una ley demasiado sobreprotectora… —reflexioné.

—¿Cómo voy a ser un buen *regge* si ni siquiera conocía los *corni* hasta que me los enseñaste tú? —sollozó, y varias lágrimas cayeron por su rostro—. Ni siquiera sabía lo de los *Sette Tipi di Amore*. Gastronomía, leyendas…

—Vas a ser un buen rey, Luca.

—*Come potresti saperlo?* ¿Cómo lo sabes?

—Porque te conozco. Y sé que siempre vas a tomar la decisión correcta. Me encantaría poder ayudarte, y decirte algo más, pero hasta que no lo tengas claro tú, mis palabras… pues son de papel, ¿sabes?

—No sé, Gaspar…

—Mira, creo que tengo una idea. Mi primo Marco me habló de unas ruinas superfamosas, como con rosales y tal. No recuerdo como se llaman…

—*Restine Correre?* —preguntó, limpiándose las lágrimas con el dorso de la mano.

—Hum, me suena el nombre, pero no sé si me lo llegaron a decir. ¡El caso! Creo que están siendo rehabilitadas, pero hay como mucha historia allí. ¿Qué te parece que vayamos un día? Las vemos, nos damos un paseo, y así te das cuenta de que los santineses sois muy capaces de sobreponeros a todo y a todos.

—Vamos a ir el día después de Navidad —admitió.

—Mira, ya somos dos. ¿Tenemos un plan? Espera, ¿qué? ¿Cómo que vamos a ir?

—Te lo explicará Filippo, pero es una tradición de los reyes de Santino.

—Una tradición más. —Entorné los ojos—. Bueno, pues iremos juntos al menos. —Y estiré la mano para que me la estrechara.

—Iremos juntos. —Y aceptó mi mano con los ojos más tranquilos.

—Y oye, si por el camino puedes usar tu influencia como *regge lunare* para conseguir unos *corni* gratis en Cenere, pues, oye, no voy a decir que no.

—*Grazie*, Gaspar. Aunque digas muchas *zalone*, siempre consigues hacerme reír —comentó, sustituyendo sus lágrimas por una sonrisa más amplia que de costumbre—. Ya estoy mucho mejor. —Y se puso en pie, como queriendo decirme que me fuera.

—¿Me estás echando?

—¿Es que quieres quedarte más tiempo?

—Quiero quedarme todo el tiempo del mundo. —No le dejé responder. Simplemente, no pensé más allá de besarlo. Luca no se apartó. Su boca sabía aún a pasta de dientes. A menta. Nuestras bocas unidas por una telaraña de saliva, tejiéndose de golpe, gracias a nuestras lenguas, tocándose las puntas, acariciándonos las mejillas por dentro. Respirando uno dentro del otro. Dudé pero al final le quité la bata, dejándolo en camiseta de tirantes y lo fui tumbando poco a poco en la cama, colocándome sobre él. Sin poder parar.

Nada más ponerme encima de su cuerpo, me excité como nunca, y noté que él también. Estaba sobre Luca Calliveri. Quería tocarlo tanto por todas partes que ni siquiera sabía qué hacer ni dónde poner las manos. Nuestros dientes chocaban torpemente, como si ni siquiera supiéramos cómo abrir la boca, pero nuestras lenguas sabían perfectamente lo que hacer. No podía aguantar más sin quitarle la ropa. Necesitaba todo de Luca. Hasta que él se detuvo y me saltaron todas las alarmas.

—Gaspar...

—¿Estás bien? —pregunté, preocupado—. Si quieres, paramos.

—Preferiría parar, sí —admitió.

Luca había estado llorando. Esa noche quizá fuera la más triste del año para él. ¿Y yo había saltado encima como si estuviera en celo? ¡Qué imbécil había sido!

—Claro, claro, por supuesto. —Y me tumbé a su lado—. ¿Quieres que me vaya?

Pero no dijo nada. Simplemente se giró, dándome la espalda, como si se dispusiera a dormir. Pensé en levantarme e irme, dejándolo solo, pero luego recordé lo mal que lo pasaba yo cada 12 de febrero, así que hice lo que me habría gustado que me hicieran a mí. Me giré hacia él y le pasé un brazo por encima. Creía que me iba a apartar, que me echaría. Para mi sorpresa, se movió unos centímetros hacia atrás, hacia mí, y me cogió la mano. Seguía llevando la pulsera *tauro* en la muñeca. Acaricié las cuerdas de cuero entrelazadas, y las pequeñas bolitas que le había regalado.

—Es mi primera pulsera *tauro* —comentó en un hilo de voz.

—Yo tampoco tenía hasta que me la regalaron mis primos.

—Te llevas bien con ellos, ¿verdad?

—Son maravillosos. —No como el estúpido de tu primo Bastian. No se lo dije, claro.

—La historia de Tadzio y Mauro me pone triste. Un amor prohibido. Un amor *maledetto*.

—La gente que no estaba preparada aún, lamentablemente —respondí.

—Tampoco lo están ahora. Mi padre… —Pero se calló a media frase.

—¿Tu padre?

—Da igual. No es una conversación para este momento. —Y tiró de mí para sentirme más cerca. No quise insistir, pero ahí había algo. ¿Habría tenido su padre algo que ver con que no supiera nada de Luca en meses? ¿Habría sido él el que impidió que me llegaran las cartas que me estuvo enviando?—. Durmamos.

—Lo que usted ordene, *sua altezza*. —Y supe que eso le hizo reír porque todo su cuerpo tembló.

—Tú puedes llamarme Luca.

—Luca… —le susurré al oído—. No quiero romper este momento, pero me estoy helando de frío. ¿Podríamos entrar en la cama, por favor?

—Ah, claro, claro. Es verdad.

Dormir abrazado a Luca Calliveri fue diferente, y ni de lejos fue como pensé que sería. Pero ¿y qué? Yo lo único que quería esa noche era estar a su lado. Se había convertido en un niño pequeño ante mis ojos, desvalido y buscando cariño. Había tardado en verlo, porque a veces se nos escapan las cosas que están a plena vista si no prestamos la suficiente atención… o prestamos demasiada. Pero yo no solo quería prestársela, sino dársela por completo.

16

Semaforo rosso

Los primeros rayos de sol me dieron directamente en la cara, despertándome más pronto de lo que me habría gustado. Tardé varios segundos en situarme, en saber dónde estaba tumbado, y tuve que hacer un recorrido mental para reconocer el techo, las paredes, las ventanas, la cama. Estaba en el cuarto de mi madre. Y no estaba solo. Porque escuchaba una respiración acompasada a mi lado. Ya no estaba abrazado a Luca. Yo estaba boca arriba, con un río de saliva cayendo de las comisuras de mi boca y, sobre mi pecho, mi mano. Solo que no era mi mano, sino la de Luca. Sus dedos colocados encima de mí. Casi como tratando de retenerme para que no escapara.

Con cuidado de no despertarlo, me moví a una velocidad tan lenta que casi parecía que no estuviera haciéndolo, y me limpié la boca con el dorso de la mano. Giré un poco la cabeza y vi a Luca profundamente dormido. Nunca lo había visto tan… ¿humano? ¿Tan persona normal? Como un niño asustado que por fin había conseguido encontrar la paz. Cuando quise darme cuenta, ya llevaba demasiado tiempo mirándolo, esperando a que él se despertara y me devolviera la mirada. Aunque ya había otra parte de su cuerpo que sí se había despertado, y me rozaba el muslo.

Si hubiera estado despierto, lo primero que habría hecho sería un chiste sobre la situación. Pero, como seguía profundamente dormido, preferí guardármelo para otro momento y cerré los ojos. Debía de ser demasiado pronto, y no escuchaba ninguna voz al otro lado de la puerta, o desde el jardín. Todos estarían también en sus habitaciones. Así que ¿qué mejor plan para el día de Navidad que quedarse en la cama, sin hacer nada, hasta que nos pudiera el hambre y tuviéramos que bajar a desayunar?

La pregunta era ¿cómo iba a salir sin que me viera Fabrizio?

Un bostezo me dio el aviso de que Luca se estaba despertando. Estiró un poco sus brazos, desperezándose, y volvió a dejarlo caer sobre mí.

—Buenos días —susurré y Luca abrió los ojos como platos, sorprendido de verme allí a su lado. Escandalizado, se apartó de golpe y estuvo a punto de caerse de la cama.

—*Mancio! Che ci fai qui?* ¿Qué haces aquí?

—Eh, soy yo. Gaspar… —susurré, intentando que bajara la voz. Sonaron dos golpes en la puerta, acompañadas de una voz hablando en santinés. Luca no fue ni capaz de contestar. Escuché cómo alguien metía la llave en el cerrojo para abrir, así que rodé sobre mí mismo y me dejé caer al suelo, a un lado de la cama, justo antes de que entrara Fabrizio.

—*Sua altezza…*

—*Strano sogno. Non ti preocupare, Fabrizio* —lo calmó Luca. Después de unos segundos de incertidumbre, Fabrizio le avisó de que ya se estaba preparando el desayuno y que, cuando estuviera listo, lo avisara para acompañarlo a la cocina—. *Grazie mile.*

Fabrizio salió de nuevo de la habitación, dejándonos solos. Me senté sobre el suelo, asomándose al borde de la cama.

—¿Ya se ha ido? Casi nos pillan, ¿eh?

—Casi.

—Aunque tampoco habría sido tan raro. Es decir…

—Te agradecería que me dejaras solo para poder cambiarme y vestirme en condiciones. —Ahí volvía su tono de familia real—. He de lavarme los dientes y ducharme. No deberías verme así.

—Así ¿cómo?

—Así.

—Pues me encanta verte así —confesé—. Además, si quieres que Fabrizio no le diga a Filippo que hemos pasado la noche juntos, porque, oh, escándalo, pues quizá tendrías que salir tú primero y alejarlo, para que yo pueda ir a mi cuarto, ¿no crees?

Pareció darle vueltas a mi explicación, tratando de encontrar algún resquicio para decirme que me equivocaba. Pero le fue imposible. Así que, asintiendo en silencio, aceptó su destino. Básicamente porque no le quedaba otra.

—Vale. Me cambiaré en el baño. Cuando termine, puedes esperar aquí dentro hasta que me vaya con Fabrizio.

—Suena a un buen plan —dije mientras no podía evitar mirar su erección mañanera. Luca tardó un rato en darse cuenta y se giró de golpe para disimular. Mientras abría el armario, vi cómo se metía la mano por dentro del pantalón para tratar de colocársela. En el interior del armario ya estaba toda su ropa colgada y perfectamente doblada en los cajones. Cogió una camisa, su pantalón de traje, su chaqueta y, aunque disimuló tratando de que no me diera cuenta, le vi coger unos calzoncillos de tela con un estampado de cuadros y guardarlos dentro de los pantalones.

—¿Te vas a poner el traje para bajar a desayunar?

—Por supuesto que sí —replicó.

—No vas a estar muy cómodo. Es el desayuno. Estás con gente de confianza. No tienes que ir siempre tan elegante. Lo sabes, ¿no? Esto no es el *palazzo* Santino. Esto es la finca Costa. Se baja a desayunar en pijama. Es una ley no escrita.

—¿Tú vas a bajar así? —Me señaló con los ojos.

—¿No te gusta mi pijama?

—Nunca he bajado a desayunar así.

—Pues qué mejor día que hoy, ¿no te parece? Ya verás qué liberación.

—No lo veo claro —admitió—. Espera aquí. —Y, con toda su ropa entre los brazos, entró en el baño y cerró la puerta con cerrojo, quizá temeroso de que fuera a entrar a traición.

Me asomé por la ventana y vi a mi abuelo limpiando la entrada junto a mi padre, ambos armados con una pala, trabajando codo con codo. Una situación bastante sorprendente, aunque me alegraba verlos juntos. Porque era tan raro... No quería que mi relación con mi padre acabara como la suya. No quería que mi padre se convirtiera en un extraño en mi vida. Al menos, el verano pasado había hecho que todo cambiara, aunque fuera un poco. Teníamos conversaciones más allá de lo que íbamos a cenar, y había aceptado desde el primer momento que volviéramos a Santino para poder reencontrarme con Luca. Lo estaba intentando y yo también pensaba seguir poniendo de mi parte. Escuché de fondo cómo Luca abría el grifo de la ducha. Un rey duchándose en mi casa. Era de locos. Me acerqué al escritorio y abrí el cajón para coger una de las libretas que había guardado mi padre para que no estuvieran por en medio. Tenía ganas de leer los borradores del libro de mi madre. Hasta que la puerta del baño se abrió y emergió la cabeza de Luca, tratando de no asomarse demasiado para que no le viera desnudo.

—Gaspar —dijo en un susurro.

—Luca —le respondí también con un susurro.

—¿Puedes venir un segundo? Algo pasa con la *doccia*..., con la ducha. —Y volvió a entrar en el baño, pero dejando una breve rendija para que yo fuera y lo ayudara.

Dejé la libreta sobre la cama y me interné en el baño, encontrándome a Luca en una esquina, cruzado de brazos, con una toalla cubriéndole por encima de la cintura, y otra sobre los hombros.

—¿Qué pasa?

—El agua sale demasiado *calda*. Caliente.

Y era verdad, porque no dejaba de salir vapor de agua, empañando el espejo y los cristales de la ventana. Metí la mano bajo la ducha y casi me abrasé.

—¡MIERDA!

—¿Estás bien? —preguntó Luca, asustado.

—Sí, sí. Pero está ardiendo. A ver, espera. —Apagué el grifo y giré un poco hacia mi derecha, abriéndolo de nuevo, ajustando la presión para que no saliera tan fuerte. La temperatura seguía demasiado alta, pero poco a poco se fue regulando a una más adecuada, más templada. Me mojé los dedos para comprobarlo y lo miré, invitándolo a entrar—. Parece que ya está.

—*Grazie.*

—¿Algo más en lo que necesite mi ayuda? —lo vacilé, pero Luca se hizo el digno y esperó a que saliera del baño para volver a entrar en la ducha—. No toques el grifo. El agua está perfecta, y las tuberías de esta casa son muy delicadas. Puede que dentro de dos minutos te salga helada, así que date prisa.

—*Grazie* —repitió y por fin consiguió que saliera del baño, cerrando la puerta tras de mí.

Pensaba que tardaría poco tiempo en ducharse y arreglarse, pero estuvo casi media hora en el baño. Pasó tanto ahí dentro que me tumbé sobre la cama y me quedé dormido hasta que lo escuché salir y me activé de golpe, como si hubiera sonado una alarma fantasma. Luca estaba perfectamente peinado, con una cara radiante, y de nuevo con su traje impoluto. No había sido capaz de dejarse puesto el pijama. Lo llevaba en las manos, doblado como si lo acabara de comprar en la tienda. Lástima. Una oportunidad perdida.

—Muy guapo.

—Gracias —contestó, elevando la barbilla. Dejó el pijama sobre la cama y comenzó a plancharse la chaqueta con las manos.

—Veo que no he podido convencerte de que bajes en pijama.

—Soy el rey. No puedo aparecer en la cocina sin arreglar —replicó.

—Poder puedes. Pero no te atreves.

—No puedes llamarme cobarde.

—Claro que puedo. Aunque no lo he hecho. Solo digo que no te atreves. Y lo entiendo. Paso a paso. Ya te saldrán estas cosas… ¿Vamos?

Luca no respondió. Se colocó bien el cuello de la camisa y salió del dormitorio, mientras yo me escondía en el baño por si acaso entraba Fabrizio. Cuando entré me di cuenta de lo diferentes que éramos. Porque todo estaba como si nadie lo hubiera tocado. Su orden y limpieza eran impresionantes. Yo siempre dejaba todo tirado en el baño. Porque sabía que él había estado dentro, que, si no, dudaría que alguien hubiera entrado ahí. Escuché la puerta cerrándose, así que volví a salir de mi escondite y comprobé que el dormitorio estaba vacío. Calculé un par de minutos y enfilé hacia la puerta, pero algo me llamó desde la cama. El pijama de Luca. Anduve hacia atrás y me planté junto a él. Me daba una vergüenza enorme lo que iba a hacer, pero, aun así, lo hice. Cogí la bata que había llevado por la noche y la acerqué a mi cara, oliéndola, oliendo a Luca. Su perfume, su olor corporal. Hice lo mismo con sus pantalones, metiendo mis manos por las perneras, acariciándome el rostro con ellos. Como si quisiera absorber a Luca. Hasta que me vi desde fuera y me vi tan ridículo que volví a doblarlo todo, lo dejé sobre las sábanas de nuevo y salí de la habitación, lo más silencioso posible, asegurándome de que no hubiera nadie en el pasillo.

Cuando pasé por delante de mi habitación, la puerta se abrió y de su interior emergió Marco, recién levantado y bostezando, dándome un susto de muerte. Al verme, sonrió picaronamente, esperando a que yo hablara, pero era incapaz. Sobre todo porque Marco estaba solo en calzoncillos y se le marcaba absolutamente todo.

—¿Ha ido bien la noche? —preguntó entre bostezos.

—Cotilla —respondí—. Y tápate un poco, anda.

—¿Dónde está tu rey? —quiso saber, ignorándome.

—Ha bajado a desayunar —le expliqué.

—¡Uf! Pero ¿qué hora es? ¡Voy al baño y estoy ahí en cinco minutos! ¡Guárdame algún cruasán! —exclamó, atravesando el pasillo y dejándome casi con la palabra en la boca.

—Buenos días, supongo —dije para mí y entré en el cuarto para coger mi teléfono móvil. Tenía varios mensajes felicitándome la Navidad y, entre ellos, uno de Dante. No le había respondido a su foto de por la noche. También tenía un mensaje de Alejandro. Así que me tumbé en la cama y comencé a contestar a todas las personas que me habían escrito.

El primero al que respondí fue a Dante.

Simplemente un «la cena de Nochebuena fue diferente pero divertida»; un «qué libro estás leyendo?», porque no se veía bien en la foto, y un «feliz Navidad».

Y, mientras esperaba respuesta, actualicé continuamente mis redes para saber si ya había salido la entrevista de la noche anterior. Obviamente, nada. No había habido tiempo material para poder publicarla. Además, por lo que me dijo Luca, iban a revisarla concienzudamente, así que no iba a quedar otra que esperar. Pero, pensando en la entrevista, empecé a buscar información sobre Carlo Calliveri. La frase sobre sus polémicas que lanzó el reportero y que tanto enfadó a Luca me dejó pensando. Y había varios artículos sobre supuestas infidelidades e incluso tratos con la Camorra siciliana. ¿Todo eso lo sabría Luca? Reaccionó de una forma desproporcionada, así que puede que no fuera la primera vez que alguien le hablaba sobre el tema.

—«Carlo Calliveri, polémico y amado a partes iguales» —empecé a leer en alto un artículo muy extenso sobre todo su reinado. Y hablaba de temas controvertidos. Leyendo ciertas cosas en el reportaje me daba cuenta de por qué querían acercar la realeza. Yo era la herramienta perfecta.

Bajé las escaleras, siguiendo el aroma de pan tostado, café recién hecho y zumo de naranja. Escuchaba voces y risas. Hablaban en italiano, en español, en santinés. Y mi abuela estaba… ¿cantando? Entré en la cocina y estaban sentados alrededor de la isla central Boro Lodi, Carolina, Arisa y mi padre. La abuela preparaba algo en el fuego, y Luca estaba apoyado sobre la encimera, junto a uno de los hornos, expectante.

—Tome, su café —dijo la abuela tendiéndole una taza de cerámica de color grisáceo.

—*Grazie* —respondió Luca, cogiéndola de sus manos y dando un pequeño sorbo. Al verme ni siquiera me dio los buenos días. Supuse que para seguir disimulando que no habíamos pasado la noche juntos, durmiendo abrazados. Yo seguía sin entender por qué se había atrevido a dar el paso en el baile, delante de todo el mundo y, desde ese momento, se había vuelto más precavido y frío cuando había gente alrededor.

El desayuno era completísimo, como siempre, y además había restos de la cena de Nochebuena. Una gran olla con la misma sopa, además de varios de los acompañamientos para la *piccine*. «Es tradición desayunar las *comari* de la *cena di Natale* al día siguiente», me explicó la abuela mientras me servía un pequeño bol de sopa para desayunar. «Las sobras nunca se tiran».

—Feliz Navidad, Gaspar —me saludó Boro, brindando al aire con su café.

—Feliz Navidad —respondí mientras probaba una cucharada de

escaplione, y estaba casi tan rica como por la noche. Incluso puede que un poco más—. ¿Habéis dormido todos bien?

—Increíble. Dormir aquí, comparado con los hoteles durante los torneos, es una bendición —confesó Boro—. Ojalá pudiera quedarme más tiempo. Tenéis mucha suerte, Félix —dijo a mi abuelo, que acababa de volver del jardín, con la pala al hombro.

—¡No, no, no! La pala se queda fuera —lo reprendió mi abuela, y mi abuelo la dejó apoyada en el umbral de la puerta mientras protestaba entre murmullos.

—¿Y qué se hace aquí el día de Navidad? —pregunté, cogiendo un trozo de pan para mojar los restos de la sopa.

—Descansar —respondió mi abuelo entre dientes.

—Y dar una vuelta por Santino Porto, para ver los espectáculos navideños —añadió Arisa—. Yo iré con los peques, si quieres acompañarnos.

—Hum, puede que sí —contesté, aunque claramente no me apetecía mucho.

—No puedes —dijo Luca, y todos lo miraron, como si se hubieran olvidado de que estaba allí con nosotros—. Hoy es la comida de *Natale* en el *palazzo* Santino. Tienes que venir.

—¡Mierda, se me había olvidado! ¿Y hay que ir elegante? ¿Puedo repetir modelito?

—Sí, puedes. Filippo vendrá a buscarnos a lo largo de mañana —explicó mientras terminaba su café, pero no era capaz de dejar la taza en el fregadero. Parecía no saber qué hacer con ella. Así que me acerqué y la cogí de sus manos—. *Grazie.*

—A mandar —sonreí y la dejé sobre la pila—. Y quizá después podamos escaparnos a dar un paseo por Santino Porto.

—La comida suele durar hasta pasada la media tarde. No depende de mí —aseveró con seriedad.

—Otro día entonces. ¿Quiénes estarán en la comida?

—No sé la lista de personas. Solo sé que estará mi padre. Y quizá Alex Rossi.

—¿Alex Rossi? ¿El cantante? No se lo digas a mi abuela. Es su favorito.

—*Veramente?* ¿En serio?

—Sí, sí. Es como ver a una *swiftie* de setenta años. Oye… ¿Y crees que podría conseguirle un autógrafo?

—Claro. Para tu *nonna*, cualquier cosa que necesite. Pero mejor que no nos vea mi padre. No lleva muy bien lo de que se moleste a los invitados. —No sé por qué no me sorprendía.

—Tampoco lo voy a molestar. Solo será una conversación amigable.

—Es muy tajante con esas cosas.

—¿Qué tal le caigo, por cierto? —pregunté, porque era algo que llevaba tiempo queriendo saber.

—¿A mi padre? ¿Y por qué esa pregunta? —replicó, suspicaz.

—No lo sé, pero después de lo que ocurrió el día del *Sansere*, o de nuestras escapadas a Santino Porto…, pues quizá me odie un poco bastante.

—No te odia, si eso es lo que te preocupa —afirmó, tajante. Aunque no respondió a la pregunta con toda la claridad que me habría gustado.

—Vale, con eso me doy por satisfecho. Más o menos. Además, anoche dijiste algo…

—¿Anoche? No lo recuerdo.

—Hablábamos sobre Tadzio y Mauro. —Señalé su pulsera *tauro*—. Sobre su amor prohibido, y tú dijiste que había gente que aún no lo entendía.

—Sí. ¿Y?

—Mencionaste a tu padre.

—Aquí no, Gaspar —me reprendió.

—Oye, siempre es «aquí no, Gaspar». ¿Nunca vamos a poder hablar libremente de…, de nada?

—Claro que podemos hablar libremente —repuso, extrañado.

En ese momento empezó a sonar mi teléfono móvil (lo tenía con volumen, vete tú a saber la razón) y, cuando miré la pantalla, no reconocí el número. ¿Quién podía estar llamándome en pleno día de Navidad?

—¿No piensas cogerlo? —preguntó Luca.

—No sé quién es. No. —Y colgué—. Estamos hablando y no me gusta interrumpir así una conversación…

Pero dio igual porque, a los pocos segundos, el mismo número volvió a llamarme de nuevo.

—Parece importante.

—Seguro que no es nada. —Y volví a colgar. Pero el teléfono sonó una última vez.

—¡*Mancio*, niño! ¡Coge el teléfono o quítale el sonido! —me reprendió el abuelo desde la otra punta de la cocina. ¡Y me lo decía él, que siempre lo tenía a todo volumen!

—¡Vale, vale! —contesté, alterado.

Me alejé un poco y subí las escaleras en dirección a mi habitación, pensando si descolgar la llamada o no. Pero, claro, quizá fuera Lucía desde otro teléfono, o alguien queriendo felicitarme la Navidad. Así que acabé por responder a la llamada. ¡Qué remedio! Si tanto insistían, podía ser algo importante.

—¿Sí?

—¿Gaspar Costa? —dijo alguien al otro lado, y su voz me sonaba muchísimo.

—Sí, soy yo. ¿Quién es?

—Por favor, no me cuelgues. Soy Sara Medina y…

—¡Oye, esto ya es acoso! ¿Quién te ha dado mi número? —exploté. ¡Maldita periodista!

—Espera, espera. Solo llamo para avisarte. En los próximos días va a salir una noticia muy fuerte sobre Luca Calliveri.

—Me da igual. No me interesa —repuse, molesto.

—Solo quiero hablar contigo un segundo, nada más. —Estuve muy tentado de colgarle, porque me tenía harto. Pero la urgencia en su voz y mi curiosidad me hicieron mantener la llamada, al menos unos segundos más.

—Tienes quince. Venga, porque no tengo todo el día.

—Supongo que habrás visto las imágenes de Luca con la persona de la máscara de zorro, ¿verdad? —inquirió. Así que iba a ir por ahí la conversación.

—Todos las hemos visto —me limité a decir.

—¿Y tienes información de quién puede ser ese zorro misterioso?

No tenía muy claro si era una trampa que me estaba poniendo o sabía perfectamente que era yo.

—No. Y, aunque supiera quién es él, como comprenderás, no te lo iba a decir. Eso será decisión de Luca Calliveri y de la familia real —sentencié con toda la firmeza que pude.

—Claro. Lo entiendo. Pero, bueno, al menos se confirma que es un chico. —Mierda. ¿Cómo podía haber sido tan estúpido?—. Tranquilo, que por ahora no diré nada. Aunque me da la impresión de que sabes perfectamente quién es ese zorro. Porque da la casualidad de que he hecho mis investigaciones, y un chico adolescente compró una máscara igual en una de las tiendas de Santino Porto. Un chico que se parecía bastante a ti.

¿Es que nadie respetaba la privacidad en Santino?

—Casualidades, supongo.

—Mira, voy a ser franca, Gaspar. Si me das una exclusiva cuando tú y Luca os hagáis pareja oficial, te puedo contar lo que se va a publicar.

—No me voy a comprometer a nada —insistí—. Aparte de que esa exclusiva va a ser imposible, porque ya la hemos dado.

Mierda.

Aunque no se rio, pude escuchar cómo esbozaba una sonrisa de victoria.

—Supongo que a *Il Posto*, ¿verdad? Que sepas que ese periódico está repleto de serpientes. No os habrá entrevistado Roberto, ¿no?

—Mira, voy a colgar. —Pero había algo que me lo seguía impidiendo. ¿Curiosidad?

—Gaspar, no sé cuándo saldrá esa noticia, pero créeme que van a querer saberla en palacio antes de que salga. Quién sabe, incluso podrían pararla… —dejó caer. Sabía perfectamente lo que estaba haciendo. Como también sabía que yo iba a picar por completo.

—Qué noticia es —espcté.

—Tienes que darme algo, Gaspar. Si no, ¿qué gano yo? Me lo debes. No he desvelado que seas el zorro misterioso del *Sansere Invernale*, ¿no? —recalcó—. Y podría hacerlo. Podría sabotear la exclusiva que vais a hacer. ¿Cómo le sentaría eso a Luca?

—¿Qué quieres? —cedí, sabiendo que iba a arrepentirme.

—Solo que me respondas a un par de preguntas.

—Depende de cuáles sean —me apresuré a decir. Tampoco quería ceder en todo. Pero notaba sus ganas de conseguir cualquier cosa a cualquier precio. Y en el fondo me daba pena, porque había estado en su lugar, siendo un segundón al que nadie escuchaba.

—¿Eres la pareja oficial de Luca Calliveri?

—Eso ya lo sabes.

—¿Quiénes han ido a la *cena di Natale*?

—No lo sé.

—¿Cómo que no lo sabes, Gaspar? —repuso, algo indignada.

—Como que no lo sé. ¿Por qué iba a saberlo?

—Espera. ¿Es que no has ido a la cena en el *palazzo* Santino? —dijo, uniendo los puntos.

—Bueno, ya está bien de tanta pregunta. Dime qué ocurre con Luca. ¿Cuál es esa noticia tan importante? ¿Y por qué me la cuentas a mí en vez de a la propia familia Calliveri?

—¿Te crees que cualquiera tiene acceso directo a ellos? Es prácticamente imposible —me explicó con ímpetu, pero no respondí, esperando que el silencio le acabara haciendo hablar—. ¿Dónde habéis tenido la cena?

—Te enterarás cuando salga la entrevista —contesté con prisas, apremiándola a decirme lo que tantas ganas tenías de contarme—. Voy a colgar, en serio.

—¡No! No. Solo…, cuando se lo cuentes, deja claro que te lo avisé yo, ¿vale? Al menos, que sepan de mi existencia.

—Ya veremos…

—En los próximos días va a salir una noticia que va a revolucionar Santino. —Y se tomó su tiempo para decírmela—. Luca Calliveri no es hijo del rey Carlo.

17

Che gente siamo?

Luca Calliveri no es hijo del rey Carlo.

Esas habían sido sus palabras, y no podía creer que me lo estuviera diciendo de verdad. ¿Cómo no iba a ser hijo del rey? ¿Era eso posible? Es decir… Seguramente sería otro de esos rumores que a la gente le gustaba inventar sobre Luca. Era difícil no hacerlo después de haber tenido a un príncipe heredero al trono recluido en el palacio durante diecisiete años. Pero ese rumor era pasarse. Además, si se iba a publicar una noticia sobre ello, e incluso me llamaba una periodista para avisarme, ¿habría algo más de cierto en lo que decía? ¿O simplemente era una pequeña trampa?

—Menuda tontería —respondí.

—Yo te lo he avisado. Recuerda que fui yo quien te lo dijo, ¿eh? —Seguía sonando desesperada al otro lado de la línea.

—Cuelgo. —Y esa vez cumplí mi amenaza. Pero no me quedé ahí. Lo siguiente que hice fue bloquear su número para que no pudiera volver a localizarme. A ver si así me dejaba en paz.

Cuando bajé de nuevo a la cocina, noté cómo mi pecho se iba comprimiendo poco a poco, con una presión cada vez más fuerte. Parecía que un elefante hubiera decidido subirse encima de mí, y cada vez pesara más y más. ¿Debía contárselo a Luca? ¿A los abuelos? ¿O mejor me callaba? Puede que estuviera haciendo una montaña de un grano de arena. Pero, cuando volví a entrar en la cocina y vi a Luca sonriendo mientras hablaba con Boro Lodi, lo vi tan humano y tan genuinamente feliz… No podía ser el causante de la destrucción de esa felicidad. Sobre todo con una noticia que ni sabía de dónde venía. Además, decírselo me implicaría a mí directamente, y le tendría que contar que había metido la pata hasta el fondo con esa periodista. No. Mejor me mantendría en silencio un poco más.

—¿Quién era? —preguntó Luca al verme. Yo me quedé en blanco unos segundos, tratando de dar con una mentira convincente lo más rápido posible.

—Nada, era mi-mi amiga Lucía —mentí descaradamente. Cuando lo dije, pude ver cómo Marco enarcaba una ceja, sospechoso, y le susurraba a Sofia algo al oído. ¿Habrían escuchado mi conversación?

—¿Lucía? ¿Y cómo es que no tenías su número guardado? —me planteó Luca, suspicaz.

—Porque me llamaba desde el móvil de su padre. Yo qué sé, cosas de Lu. —Y reí nervioso mientras cogía un bollo de la mesa y me lo metía de golpe en la boca—. ¿Y, umpf…, af qué horaf fiene…?

—No hables con la boca llena —me reprendió el abuelo, gruñón como él solo, haciendo que tragara de golpe toda la comida. Sofia y Marco dejaron sus tazas de café a la vez sobre la encimera y, mientras yo buscaba más comida para así poder evitar hablar más de la cuenta, se acercaron hacia mí sibilinamente. Dos serpientes que acechaban a su nueva presa.

—Primito, ¿subimos a probarte ropa para la comida en el *palazzo*? —sugirió Marco cogiéndome de un brazo.

—Sí, que tenemos muchas ideas para que vayas guapísimo —señaló Sofia, cogiéndome del otro y dejándome atrapado al momento. Luca me miró, extrañado, sin entender muy bien lo que estaba pasando, y yo me encogí de hombros, totalmente a merced de mis primos.

—Pero si aún no ha llegado Filippo…

—Mejor. Así estarás preparado para cuando llegue. —Y tiraron de mí con tanta fuerza que fui incapaz de resistirme.

Al estar fuera de la cocina, empecé a rebelarme para que me soltaran, pero era muy difícil. Eran sorprendentemente fuertes. Así que me resigné a mi destino, sin tener muy claro dónde me llevaban... hasta que llegamos a mi cuarto y entramos los tres, cerrando la puerta con cerrojo.

—A ver, si queríais que viniera a probarme modelitos y reíros un rato, podíais haberlo pedido amablemente. Me van a salir moratones en los brazos. Qué brutos, por favor —me quejé mientras me miraba para ver si realmente me habían dejado marcas.

—¿Con quién has hablado por teléfono? —preguntó Marco sin rodeos, y me atraganté con mi propia saliva.

—¿Yo? Con Lucía —volví a mentir. Por segunda vez.

—*È brutto mentire*, Gaspar. Está feo mentir.

—Y más aún a tus primos —añadió Sofia.

—Si no he mentido...

Ambos se miraron con una sonrisa cómplice y empezaron a hacer estiramientos con los brazos, como si se prepararan para la batalla. Me estaban dando miedo de verdad.

—¿Qué estáis haciendo? —pregunté, tembloroso.

—Si insistes en ocultarnos la verdad, tendremos que recurrir a otros métodos. —Y la sonrisa de Marco me dejó clavado en el sitio. ¿Se lo contaba?—. ¿Has cerrado bien la puerta, Sofia?

—Con cerrojo.

—*Perfetto.* —Y, tras hacer crujir sus dedos, los dos se acercaron a mí con una mirada de maldad encarnada. Mierda.

—¡VALE! ¡PARAD! —grité—. Os lo digo, os lo digo —me rendí y ambos se echaron a reír a carcajadas.

—No ha durado ni una ronda —comentó Marco y chocaron las

manos—. ¿Qué ocurre, Gaspar? Cuando entraste en la cocina, parecía que hubieras visto un *samarino*. —Al ver mi cara, lo tradujo como «un espíritu del folclore santinés».

—Y, cuando respondiste a Luca, claramente estabas mintiendo. No te conocemos mucho, pero lo suficiente como para saberlo —se enorgulleció Sofia—. Sabes que puedes contar con nosotros para lo que necesites. ¿Ha habido algún problema?

—¿Alguna amenaza de muerte?

—¿Alguna deuda?

—¿Cómo voy a tener deudas? Tengo diecisiete años —contesté a Marco, ofendido—. No, no es nada de eso. Es… es algo que tiene que ver con Luca, y no sé cómo decírselo. ¡Ni siquiera sé si decírselo o no! —Los nervios volvieron a aflorar y empecé a sudar a mares, sentándome en el borde de la cama mientras jugueteaba con los dedos, tratando de calmarme y respirar lo más hondo posible.

—Nos estás preocupando, Gaspar —dijeron casi al unísono y se sentaron junto a mí, dejándome en el medio de los dos—. Suéltalo, sin pensar, y luego ya lo resolveremos.

—Luca no es el hijo de Carlo Calliveri —exploté, y me quité ese enorme peso de encima que llevaba acompañándome desde que me había llamado la periodista.

Ambos se miraron, en silencio y, tras unos segundos, se echaron a reír sin control. Yo, claro, no sabía qué hacer ni qué decir. ¿Es que no me estaban tomando en serio? ¡Lo que les acababa de decir era una auténtica bomba! ¡Un hijo ilegítimo, heredero a la Corona real!

—¿De qué os reís? ¡No lo entiendo!

—Ay, primito. Ese rumor lleva años en Santino. Como el de que es analfabeto o que tiene un hermano gemelo viviendo en Nueva Zelanda —me explicó Marco—. No hay que creerse esas *zalone*. Lo único que buscan es volverse virales y ya está.

—Pensábamos que sería algo más grave, después de haberte visto la cara. Nos dejas más tranquilos —agregó Sofia.

—Mucho más tranquilos —recalcó Marco—. ¿Quién te ha dicho esa gran noticia? —se burló.

—Una periodista. La misma que lleva persiguiéndome varios meses desde que me conoció en el *Coriali* —revelé.

—¿Esa pesada? Razón de más para no hacer ni caso, Gaspar. En serio, en Santino ya estamos acostumbrados a estas cosas con la familia real.

—¿No creéis que debería hablarlo con Luca? —Y ambos negaron con la cabeza—. Pero esa noticia va a salir. Quizá les interese saberlo.

—Habla con Filippo —sugirió Sofia de pronto—. Si es importante, si considera que puede hacer daño a la imagen de Luca o de la familia real, él sabrá lo que hacer, ¿no? Así no tienes que meter a Luca en todo ese follón.

—Ah, pues puede ser una buena opción. No lo había pensado. Quizá porque Filippo me odia, y nuestras conversaciones nunca han sido muy amistosas —recordé.

—Aprovecha hoy que vas al *palazzo* y coméntaselo. Seguro que él toma la decisión correcta. Ahora la pregunta es ¿qué quería esa periodista? ¿Le has contado algo?

—No. O eso creo. —Salvo que Luca y yo habíamos dado una entrevista durante la cena de Nochebuena, y que le había confirmado que yo era el zorro misterioso.

—Entonces, no hay problema.

—Excepto… —me miraron, expectantes—. Bueno, ha descubierto que yo soy el zorro misterioso al que besó Luca. Y yo, que soy idiota, se lo he confirmado. Pero es que había investigado. Había hablado con el dueño de la tienda o algo así, porque sabía que era yo. Lo sabía.

—A ver, no pasa nada, primito. Dudo que vaya a decir algo y, si lo dice, nadie creerá que se lo dijiste tú —me calmó Marco.

—No sé yo, después del escándalo de la foto… —recordé.

—Olvídate de eso ahora —intervino Sofia, tratando de poner calma y razón en la conversación—. Ahora vamos a ver qué look es el mejor para tu comida con tu nuevo novio. —Y abrió el armario de par en par, revisando minuciosamente toda mi ropa—. Y habría que ir haciendo alguna reforma a este cuarto, ya que vas a vivir en Santino.

—¿Vivir en Santino?

—Claro —afirmó Marco—. Vas a ser el novio del rey. No creo que funcionara a distancia. Oye, pues esta camisa es monísima —comentó mientras sacaba una camisa de rayas finas azules del interior del armario.

Se me dispararon todas las alarmas. Seguía sin reflexionar seriamente que quizá iba a tener que dejar atrás mi vida entera, mi ciudad, mis amigos… Todo. Pero, por otro lado, ¿qué era ese todo? Desde que murió mi madre, Madrid ya no significaba lo mismo para mí, y llevaba demasiado tiempo necesitando sentirme de algún sitio. ¿Sería Santino ese lugar al que podría volver a llamar… casa? ¿Era Luca lo que llevaba tanto tiempo buscando? ¿Estaba preparado para ser el novio de un rey y olvidarme de mi antigua vida?

Sofia y Marco debieron de ver mi cara de angustia, así que ambos se miraron, entendiéndose sin palabras, y me rodearon de nuevo, sentándome en la cama.

—¿Quieres que hablemos de ello, primito?

—¿De qué?

—De cómo te va a cambiar la vida a partir de ahora. Sobre todo a partir de que salga el reportaje. Ya no vas a ser un chaval anónimo. Lo sabes, ¿verdad? —añadió Sofia.

—Sí, lo sé. Lo sé. Bueno, lo supongo.

—¿Estás preparado? —Me trataban con suavidad, como si fuera a romperme en trozos.

—Digo yo que sí, ¿no?

—Si necesitas cualquier cosa, o cualquier apoyo, sabes que tus primos te quieren y están aquí para todo. Eso tenlo por seguro —insistió Marco—. Luca y tú sois una pareja maravillosa.

—Pero recuerda que lo importante eres tú, Gaspar. No hagas nada que no quieras hacer.

—Lo tendré en cuenta.

—No lo tendrás —se burló Marco—, pero para eso estamos nosotros aquí. Para recordártelo.

Filippo llegó a las once de la mañana en punto. Aunque parecía demasiado pronto para que viniera a por nosotros, lo cierto es que en Santino era bastante común que las comidas comenzaran a las doce del mediodía, salvo excepciones. De hecho, no recordaba haber comido alguna vez después de las dos en Santino, pero esa era la hora oficial. Iba a ser raro estar con Luca siendo novios delante de su padre y delante de toda la gente que fuera a estar presente. Seguía sin saber cómo comportarme con él. La excesiva ceremonia con la que había que hacer todo me ponía nervioso, y sabía que Luca tampoco tenía claro nada. Estábamos totalmente perdidos, porque había demasiadas reglas a nuestro alrededor que debíamos tener en cuenta. Y las reglas y las normas nunca habían ido conmigo.

Subimos los dos en la parte trasera del coche, cada uno en un lado, vergonzosos, en silencio. Parecía que nos estuvieran grabando con alguna cámara continuamente y no pudiéramos comportarnos con normalidad.

—La verdad es que tengo un hambre que da calambre —bromeé.

—¿Cómo? —preguntó Luca, sin entender mi frase hecha.

—A ver cómo te lo explico… Bueno, es como una expresión. Rima y quiere decir que, bueno, que tengo tanta hambre que hasta me duele. Algo así.

—¿Te duele tener hambre? —Era tan gracioso cuando no entendía algo de lo que le decía…

—No es que me duela, pero tengo mucha hambre, eso sí es cierto.

—Si acabas de desayunar. —Y no le faltaba razón. ¿La verdad? Tampoco era cierto que estuviera tan hambriento, pero necesitaba romper el silencio tan incómodo que había entre los dos.

—Ya me conoces. Soy como un hobbit. Nada me sacia. ¡Y no lo estoy diciendo en plan porno ni mucho menos! —sobreexpliqué, muerto de la vergüenza—. ¿Qué crees que habrá de comer?

—Hoy hay *zaleroni*. Es parecido a la lasaña, pero con láminas de zanahoria, y relleno de pescado y bechamel. El mío en vez de tener pescado es con brócoli.

—¿Solo hay eso de comer?

—También habrá sopa *moretta*. Sopa de remolacha y pan.

—Suena… denso —apunté, tratando de imaginar cómo sería toda esa comida de la que hablaba Luca.

—Era una de las comidas favoritas de mi madre. —No sé si lo dijo para que me sintiera mal por mi comentario sobre una de sus tradiciones santinesas, pero lo consiguió, desde luego. No solo por la mención a su madre, sino porque me hizo recordar lo que me había dicho la periodista y la dudosa paternidad por parte de Carlo Calliveri.

—Oye, pues a lo mejor se convierte en la mía. Quién sabe. Habrá que probarla, claro que sí, que yo lo pruebo todo. —Y le cogí la mano, primero de forma graciosa, pero luego agarrándola con ganas.

—¿Qué comes tú en Navidad?

—Hum, mi madre hacía un pastel riquísimo de puerros y los restos del pavo. Es que cenábamos pavo en Nochebuena, partamos de esa base —le expliqué—. Pero desde que..., bueno, desde que ya no está, mi padre y yo comemos pizza.

—Ah, pero esa es una buena costumbre. La pizza es...

—Pizza congelada. Una de jamón y queso que nos encanta, pero no deja de ser una sin gracia.

—Las pizzas congeladas no deberían existir —sentenció con firmeza.

—Bueno, ahí ya creo que diferimos un poco. Me han salvado muchas noches en las que mi padre ni siquiera salía de su despacho y se olvidaba de cenar. ¿Qué habría hecho yo sin las pizzas congeladas?

—¿No tenéis un cocinero en la casa? —preguntó, sorprendido.

—Sí, claro. Su nombre es Doctor Oetker.

—¿Doctor? ¿No es cocinero?

—En España se lleva el pluriempleo.

Fue decirlo y el coche dio un bote en un bache, tan fuerte que mi culo se levantó del asiento, escapándoseme un grito de ratón del que me avergoncé al instante.

—*Mancio! Ma cosa sta facendo?! Deve guidare con più attenzione!* —gritó Luca, llamándole la atención al chófer, que se disculpó de inmediato—. ¿Estás bien? —se interesó.

—Sí, sí. Solo que me he dado un susto así, tonto. Nada de lo que preocuparse. ¿Qué le has dicho?

—Que tiene que conducir con más cuidado.

—Ha sido un bache sin importancia, ¿no?

—Pero debe tener cuidado. Podrías haberte hecho daño. —No me había dado cuenta de que su mano había pasado a agarrarme del muslo, como queriendo protegerme. Le había preocupado más que yo pudiera hacerme daño que cualquier otra cosa.

El coche fue frenando poco a poco según llegábamos a la entrada del *palazzo*. Bajé un poco la ventanilla y, como siempre en Santino, hacía más calor de lo normal. Era increíble el clima en ese país. Sobre todo estando en pleno diciembre. Los guardias de seguridad nos abrieron la verja, pero no me quitaron el teléfono móvil por primera vez desde que estaba allí. Supuse que ser el novio del nuevo rey debía tener alguna ventaja. Atravesamos los amplios jardines en los que había trabajado tantísimas veces con el abuelo y llegamos a la escalinata principal, con el palacio de fondo, imponente como siempre, impertérrito, mirándonos con suficiencia.

—¿Qué te pareció el Palacio Real de Madrid? —le pregunté a Luca mientras nos preparábamos para salir del coche.

—*Bellisimo.* ¿Sabías que el arquitecto que lo terminó es el mismo que diseñó el *palazzo* Santino? Giovanni Battista Sacchetti, aunque, debido a la *battaglia delle Rose*, su construcción se retrasó hasta 1801. Mucho más tarde que vuestro Palacio Real. Lo terminó la arquitecta santinesa Laura Santori.

—¿Arquitecta? —dije, sorprendido—. Qué bien que al menos hubiera mujeres en puestos importantes.

—Durante muchos años no se le reconoció su labor terminando el *palazzo*. Pero gracias a mi madre se consiguió el reconocimiento que merecía su nombre —me explicó, orgulloso. Amaba cómo explicaba todo lo que le gustaba con tanta pasión.

—Y ahora el *palazzo* va a ser tu batcueva. Tienes hasta tu propio Robin —bromeé, y Luca, por primera vez, pareció entender mi humor. Solo tenía que bromear con sus personajes favoritos. Ese era el truco.

—¿Leíste los cómics que te envié? ¿Al menos, los primeros?

—Los he leído decenas de veces, Luca. —La felicidad en sus ojos casi podía palparse.

—¿Decenas de veces?

Estuve a punto de decirle que era mi única forma de mantenerme en contacto con él, de una forma retorcidamente obsesiva. Que, gracias a esos cómics, podía pensar que seguíamos conectados de alguna manera, y, cada vez que los leía, me hacía soñar con que volveríamos a vernos en un futuro. Pero tampoco hacía falta darle tantos detalles.

—Sí.

—Ahora vas a poder leer muchos más. Tendrás que probar un día la llave que te he regalado, ¿verdad? Vamos, deben de estar esperándonos. —Pero, antes de salir del coche, se inclinó sobre mí y me dio un breve beso en los labios. La suavidad de los suyos era increíble. Parecían de terciopelo.

Filippo abrió la puerta del coche y Luca dio por terminado el beso. Se colocó sus gafas de sol de montura dorada para protegerse de la luz y, antes de levantarse del asiento, me dio la mano para que saliéramos los dos juntos. Unidos por el sudor que emanaba de la palma de mi mano derecha. El sol me deslumbró y me tuve que colocar el brazo delante de los ojos para protegerme un poco. El rey Carlo Calliveri estaba al final de la escalinata, serio y con la mirada fija en nosotros dos. Luca hizo una pequeña reverencia y yo lo imité. Pero su padre, en vez de venir a recibirnos, se dio la vuelta y entró de nuevo en el palacio. Menudo maleducado. ¡Y eso que era el rey! ¿Cómo podía ser tan borde y hacer ese desprecio a su hijo? Estuve tentado de llamarle la atención, pero no quería que me volvieran a echar de palacio, así que callé, mirando de reojo a Luca, que mantenía la postura, impertérrito, como un robot. Inexpresivo. El que sí que vino a saludarnos fue Robin. Y eso que había estado con nosotros hacía apenas unas horas. Vino ladrando desde la otra punta del jardín, con la lengua fuera y una energía envidiable, pero Luca no tenía ganas de jugar. Me soltó la mano y subió la escalinata por delante de mí. Filippo pasó a mi lado y me indicó que subiera tras él, seguidos muy de cerca por el dálmata, que no dejaba de intentar lamerme la mano. Llevaba una pelota de tenis en la boca. Así que me arrodillé, se la quité y la lancé con toda la fuerza posible.

—La comida va a tener lugar en el Gran Salón —me anunció Filippo, mirándome a unos escalones de distancia. Quizá ese fuera el momento para hablar con él y contarle la llamada de la periodista.

—Fili, ¿podemos hablar un segundo? —pregunté mientras me ponía de nuevo en pie.

—Mi nombre es Filippo.

—Filippo. Eso. Ya sabes que es que te tengo aprecio, y por eso te hablo con confianza. Ya me vas conociendo.

—Sí —respondió amargamente.

—Y con esa confianza que tenemos, me gustaría contarte algo que ha pasado esta mañana. —Ni un solo gesto que pudiera decirme que le había interesado lo que le acababa de decir, así que opté por seguir hablando, a ver si finalmente me demostraba que era humano y no una creación hecha por inteligencia artificial. Al menos las manos eran proporcionadas…—. Es decir, a ver, me ha llamado la periodista de la que te hablé el otro día en el *Sansere Invernale*.

Esa frase pareció suscitar algo en él. Arqueó levemente su ceja izquierda. No iba a obtener más pruebas de que era un ser vivo más allá de esa.

—Te dije que nada de hablar con periodistas no autorizados por la familia real. —Tuteándome. Realmente hablaba en serio.

—No, no, a ver. Sí, sí, sé que me lo dijiste. Pero yo no quería. Es que me llamó ella. Pero no sabía quién era porque me llamó con un número oculto. Claro, el móvil no dejaba de sonar y sonar, y pues mi abuelo me dijo que cogiera la llamada. Así que subí a mi habitación y era la periodista de la que te hablé… ¿Te acuerdas?

Filippo asintió, exasperado.

—¿Cómo tenía tu número?

—Buena pregunta, pero por ahora sin respuesta —recalqué—. Lo importante es que lo consiguió y que me llamó. Y que me dijo que había una noticia que iba a salir en los próximos días, y que esa noticia pues iba a ser problemática, digámoslo así finamente. —Se echó a reír y reanudó su marcha, con las manos tras la espalda. La misma reacción de Marco y Sofia, pero ni siquiera me había dado ocasión de contarle la noticia.

—Eso es algo normal cuando uno trabaja con la realeza. Rumores, noticias infundadas… *Rumore di fondo.* Esa periodista es una más. No hay que preocuparse. ¿Qué noticia se han inventado esta vez?

—Que Luca no es hijo del rey.

Se detuvo de golpe, como si lo hubiera alcanzado un rayo y lo hubiese pegado al suelo. Incapaz de moverse. Controlado por los elementos. Sus hombros se tensaron, sus dedos crujieron y su cabeza se movió levemente de un lado hacia otro. Por un breve momento, llegué a pensar que su cuello giraría como el de las lechuzas y me miraría con ojos inyectados en sangre. Tardó unos segundos en darse la vuelta y enfrentarme. Más bien enfrentarse a esa revelación que lo había cogido tan de sorpresa.

—No vuelvas a decir eso. Ni aquí ni en ningún sitio —me dijo con un tono amenazante similar al de aquella tarde cuando nos pillaron a Luca y a mí en Santino Porto.

—Vale, vale. Solo era que…

—¿Qué periodista te lo ha dicho? —Había un tono de urgencia en su voz que me asustó.

—Eh, pues ahora mismo no recuerdo su nombre…, pero…

—¡HAZ MEMORIA! —gritó y eso provocó que Luca se diera la vuelta, casi en la entrada del palacio. Yo lo miré desde mi posición y lo calmé con las manos, como queriendo decirle que todo estaba bien, que era una discusión más entre Filippo y yo, aunque no me hubiera gustado nada que me gritara. ¿Quién se creía que era? No era ni mi padre ni mi abuelo ni mi abuela. Las únicas tres personas que podían gritarme, aunque no me gustara que nadie me alzara la voz, porque me ponía demasiado nervioso. Filippo a veces se tomaba demasiadas confianzas, pero yo ni era Luca ni el príncipe heredero. Si lo fuera, ya lo habría mandado a la sala de torturas por semejante falta de respeto.

—Vale, eh, eh, eh… Espera…, si me lo sé… —Gaspar. O haces memoria, o no sales vivo del palacio. Asesinado por el mayordomo en plena comida de Navidad. Mi vida trasladada a un tablero de cluedo—. ¡Sara! Sara Medina. Sí. Ese es su nombre…

—¿Estás seguro? —insistió.

—Sí, sí. Eso creo, sí.

—Que eso no salga de aquí, ¿entendido? —Y se dio la vuelta una vez más, andando con premura hacia el interior del palacio.

—Pero ¿es que es verdad? —Ya no me dijo nada más. Seguramente porque ni me escuchó. Su respuesta había sido tremendamente exagerada…, lo que me hacía temer que la noticia tenía más de realidad que de rumor. ¿Se lo contaba a Luca? No, no hacía falta. Filippo sabría lo que hacer. Robin regresó con la pelota de tenis, insistiendo en que siguiera jugando con él—. Ahora no tengo ganas, Robin.

Y, mientras yo entraba en el palacio, el dálmata se lamentó con un aullido lastimero, como augurando un mal final para toda esa historia.

El salón principal seguía decorado como el *Sansere Invernale*, con toda una temática totalmente invernal, pero las ventanas estaban abiertas de par en par, por lo que entraba un olor a flores y a césped recién cortado embriagador. Además, no hacía frío, sino un calor templado muy agradable. Era casi como comer en el jardín. La mesa estaba dispuesta con todos los cubiertos y platos que se presuponían en una comida de esas características. Es decir, todos los posibles. Y por supuesto yo solo sabía usar dos. Tres, si añadimos la cuchara. Aunque, según mi abuelo, era incapaz de comer bien una sopa. Pero no había nadie sentado. Todos los invitados estaban de pie, bebiendo copas de cava o de vino rosado. Luca hablaba amablemente con todo el mundo, pero yo no reconocía a nadie, así que me quedé en una esquina, disimulando, esperando a que hubiera que sentarse a comer. Busqué a Filippo con la mirada, pero había desaparecido. ¿Dónde se había metido? ¿Estaría gestionando la crisis de la paternidad? ¿O estaba en otros asuntos?

—*Ciao!* —me saludó un chico que debería tener unos treinta años. ¡Y menuda presencia tenía! No había visto un chico más guapo en mi vida, con un toque andrógino absolutamente electrizante—. *Come stai? Mi chiamo Aries.*

—¿Aries? ¿Aries Albe, el actor? —¡No lo había reconocido!—. Pero… Es… ¡Ay! ¡He visto *Luna de estrellas* como diez veces!

—¡Ah! ¡Español! Lo tengo un poco oxidado. Muchas gracias —sonrió y se inclinó para darme dos besos. Porque medía casi dos metros, pero estaba muy cambiado. Se había rapado el pelo y quitado la barba. Eso sí, sus labios carnosos y su voz grave seguían presentes—. Y no te rías mucho del mío acento.

—Para nada. Hablas superbién. Mucho mejor que yo el italiano.

—¿Cómo te llamas? —preguntó con la sonrisa aún marcada en sus perfectos labios.

—¿Yo? Soy Gaspar. Gaspar Costa.

—Un placer, Gaspar Costa. —Es que su voz. Era increíble. ¿Cómo era posible que alguien pudiera tener ese tono? Y mira que yo era fan de las voces agudas, pero es que la de Aries no podía catalogarse de ninguna forma. Era indescriptible—. Gracias por ver *Luna de estrellas*. Pensaba que ya no quedaban fans de la serie.

—Si pudiera tatuarme la marca de tu personaje, la tendría ahora mismo en la mano.

—¿Y por qué no puedes?

—A mi padre le darían tres infartos —admití—. Pero ya me lo haré en cuanto pueda. Lo siento, pero es que es muy fuerte que esté hablando contigo ahora mismo. Voy a soltar muchas gilipolleces. ¡Eh, lo siento! Hablo muy mal. «*Zalone*» decís en santinés, ¿no?

—Muy buena pronunciación. ¿Sabes más palabras en santinés? —preguntó, curioso, mientras daba un sorbo a su vaso de vino rosado. Su perfume me rodeó como una noche de borrachera. Me temblaban hasta las piernas a su lado.

—Poquita cosa, la verdad, aunque lo entiendo bastante bien. Sé, así, cosas sueltas que me han ido enseñando. *Neve notturna, sorta diurna*. Es como un dicho de buena suerte por aquí, ¿no?

—Sí. Muy curioso que sea eso lo primero que sepas decir —rio.

—También sé lo que es un… ¿*samarino*?

—¡Desde luego que eres una caja de sorpresas! ¡Un *samarino*! Mi *nonna* siempre decía que había un *samarino* en casa. Sabes que viven dentro de las paredes, ¿no? Aunque lo nuestro era un *topo*…, un ratón.

—¿En las paredes? Pensaba que era como un espíritu o algo así…

—Los espíritus pueden vivir donde quieran, ¿no? —recalcó—. ¿Y qué haces en *il cibo di Natale*, si puedo preguntar?

—Bueno, no sé si puedo decirlo, pero vengo con Luca…, con el rey. Luca y yo…

—¿Luca y tú?

—No sé si estuviste en el *Sansere Invernale*.

—*Mancio!* ¿Eres el zorro misterioso? —Y una amplia sonrisa le adornó por completo la cara, y yo acabé asintiendo—. La verdad es que pegáis mucho, ahora que os veo juntos.

—Gracias, supongo. —Se me hacía raro estar hablando de Luca con Aries. Nunca pensé que hablaría con él de una forma tan fácil.

—Date un poco de importancia. Piensa en Mateo —dijo, guiñándome un ojo y, claro, mi mente fue directamente a esas tardes viendo la serie, soñando con ser Mateo, fantaseando con… Realmente, soñaba con que Mateo fuera mi novio. Las cosas como son. Y Aries era igual que su personaje—. Nos vemos en la comida.

Se despidió con un abrazo amistoso y fue a hablar con otro grupo de mujeres que lo recibieron con los brazos abiertos. Mientras, yo volví a quedarme solo, tratando de adivinar quiénes eran el resto de los invitados. Entre ellos estaban los hermanos Montecarlo, el cantante Alex Rossi, el primer ministro de Santino…, pero tampoco reconocía a muchos más. Lo único que quería era que se acercara Luca y me hiciera un poco de caso, pero estaba haciendo cosas de rey. Con su sonrisa perfecta, con sus modales tan refinados, con sus gestos tan medidos. Sin darme apenas cuenta, llevaba varios minutos mirándolo, con una sonrisa bobalicona dibujada en el rostro, tratando de acallar todos los pensamientos que se agolpaban desde hacía días en mi cabeza. Simplemente siendo feliz de estar ahí. Hasta que todo se fuera a la mierda. Porque si algo me había enseñado la vida era que, cuanto más feliz estuviera, más horrible sería la caída. El universo no quería que disfrutara de la felicidad, empeñándose en recordarme a cada paso que daba que era algo efímero. La belleza de lo efímero. Como una flor de medianoche. Pero ya había dejado de hacerme gracia.

Poco a poco todos los invitados fueron sentándose a la mesa y tardé demasiado en descubrir que cada uno teníamos nuestro sitio asignado. Yo, por alguna extraña razón, estaba a varias sillas de distancia de Luca. ¿Alguien se empeñaba en separarnos? Pero ni siquiera él presidía la mesa. Lo hacía el rey Carlo Calliveri, que no dejaba de intentar seguir siendo el protagonista. ¿Para qué había dado su bendición a Luca para ser rey… si no le quería dejar serlo? Bastian, por suerte, estaba en la otra punta de la mesa, así que no tenía que soportar sus estupideces de niño rico mimado y privilegiado. Bueno, lo de rico no lo sabía, después de lo que había pasado en verano. No me gustaba su actitud, ni nada de lo que lo rodeaba. Malas sensaciones, se llaman. Mala energía. Yo lo llamaba gilipollas.

—*Ciao. Come stai?* —me saludó el chico frente a mí. Lo reconocí al instante. Era Perseo Montecarlo, hijo de Orión Montecarlo, titán hotelero. ¿Es que era una comida de los hombres más guapos del mundo? Llevaba el pelo hacia atrás, con un efecto mojado brillante, y un anillo dorado en su mano con la M de su apellido. Su sonrisa era embriagadora.

—Hola, eh, hablo español, hablo español. Estoy bien —dije educadamente mientras colocaban en mi plato una ensalada de colores naranjas y verdes. No reconocí ni una de las verduras. El camarero que iba sirviendo vino decidió ignorarme y pasar al siguiente en la mesa. Traté de protestar, pero ¿de qué iba a servir?

—¿No te gusta el vino?

—Creo que no lo tengo permitido —dije, encogiéndome de hombros.

—Pero ¿cuántos años tienes? —espetó.

—Eso no se le pregunta a un chico como yo —respondí, y lo dejé fuera de combate. Pensé que insistiría, pero decidió ignorarme deliberadamente y ponerse a hablar con la chica que tenía al lado. Menudo maleducado. Yo lo único que quería era hablar con Luca. Pero, ya que me habían quitado esa posibilidad, al menos iba a divertirme con la gente que tuviera cerca. Porque quería vivir una fiesta por primera vez desde dentro, no mirándola desde fuera, como siempre me pasaba.

Aunque, ¿a quién pretendía engañar?, solo quería llamar la atención de Luca.

Divagué con una mujer de Nigeria acerca del impacto cultural del reguetón, reté al primer ministro santinés a una competición de chupitos de *mandaricce* (obviamente ni empecé porque no me dejaron beber alcohol) y hablé con Gabriel Montecarlo sobre las ciudades favoritas que nunca visitaré. Porque él había estado en todo el mundo, mientras que mi viaje más largo había sido precisamente a Santino.

—¿Ni siquiera has ido a Londres? —preguntó Gabriel Montecarlo mientras sorbía de su copa de vino.

—¿Para qué? Solo llueve y la gente es muy aburrida allí. Y, además, ya superé mi etapa como *potterhead*.

Trataba de ser gracioso, de ser interesante, pero, siendo el único menor de edad (sin contar a Luca) y estando rodeado de gente importante, era difícil ser algo más que una atracción de feria. Sobre todo porque era el más pequeño de la mesa. Así que, cuando vi que una mujer se había levantado varias veces para ir al baño, me di cuenta de que yo también podía, así que dejé mi servilleta sobre el plato, pedí disculpas por ausentarme aunque nadie pareció escucharme salvo Gabriel Montecarlo, que se rio al verme tan apurado, y salí del Gran Salón, en dirección a esos jardines que tan bien conocía y que tanta seguridad me daban. Necesitaba respirar y olvidar a todos esos pomposos y pretenciosos…

—*Non può essere qui.* No puede estar aquí.

—*Oh, scusi* —me disculpé con varias reverencias seguidas y giré a la izquierda, saliendo a la parte trasera del palacio, cerca de la piscina donde había visto a Luca sin camiseta por primera vez.

Anduve sin un rumbo fijo hasta que me senté en una de las tumbonas de madera blanca, colocadas simétrica y perpendicularmente a la piscina. Saqué mi teléfono móvil y empecé a ver vídeos sin mucho sentido, tratando de despejar un poco la mente y olvidar la comida tan aburrida que estaba teniendo. Si eso significaba ser novio del rey de Santino, iba a ser un trabajo muy difícil. Desde que llegamos al palacio, no había hablado ni una sola palabra con él. Creo que ni siquiera me había hablado en toda la comida.

—¿Gaspar? —Me giré y vi a Luca frente a mí, con su mano derecha en el bolsillo, mirándome con ganas de tratar de leerme la mente, entrecerrando los ojos como hacía siempre cuando no entendía algo de lo que decía o hacía… que era demasiado a menudo.

—*Ciao, sua altezza* —respondí exageradamente.

—¿Por qué no estás en la comida? —inquirió, arqueando una ceja.

—Ah, ¿te has dado cuenta? Mira, ya es un avance —gruñí mientras arañaba con mis uñas el reposabrazos de la tumbona.

—¿Por qué no iba a darme cuenta?

—Tampoco es que te estés dando mucha cuenta de nada —refunfuñé.

—No entiendo a qué te refieres. —Pero no se movía del lugar.

—Nada. Nada. Son tonterías. *Zalone.* —Aunque no lo eran. En absoluto.

—¿No querías conocer a Alex Rossi para tu *nonna*?

—Sí, sí. Ya ya hablaré luego con él.

—Pero no entiendo lo que ocurre. ¿Hay alguien que no te caiga bien? ¿Los Montecarlo?

—Todo bien, Luca. En serio. Todos son estupendos —lo interrumpí.

—¿Vas a volver a entrar? —preguntó, algo exasperado.

—¿Quieres que vuelva a entrar?

Mis respuestas en tono de pregunta siempre lo desubicaban durante unos segundos. Ese momento no fue la excepción.

—Claro. ¿Por qué no iba a querer?

—Cosas mías. No pasa nada. Ahora vuelvo a entrar. *Non ti preocupare.*

—*Va benne* —dijo, dispuesto a irse. ¿Por qué tenía que ser tan frío? ¿Siempre había sido así? Había intentado que fuera mi rey de verano, pero a lo mejor era un rey de invierno después de todo.

—Aunque me habría gustado sentarme contigo. Al menos, más cerca —confesé, evitando que se fuera—. Si soy tu novio... —Y seguía siendo raro decirlo en voz alta—, ¿no debería estar a tu lado?

—Creo que mi padre aún no aprueba esto.

—¿Esto?

—Mi elección —admitió, apesadumbrado y, en vez de irse, caminó hacia mí y se sentó en la tumbona.

—Pensaba que un rey hacía lo que quería sin pedir permiso.

—Está siendo demasiado difícil. Hay veces que... da igual.

—¡Ah, no! —Y mi explosión lo pilló por sorpresa—. No, no y no. No me vas a hacer lo mismo de siempre. Me da igual que este no sea el momento o el lugar. Pero no te vuelves a escapar de la conversación. ¿Qué ocurre? ¿Qué es tan difícil? ¿Yo?

—¿Tú? Nunca, Gaspar. Es difícil ser su hijo. Ser un Calliveri —reconoció.

—¿Y si no lo fueras? —Esas palabras salieron de mi boca sin sentido. Ni siquiera se lo ordené. Fue como si las dijera otra persona.

—¿Si no lo fuera? ¿A qué te refieres?

—Si pudieras ser otra persona...

—Eso no tiene sentido. No puedo ser otra persona. Soy Luca Calliveri. Nada puede cambiar eso. Nada puede cambiar mi destino como rey de Santino.

Al menos el rumor no había llegado a sus oídos todavía.

—Si algo he aprendido es que nadie tiene su destino fijado en la vida —expliqué como si me lo hubiera aprendido de memoria—. Las cosas cambian. Nosotros somos la prueba, ¿no? ¿Pensabas acaso que íbamos a ser novios cuando me viste por primera vez cortando el césped?

—No.

—¿Ves? Ya sabes, la materia ni se crea ni se destruye. Solo se transforma —sonreí—. Las cosas cambian. Y muchas veces no podemos hacer nada por evitarlo.

—Lamentablemente, no —afirmó con tristeza.

—¿Quieres hablar de ella? Sé que es duro, pero hay veces que hablar de…

—No —negó con la cabeza—. Pero gracias.

—Siempre. —Y le cogí la mano—. Sé que es… duro… lo que tienes por delante, pero ya te lo he dicho. Ahora me tienes a mí. Así que no te lo comas todo tú solo. Comparte conmigo.

—Lo haré.

—¿Lo dices en serio?

—Siempre dudas de mis palabras.

—El problema es que no dudo de ellas. Vale, eso no tiene sentido. Lo sé. Pero mira, hagamos una cosa, Luca Lorenzo Calliveri. —Me puse en pie de un salto—. ¿Por qué no pasamos de esta comida tan aburrida y echamos la revancha al tenis? —Solo quería ver un «sí» en sus ojos. Un «te sigo donde quieras». Pero sus ojos me respondían con un «tengo obligaciones». Un «*non posso*, Gaspar». Por favor, no me digas que no puedes. No vuelves a decirme que no puedes.

—¿Cómo piensas jugar vestido así? —Al menos su primera respuesta no fue negativa.

—Puedo derrotarte vestido de cualquier forma.

—La última vez que jugamos, gané yo —puntualizó Luca.

—No estoy yo muy seguro de que ese partido valiera. ¿Vamos? —Y volví a tenderle la mano, igual que en el *Sansere Invernale*. Neccsitaba que dejara de ser rey durante unos minutos. Necesitaba que fuera Luca. Necesitaba que fuera mi novio.

—Vamos —dijo con firmeza.

—¿En serio? Joder, no esperaba que fueras a decir que sí. Ahora ya no sé qué hacer. Me has pillado por sorpresa —bromeé.

—Sabes que hablas muy mal, ¿no?

—¿En serio vamos a tener otra vez esta conversación? ¿Te recuerdo tu *mancio* cada cinco palabras?

—No es cierto —se defendió.

—Puede ser. Tiendo a ser un exagerado. Ya lo sabes —bromeé—. ¿De dónde vamos a sacar las raquetas?

—Hay unas cuantas en la zona de vestuarios. —Y echó a andar, conmigo detrás, como un perrito faldero, tratando de seguir su paso.

Después de conseguir un par de raquetas (obviamente, él se cogió la mejor), fuimos a la pista de tenis. Abrí la verja para que Luca pudiera pasar, y también para poder verle el culo, que nunca estaba de más, y cada uno nos pusimos en un lado diferente de la pista. Él colgó su chaqueta en un lateral de la valla, y yo la mía la dejé sobre la red. Mis zapatos resbalaban muchísimo sobre la tierra. No estaban preparados para agarrarse al suelo, pero me daba igual. Me encantaba ver a un Luca despreocupado, y me fijé en que él también luchaba por mantener el equilibrio.

—¡Bola de saque! —gritó y puso en juego la bola. Teníamos que pasar la pelota tres veces por encima de la red y, a partir de ahí, comenzaría a contar el punto. El que ganara empezaba sacando en el partido. Yo corría como si fuera un elefante en patines. No sé si es la analogía más perfecta, pero es bastante parecida a lo que sentía yendo de un lado para otro. Resbalé y estuve a punto de caer un par de veces, pero mi equilibrio natural me permitió agarrarme a la estabilidad vertical lo máximo posible, evitando a la traidora de la gravedad. El punto me llevó hasta la red, donde voleé de derecha, dejando la pelota demasiado corta para que Luca llegara, pero este corrió como en su vida, tratando de llegar, de devolverla y ganar el punto. Si yo era competitivo, Luca lo era mucho más. Pero, justo cuando estaba a punto de pegarle, resbaló más de la cuenta y se cayó de culo, chocando con la red y estando a punto de tirarme a mí también.

—¡Saco yo! —indiqué en voz muy alta mientras Luca estaba sentado en el suelo, con todo el traje manchado de tierra—. ¿Estás bien?

—Sí, quizá el orden de las frases debería haber sido al revés.

—Así que vamos a jugar sucio, ¿eh? —dijo al fin.

—Sucio no. Pero quería ver de qué eras capaz. Y veo que revolcarte en el suelo no es algo que hayas dejado fuera de la ecuación. —Le tendí la mano para levantarlo y, tras limpiarse la suya sobre el pantalón del traje, aceptó la mía y se incorporó. Podía notar en su cara lo mucho que le estaba costando estar con el traje manchado. Él, siempre tan pulcro, siempre tan limpio, siempre tan elegante. Y en ese momento acababa de cubrirse por completo de tierra naranja.

—Sacas tú. Pero no te va a servir de nada.

—Eso ya lo veremos. Ya te he ganado el primer punto, ¿no?

—Un punto que no vale nada —recalcó con algo de furia.

—Vale para sacar. —Me dedicó una sonrisa maliciosa, me dio la pelota y se giró para volver a su zona de la pista. Aunque, cuando iba a sacar, me detuve en el acto, porque vi que había alguien al otro lado de la valla, justo detrás de Luca. Parecía… parecía Pietro, el joven sirviente pelirrojo. Lo señalé con la punta de mi raqueta y Luca tardó un poco en darse cuenta de lo que le estaba diciendo.

—¡Hay alguien detrás de ti! —chillé y conseguí que se diera la vuelta. Me acerqué hacia ellos para saber qué decían, pero estaban hablando en santinés. Además, muy rápido. Casi no podía pillar ni una sola palabra. Al cabo de unos minutos, Pietro se despidió con una leve reverencia y se alejó un poco, como a la espera de que saliéramos de la pista—. ¿Seguimos?

—Me reclaman en el *palazzo* —me explicó Luca y dejó la raqueta apoyada sobre la valla, cogiendo su chaqueta y colocándosela de nuevo.

—¿Se ha metido en problemas, *regge lunare*? —bromeé.

—Eso está por ver —respondió, escueto y directo.

Spoiler. No se metió en problemas. Aunque no había gustado nada que desapareciera de la comida de Navidad y apareciera media hora después con todo el traje manchado de tierra y sudor. Daba igual que él fuera a ser el próximo rey. Seguían tratándolo como a un niño que no sabía lo que hacía, y me vi tan reflejado que casi confundía a Carlo Calliveri con mi padre y a Filippo con mi abuelo. Luca seguía sin tener voz propia. Todo el mundo seguía diciéndole lo que tenía que hacer. Hasta que llegara el día en el que se plantara y lo mandara todo a la mierda. Cada vez tenía más ganas de que eso pasara, pero Luca nunca iba a tomar una decisión tan radical.

Cuando los invitados fueron despidiéndose al terminar la comida, Amelia, la responsable de comunicación de la familia real, nos informó de que esa tarde bajaríamos a Santino Porto a visitar el mercado navideño, a dejar que nos viera la gente y, al día siguiente, a las ruinas, a llevar a cabo la tradicional *orontine*. Nos empezó a dar diferentes indicaciones, que teníamos que seguir al pie de la letra. Iba a ser nuestra primera aparición pública juntos, así que era de vital importancia para la imagen de la familia real. No solo eso, sino que ese primer evento, por llamarlo de alguna forma, iba a ser la confirmación oficial de que Luca Calliveri había elegido a un chico como su pareja.

—Iréis de la mano, pero no en todo momento. No queremos que

piensen que sois demasiado pastelosos. Así que, simplemente, al salir del coche y en algún momento paseando por el *mercato*. Tampoco besos. Salvo cuando vayamos a volver a *palazzo*. Hay que aguantar todo lo posible, para que la gente esté deseando ver ese beso de película. Cuando subáis al coche, un beso muy sencillo, sin muchos alardes, y mientras se esté cerrando la puerta, para que sea difícil de ver. Sutileza es lo que gusta.

—¿Un beso sutil? —dije, riéndome sin poder controlarlo. Amelia prefirió ignorarme y seguir con su lista de exigencias.

—Compraremos dos adornos navideños locales. Veinte minutos como máximo y de vuelta al coche.

—¿Solo? ¿No podemos ir a Cenere? ¿O al rompeolas? —sugerí. Esa segunda interrupción le gustó mucho menos que la primera.

—No —se mostró tajante e inflexible.

—Si Gaspar quiere ir a Cenere, iremos a Cenere —intervino Luca.

—¿Qué demonios es Cenere? —preguntó Amelia, bastante alterada.

—La mejor tienda de *corni* de todo Santino Porto. ¿Cómo es que no la conoces? —le expliqué.

—Haré los arreglos para que podáis ir. Pero poco tiempo. ¿Entendido?

—¿Y nada de tiempo libre para los dos? —planteé.

—No. —Amelia negó con la cabeza, como suponía que haría, y cerró la tapa de su tablet, dando por terminada la reunión.

—Yo pensaba que nuestra presentación oficial sería con el reportaje.

—Primero la aparición pública. Luego la entrevista. En Santino las cosas se hacen así —replicó, sepultando cualquier discusión que pudiera haber por mi parte.

Luca se había adecentado un poco, cambiándose su traje manchado de tierra y colocándose otro de los mil que debería de tener en su armario. Era literalmente imposible que alguien en el mundo tuviera más trajes listos que Luca Calliveri. Yo seguía con la misma ropa con la que había ido. Luca propuso que me pusieran un traje también, pero a Amelia le parecía mejor que siguiera yendo con mi estilo más desenfadado. El príncipe y el mendigo. Diferencia de clases. Ya lo decía Bastian. Cada vez que me veía, se encargaba de recordármelo con esa sonrisa de simio de las montañas. Mientras esperaba que Luca terminara de hablar por teléfono (llevaba recibiendo llamadas una hora seguida) conseguí beberme tres cafés, sentado en uno de los salones del palacio. Daba igual que no se usara. Estaba perfectamente limpio y decorado. Y cada diez minutos de reloj venía un sirviente diferente a preguntarme si necesitaba algo.

—*Niente. Grazie* —respondía siempre. Hasta que apareció él. La persona que más odiaba en el mundo. Bastian. No se había ido. Seguía por allí, como la garrapata que era. Pensaba que pasaría de largo, que no me habría visto pero, como siempre en esas situaciones, me equivoqué. Fue verme y venir hacia mí, y a él no podía despacharlo tan fácilmente. No solo porque fuera un pesado de manual, sino porque se colocó frente a mi sillón, así que era difícil ignorarlo.

—Hola, *nasone*. ¿Qué tal ha ido la comida? —Yo bebía café. Él llevaba un gin-tonic con una pequeña rama de romero asomando del vaso.

—Para ti, soy Gaspar —repliqué lo más borde que pude. No se ofendió ni lo más mínimo.

—*Mi dispiace.* Gaspar Costa. —Y me hizo una reverencia—. Vamos a llevarnos bien, ¿no? Que ahora vamos a ser *famiglia*.

—No tengo ningún problema.

—*Perfetto.* —Ni siquiera me pidió permiso y se sentó en el reposabrazos de mi sillón y a punto estuvo de tirarme el café—. Me han dicho que bajáis ahora a Santino Porto, ¿verdad?

—Ni confirmo ni desmiento.

—Primera salida de enamorados. Recuerdo cuando yo conocí a Lisa. A Amelia no le gustó nada. La verdad, nunca le ha gustado ninguna de las chicas con las que he estado. Siempre cree que son unas *cianseras*. No sé si hay traducción para esa palabra en español. Digamos que... serían esas personas que solo quieren tu dinero. Lo entiendes, ¿no? —El tono con el que lo dijo iba claramente con dobles intenciones. Pero no pensaba entrar en su juego.

—Sí. Entiendo las palabras, sí.

—¿Y crees que estáis preparados para enfrentaros ya a la gente? En Santino no eres precisamente un héroe —me recordó, y me vino a la mente el concierto de Alex Rossi, donde todos empezaron a culparme de la foto que desveló a Luca Calliveri al mundo.

—Me pregunto quién tendrá la culpa. —Ni siquiera se inmutó.

—Además, con la noticia que ha salido hoy, va a estar todo muy *caldo*. —Recordaba esa palabra gracias a Luca. Significaba «caliente». Pero espera. ¿Qué noticia? ¿Habían publicado ya lo de que Luca podía no ser hijo del rey Carlo? Si la periodista me había dicho que saldría en los próximos días. ¡Ni siquiera les había dado tiempo para frenarla! Tenía que avisar a Luca. Aunque era probable que, si Bastian lo sabía, él lo supiera también. ¿Por eso llevaría tanto tiempo recibiendo llamadas?

—¿De qué noticia hablas? —pregunté, pero tratando de sonar despreocupado, como si tampoco me interesara mucho.

—¿No te has enterado? Entonces no seré yo quien te lo cuente. No quiero malmeter. —Y se levantó del sillón, sobreactuando. Le encantaba hacerlo.

—Ni que fuera la primera vez. —Daba igual lo mucho que tratara de meterme con él. Nunca caía en mi juego, al igual que yo ya no lo hacía en el suyo. O eso intentaba—. Aunque, bueno, seguro que es un rumor más. Como los cientos de rumores que salen cada año sobre Luca. Ya está acostumbrado.

—¿Eso te ha dicho mi primo?

—Ya ni siquiera se molesta en leerlos. Así que puede que no me lo cuente —dije, encogiéndome de hombros y bebiendo un sorbo de mi taza de café—. A ti te pasará lo mismo, ¿no? Quiero decir, cuando sacan noticias sobre ti. —Me la iba a jugar.

—Ah, claro, ja, ja, ja. —Fingió la sonrisa más fingida de la historia de las sonrisas fingidas—. No hago caso a esas *zalone*.

—Claro. Haces bien. Hace poco vi un artículo que decía que estabas… Ay, no recuerdo la palabra en santinés. Pero era algo así como «arruinado». Obviamente, no me creí ni una palabra.

Pude notar cómo la tensión en su espalda y en sus hombros creció tanto de golpe que incluso juraría haber escuchado un crujido.

—¿Dónde leíste eso? —bufó.

—Uf, no lo recuerdo. Ya hace tiempo. Pero qué más da. Si no es verdad… Seguro que la noticia de Luca es igual.

—No seré yo quien hable mal de mi *cugino*…, de mi primo, pero no es la primera vez que se pone en duda su… pertenencia a la realeza. Pero ¡bueno, no quiero decir más! No trates de tirarme de la lengua, *nasone*. Disfruta en Santino Porto. Está maravilloso en *Natale. Ciao!* —Esa fue su despedida. Ni siquiera me hizo un gesto para decir que se iba. Simplemente se alejó, a mucha más velocidad de la que había llegado. Me había inventado lo de la noticia sobre su supuesta ruina, pero sabía que eso le iba a molestar más que nada. Sobre todo porque intuía que era verdad, y su actitud me lo había confirmado. Además de decirme cuál era la noticia sobre Luca. Solo esperaba que no se lo hubiera tomado muy mal. Aunque cada hora que pasaba, estaba más convencido de que había algo de verdad en ese rumor. Y, si era verdad, se planteaba un escenario muy complicado. Si Luca Calliveri no era hijo de Carlo Calliveri, ¿tenía derecho a ser el nuevo rey de Santino?

—¿Necesita otro café, señor? —me preguntó una de las sirvientas de palacio.

—*Niente, grazie.* Bastante cafeína llevo ya en vena. —No pareció entender mi humor, como siempre, así que se disculpó y se fue, dejándome solo de nuevo.

Luca, Amelia, Filippo y Fabrizio llegaron al cabo de unos minutos. Luca delante de todos. Los otros tres, protegiéndole las espaldas, con caras inexpresivas. Al verme, Filippo me indicó con la cabeza que me levantara del sillón y fuera hacia ellos. Era el momento de bajar a Santino Porto. ¿Podría hablar con Luca en el coche? ¿O los tendríamos vigilándonos continuamente? Cualquiera habría apostado por la segunda opción, y habría acertado. Luca y yo estábamos sentados en el asiento trasero del coche, pero este era especial, porque había otros dos asientos frente a los nuestros. Y ahí estaban Filippo y Amelia, que seguía con su tablet organizando nuestra agenda de las próximas semanas. Yo, al igual que Luca, había dejado de tener independencia. Él no dejaba de mirar por la ventanilla, como si buscara algo que no acababa de encontrar. Yo lo miraba a él, esperando iniciar algún tipo de conversación, aunque con Filippo y Amelia era difícil. Sobre todo porque seguían empeñados en dictar cada uno de nuestros pasos. Pero no pensaba pasar por eso. No. De ninguna manera.

—Tengo una pregunta. —Sus caras fueron un poema. Se temerían lo peor—. Cuando vaya al baño, ¿tengo que ir sonriendo? ¿Tenemos que darnos las manos Luca y yo mientras uno de los dos esté meando? ¿Nos besamos antes o después de entrar?

Como llevaban haciendo todo el trayecto a Santino Porto, decidieron que mejor era ignorar mis salidas del tono, y no los culpaba por ello. Supuse que no querían participar de las payasadas de un niño de diecisiete años que no sabía callarse ni bajo el agua. Un niño que seguía sin entender por qué nadie hacía referencia a la noticia del día, a lo que le había contado Bastian preso de sus celos continuos por su primo. Porque, admitámoslo, la raíz de sus problemas era que Luca fuera rey y él no. Esa envidia que te impide alegrarte por los demás y solo te deja pensando en por qué él y tú no. Un pensamiento que te mantiene despierto por las noches y poco a poco va centrando tu día a día hasta consumirte por completo.

Amelia nos explicó el plan del día siguiente a nuestra visita a Santino Porto, y lo que significaba la *orontine* en las *restine Correre*, y cómo allí tendríamos que asistir a un concierto de música clásica para celebrar la Navidad. Iba a ser la primera vez en mi vida que fuera a un concierto así. Una tradición que no podía dejarse pasar. Porque bastantes se habían dejado pasar ya. Eso no lo dije yo. Lo dijo Amelia. En un hilo de voz. Pero lo dijo. Tantas órdenes me estaban poniendo más y más nervioso, y, según se iba acercando Santino Porto, no me quedaba otra que ir mentalizándome poco a poco de cómo iba a ser el convertirnos en novios delante de toda la gente que habría en la plaza central.

—¿Tenéis todo claro? —preguntó Amelia una vez más.

—Clarérrimo —respondí, sonriente, mostrando mis colmillos.

—¿Luca? —Y me sorprendió que se permitiera el lujo de llamarlo por su nombre, sin siquiera llevarse una reprimenda por ello.

—Sí. Todo claro. —Su tono de voz denotaba preocupación. La misma que podía estar teniendo yo en esos momentos.

—Nada de responder a los periodistas —recalcó.

—¿Periodistas? —preguntó Luca.

—Debemos suponer que habrá periodistas esperando a que el rey haga su aparición en el mercado navideño, como todos los años. Así que sí, habrá periodistas. Pero, por favor —y me miró a mí directamente—, absteneos de responder, ¿entendido? A ninguna pregunta.

—¿Ninguna? ¿Ni siquiera…? —Pero me callé. Amelia y Filippo se miraron, no teniendo muy claro lo que había querido decir.

—Ni siquiera qué —preguntó Amelia, algo confusa. Yo no sabía si decirlo o no, porque Filippo me lo había prohibido.

—Bueno, la noticia que ha salido hoy. Nos preguntarán por ello, ¿no? ¿Qué tenemos que decir? —Luca tampoco entendía de lo que estaba hablando. Mientras, el coche fue frenando según iba entrando en uno de los caminos adoquinados que llevaban al *mercato* frente a la playa de Santino Porto, la Barnella. Creo que significaba «herradura».

—¿Qué noticia? —dijo Amelia, tratando de entender de lo que hablaba.

—Eh, a ver, la que me dijo Bastian, pero Fili me dijo que no…

—Cállate, Gaspar.

Fue mencionar su nombre y sus ojos se encendieron de ira contenida.

—Nada, es una tontería —sentencié, tratando de dar por terminada la conversación. Pero había llamado demasiado la atención de Luca.

—¿De qué está hablando? —preguntó, confuso por la situación que yo había creado.

—Nada, nada. Era una tontería. *Zalone* —insistí.

—Además, ya hemos llegado —intervino Filippo mientras el coche se detenía por completo. Por la ventanilla podía ver el bullicio de gente mientras que, del coche que iba delante de nosotros, salían varios responsables de la seguridad de Luca, con Fabrizio comandándolos.

—No. Quiero saber de qué está hablando Gaspar. ¿Qué noticia? —insistió Luca, usando su tono de rey.

Yo miré a Filippo. Y, si pudiera matarme solo con un pensamiento, seguramente ya estaría con la cabeza en el suelo del coche. Amelia abrió su tablet, tratando de encontrar algo a lo que agarrarse. La tensión iba en aumento, y podía notar cómo Luca me miraba, buscando leerme la mente y descubrir qué era lo que estaba escondiendo con tanto ahínco.

—Yo, a ver…

—¡No! —bramó Filippo, con autoridad y firmeza, señalándome con un dedo acusador. Ya era la segunda vez que me levantaba la voz, como si yo fuera un bebé al que había que regañar. No me daba la gana. Si no se lo permitía ni a mi abuelo, mucho menos a Filippo.

—Lo siento, Luca. Seguro que es un rumor estúpido, pero hoy ha salido una noticia sobre… —miré de reojo a Filippo, rojo por culpa de la furia controlada—, sobre que no eres hijo del rey.

Sabía que contarlo iba a generar una incomodidad increíble, pero, aun así, lo conté. Porque no soportaba que alguien me dijera lo que podía o no podía hacer. Además, ¿no era el rey? Tenía derecho a saberlo. Luca pareció masticar los pensamientos, tratando de digerir las palabras que le acababa de decir.

—No encuentro esa noticia por ningún lado —dijo Amelia, rompiendo el silencio que se había creado tras mi revelación—. Estoy buscando pero nada. ¿Quién te ha dicho esto, Gaspar?

—A ver, Bastian me contó que se había publicado ya la noticia y…

—¿Bastian? —preguntó Luca—. ¿Qué tiene que decir Bastian sobre todo esto?

—Por si no te has dado cuenta aún, te tiene una envidia que no puede con ella. —No dije ninguna mentira.

—Tienes a Bastian crucificado desde hace meses —me echó en cara Luca, para mi sorpresa.

—¿Te digo todas las razones? —me envalentoné, nervioso como yo solo, temblando a la hora de hablar.

—Sigo sin encontrar la noticia. ¿Te dijo en qué medio había salido? —insistió Amelia.

—No, es decir, no-no llegó a concretar… —Y realmente ni siquiera había concretado que fuera esa la noticia, pero yo lo di por hecho por lo que me había contado la periodista. Pero, espera, si aún ni siquiera había salido el artículo, ¿cómo podía Bastian decir que ya había sido publicado? Todo me empezaba a oler muy mal y a recordarme a la filtración de nuestra foto a la prensa.

—Es un rumor sin fundamento que siempre vuelve. Y debe tener la importancia que todos los rumores sin fundamento: *nessuna*. Ninguna. —Filippo quería cortar la conversación de raíz.

—¿Siempre vuelve? ¿Y por qué yo nunca había sido informado de ello? —preguntó Luca con un tono desafiante diferente al diplomático y correcto que solía usar casi todo el tiempo.

—*Ci sono molte voci, ma sono…*

—En español —ordenó Luca. Filippo tragó saliva y repitió la frase para que yo la entendiera, aunque algo había entendido.

—Hay muchos rumores, *sua altezza*. Nosotros nos encargamos de cortarlos a tiempo —expuso Filippo, mirando a Amelia de soslayo.

—No entiendo por qué alguien puede decir que no soy hijo de…, de mi padre. No lo entiendo —susurró Luca con un tono de tristeza en su voz—. ¿De dónde han podido sacar esa historia? ¿Por qué la gente tiene que ser tan cruel?

—No lo sé. No lo sabemos —confesó Filippo, tratando de hacer cómplice a Amelia, que seguía buscando la noticia sin descanso, tratando de arrojar luz al caos que yo había creado.

—¿Estás seguro de que te contó esa historia? —me preguntó una vez más.

—Sí, le dije a Filippo el otro día que… —Otra metedura de pata. Luca me miró, como un halcón.

—¿El otro día? ¿Desde cuándo lleva esto? ¿Desde cuánto me lo ocultáis? —Estaba poniéndose furioso por momentos.

—No, no. A ver, esto ha sido hoy, pero el otro día me encontré con esa periodista pesada, y me ha llamado diciéndome que iba a salir una noticia así como polémica, digámoslo así y…, bueno, ya me callo. Es-es una tontería, en serio.

—¿Mi padre sabe algo de esto? —Me ignoró deliberadamente mientras se dirigía a Filippo, mirándolo con fiereza.

—No. Su padre no sabe nada.

Esa respuesta pareció calmarlo, aunque fuera durante unos segundos al menos. Se volvió a transformar, de nuevo en Luca Calliveri, el rey de Santino, y asintió con la cabeza, demostrando que ya estaba listo para lo que nos habían pedido representar. Todo medido, todo atado hasta el más mínimo detalle. No había hueco para la improvisación. Pero, antes de salir, dijo una última cosa. Dio una última orden.

—A partir de este momento, quiero que se me informe de todas las noticias y rumores que salgan sobre mí. ¿Entendido?

Sus dos súbditos asintieron. Después de unos segundos de silencio, Filippo dio un par de golpes en el cristal que nos separaba del asiento de delante y, al rato, se abrió la puerta derecha del coche, con Luca saliendo a la calle, pero sin cumplir el único requisito que nos había pedido Amelia: darnos la mano. O, al menos, no como ella nos lo había pedido. Después de saludar educadamente moviendo la mano en el aire, como un auténtico rey, giró la cabeza y la metió dentro del coche, indicándome que saliera y que la cogiera. Sonreí y acepté su ofrecimiento, aunque, al tratar de salir del coche, me golpeé en la cabeza con el umbral de la puerta, dándome de lleno en la frente. Luca me miró, alarmado, y me ayudó a salir, sin accidentes esa vez. Me observó con cuidado la frente, a ver si tenía alguna herida y, al comprobar que estaba entero, de una pieza, volvió a cogerme la mano, entrelazando sus dedos entre los míos, mientras caminábamos hacia los primeros puestos del mercadillo navideño, del que llegaba un aroma a chocolate y caramelo que te hacía la boca agua.

Había mucha gente a nuestro alrededor. Era lo más cercano a sentirse una estrella que iba a experimentar en mi vida. Nos hacían fotos, murmuraban a nuestras espaldas, y los dueños de los distintos puestos nos ofrecían diferentes cosas de lo que vendían. Adornos navideños, dulces típicos santineses... Luca se acercaba, con toda la ceremonia posible, le daba la mano al dueño o la dueña, hablaba un rato en santinés, y aceptaba el regalo, que acababa en una bolsa que llevaba Fabrizio, justo detrás de nosotros. Yo, pues interactuaba poco. La mitad de las personas que había en ese momento junto a nosotros no tenían muy claro aún quién era, y la otra mitad me recordaba por haber sido el chico de la foto de la polémica. Luca no cumplía ni una de las directrices que le había dado Amelia. En vez de comprar solo dos adornos navideños, él quería aceptarlos todos, y comprar al menos uno en cada puesto. Así que la bolsa se llenó muy rápidamente.

—Qué bola de nieve más bonita —me comentó en un susurro.

—Es bonita, sí. —Aunque era un poco hortera, con unos acabados dorados bastante mal hechos. Nada más decirlo, Luca pidió que se la enseñaran y, en cuanto la tuvo en sus manos, decidió comprarla para regalármela. Curioso ver a un rey manejando dinero, aunque no fuera el suyo. En esa ocasión se lo iba gestionando Fabrizio.

—Para ti —me dijo, tendiéndomela con las dos manos, envuelta en un papel de cebolla de color verde semitransparente.

—No-no tenías por qué hacerlo —tartamudeé.

—De eso se tratan los regalos, ¿no?

Todo iba bien hasta que los periodistas comenzaron a hacer acto de presencia entre la muchedumbre, tratando de colar sus micrófonos y plantear preguntas comprometidas a Luca. Algunas en inglés, otras en italiano y alguna suelta en español o santinés. Luca se mantuvo en silencio, con media sonrisa dibujada en su rostro, y siguiendo su tarea de ir parando, uno a uno, en todos los puestos que había en la plaza central. Hacía tiempo que me había soltado la mano, pero, cada pocos segundos, giraba levemente el cuello, como queriendo comprobar disimuladamente que seguía a su lado. Mientras, el equipo de seguridad nos iba cubriendo cada vez más, con un Fabrizio en modo protector. Hasta tuvo un par de encontronazos con dos reporteros demasiado insistentes, que no dejaban de preguntar por, según ellos, nuestra relación de conveniencia.

—¿Se busca tapar las corrupciones del rey Carlo? —quiso saber uno.

—¿Es un intento de limpiar la imagen de la monarquía? —preguntó otro.

Podía notar la incomodidad creciente de Luca, porque yo también me sentía así. Llegaba más y más gente y todo se había convertido en una especie de cuello de botella por el que era demasiado difícil caminar. Así que, cuando vimos frente a nosotros la tienda Cenere, Luca le susurró a Fabrizio que nos abriera paso, para poder llegar sin muchos problemas. Pero era difícil. El follón que se había formado a nuestro alrededor había superado cualquier expectativa, e incluso la situación parecía estar a punto de volverse peligrosa, con los reporteros traspasando cualquier tipo de límites.

—Eres el primer rey gay de Santino, ¿cómo te sientes?

—¿Aprueba el rey Carlo que estés con un chico?

—Gaspar, ¿no eres el chico de la foto?

Los empujones empezaron a hacer acto de presencia y Fabrizio, como jefe de seguridad, dispersó a la gente como pudo, protegiéndonos hasta llegar a Cenere. La tienda estaba vacía de clientes, pero tras el mostrador se hallaban la dueña y todos los trabajadores, en perfecta formación, esperando recibirnos. Porque para ellos era un auténtico honor. Fue entrar en la tienda y notar cómo Luca volvía a respirar.

—Necesito a todos fuera —dijo, con una urgencia inusitada para él. Fabrizio dudó unos segundos, sin tener muy claro si realmente era una orden o no—. ¡AHORA!

Ante la firmeza de Luca no le quedó otra que obedecer, y pidió amablemente a los trabajadores que esperaran unos minutos fuera de su propia tienda. Según fueron saliendo, trataron de saludar a Luca, pero él era incapaz de reaccionar. Tenía la mirada perdida y unas gotas de sudor cayéndole por los laterales del rostro. Cuando salieron todos, Fabrizio cerró la puerta, colocándose delante de ella para que no entrara nadie—. Tú también, Fabrizio.

—Por supuesto, *sua altezza*. —Y, diligente como siempre, salió también de la tienda, dejándonos a los dos solos. Filipo y Amelia se habían quedado rezagados entre la multitud.

—¿Me voy yo también? —Mi humor, una vez más, fue malentendido. Luca buscaba un sitio donde apoyarse, donde sentarse, mientras trataba por todos los medios de desanudarse la corbata, sin conseguirlo—. ¿Estás bien, Luca?

—*Mancio! Non posso!!!* —gritaba sin dejar de tirar de la corbata, apretándosela en vez de aflojarla. Preocupado, corrí hacia él y puse mis manos sobre las suyas, luchando contra su fuerza para conseguir que me dejara ayudarlo.

—*Luca, calmo. Stai calmo…* —le dije con toda la dulzura de la que fui capaz, acariciándolo suavemente, hasta que conseguí que bajara sus defensas y me dejara aflojarle la corbata. Tenía el cuello rojo y los ojos llorosos—. Ya está. Ya está fuera.

Se la quité y la dejé sobre el mostrador mientras Luca se llevaba las manos a la cara, desesperado. Nunca lo había visto igual. Tan al borde del colapso, al límite del precipicio segundos antes de saltar. Por suerte yo estaba a su lado. Podía ser la rama a la que se agarrara en el último momento para evitar caer al océano profundo e insondable que le esperaba si cerraba los ojos.

—¿Mejor?

—No —suspiró. Más bien, exhaló aire.

—¿Quieres hablar de ello?

—No quiero esto, Gaspar. No quiero nada de esto.

—¿El qué? ¿No quieres *corni*? —pregunté, tratando de conseguir alguna risa, pero fue imposible.

—¡Todo esto! —Y abrió los brazos, señalando a los cristales del escaparate, al pueblo a la plaza central—. No quiero a toda esa gente a mi alrededor. ¿Esperando qué? ¿Que les cambie la vida? Antes de venir, Amelia ya me había dejado sobre mi despacho cientos de sobres dorados con los deseos del pueblo. ¡Cientos! ¿Cómo voy a decidir yo qué es lo mejor?

—Paso a paso, Luca. No es…

—A mí no se me permite ir paso a paso, Gaspar. Tú tendrás todo el tiempo del mundo para decidir, pero yo no. —El comentario me dolió, aunque elegí no tenérselo en cuenta.

—Pero… ¿ha sido por algo que han dicho? ¿Algo que ha pasado ahí fuera?

—¿Por qué me ocultaste lo de esa periodista? —Vale, la conversación iba a ir por ahí. Podía prepararme para la batalla, pero no estaba seguro de tener la armadura adecuada. Puedo aguantar los disparos, pero no las palabras.

—A ver, quise decírtelo, pero pensé que era mejor contárselo a Filippo, porque al final es él el que se encarga de estas cosas, ¿no? Soy nuevo en esto, pero yo qué sé. Me pareció lo correcto.

—Estoy harto de que Filippo no deje de protegerme con todo. Llevo diecisiete años encerrado en un palacio. Ya he tenido suficiente protección. —Algo había explotado en su interior. El comedido Luca Calliveri estaba más desatado que nunca. Un caballo desbocado—. Todo son secretos y conspiraciones a mis espaldas.

—Pero…, sin ponerme yo del lado de Filippo, creo que puedo entenderlo. Eres…, eras el príncipe heredero. No tienes por qué saberlo todo, supongo. Porque si no te ibas a volver loco.

—¿No crees que debería saber si mi padre es en realidad mi padre?

—Bueno, a ver, eso es un rumor… y Bastian malmetiendo como siempre —traté de explicar, para que no perdiera más la cabeza. Aunque sabía que tenía razón, simplemente no quería darle más gasolina a un fuego abrasador.

—¿Te contó algo más?

—No. No sé nada más. Pero Filippo me dijo que era normal que hubiera esos rumores. Que-que los había habido siempre. —Esa información terminó de hundirlo un poco más, así que me tocó improvisar rápidamente—. Pero en serio, que-que vamos a ver, que eso es normal. Normal, que-que pasa en todos lados. ¿Te-te acuerdas con lo de nuestra foto? Vale, sí, cómo olvidarlo. Pues-pues me acuerdo de que había gente diciendo cosas loquísimas de mí también, ¿sabes? Como si me conocieran de algo, ya ves tú. Supongo que, cuanto más importante es la persona, más grandes y estúpidos son los rumores. ¿No? Es decir… Todos son generalmente chorradas de gente con mucho tiempo libre.

—Ya. Claro. —Y pude notar que había algo más ahí. Luca escondía alguna cosa que se moría por contarme.

—¿Qué ocurre, Luca?

—Hace mucho tiempo, cuando yo era pequeño… —comenzó a decir—, escuché una conversación de mi madre con un invitado a *palazzo*. Nunca hablamos de ello, pero escuché a mi madre diciendo que mi padre nunca podía saberlo. Nunca supe a qué se refería. ¿Y si se refería a esto, Gaspar? ¿Y si realmente no soy hijo de…, de mi padre?

—A ver, a ver, vamos a ver, Luca. Estamos sacando conclusiones de palabras sin sentido. No hay ni una sola prueba. En serio. Seguro que es un rumor estúpido. Pero, en el caso de que fuera verdad, ¿qué problema habría? Es decir, tu padre va a seguir siendo tu padre.

—No podría ser rey. La Constitución de Santino así lo establece. Solo puede ser rey un hijo de pura sangre real. Es decir, tengo que ser un Calliveri. Y si mi padre no fuera mi padre, eso ya no se cumpliría.

—¿Tan malo sería? No quieres ser rey, ¿no? —contraataqué.

—No lo entiendes, Gaspar. No entiendes las responsabilidades…

—No —lo corté de inmediato—. Así no. No hables como mi abuelo. Tú no. Que no sepa lo que es ser rey, que, por cierto, es bastante absurdo que lo seas con solo diecisiete años, pero no seré yo quien critique una ley de tu país… Me he perdido… ¡Que no sepa lo que es ser rey no significa que no sepa nada de la vida!

—Perdona. No quería decir eso —se disculpó.

—No querías decirlo, pero lo has dicho. Bastante tengo con Bastian, con Filippo o ahora con todo Santino, que creen que no soy suficiente para ti. Que no tenemos la misma clase social. Ya lo sé. No soy imbécil. Pero del resto del mundo me lo puedo esperar. De ti no. Tú no pongas esa barrera entre ambos, por favor. —Estaba a punto de llorar—. No-no me voy a comparar contigo, porque obviamente estamos a años luz, pero pensaba que me entendías, aunque fuera un poco. Yo me esfuerzo mucho por comprender tus problemas. Solo te pido lo mismo.

—Tienes razón —admitió.

—¿El rey Luca Lorenzo Calliveri dándome la razón en algo? Eso es nuevo.

—No te pongas tonto ahora —me reprendió—. Tienes razón, y lo siento.

—¿Recuerdas lo que te propuse ayer? ¿Vivir un día por nuestra cuenta? Seguro que hay una puerta trasera por la que salir. ¿Por qué…? ¿Por qué no salimos de aquí y desaparecemos aunque sea unos minutos?

—Podría ser peligroso, Gaspar.

—Y podría no serlo. Mira. —Y me acerqué lo máximo posible—. Confía un poco mí. Eso hacen los novios, ¿no? —Sus ojos verdes eran como un espejo que me reflejaba. No solo a mí, sino a todas mis inseguridades—. Eres el rey, ¿verdad? Pues haz lo que haría un rey. No dejes que sigan dictando tu vida continuamente.

—Eso no funciona así.

—Isi ni finciini isí —me burlé. No le sentó bien.

—¿Acabas de hacerle burla al rey? —dijo, ofendido.

—Acabo de hacerle burla a mi novio. Hagamos por una vez que todo funcione así. ¿Qué le apetece hacer a Luca Calliveri? ¿Qué le apetece hacer de verdad?

Estábamos tan cerca que podía oler su colonia mezclada con su crema hidratante y su olor corporal. Una mezcla explosiva que daba Luca como resultado. Sabía que nos habían dicho que dejáramos el beso para el momento de irnos, de entrar en el coche y regresar a *palazzo*. Pero yo no pensaba dejar que nadie dictara cuándo podía o no besar a mi novio. Jamás. Así que abrí un poco la boca y me lancé, uniendo nuestros labios una vez más. Y, como cada vez que había pasado desde que lo conocía, fue la mejor sensación del mundo. Porque besar a Luca era lo más cercano que podía estar de la felicidad. Y, sinceramente, hacía demasiado tiempo que no me permitía ser feliz.

—Esto es lo que me apetece hacer de verdad —susurró en el interior de mi boca mientras nuestras frentes se juntaban y sus dedos suaves y alargados me acariciaban la cara.

—¿Y por qué no lo haces más?

—Debería hacerlo más —admitió entre risas.

—Desde luego. Porque me encanta cómo besas.

—¿Sí? —preguntó, sorprendido.

—¿Estás de coña? Tienes la boca más perfecta que conozco. —Y no era una exageración. Era la pura verdad.

—¿Conoces muchas?

—A ver, no tantas, no. Ninguna. A ver… Nunca había besado a nadie antes de besarte a ti —me apresuré a explicarle—, si eso es a lo que te referías o lo que querías saber.

—Pues… —Me besó—. Gracias por… —me besó de nuevo— ser la primera persona… —me besó una vez más— a la que besas.

—La espera… —lo besé yo— ha merecido —lo volví a besar— mucho la pena.

Nuestros cuerpos se juntaron, nuestras cinturas se convirtieron en una, y sé que notó que me había excitado al momento, porque noté que él también. Además, mucho. Tanto que no podía pensar en otra cosa. Y, si no hubieran entrado Amelia y Filippo, seguramente habríamos acabado desnudos sobre el suelo de la pastelería.

—¡Qué demonios creéis que estáis haciendo! —bramó Filippo, entrando como un auténtico huracán—. ¡Os están sacando fotografías desde fuera! —Y nos empujó, aunque no literalmente, a la parte de atrás del mostrador, donde estaba el obrador, lejos de las miradas indiscretas. Ahí dentro olía como debía oler el paraíso.

—Ha sido un descuido, Fili —dije, tratando de relajar la situación. No funcionó. De hecho, pasó todo lo contrario.

—Deja de comportarte como un niño. Ahora eres pareja del rey de Santino, y actuarás en consecuencia. ¿Ha quedado claro? —Estaba furioso.

—No eres mi padre. No puedes hablarme así —repliqué, porque yo nunca había funcionado bien ni con amenazas ni con subidas de tono.

—Mientras seas pareja de Luca Calliveri, eres mi responsabilidad, y tus acciones tienen consecuencias para con el pueblo de Santino. Si te decimos que sonrías, sonríes. Si te decimos que estés en silencio, te quedas en silencio. Así va a funcionar a partir de ahora. Y, en cuanto a ti —Y sí, estaba tuteando a Luca, algo que nunca hacía—, tu padre no va a estar nada contento con lo que ha pasado hoy.

—Suponiendo que sea mi padre. —Luca, el príncipe rebelde.

—Ya está bien con esa tontería. Van a entrar los trabajadores, los saludaréis educadamente, probaréis unos cuantos *corni* y saldremos por la puerta trasera, donde nos recogerá Fabrizio. Ese va a ser el itinerario marcado. Ni más ni menos. —Amelia se limitó a quedarse en silencio mientras Filippo daba su discurso, a punto de estallar.

—Quiero la verdad, Filippo. Y, como tu rey, te lo ordeno.

—Luca Lorenzo Calliveri. Aún respondo a las órdenes de tu padre, y, mientras eso sea así, serás tú el que obedecerás cada una de mis instrucciones. —Filippo estaba muy enfadado. Nunca lo había visto así. De paso, me dirigió una mirada asesina—. Y tú, deja de meterle esas… *zalone* en la cabeza.

—Gaspar no ha hecho nada. Y agradecería que no le hablaras en ese tono —me defendió—. Pero no pienso moverme de aquí hasta que me cuentes la verdad. ¿Es cierto que mi padre no es mi padre?

—Oh, por favor, eso es una…

—*MANCIO, FILIPPO, RISPONDIMI!* —Si Filippo estaba furioso, Luca lo estaba mucho más.

—Esa no es… no es una conversación… para tener aquí —cedió al fin, y esas palabras cayeron sobre Luca como un jarro de agua fría. Porque con muy poco le acababa de confirmar demasiado.

Luca ni siquiera respondió. Salió de la parte trasera de la pastelería y, mientras la puerta se iba cerrando con lentitud, lo vi coger la corbata del mostrador y ponérsela automáticamente, anudándosela a la perfección sin necesidad siquiera de espejo.

—Puedes dejarlos pasar —le indicó a Amelia, refiriéndose a los trabajadores de Cenere.

Amelia miró a Filippo, buscando su aprobación, y este se la dio con un leve asentimiento. Así que corrió hacia la puerta y le hizo un gesto a Fabrizio para que abriera. Uno a uno, los trabajadores fueron entrando y Luca los recibió con la mejor de sus sonrisas. Yo iba a salir del obrador para participar también, pero Filippo se interpuso.

—Te pedí por favor que no le contaras nada a Luca.

—Me lo exigiste, que es diferente —le recordé.

—No entiendes la magnitud de lo que puede pasar. Si Luca dejara de ser rey…

—Es que a lo mejor no quiere ser rey. ¿Alguien le ha preguntado alguna vez? No, ¿verdad?

—Va en su sangre. Es su herencia real.

—¿De verdad? —Arqueé una ceja, suspicaz—. Si algo me está quedando cada vez más claro es que eso no es del todo así. —Estaba bastante harto de todas estas mentiras, y que además se me intentara culpar a mí siempre de todo. Hay veces que hay que luchar por uno mismo. Y ese era mi momento—. Fuiste tú el que me hizo seguir atado a Luca. Me dijiste: «Seguro que te quiere». ¿Lo recuerdas? Me he agarrado a esa frase meses. Así que ¿por qué no me dejas en paz? ¿Por qué no podemos estar tranquilos?

—Porque Luca es el rey de Santino, y sé lo que es mejor para él.

—¿Eres su padre acaso? —Y sus ojos lo delataron por completo.

18

L'amore in bocca

Un bufido fue su única respuesta. Giró sobre sus talones como un bailarín especialista y salió de allí, dejándome sin palabras. A veces un silencio funciona mucho mejor, y es más ruidoso, que cualquier grito. Ese silencio de Filippo lo fue. Pero no podía ser. ¿Estaba malinterpretándolo o estaba en lo cierto… y Filippo…? Es que no podía ni pensarlo. Era todo tan ciencia ficción, tan película romántica navideña… Esas cosas no pasaban en la vida real. Pero, siendo sinceros, tampoco pasaba que un chico como yo se enamorara de un heredero al trono y fuera correspondido. Había aprendido que mi vida últimamente era de todo menos realista. Así que eso era un ejemplo más.

Inspiré, tratando de calmarme. Ya pensaría en todo eso luego, cuando tuviera más tiempo. En ese momento, necesitaba estar ahí fuera con Luca, saludando a todas las personas que trabajaban allí y, por supuesto, probando todos los tipos de *corni* habidos y por haber. Así que volví a salir a la entrada y me encontré a Luca hablando con la dueña de Cenere, que le ofrecía una bandeja dorada repleta de diferentes tipos de *corni*, mientras le iba señalando cada uno.

—Gaspar —dijo, nada más verme—, ¿cuál quieres probar?

—Creo que me sigue encantando el de frambuesa —recordé de nuestra primera visita, cuando nadie sabía que Luca era Luca. Pude ver que él también recordó esa tarde nada más decirlo.

—Que sean dos —añadió él.

La dueña escogió dos *corni* de la vitrina y, tras cogerlos con delicadeza con unas pinzas de madera (al parecer, las metálicas estropeaban la capa externa de los *corni*), los dejó sobre la bandeja, junto a otros de color verde y unos que parecían tener coco rallado por encima. Me acerqué, un poco dubitativo, y Luca cogió los dos de frambuesa, dándome uno a mí.

—¿Podrían comer todos uno? —sugirió Luca de repente—. Todos los trabajadores y trabajadoras.

La dueña tardó unos segundos en reaccionar, pero accedió, con la reverencia obligada, y empezó a repartir a todos los trabajadores, a Amelia, a Fabrizio y a Filippo, aunque este lo rechazó educadamente.

—*Natale prospera!* —gritó Luca.

—*Natale prospera!* —dijeron todos al unísono.

—Es la forma de felicitar la Navidad en Santino —me explicó Amelia.

—Me había dado cuenta —repliqué mientras daba un mordisco a mi *corni*. Más bueno incluso de lo que recordaba.

No fue el único que comimos y, después de casi veinte minutos, habíamos probado todas las variantes que había en la tienda. ¿Mi favorito? Uno relleno de crema pastelera con petazetas por encima. Me comí tres. Cuando me pongo, tengo cero autocontrol. Filippo no comió ni uno solo, y no dejaba de apremiarnos. Pero Luca se había propuesto alargar la estancia todo lo posible. Porque sabía que, cada minuto de más que pasáramos allí, más nervioso se ponía Filippo. Tras una visita de lo más agradable, ya no solo por los *corni*, sino por la amabilidad de todos, salimos por la puerta trasera, entrando directamente al coche que nos esperaba con las puertas abiertas. Filippo y Amelia fueron los últimos en entrar y el conductor arrancó, alejándonos de Santino Porto por calles poco transitadas, tratando de levantar poca expectación.

La visita no había ido como estaba prevista. Y todos sabíamos que iba a haber consecuencias.

Porque, a los pocos minutos, Amelia nos enseñó cientos de cuentas en redes sociales que compartían una foto de Luca y de mí besándonos en Cenere. Eso sí, casi todos los comentarios eran positivos. Nos llamaban #lupar o #callicosta. Había una emoción generalizada de que Luca fuera el primer rey que tenía una relación pública con un hombre. Así que Amelia me pidió por favor si podía subir un selfi con Luca, sonrientes los dos. Como me pareció una buena idea, y nunca rechazaba una oportunidad para hacerme una foto con él, obedecí y le pasé el brazo por el hombro. Los dos mirando a la cámara de mi móvil, sonrientes. La subí. El móvil casi me explota con las notificaciones. Tras esa foto, le hice otra cuando estaba despistado mirando por la ventanilla, bohemio y torturado. Puse la imagen en blanco y negro y, tras la aprobación de Amelia, la subí también, pero añadiendo una frase: «Qué guapo es».

Porque lo era.

Eso era algo objetivo.

Al menos para mí.

—Importante. Mañana estaremos en las *restine.* ¿Repasamos una vez más? —preguntó Amelia. Quería asegurarse de todo de una manera casi obsesiva. Milimétrica.

—Sé lo que tengo que decir —dijo Luca, sin siquiera mirarla.

—¿También tenemos que medir nuestras palabras ahí? Si es un concierto… —me lamenté.

—Daréis un paseo por las… ruinas, entre los rosales. Y, tras el concierto, Luca tiene que hacer la *orontine*. Es… una ofrenda. ¿Ofrenda? ¿Se dice así? El rey debe arrancar un pétalo del rosal principal y pedir por un reinado próspero en Santino.

—¿Qué ofrenda tiene que hacer?

—Tengo que pincharme con una de las espinas del rosal y manchar el pétalo con mi sangre —intervino Luca.

—¿Y eso tienes que hacerlo todos los años? —pregunté asombrado.

—Solo el año de mi coronación. Y pido un deseo para mi reinado basándome en los que me ha enviado el pueblo durante todo este mes. Es una tradición que lleva haciéndose desde la independencia.

—Santino está lleno de tradiciones, desde luego —sonreí con ironía.

—¿Tienes algún problema? —Y, por primera vez desde que habíamos subido al coche, dejó de mirar por la ventanilla y me miró a mí, retador.

—Muchos, la verdad —respondí con un tono seco y borde. Porque conmigo no estaba enfadado, sino con Filippo—. Pero, tranquilo, que me callo ya.

—No... No hace falta —dijo Luca, y pude entrever que eso era su disculpa por hablarme mal. Filippo seguía en silencio, como no queriendo hacer nada que pudiera desatar a Luca. Porque parecía estar al límite.

Amelia me empezó a dar indicaciones de dónde debía colocarme cuando Luca hiciera su *orontine*. No podía robarle el foco al rey, por supuesto, pero tampoco podía dejarlo solo. Así que el plan era que me colocara en segundo plano, pero siempre apoyando. Porque me harían fotos y tenía que estar totalmente entregado a la causa.

—Pero no pueden subirla a los medios, ¿no?

—Cualquier fotografía oficial hecha durante el concierto es revisada por nuestro equipo. Tú tranquilo.

—Vale, vale —convine, aunque empecé a ponerme más nervioso de la cuenta.

El resto del viaje fue igual de silencioso, salvo un par de apuntes nuevos de Amelia y un par de chistes sin gracia que hice yo. Nadie se rio. Ni siquiera yo, que soy mi mejor público. Luca y Filippo tenían que hablar urgentemente, pero estaba claro que ese no era el momento adecuado, porque era probable que alguno de los dos dijera cosas de las que luego se arrepentiría. Pensaba que esa noche iría a dormir al *palazzo* Santino, pero, en su lugar, me llevaron directamente a casa de mis abuelos. Y, cuando salí del coche, pensando que arrancarían al momento para alejarse de allí, Luca salió tras de mí, dejando a Filippo y a Amelia en su interior.

—Siento el día de hoy, Gaspar. No quiero que todo sea tan complicado —empezó a decir.

—No pasa nada. Es normal. Un poco abrumador, pero nada que no pueda sortear —sonreí.

—He estado pensando en lo que has dicho de pasar un día juntos, y creo que tengo la solución. Los Calliveri tenemos una casa en Montez. Quizá pueda arreglar que vayamos allí para que conozcas la isla.

—¿Sí? Eso sería… Sería la hos… Estaría superbién —me contuve.

—*Perfetto.* Haré los arreglos. Mientras tanto, y hasta que mañana vayamos a la *orontine*, quiero que tengas esto. —Y me entregó un teléfono móvil.

—¿Para mí? ¿Me estás regalando un móvil? Es decir, ya tengo uno, y por ahora me funciona bien. Aunque la batería es un asco…

—Con este móvil puedes llamarme o escribirme cuando quieras. —Al escuchar esas palabras, se me iluminaron los ojos. Por fin iba a tener comunicación directa con Luca fuera de las obligaciones de palacio. Aunque supuse que sería un teléfono con una seguridad extrema. Por supuesto.

—¿Y tú?

—¿Yo?

—¿También puedes escribirme o llamarme cuando quieras?

—¿Quieres que lo haga? —Había aprendido muy rápido mi técnica de responder una pregunta con otra.

—*Ovviera.* —Su sonrisa me dijo que, por fin, había usado bien el santinés—. Pues gracias. Prometo enviarte la cantidad justa de memes y *stickers.* —Luca asintió y entró en el coche.

—Por supuesto que lo harás. —Y cerró la puerta, alejándose con una nube de polvo que me envolvió en segundos.

Cuando entré en casa, el abuelo estaba encendiendo la chimenea y todo olía a leña quemada y jengibre. Eso solo podía significar que mi abuela estaba cocinado algo o había hecho galletas. ¿Qué más podía pedir? Marco y Sofia estaban en Montalbo, otro de los pueblos de Santino, visitando a unos amigos, y aún no habían vuelto. La abuela me ofreció un vaso de leche caliente con varias de sus galletas, así que, mientras las devoraba, vi que Dante me había escrito un mensaje preguntándome por la comida de Navidad en *palazzo.* No tenía muy claro cómo lo sabía. Supuse que lo había dado por hecho al saber que yo era el novio de Luca. Pero tampoco pude contarle mucho más allá de que había sido un verdadero aburrimiento. No iba a decirle nada de lo que había ocurrido con Filippo.

Pero ya estoy en casa, comiendo las galletas
de jengibre de mi abuela

Ya he visto que ha habido problemas
en vuestra visita a Santino Porto

Los periodistas y su intensidad
Lo hemos llevado bien, aunque eso parecía la guerra
Creo que aún estoy un poco en tensión

Estoy volviendo a casa en moto
Te apetece que te lleve a un sitio?
Te prometo que te va a destensar al instante

Me quedé un rato sin contestar, porque realmente no sabía qué decirle. ¿Quedar con Dante para que me llevara en moto a algún lugar especial? ¿No parecía eso una cita? ¿O estaba viendo cosas donde no las había y simplemente era un amigo que quería hacerme sentir bien? Aún no era muy tarde. Solo eran las siete y media, así que a lo mejor podía ser una buena idea. Así olvidaría todo lo que había ocurrido con Filippo y aprovecharía para conocer más lugares de Santino, y encima con alguien de la zona. Le pregunté a mi padre, que estaba sentado con los abuelos, con Boro, con Carolina, Arisa y los niños, todos viendo la televisión, y pareció emocionarlos mucho que tuviera un amigo de mi edad. Bastante sorprendente.

—¿Quién es ese Dante? —preguntó Arisa, curiosa.

—Ya os lo he dicho. Es un amigo.

—¿Cómo se apellida? ¿Cómo se llaman sus padres? —inquirió el abuelo, interrogándome como si no se fiara de mí.

—Eh, ¿Santinino? Yo qué sé, no tengo ni idea.

—¿Y de dónde dices que es? —insistió.

—Torelli o algo así. Pero su padre es de Alicante. Tampoco sé mucho más sobre su familia. ¿Alguien más quiere interrogarme? Papá, tú lo viste —busqué apoyo en él.

—Sí, sí. Puedes ir con él, pero tienes que estar en casa antes de las diez.

—Vale. Captado. ¿Y si me retraso un poco más de...?

—A las diez —sentenció mi padre. No iba a discutir con él solo por unos minutos arriba, unos minutos abajo, así que accedí y subí a mi cuarto a cambiarme rápidamente. No me daba tiempo a ducharme, por lo que me rebocé en desodorante y colonia, me aplasté el remolino del pelo como pude y cogí un abrigo para no volver a pasar el frío inclemente que asolaba Santino por la noche. Mientras estaba eligiendo qué zapatillas ponerme, vi de reojo cómo Dante llegaba en su Vespa de color turquesa, con un casco blanco con una raya negra en el centro. Fue frenando poco a poco hasta detenerse y, tras quitarse el casco, empezó a escudriñar en la oscuridad para ver si me encontraba por algún lado. Pero al que encontró fue a mi padre, que salió a saludarlo, invitándolo a entrar en casa. Al final sí que iba a conocer a mi abuelo. Cogí las primeras Converse que encontré y bajé saltando los escalones de dos en dos, para encontrarme a Dante rodeado de toda mi familia. Mi abuela trataba de avasallarlo con una bandeja repleta de galletas, de las que cogió dos educadamente; mi abuelo lo miraba de arriba abajo como si fuera un extraterrestre; mi padre le preguntaba por Alicante; mis primos pequeños no dejaban de corretear a su alrededor… Le vi una expresión alarmante en los ojos y tuve que ir directo hacia él para salvarlo.

—Vale, vale. Este es Dante. Genial. Pero ahora nos tenemos que ir.

—¿Danti? —dijo uno de los niños pequeños.

—Se pronuncia Dante. Daaaaaante —vocalicé, pero le dio igual. Ya estaba gritando «Danti» por todo el salón.

—¿Quieres un vaso de leche con esas galletas? —le ofreció mi abuela.

—No hace falta. *Grazie* —respondió Dante algo apurado.

—¿Sabes jugar a tenis? —preguntó Boro—. Tienes buenos brazos. A ver, dobla las piernas para que vea si…

—¡Boro! —lo reprendió su mujer—. Deja al chico en paz.

—¡Nos vamos! —intervine, dando las gracias porque no estaban ni Marco ni Sofia. Entonces sí que habría sido una locura—. Aquí a las diez. Lo sé, papá. No hace falta que lo digas. *Ciao!*

Y, arrastrándolo casi de los hombros, conseguí sacarlo de casa para que dejaran de intimidarlo todos.

—Tu familia es intensa.

—No eres el primero que me lo dice —respondí con amargura.

—Eran tus padres, ¿no?

—Mi padre. —Y no sé si fue por el tono con el que lo dije, pero lo entendió a la primera y prefirió cambiar de conversación.

—Pues esta es mi moto. Mi Vespa. Mi *Peretta.*

—*Peretta?* —pregunté. Cada día que pasaba aprendía como diez nuevas palabras en santinés. Era muy difícil seguir el ritmo.

—«Ardilla». Es muy largo de explicar. Pero digamos que tengo una extraña conexión con las ardillas —me explicó.

—Ah, interesante. No seré yo quien te haga hablar de más sobre tu extraño don. Supongo que ya me lo demostrarás cuando necesitemos su ayuda.

—Si te burlas, a lo mejor mando a unas cuantas a que te devoren mientras duermes —contraatacó. Sí, desde luego tenía mi mismo humor.

—Prefiero que no, si puedo elegir.

—Lo que suponía. Toma, te he traído un casco. —Y cogió uno que llevaba colgado del manillar y me lo lanzó. Tardé demasiado tiempo en ponérmelo, porque parecía que me iba a comprimir la cabeza hasta hacérmela estallar. Pero, cuando se deslizó pasando por mis orejas, era sorprendentemente cómodo.

Dante se subió en la moto y me indicó que me sentara tras él. Era la primera vez que subía en una moto (si no contábamos el cortacésped con Luca). Solo esperaba que condujera bien. Encendió la luz delantera y, acompañados por las luces que rodeaban a la casa de mis abuelos, apretó el acelerador y dio un tirón que casi provocó que me cayera al suelo. Instintivamente me agarré a su cintura y entrelacé las manos, haciendo fuerza para poder seguir encima del sillín. Dante aflojó un poco la velocidad y salimos de la finca, pasando a la carretera de los olivos, bastante pobremente iluminada salvo por un par de farolas cada muchos metros. Pero Dante parecía conocerse el camino a la perfección. Por un momento pensé que volvíamos a Santino Porto, pero, tras llegar a un cruce, giró hacia la derecha y volvimos a subir, en dirección al monte Nuvole. En dirección al *palazzo* Santino.

—¿Dónde vamos? —le pregunté.

—¡QUÉ!

—¡Que dónde vamos! —chillé.

—¡NO TE OIGO NADA! ¡TARDAMOS DIEZ MINUTOS EN LLEGAR! —Y volvió a concentrarse en la carretera, mientras yo no aflojé ni un poco mi agarre a su cintura. Aunque hacía frío, el paseo a toda velocidad por las carreteras de Santino lo compensaba, con la luna en cuarto creciente en lo alto del cielo, rodeada por jirones de nubes, mientras el sol ya se escondía en el horizonte, dejando paso a la luz blanquecina de la noche.

Subimos por una ladera diferente del monte Nuvole y, aunque nos cruzamos con algunos coches, íbamos prácticamente solos. El ruido del motor de la Vespa se fundía a la perfección con el rumor de las olas a lo lejos. Y, tras una subida algo peliaguda, porque la carretera era bastante estrecha, llegamos a una cabaña de madera donde había varios coches aparcados y unas farolas de color amarillo intenso iluminando una especie de merendero con mesas y sillas de madera. La cabaña estaba abierta y había una cola de varias personas esperando a ser atendidas. Dante aparcó en un lateral y me ayudó a bajar, porque, cuando quise hacerlo yo solo, casi lo hago estando en marcha y estuvimos a punto de volcar los dos con la moto.

—Bienvenido a mi sitio favorito de Santino Porto —dijo mientras se quitaba el casco—. Las mejores pizzas que vas a comer en la ciudad, junto con las mejores vistas. ¡Y solo por dos euros el trozo!

—No sabía que existiera este sitio... —empecé a decir según nos íbamos acercando y el aroma de pizza recién hecha me embriagaba por completo.

—Porque está al otro lado del *palazzo* Santino. ¿Para qué ibas a venir aquí? Solo puede traerte alguien de Santino como yo. —Y me hizo una reverencia.

Nos acercamos a la caseta y, tras esperar unos cinco minutos en la cola, fue nuestro turno y pedimos dos porciones de pizza con *prosciutto* y *natto*. Los bordes estaban un poco quemados y la masa era tan fina que comerla era una tarea increíblemente difícil si no querías que se te cayera todo antes de darle un mordisco. Pero estaba buena. Estaba muy buena. Sobre todo gracias a la salsa de tomate. Con dos Coca-Colas, nos acercamos a una de las mesas libres y, pese a que hacía frío, nos sentamos sobre ella para mirar hacia el mar. La vista era espectacular. Se veía parte de Santino Porto y sus luces, pero también, a lo lejos, la isla de Montez y una iglesia a la derecha. Debía de ser la catedral de la que me habló Marco. El cielo estaba casi despejado por completo, aunque podía verse el mar embravecido, con las olas chocando contra las rocas con fuerza.

—¿A que está bien el sitio? —me preguntó Dante, con media pizza en la boca.

—Es precioso, la verdad.

—Las mejores vistas que hay, y encima con pizza, Coca-Cola y buena compañía. Poco más se puede pedir —Y asentí, sonriente—. Oye, siento haber metido la pata con tu madre. Los divorcios son duros.

—Ah, no, no te preocupes. No sabías nada. Solo que no se divorciaron. Es... Mi madre... Bueno, tuvo cáncer. —No quería decir «esa palabra» en alto. La expresión de Dante cambió por completo.

—*Mancio.* Perdona de nuevo. Siento que tuvieras que pasar por eso. —En su voz sonaba una empatía increíble, algo que me reconfortó al instante—. ¿Sabes que la madre de Luca Calliveri también…? —Se resistió, al igual que yo, a decir la palabra que empieza por M.

—Sí. Aunque a Luca aún le cuesta hablar de ello.

—Normal. Fue superimpactante para todo Santino. Laura Calliveri era increíble. La quería todo el mundo. Pero no pegaba mucho en la familia Calliveri. Ella era… No sé. ¿Tú recuerdas a Lady Di? ¿La del príncipe Carlos y todo eso?

—Sí, claro. Bueno, sé quién es, vaya.

—Pues Laura Calliveri era parecida. No se llevaba bien con las normas de palacio. Supongo que por eso caía tan bien. Se rumoreaba que ella y el rey Carlo iban a divorciarse desde hace tiempo.

—Los santineses y los rumores… —comenté entre dientes.

—¿Qué pasa con los rumores?

—Nada, nada. Solo que persiguen a la familia Calliveri, por lo que veo. —Pero no quise entrar en más detalles. No iba a ir hablando de ello tan libremente. Sobre todo cuando ni siquiera había salido una noticia que hablara de ello. Por mucho que Bastian hubiera intentado confundirme.

—¿Qué tal llevas lo de ser el novio real?

—No pensé que fuera a ser tan difícil —confesé—. Y creo que Luca tampoco lo pensó bien.

—¿Es tu primer novio? Perdona, que no nos conocemos casi. Pero es que yo cojo confianza muy rápido. Mira, yo nunca he tenido novia, ni novio. Tampoco me obsesiona. Supongo que no he tenido suerte aún. O no lo he buscado lo suficiente. No lo sé.

Hablaba, y mucho. Mucho más que Luca o que Alejandro.

—Sí, es mi primer novio. Así que no tengo nadie con quien compararlo. Aunque en Madrid, bueno, había un chico, Alejandro, que me gustaba muchísimo. Mi mejor amigo.

—Uh, drama —añadió con sorna.

—Resultó ser hetero, pero, bueno, ya nos llevamos bien, y todo olvidado. Es decir, ya no me gusta. Alejandro está superado. —Y elevé la Coca-Cola al aire. Dante me imitó entre risas y, tras brindar, bebí lo que me quedaba de un sorbo.

—Entiendo que todo esto debe de ser difícil. País nuevo, primer novio, familia real. Uf, muchas cosas para tener solo diecisiete… Tienes diecisiete, ¿no? —Asentí—. Bastante bien lo estás llevando.

—Hombre, claro. Porque me gusta Luca Calliveri. —Quizá soné borde de más, pero no era mi intención. Dante replegó rápidamente y cambió de tema al notarme herido. Aunque no fuera real. Simplemente no me gustaba hablar de un futuro que cada vez me pesaba más.

—Bueno, ¿y qué es lo que menos te gusta de Santino?

—El calor. Desde luego. Lo primero que me viene a la mente. ¡Hace calor hasta en invierno! —protesté.

—No lo dirás por ahora, ¿verdad? Porque precisamente calor no hace mucho. —Y tenía toda la razón.

—¿Y a ti? ¿Qué es lo que menos te gusta? —Se llevó la mano a la barbilla, pensativo, dándose golpecitos con el dedo en el mentón, como si estuviera dándole vueltas a la pregunta de un examen.

—Mis padres. —Vio mi cara de sorpresa y se dio prisa en hacer un chiste para compensar un poco su revelación—: Bueno, tampoco me gustan los santineses, pero eso es difícil de cambiar.

—¿Puedo preguntar por qué no te gustan tus padres? —dije con prudencia.

—No es que no me gusten. Es decir, no me gusta que llevaran tan mal todo, y ahora tenga que verlos por separado. Eso es lo que no me gusta. Cuando se divorciaron, venía aquí casi todos los días, y me quedaba horas tumbado en una de estas mesas, simplemente mirando el horizonte o el cielo. No hacía nada más. La primera vez, cuando volví a casa, los dos estaban preocupadísimos. Hacía muchísimo tiempo que no los veía juntos, y tan unidos, aunque fuera simplemente para echarme la bronca. Así que empecé a venir aquí más veces, pensando que, si venía a este lugar, algún evento cósmico haría que se volvieran a unir, igual que la primera vez. Pero luego pensé que lo que tenía que hacer era portarme mal. Ya ves tú el giro de mis pensamientos —rio—. Darles motivos para unirse. Sí, para echarme la bronca, pero al menos estaban a una, ¿sabes? Hasta que comprendí que lo que estaba haciendo era una absurdez. No puedes forzar a dos personas a que estén juntas. Como tampoco puedes forzarlas a separarse. Cada uno toma... sus propias decisiones en la vida. —Y vi cómo le caía una lágrima solitaria por el rostro—. ¡En fin! Que me pongo intenso de más, perdona por eso. Ya me irás conociendo.

—Tranquilo, yo también soy un intenso de más si te consuela.

Se limpió la lágrima con la manga de su jersey e, inmediatamente después, bajó la mano hasta casi rozar la mía, apoyada sobre la mesa de madera. Pude notar su dedo meñique a milímetros del mío. Estuve a punto de moverlo, alejándolo, pero no quería ser un maleducado, así que los dos nos quedamos así, en la misma posición, en silencio, mirando a las estrellas. Desde la caseta llegaba música algo apagada, pero lo suficientemente alta como para que Dante la reconociera y empezara a tararearla.

—¿La conoces? —pregunté, tratando de agudizar el oído.

—¿Tú no? — Y empezó a cantarla, como si haciéndolo fuera a ayudarme a reconocerla al fin—. *I wanna be with you everywhere...* ¿Nada? —Negué con la cabeza.

—A lo mejor es que cantas demasiado mal —me burlé y Dante fingió ofenderse llevándose una mano al pecho.

—¿Cómo osas? Ha sido mi mejor interpretación.

—A ver, puedes volver a intentarlo —le reté.

—No, no. Uno sabe cuándo ha sido derrotado... Es Fleetwood Mac. El grupo favorito de mis padres —me explicó al fin.

—No me suena, no.

—Pues debería. Tiene canciones que seguro has escuchado una vez en tu vida.

—Me lo apunto.

—Te paso luego alguna canción si quieres —propuso y yo asentí.

—¿Tienes planes para Nochevieja? —pregunté, cambiando de tema con rapidez.

—Pues creo que pasarla con mi padre. ¿Y tú?

—Ni idea. Supongo que dependerá de la agenda de la familia Calliveri —respondí con aires de grandeza.

—Si estás libre, avísame y podríamos celebrarlo juntos. Total, a mi padre creo que le dará bastante igual —dejó caer.

—¿Tú crees?

—O podrías venir a mi casa, así lo conocerías y por lo menos no sería una noche tan deprimente. —Y, mientras hablaba, había movido lentamente su mano hasta que nuestros dos dedos empezaron a tocarse. ¿Estaba tratando de acercarse más a mí? ¿Le gustaba a Dante o había sido algo accidental?

—No sé si mi abuela estaría de acuerdo con eso. Porque se toma estas fechas muy a pecho, ¿sabes? —Pero Dante parecía no escucharme ya. Se había girado por completo y me observaba, entrecerrando los ojos, con la vista fija en mis labios.

—Bueno, pues... después de la cena, ¿no? —El corazón empezó a latirme a mil por hora. Sobre todo porque tenía claro lo que iba a pasar. Dante quería besarme y, si no lo impedía, iba a hacerlo en cuestión de segundos. Nuestras manos claramente estaban tocándose. Me estaba acariciando, y yo no había visto venir ninguna de sus señales. Tenía que frenarlo antes de que fuera demasiado tarde.

—Oye, deberíamos ir volviendo, ¿no? Que-que creo que ya es tarde.

Dante se alejó de golpe, quitando su mano automáticamente y tratando de disimular, como si realmente no hubiera intentado nada. Sacó el móvil de su bolsillo y lo encendió.

—Sí, quizá sí. No quiero que te caiga bronca por mi culpa. —Su sonrisa era forzada y escondía decepción—. Será mejor que volvamos. —Y se levantó de la mesa, recogiendo los cartones donde habíamos comido las pizzas para tirarlos a la basura, mientras yo cogía las latas de Coca-Cola ya vacías.

La vuelta a casa de mis abuelos fue casi en completo silencio. Me tendió el casco, algo tembloroso, y yo me subí en la moto mientras trataba de arrancarla. Fue un poco más rápido que a la ida, pero siempre conduciendo con cuidado. La noche era ya cerrada, aunque, gracias a la luz de la luna y la iluminación de la carretera, podíamos ver por dónde íbamos. No sé cuánto tardamos en volver, pero se me hizo eterno. Trataba de no agarrarlo con mucha fuerza, no tocarlo de más. Había sido una situación rara, incómoda. Y no podía no recordar el fotomatón en el *Coriali*. Solo esperaba que no se sintiera igual que yo esa noche.

Cuando llegamos, me bajé casi en la entrada de la finca, devolviéndole el casco después de una lucha eterna para quitármelo de la cabeza.

—Que vaya bien mañana la *orontine* —me dijo mientras lo guardaba.

—¿Y cómo sabes que tengo eso mañana?

—Soy santinés, Gaspar. Conozco las tradiciones de mi país —recalcó con un tono de obviedad importante—. Hablamos. ¡Pasa buena noche!

—Muchas gracias por acercarme.

—No iba a dejarte allí arriba, ¿no? —sonrió, aunque seguía con esa falta de autenticidad tras su beso fallido.

—Es un detalle que no lo hayas hecho.

—Soy un chico muy detallista. *Ciao, Gaspar!* —Y, dándome la espalda, arrancó de nuevo su Vespa y se alejó conduciendo por la gravilla hasta que dejé de verlo, hasta que la luz de la moto se esfumó, absorbida por la oscuridad de la noche.

19

L'ultima notte

Después de estar jugando a juegos de mesa toda la noche con la abuela, Sofia y Carolina, me tocó recoger los platos de la cena y limpiar la cocina mientras los demás subían a dormir. Al día siguiente me esperaba un día intenso con la *orontine* y quería estar lo más descansado y fresco posible. Así que fue terminar, beber un poco de zumo de uva y subí a mi cuarto. Dentro de mi cama estaba Marco, con su respiración pesada y acompasada. ¿Me iba a dormir al cuarto de mi madre, donde había dormido Luca tan solo un día antes? No quería despertarlo, así que salí del dormitorio sin hacer ruido, me quité los zapatos y fui deslizándome sobre los calcetines hasta la habitación del fondo del pasillo. Pero, cuando traté de abrir la puerta, estaba cerrada. Mierda. No tenía la llave. La abuela se habría encargado de cerrarla. Me tocaba regresar a mi cama. No había otra. Así que volví sobre mis pasos y entré de nuevo, conteniendo la respiración y sin encender la luz para no molestar. Dejé los zapatos en una esquina y empecé a quitarme la ropa, aunque a oscuras era bastante difícil.

—Ay, Gaspar, puedes encender la luz, pero rápido, anda —me pidió Marco entre bostezos mientras se giraba en el colchón para darme la espalda.

—Tardo cero segundos —dije rápidamente. Encendí la luz, me desvestí a toda velocidad y me metí en la cama, mientras Marco me apartaba las sábanas para que entrara en uno de los lados. Suspiré con todas mis fuerzas y me coloqué boca arriba, pero era incómodo. Algo me molestaba en la espalda. Así que probé boca abajo, pero hacía demasiado calor… ¿Era calor? Mejor me ponía de lado y…

—¿Se puede saber qué te pasa? —me preguntó Marco, molesto por mis continuos movimientos.

—¿A mí?

—No has parado desde que te has metido en la cama —señaló, y tenía razón.

—Ya, perdón, perdón. Es que no acabo de encontrar la posición.

—¿Qué tal ha ido el día con tu nuevo novio? —quiso saber, aunque dejando ir las palabras poco a poco.

—¿Qué nuevo novio? —me alarmé. ¿Cómo podía saber que…?

—Luca. ¿Ya te has olvidado de él? ¿Tan mal ha ido la tarde?

—¡Ah, Luca, Luca, claro, Luca! No, no, no. Bien, bien. Fue bien. Aunque intenso, la verdad. Bastante intenso.

—Un entusiasmo demasiado extraño. Ya que me has despertado, cuéntame algo más. ¿Qué tal con tu nuevo amigo? Dante se llamaba, ¿no? —preguntó Marco, curioso.

—¿Que qué tal con él? Pues bien, ¿cómo si no? —repliqué.

—Vale, vale. Solo era una pregunta —se defendió y Marco, que siempre se caracterizaba por tener una forma de pensar superrápida, intuyó que algo ocurría—. ¿Ha pasado algo con él?

—¿Con Dante?

—Sí, Gaspar. Con Dante —repitió.

—No. A ver, no ha pasado nada. Solo… Bueno, creo que le gusto o algo así. O me ha dado esa impresión —dije, recordando el intento de beso en lo alto del monte Nuvole.

—No sé si eres bueno interpretando señales. ¿Qué ha pasado?

—Pues fuimos a una pizzería que hay en el monte Nuvole y básicamente trató de besarme. A ver, no llegó a ello, pero casi, ¿sabes?

—¿Y a ti te gusta él? —Esa pregunta sí que no la esperaba. Dante era guapo, por supuesto, y era muy majo. Y, por supuesto, mucho más libre y sencillo que Luca. Pero yo estaba con Luca. Porque estaba enamorado de él.

—No.

—Entonces tendrás que dejárselo claro. Que no se haga falsas esperanzas. *Non seminare sogni nel deserto.* No siembres sueños en el desierto. No queremos malos entendidos, ¿verdad?

—Ya, claro. —Creía no haberlo hecho. Pero tampoco quería dejar de hablar con Dante. Era el primer amigo de verdad que conocía en Santino.

—Cambiando de tema, ¿pudiste hablar con el mayordomo sobre… eso que tú ya sabes? —indagó, esperando una respuesta que tardé mucho en dar.

—A ver, cómo te lo cuento… Pero creo que… Es fuerte, ¿eh? Y tengo cero pruebas más allá de mi intuición. Pero creo que Filippo podría ser el padre de Luca.

—¡QUÉ! —chilló y se giró de golpe para mirarme a la cara, aunque fuera a oscuras—. ¿Qué dices, primito? ¿De dónde te sacas esas cosas?

—Son… No sé… Como que vi algo, no sé… No sabría decirte…

—Sería un giro de vuestra historia muy sorprendente.

—Desde luego —admití.

—Pero tienes que haber sacado eso de algo, de alguna cosa, de alguna palabra… ¿Qué te ha hecho pensar eso?

—No lo sé. No lo sé. Es ya tarde y no sé… Mejor no digo nada más —respondí, tratando de dar por finalizada la conversación. Pero Marco no parecía tener ganas de dormir.

—Ah, no, no. Cuéntame. ¿Es que te dijo algo Filippo? Es eso, ¿no? *Mancio*, ¿no le estarás chantajeando?

—¡Qué dices, Marco, por favor! —exclamé—. Vamos a dormir,

anda, que quiero estar descansado para lo de mañana. Para la *orontine* esa de las narices —bramé.

—Menos mal que no te está escuchando Luca Calliveri ahora. Protestando de sus tradiciones —se burló tratando de hacerme cosquillas. Después de varios segundos intentando detenerlo, se dio por vencido con un largo y sonoro bostezo—. Buenas noches, primito.

—Buenas noches —susurré, y Marco se quedó dormido a los pocos segundos, porque volví a escuchar su respiración. Pero yo, hiciera lo que hiciese, seguía sin poder dormir, sin poder pegar ojo. Ya estaba rozando el límite de lo absurdo, porque, por mucho que lo intentara, seguía más despierto cada minuto que pasaba. Así que al final acabé por levantarme y esa vez Marco no se despertó. Me puse un pantalón de chándal y mi sudadera negra y fui a salir de la habitación, pero vi el teléfono que me había dado Luca, colocado junto al tocadiscos, y junto a mi móvil. Dudé cuál de los dos coger… y al final opté por el de Luca.

La casa de mis abuelos por la noche era casi de película de terror. No había ni un solo ruido, salvo por los sonoros ronquidos de mi tío abuelo Ricardo. En verano al menos podías escuchar a las cigarras, pero en ese momento brillaban por su ausencia. Resbalando por el suelo para seguir en modo silencioso, llegué a las escaleras y bajé hasta el piso principal, donde había algunas luces encendidas en las guirnaldas que había sobre la puerta de la cocina. Me preparé un té, cogí unas galletas de jengibre y fui al salón, donde encendí el árbol de Navidad y me senté en el sillón, tapándome con una de las mantas que había en el reposabrazos. En la televisión me puse de fondo una película navideña que no había visto y me acurruqué, tratando de conservar el calor el mayor tiempo posible. Saqué el teléfono de mi bolsillo y lo encendí.

La pantalla se iluminó y apareció un mensaje en la pantalla. HOLA.

Vale, tocaba configurarlo y, sorprendentemente, tardé pocos minutos. Cuando terminé, solo estaba instalada una aplicación para llamadas y mensajes, pero no la conocía. No la había visto en la vida. Y el único contacto al que podía llamar era Luca, guardado con el nombre de L. Calliveri. No solo eso, sino que tampoco me dejaba agregar ningún contacto más. Si lo intentaba, me aparecía un mensaje de advertencia en inglés, avisándome de que, si quería añadir algún nuevo número, tenía que contactar directamente con otro teléfono y pedirlo ahí. Sí, la verdad es que era un móvil muy seguro. Me sentía casi como un espía, con el destino del mundo en mis manos.

Hola Luca. Soy Gaspar

Pues claro que era Gaspar. ¿Quién, si no, le iba a escribir desde ese teléfono?

Estás despierto? No puedo dormir

Tampoco sabía muy bien qué más decirle, y ni siquiera sabía si me iba a contestar.

Hola Gaspar. Soy Luca
Sí, estoy despierto
Ya veo que has aprendido a usar el teléfono

Claro. No es que fuera muy difícil
Eso sí, me da miedo hacer algo que no deba
y que me aparezca aquí la policía santinesa

¿Y qué ibas a hacer que no debas?

No sé por qué, pero en mi mente, esa frase de Luca sonó tremendamente excitante. Dudaba que hubiera sido su intención, pero me gustaba fantasear con ello.

Pues no lo sé. Se te ocurre algo?

¿Viniendo de ti?
Se me ocurren demasiadas cosas

Menuda fama más mala me he creado
Si ya sabes que soy un trozo de pan
No puedo ser más bueno

Eso no lo tengo yo tan claro

Por eso me elegiste, no?

Te elegí porque me gustas

Y a mí me gustaría estar contigo ahora

Tardó varios segundos de más en responder. Tantos que llegué a pensar que no contestaría. Pero finalmente lo hizo. Claro que lo hizo.

¿Cuándo vamos a buscar los siete puntos del amor?

Es algo que no podemos dejar sin hacer
Es nuestro objetivo vital

Entonces será mi primer acto como rey

Me gusta tu forma de gobernar

Por eso no te mandaré torturar

EH!!!

Luca haciendo bromas. Cómo se notaba que se soltaba mucho más detrás de una pantalla. O eso o que cada vez teníamos más confianza.

¿Lo pasaste bien hoy?

Sí

¿Le contaba lo de Dante? ¿Hacía falta realmente? Podía hacerlo, ¿no? Era un amigo. Se alegraría por mí. Seguro. Pero no me dio tiempo porque siguió escribiendo él.

Vuelvo a disculparme por lo que pasó
En mi nombre y en el de Filippo.
No debería hablarte así

Nada, tranqui. Si está ya olvidado
Has hablado con él?

Aún no
Primero tengo que saber lo que quiero decirle
¿Te puedo llamar?

Cla...

Pero su llamada interrumpió mi mensaje a medio escribir. Solo le había mencionado por encima el problema y se había lanzado a la piscina por completo. Tenía ganas de hablar de ello. Por supuesto que tenía ganas de hablar de ello.

—Buenas noches —contesté al primer tono, pero tratando de hablar bajo para no despertar a nadie en la casa.

—Buenas noches, Gaspar. ¿Por qué susurras?

—Porque esta casa no es tan grande como tu *palazzo*, y no quiero despertar a nadie.

—Ah, entiendo. ¿Estás en tu habitación?

—Pues la verdad es que no. Estoy viendo una película cutre navideña, tomando un té y envuelto en una manta supercalentita —dije, describiéndole todo a la perfección, como a él le gustaba—. Como no quiero encender la chimenea, pues aquí hace frío, la verdad.

—¿No quieres encenderla?

—No sé encenderla —admití—. Así que terminaba antes con la manta. ¿Tú? ¿Dónde estás?

—Estoy en la cocina. He pedido que me preparen un sándwich de medianoche.

—¿Y qué es un sándwich de medianoche? —pregunté mientras me levantaba del sillón e iba también a la cocina. Hablar de comida me daba hambre. No fallaba.

—Lleva calabacín asado, champiñones y salsa de pimientos. Y un poco de queso. —Se me hacía la boca agua solo de escucharlo. Tenía que prepararme yo algo parecido—. Has ido a la cocina, ¿verdad?

—¿Cómo lo sabes?

—Creo que te voy conociendo —rio al otro lado del teléfono. Escuchar su sonrisa era tan reconfortante...—. ¿Tienes hambre?

—Siempre tengo hambre. Espera un segundo... A ver si... Sí, tiene altavoz. —Y puse el móvil sobre la encimera mientras abría la nevera, buscando algo para hacerme un sándwich.

—¿No vas a despertar a la gente?

—No creo que desde aquí escuchen nada. Y tampoco creo que vayas a hablar a gritos, ¿verdad?

—No, claro que no. —Pareció como si le ofendiera mi sugerencia.

—Vamos a ver qué tengo por aquí. ¡Ajá! Vale, creo que ya tengo mi propio sándwich de medianoche. Aunque a mí no me lo van a preparar. Tendré que demostrar mis dotes culinarias —bromeé.

—Es un sándwich. No puede ser muy difícil, ¿no? —dijo con sorna.

—Te reto a prepararte tú uno alguna vez —repliqué, fingiendo estar ofendido.

—¿Para qué? Me lo van a preparar mucho mejor de lo que yo podría hacerlo —me explicó, y tenía toda la razón. No me imaginaba a Luca cocinando. Ni siquiera algo tan simple como un sándwich. Yo, mientras, saqué de la nevera un poco del embutido favorito del abuelo, queso y salsa de tomate casera. Cogí dos rebanadas de pan de ciruelas y fui montando poco a poco mi sándwich, untando primero el tomate en ambos trozos de pan. Luego coloqué varias lonchas del embutido, que tenía un sabor parecido a una salchicha ahumada, y las lonchas de queso. Puse al fuego una sartén y coloqué ambas rebanadas, tapándola con una tapa de cristal para derretir el queso a fuego lento.

—¿Qué tal tu sándwich de medianoche?

—Aún no lo he empezado. Es de mala educación comer mientras hablas por teléfono —remarcó.

—Conmigo puedes hacerlo. No me voy a ofender. Y, además, se te va a quedar frío.

—Es un sándwich frío.

—Como quieras —dije mientras abría la tapa de la sartén y sacaba las dos mitades, que coloqué sobre un plato de cerámica con un olivo pintado—. Pero yo pienso comer, te aviso. —Y puse un poco de lechuga en ambas partes del pan, cerrándolo con fuerza, aplastándolo un poco para que quedara lo más fino posible.

—He estado investigando la historia de Santino —comenzó a explicar, ignorando lo que acababa de decirle. Así que esa era la razón por la que me había llamado. Al fin lo contaba—. Como recordaba, un rey no puede ser rey si no tiene sangre real. Es decir, tiene que ser hijo de sangre del rey del país. En este caso, de Carlo Calliveri.

—Luca, a ver…

—Escúchame, por favor —me pidió, así que asentí, aunque no pudiera verme, y lo dejé continuar—. No sé si ese rumor será verdad o no. Por lo que he visto, pasó otra vez, en 1912, con el rey Sandro Calliveri. Se descubrió que era fruto de una relación fuera del matrimonio, y tuvo que abdicar. Como su padre ya había muerto, el trono pasó a ser de su hermano, Lugano Calliveri. Fue un escándalo en todo el país y dañó mucho la imagen internacional de Santino.

—Exagerado me parece, pero vale. Continúa.

—Desde entonces, se cambió la ley para que no volviera a pasar algo similar. De ser cierto que no soy hijo de Carlo, eso me convierte en ilegítimo y no podré acceder al trono de Santino. Mi padre seguirá… Carlo seguirá siendo el rey, a no ser que considere que otro familiar debe ocupar el trono. Al no tener hermanos, esa responsabilidad pasaría directamente a…

—Bastian. Menudo hijo de puta. ¡Perdón! Sé que no te gusta que hable mal de tu familia —me disculpé al momento—. ¿Y tú qué piensas de todo esto?

—Aún no lo tengo claro. Aunque creo… Bueno, tengo mis planes.

—A ver, es que es algo… complicado. Pero aún no sabemos nada. Así que todo es teorizar —traté de arrojar un poco de calma y lógica al asunto. Aunque solo de pensar en Bastian como rey hacía que se me pusiera la piel de gallina.

—Tienes razón. Solo quiero estar preparado. Y, en caso de ser cierta la información, descubrir a mi verdadero padre —reflexionó. Se notaba que había pasado toda la tarde y toda la noche pensando en ello.

—¿Por qué te crees tanto este rumor? Pensaba que no les hacías caso.

—Esto es diferente, Gaspar —sentenció con contundencia.

—Creo que lo que necesitas es aclararte, Luca.

Se hizo el silencio. Y duró tanto que llegué a pensar que había colgado.

—¿Hola? ¿Sigues ahí?

—Sí, *scusi*. Tengo que colgar. No puedo seguir hablar de ese tema ahora mismo. —Y entendí que había alguien más con él—. De todos modos, gracias por escucharme. Ahora he de colgar.

—Claro, claro. Ha estado bien hablar contigo y compartir nuestros sándwiches de medianoche. *Tienimi stanotte*, ¿no?

—*Tienimi stanotte* —respondió—. Buenas noches, Gaspar.

—Buenas noches, Luca.

20

La orontine

Ni idea de cuándo me quedé dormido, pero al día siguiente me despertó la luz del sol dándome de lleno en la cara. Ni sabía qué hora era. Tardé en darme cuenta de que me había vuelto a sentar en el sillón en vez de subir a la cama. Los restos del té que había tomado por la noche estaban sobre la manta que había usado para acurrucarme y seguía teniendo los párpados pegados, como si me pesaran más de la cuenta. Escuché ruidos en el piso de arriba y me activé al instante. Pegué un bote en el sillón y la taza cayó al suelo, a consecuencia de lo cual se rompió el asa.

—¡MIERDA! —mascullé, molesto, y la recogí con cuidado, tratando de unir las piezas sin sentido. Habría que esconderla para que nadie lo descubriera.

Estiré la manta, y en el medio había una mancha de la bolsita de té que se había quedado pegada toda la noche. La doblé y la coloqué debajo de un par de cojines, esperando que así nadie lo descubriera, y me dispuse a volver a mi dormitorio, porque todo el sueño que no había dormido por la noche me estaba llegando a oleadas. Pero no me dio tiempo porque me encontré cara a cara con Boro Lodi, que bajaba por las escaleras dispuesto a ir a desayunar. Iba bostezando y, según se desperezaba, consiguió verme y me sonrió. Estaba en slips y camiseta de tirantes. Tenía los cuádriceps más perfectos que había visto en mi vida, y mejor no comentaba otra cosa.

—*Buona mañana*, Gaspar —dijo entre bostezos—. ¿Qué haces despierto tan pronto?

—No podía dormir. —Y no era mentira—. ¿Tú?

—Voy a correr. Uno tiene que mantener la rutina incluso en Navidades. ¿Quieres acompañarme?

—¿A correr? No se me da bien.

—¿No se te da bien correr? Gaspar, no es física cuántica —se rio—. Ven a la cocina, anda. —Y me adelantó, entrando en la cocina mientras se rascaba la cabeza con fuerza.

Pensé en subir a dormir e ignorar su petición, pero no quería quedar de borde, y menos delante de Boro Lodi, así que entré tras él y me senté en una de las sillas altas, mientras él buscaba naranjas en la nevera, dispuesto a hacerse un zumo tempranero.

—¿Cuándo vuelves a jugar?

—Tengo una exhibición el 2 de enero en Las Vegas. Pero ¿dónde está la mermelada?

—Detrás de las botellas de leche. Ahí…, en el fondo —le señalé y, tras apartar los dos botes de cristal, consiguió el tarro de mermelada de naranja.

—¿Quieres una tostada?

—Eh, vale, vale.

Boro iba moviéndose torpemente por toda la cocina, abriendo todos los cajones y armarios para buscar las cosas que necesitaba, mientras yo siempre acababa por indicarle dónde tenía que buscar. Me habría levantado yo a hacer las tostadas o el zumo, pero él se había ofrecido, así que pasaba de trabajar de más.

—Así que a Las Vegas. ¿Has estado alguna vez? —pregunté, aunque era difícil hacerme oír con el ruido del exprimidor.

—Sí, sí. Allí he jugado varias veces. Qué poco sigues mi carrera.

—Ay, sí, ahora que me suena… —me apresuré a decir—. Nah, la

verdad es que ni idea. Me gusta el tenis, pero no tanto como para saberme toda tu trayectoria. No te ofendas.

—No lo hago —dijo mientras se acercaba con dos vasos de zumo repletos. Varias gotas de color naranja le habían salpicado los calzoncillos blancos.

—Gracias. Creo que te has manchado en… —Le señalé con la mirada.

—Oh, mierda, tienes razón. —Dejó los dos vasos sobre la mesa y se acercó al fregadero, dispuesto a limpiarse las manchas—. ¿Sabes si la abuela…?

—Espera, que creo que hay unas toallitas por aquí en algún cajón.

Al final me tuve que levantar. Pero pasar a su lado me ponía nervioso. Boro era guapísimo, y lo de que fuera en ropa interior sumaba mucha más tensión al asunto. Porque he de decir que se le transparentaba la forma. Abrí uno de los cajones junto al fregadero y encontré un paquete con toallitas quitamanchas. Se lo tendí, cogiendo un par para mí, porque con ellas podría limpiar luego la manta del salón. Boro cogió una y se sentó, extendiendo la toallita con cuidado.

—Entonces ¿te vienes a correr por Santino?

—No, no. Gracias, pero prefiero quedarme aquí. Además, ni siquiera tengo ropa para correr.

—Esos pantalones están perfectos —sugirió.

—No soy muy deportista yo, no.

—Como quieras. Yo siempre necesito moverme. No puedo estar quieto muchos días.

—Lógico. Eres deportista profesional. Tienes que estar en forma. Eso sí, no es que mi abuela te vaya a dejar seguir tu dieta, ¿eh?

—Eso es un tema, desde luego —explotó en carcajadas. Cogió el zumo de naranja y lo vació de un sorbo—. *Mancio!* ¡La tostada! —Y se levantó de un salto, corriendo a la tostadora y sacando dos rebanadas de pan quemadas—. Lo siento, pero creo que he quemado tu desayuno.

—No pasa nada. Luego me hago otra yo.

—¡Boro! *Mettiti dei pantaloni!* —gritó Carolina desde el otro lado de la cocina. Llevaba una bata de color verde aguamarina y el pelo recogido en un moño muy aparatoso. Bajo los ojos, dos pequeños parches para las ojeras.

—Voy, voy —dijo, agachando la cabeza—. Aunque a Gaspar no le molesta, ¿verdad?

—No, no. A mí me da igual.

—¿Ves? —sonrió como un niño pequeño.

—Boro, *per piacere. Andiamo!* Igualito que un niño pequeño. Buenos días, Gaspar —me saludó lo más sonriente posible mientras Boro pasaba por detrás y desaparecía tras la puerta, camino a ponerse unos pantalones.

—Buenos días.

—Es un *navacostumbrato*. Perdona, que me salen palabras en santinés. Significa...

—«Maleducado», ¿no? Poco a poco voy aprendiendo —afirmé, orgulloso, y Carolina asintió, complaciente.

—¿Has podido descansar después del día de ayer?

—Algo, sí. Bueno, no. La verdad es que he dormido como el culo. Hablando claro. Perdón.

—Tranquilo. No está tu abuelo para echarte la bronca, ¿verdad? —me dijo, cómplice—. La próxima vez que te pase, hay un poco de aceite de melisa en el armario de los cereales. Con que te eches un poco en el té, dormirás como un bebé. *Promesso.*

—Me lo apunto. ¿Tú has dormido bien? —Ya que estábamos, quería ser simpático también. ¡Qué menos!

—Siempre duermo muy bien en casa de los abuelos. Debe de ser el clima de Santino, no lo sé. Hasta Boro ha dormido del tirón, y eso es muy raro. Créeme —me explicó mientras comenzaba a hacerse el café. Tenía una elegancia increíble con cada movimiento. Todo lo contrario a Boro, que era mucho más basto—. ¿Quieres café?

—¡Por favor!

—Cafeadicto, ¿eh? Igual que yo. ¿Lo quieres muy fuerte o *leggero*?

—Lo más fuerte que puedas. *Molto... Molto intenso.*

—Así me gusta.

Encendió la máquina, que empezó a hacer ruido mientras molía los granos y comenzaba el proceso de hacer café. El olor me embriagó al momento y lo inspiré con fuerza, mientras me daba cuenta de que cada vez estaba más despierto. Ya no me pesaban los párpados ni estaba tan cansado. Al rato apareció Boro, ya vestido de chándal, dispuesto a salir a correr, y con el móvil en la mano, leyendo algo con suma atención.

—Boro, *jubico. Un càfi?* —le ofreció Carolina, pero Boro estaba inmerso en su teléfono—. ¿Boro? *Che succede?*

—Estaba viendo la entrevista a Luca y Gaspar. ¿Quieres leerla? —contestó, tendiéndome su móvil.

—¿YA HA SALIDO EL REPORTAJE? —grité, exultante, y cogí su teléfono casi arrebatándoselo de la mano. En la pantalla aparecíamos Luca y yo, sonrientes, mirando a la cámara, con Robin a nuestro lado. La verdad es que estábamos guapísimos. Solo había un problema y era que estaba en santinés. Y, por mucho que lo entendiera de vez en cuando, era diferente si tenía que leer un reportaje tan extenso como aquel.

—¿Qué pone? No entiendo casi. ¿Qué pone? ¿Me la puedes traducir? —pedí, nerviosísimo.

—Espera, que te la traduzco si quieres —sugirió Boro, recuperando su móvil, mientras se apoyaba en la encimera e iba leyendo en susurros, traduciendo mentalmente—. «El corazón de nuestro rey pertenece a Gaspar Costa. Eso es algo indudable. Solo… Solo hay que verlos juntos para entender que tienen una conexión especial. Y, pese a que Luca Calliveri se encuentra algo tenso al comienzo de la entrevista, el buen humor y el…». Carolina, ¿esto qué significaría en español…?

—«Desparpajo».

—¡Eso! «El buen humor y el desparpajo de Gaspar contrarrestan el…, el…».

—Dame —dijo Carolina, quitándole el móvil de las manos—. «El buen humor y el desparpajo de Gaspar contrarrestan el hieratismo del futuro rey de Santino y Montez. Se entienden, se complementan, y eso es lo que necesitamos en una monarquía moderna y actualizada…». Oye, pues empieza muy bien el reportaje, ¿no?

—Sí, sí —asentí, aún asimilando lo surrealista que era que yo fuera portada de un periódico.

—«Luca Calliveri, *regge lunare* y futuro rey de Santino, ¿cómo se siente? ¿Qué tal estos primeros meses desde su coronación durante el *Coriali*?» —siguió leyendo Carolina, pero las respuestas que había dado Luca ya me las sabía—. Sales guapísimo, Gaspar. ¿Has visto esta foto?

Me tendió el móvil para que viera una imagen en la que miraba de lado hacia la chimenea, despistado, y la fotógrafa había sacado mi perfil bueno, con el pendiente de mi madre cayendo por mi hombro. Nunca me había visto tan guapo como en esa fotografía.

—Hacéis muy buena pareja —sentenció—. ¿Verdad que sí, cariño?

—Sí, sí, por supuesto —confirmó Boro mientras hacía los estiramientos pertinentes en la cocina, junto antes de salir a correr.

Pero nuestra tranquilidad duró poco. Porque Marco entró en la cocina como un huracán, gritando sin casi respirar, y con su móvil en la mano, agitándolo con fuerza.

—¡QUÉ GUAPO! —Sus pelos rizados estaban alborotados como nunca y le tapaban parte de la cara. Llevaba una camiseta de pijama que le cubría hasta más allá del ombligo y unos pantalones de chándal negros hasta los tobillos. Todo rematado con unos calcetines de puntos negros y blancos. Bajo sus ojos, dos pequeños parches semitransparentes similares a los que llevaba Carolina.

—¡Por favor, Marco, que nos va a dar un infarto! —lo increpó, llevándose la mano al pecho, asustada.

—Pero ¿es que no lo habéis leído aún? ¡ESTÁ EN TODAS PARTES!

—Lo estábamos leyendo ahora —le explicó Boro, estirándose hacia delante, colocando las palmas de sus manos en el suelo con una facilidad casi insultante.

—Y sí, salgo guapísimo —apunté.

—Mi primito es una estrella. —Y se acercó para tratar de revolverme el poco pelo que tenía.

Según fueron despertándose todos y apareciendo en la cocina, no se hablaba de otra cosa que no fuera mi reportaje con Luca. Hasta recibí mensajes de Lucía, de Alejandro, de Magda, de Iván..., pero no de Dante. ¿Seguiría dándole vueltas a lo de la noche anterior? A lo mejor había tomado la decisión de no seguir hablando conmigo. A lo mejor le podía la vergüenza de haber sido rechazado. Quizá tenía que hablar con él, como había sugerido Marco. Alejandro lo hizo conmigo y, aunque al principio dolió, el tiempo acabó por curarlo todo. Aunque el tiempo rara vez juega limpio.

Luca no vino a buscarme hasta bien entrada la tarde, así que pude tener un día de libertad en Santino. El primero desde que había llegado.

Una mañana en la que me dediqué a ayudar a mi padre mientras leía en alto uno de los manuscritos que tenía que revisar durante las vacaciones. Rara vez me dejaba ver su trabajo, pero parecía que haber estado en el cuarto de mamá el otro día le había cambiado. Sonreía y disfrutaba, en vez de sumergirse entre folios y folios de palabras escritas. Y creo que fue la primera vez que pensé en serio que podría ser escritor o, al menos, intentarlo. No podía tener mejor mentor que él, además de las libretas de mamá. Puede que ese viaje a Santino lo hubiera marcado el destino, y era la pieza que me faltaba para descubrir el objetivo en mi vida. Se dice pronto, ¿verdad? Y da tanto vértigo… ¿Atarse a algo el resto de tus días? ¿Acaso no podemos cambiar o evolucionar, y tenemos que hacer lo mismo siempre? ¿Cómo podías saber lo que te gustaba realmente si no probabas diferentes cosas? Necesitaba sentarme delante del ordenador, frente a la página en blanco, y ver si era capaz de escribir algo con sentido o era una pérdida de tiempo. ¿Cómo habría empezado mamá?

—Vale, subraya bien esa palabra. Porque el autor la repite demasiado. Y una cosa es hacerlo para que funcione como un estilo particular y otra muy diferente repetirla porque no se te ocurre ningún sinónimo, ¿no crees? Así que dale, ahí, con el subrayador rojo.

—Sí, sí. Si la subrayo más, la voy a tachar.

—Venga, sigue leyéndome. —Y se recostó sobre su silla de trabajo.

—¿Cómo empezó a escribir mamá? —le pregunté antes de seguir con el manuscrito.

—Tu madre escribía desde siempre. Su abuela… Tu bisabuela le contaba cuentos para dormir. Todos escritos por el autor Donato Silvestri. Solo que ese autor no existía, se lo había inventado ella. Al igual que los cuentos. Y, por lo que me decía tu madre, estaban repletos de fantasía, de princesas que luchaban contra dragones, de poderes mágicos y batallas increíbles. Tenían una especie de juego, creo recordar. Tu bisabuela escribía algunos de esos cuentos y los escondía por la casa. Tu madre los tenía que encontrar y poner en orden. Le gustaban tanto que, cuando tu bisabuela enfermó, tu madre empezó a escribirlos, tratando de imitar el estilo de Silvestri, y empezó a leérselos a ella.

—Sí que empezó pronto entonces…

—Siempre hay algo o alguien que te da esa magia que necesitas para empezar a escribir. Puede ser un libro concreto, una película, una experiencia, una persona importante en tu vida. De repente llega, te rodea y ya no te suelta más. Hasta que dejas de concebir la vida fuera de una página en blanco. Escribir al final es poder tener algo de control. Ese control que nos arrebata la vida continuamente, lo tenemos cuando estamos escribiendo.

—¿Y qué pasó después? Es decir, ¿cómo empezó a publicar libros? Nunca me lo habéis contado.

—Tu madre tuvo un profesor en Secundaria que la ayudó mucho a corregir su estilo y la animó a apuntarse a concursos literarios. ¿Y sabes cómo firmaba esos relatos?

—¿Donato Silvestri?

—Donato Silvestri. Un bonito homenaje a tu bisabuela, ¿verdad? A tu madre siempre le gustaron mucho ese tipo de detalles. Me acuerdo que, cuando nos conocimos, me enseñó uno de esos cuentos. No sé… No recuerdo muy bien lo que pasaba, aunque lo tengo guardado en casa, por supuesto. Tengo guardado todo lo que escribió tu madre. Pero fue leer ese cuento y…, bueno, me di cuenta de que era especial.

—Papá, qué cursi —exclamé, haciendo una mueca de asco. Pero tenía razón. Yo mismo había leído un par de libros de mi madre y eran increíbles.

—Pero es que es la verdad. He editado a muchos autores en estos años. Llevo casi veinte trabajando en este mundo. Y nunca he encontrado un escritor con el tipo de voz de tu madre, con su estilo, con su forma de ver las cosas.

—Claro. Mamá era mamá.

—Mamá era mamá —sonrió—. Escribía mucho sobre ti. Cuando naciste, cuando eras pequeño. Escribía sobre sus esperanzas para ti, sus miedos… Todo se volvió más íntimo y ya no le interesaba tanto publicar. Daba igual lo que yo le dijera. Y luego… —Mi padre calló y, para disimular, se quitó sus gafas de leer y empezó a limpiarlas.

—Luego enfermó —dije con un halo de tristeza en la voz.

—Nunca dejó de escribir. Recuerdas, ¿verdad? Siempre tenía una libreta y un boli a mano. Incluso en el hospital. Su manera de quedarse aquí. Su manera de seguir viva. Yo…, bueno, sigamos leyendo, Gaspar, que, si no, no acabamos nunca. —Y volvió a ponerse las gafas de nuevo, aunque con los ojos rojos, a punto de desbordar. Lo sabía porque los míos estaban igual—. Además, ¿por qué me preguntas todo esto?

—No lo sé. Quizá quiera…, no sé, probar suerte. No tengo ni idea. No sé si sirvo.

—Para ello hay que lanzarse, hijo. Si no lo haces, nunca lo sabrás.

—¿Guardas también esa libreta? —Porque la recordaba. Era diferente a las demás. Una de color azul claro. Recuerdo verla al lado de su cama en el hospital, siempre con el bolígrafo entre medias de las hojas.

—¿Qué libreta?

—La última en la que escribía mamá. Me gustaría leerla algún día.

—No —contestó, tajante—. No. Esa libreta era… Bueno, dejemos la conversación por hoy, y vamos a trabajar, porque tengo que terminar veinte hojas antes de la hora de comer. —Miró la hora en su reloj de pulsera—. ¡Y ya vamos muy atrasados! ¡Venga!

Así pasamos el resto de la mañana y, aunque leía en voz alta para que él me indicara correcciones y anotaciones, pensaba en mi madre, en cómo habrían sido sus últimas semanas, y lo que me diría si le dijera que quería ser escritor como ella.

Cuando apareció el coche del *palazzo* Santino, yo ya estaba preparado en la puerta, con el traje que había comprado con mi padre en Madrid, más elegante que nunca, y con el alfiler de la rosa que llevé al *Sansere Invernale*. Se abrió la puerta y, tras despedirme de mi abuela con un buen abrazo, entré en el vehículo donde, cómo no, también estaban Amelia y Filippo. Su saludo fue frío como poco. Y había bastante tensión en el ambiente. Luca me dio un sonoro beso en los labios, que duró mucho más de lo que esperaba, y estuvimos todo el trayecto hablando entre nosotros, casi ignorándolos por completo.

Según fuimos llegando a las ruinas de Correre, las luces y la gente empezaron a aparecer a ambos lados del coche. Todos llevaban una rosa en la mano y casi todos iban vestidos de gala. Nos desviamos hacia un lateral y, tras subir una pequeña cuesta, llegamos a un aparcamiento privado, cubierto por varios árboles frondosos que escondían el resto de vehículos allí aparcados. Repasamos una vez más dónde teníamos que sentarnos y el protocolo que seguir, porque Luca lo tenía muy claro, pero yo, pues regular, y salimos del coche. Hacía frío, así que me coloqué bien el abrigo por encima de la chaqueta y fui el primero en salir, seguido de Amelia y de Luca. Filippo fue el último, pero ni siquiera lo esperamos, porque Luca ya había echado a andar, seguido de su grupo de seguridad, que se había bajado del coche que llevábamos delante, liderando la marcha. Frente a nosotros, había restos de lo que parecía haber sido una enorme casa santinesa. Solo quedaban los cimientos de piedra y madera. Junto a ellos, unas vallas para no pasar, y una placa en la que se explicaba su historia. Yo tenía a Luca, que me lo contaba mucho mejor.

—Esta era parte del pequeño pueblo que había aquí. Sognerillo. Pero fue arrasado por un incendio y hoy solo quedan ruinas. También fue bombardeado durante la Segunda Guerra Mundial. Pero los túneles resistieron y los rosales. Por eso son tan importantes. Fuertes, como la gente de Santino —me explicó Luca.

—Me contó mi primo Marco que había una catedral que…

—Sí, la catedral de Sogneri. Está un poco más lejos, donde se encuentra el pueblo reconstruido de Sognerillo, a unos kilómetros hacia allí. —Y señaló una colina en la que sobresalían varias casas de pocos metros de altura. Entre todas ellas destacaba la catedral, la misma que había visto con Dante desde el monte Nuvole.

—Había leído que es un pueblo lleno de universitarios, ¿no?

—Sí. Junto a la catedral está la Universidad de Santino.

—Ah, qué… qué guay. ¿Estudiarás allí? —No sabía si Luca tenía pensado estudiar alguna carrera. Ni siquiera sabía si los reyes lo hacían o simplemente se dedicaban el resto de su vida a reinar y ya está.

—Varios reyes han estudiado en la Universidad de Santino. Todo puede ser —respondió, enigmático como siempre.

Seguimos andando entre los árboles y olivos, que paulatinamente dejaron de ser tan densos y se fueron abriendo ante un enorme claro, donde estaban dispuestas decenas de sillas, que poco a poco iban siendo ocupadas por los invitados al concierto. Frente a ellas, y rodeado de unas columnas a medio destruir, estaba el escenario donde se colocaban los músicos que iban a deleitar a todos con su recital. Yo no tenía muchas ganas de escuchar música clásica, pero no podía escaparme, así que no me quedó otra que reconciliarme con ello. Luca me explicó que las columnas eran de la época romana, de varios siglos de antigüedad, y que la leyenda cuenta que eran parte de una pequeña casa donde se refugiaban los emperadores romanos porque, según su mitología, era uno de los sitios de descanso de Júpiter (Zeus) cuando caminaba por la Tierra.

—Te gusta la mitología, ¿verdad?

—Mis lecturas favoritas cuando era pequeño —admitió—. ¿Cuáles eran las tuyas?

—Percy Jackson y Geronimo Stilton —contesté, encogiéndome de hombros y provocando una sonrisa en Luca—. ¿Qué? Un dúo maravilloso si me preguntan.

Después de ir saludando a unas cuantas personas que debían de ser importantes a las que yo, por supuesto, no conocía de nada, nos sentamos en primera fila, junto a varios miembros del Gobierno de Santino. Luca se sentó con suma elegancia, como siempre hacía, tanto que parecía hasta irreal. El director de orquesta salió al improvisado escenario y, tras saludar al público, nos dio la espalda y comenzó a mover la batuta mientras los violines hacían su entrada con suavidad, como un pequeño lamento. Yo no entendía nada de música clásica. Era un chico pop intenso y torturado.

—Esta pieza la compuso Roderico Strada. Compositor santinés. Es una pieza homenaje a la batalla de las Rosas. Una de las composiciones más famosas de música santinesa —me explicó Luca, pero yo solo fui capaz de preguntarle por el nombre de Roderico. Decisiones.

—¿Qué clase de nombre es ese?

—Un nombre muy popular en el Santino del siglo XIX. No juzgues tan duramente.

—Para nada. No estaba juzgando…

—Chisss —me mandó callar una señora sentada justo tras de mí, así que me disculpé y me volví a quedar en silencio, tratando de apreciar el concierto que estaba teniendo lugar.

El aroma en las ruinas era diferente. Olía a Santino, por supuesto, pero también había una especie de perfume de rosas impregnando todo el ambiente. Pese al frío, había rosas por todas partes, y la brisa traía su olor casi continuamente, mezclado con tierra y naturaleza salvaje. Aunque fuera 26 de diciembre, no hacía el frío que yo me esperaba para una fecha así. En Madrid sería impensable estar en el exterior a esas horas y no estar muriéndote congelado. No tenía muy claro si el culpable era el cambio climático o Santino.

—Oye, ¿y cuándo sale Ariana Grande? —susurré. Luca, como en él era costumbre, no pareció entenderme.

—¿Cómo dices?

—Nada, da igual. Era-era un chiste.

—Chissssss. —La señora volvió a mandarme callar, esa vez mucho más indignada.

—No creo que vaya a perderse nada del argumento —repliqué, girando un poco el cuello. Ella sobrerreaccionó, como si hubiera insultado a su madre o algo parecido, y yo volví a centrarme en la música. Pensaba que Luca me llamaría la atención, pero, lejos de hacerlo, pude entrever una pequeña sonrisa, con las comisuras de su boca elevándose lentamente. Media sonrisa. Al menos había conseguido eso.

Según fue avanzando el evento, la cosa se fue haciendo más y más aburrida. Porque el no reconocer ninguna de las ¿canciones?, ¿composiciones? me hacía perder por completo la concentración. Y nunca había sido un chico que pudiera estar concentrado demasiado tiempo. Ya desde pequeño. Que le preguntaran a mis profesores de Primaria. Aparte de que el hambre estaba empezando a hacer acto de presencia.

—Esta es *Noche de paz*, ¿no? Esta la conozco —declaré, porque creí reconocer los primeros acordes cuando comenzaron a tocarla.

—Sí —afirmó Luca.

—¿Y queda mucho concierto?

—Calculo que una hora y media más.

—¿QUÉ? —dije demasiado alto, atrayendo la atención de varios invitados, que me miraron con reprobación—. ¿Qué? —murmuré, pero Luca estaba riéndose, cubriéndose la boca con una mano.

—Era una broma.

—Anda, no sabía que el rey de Santino tenía sentido del humor y podía hacer chistes malos y esas cosas.

—*Regge lunare* —me corrigió con sorna y yo no pude hacer otra cosa que descansar mi mano sobre su muslo. Esa repentina muestra de cariño lo puso en tensión al momento e hice ademán de apartarme, pero, antes de que pudiera hacerlo, colocó su mano sobre la mía. Esos gestos cada vez eran menos robóticos. Podía notar que Luca lo intentaba, que se esforzaba. Y la prueba estaba en que no me soltó la mano hasta que finalizó el recital y tuvo que levantarse para aplaudir. Más bien, tuvimos que levantarnos. Amelia me había insistido mucho en que no lo dejara solo, así que yo trataba de apoyar cada cosa que hacía, aunque siempre dejándole el protagonismo a él.

Lo que no sabía era cómo funcionaba la *orontine*, pese a que Amelia hubiera tratado de explicármelo decenas de veces, y me sorprendió bastante toda la parafernalia a su alrededor. Tras terminar el concierto, Luca subió al escenario para saludar al director y a todos los músicos, uno por uno, con una sonrisa en la cara y una educación exquisita. Cuando se hubo despedido de todos, bajó de nuevo y me indicó que lo siguiera. No fue hasta que empezamos a andar cuando la gente se levantó de sus asientos, siguiéndonos en procesión a una distancia prudencial.

—No es por alarmarte, Luca…, pero creo que nos están siguiendo. —Dejé unos segundos para que el chiste funcionara, pero nada—. ¿Qué es todo esto?

—La *orontine*.

—Pero pensaba que eso tenías que hacerlo solo tú. —Me perdía con tantas tradiciones, normas y costumbres.

—Sí, pero el pueblo me sigue. Es decir, los representantes más importantes del pueblo. Y, además, es un evento televisado —me explicó.

—¿Solo esta gente? ¿Representantes? Es decir, el pueblo pueblo… no viene.

—No.

—Es decir, liderar al pueblo… sin el pueblo —dije, frunciendo el ceño, y pude notar a Luca pensando en lo que le había dicho, tratando de darme la respuesta correcta.

—No puedo liderar al pueblo sin el pueblo.

—Pues, si esta es una tradición tan importante, ¿no sería mejor que fuera un momento abierto a todo el mundo, y no solo a las élites, por llamarlo de alguna manera?

—Tú eres parte de esa élite.

—¿Yo? Soy el nieto del *pastero*, te recuerdo.

—Eres el novio del rey de Santino —afirmó con contundencia, y juraría que me excité solo de escuchárselo decir.

—*Regge lunare.* —Ya teníamos hasta nuestras propias bromas privadas.

Tras bajar una pequeña colina, nos encontramos frente a una de las entradas de los famosos túneles, con un enorme rosal repleto de esas rosas azul intenso tan típicas del país. Rodeándolo, había una valla para que nadie pudiera acceder a él, cerrada con una puerta metálica. Luca se adelantó y, tras hablar con un hombre trajeado de cerca de sesenta años, este le abrió la puerta y las cámaras comenzaron a grabar. Yo tuve que quedarme atrás, observando todo el acto a una distancia más que prudencial. Acatando las normas que me habían impuesto, al pie de la letra. Luca se acercó al rosal y, con suma delicadeza, arrancó un pétalo de una de las rosas y acercó su otra mano a una de las espinas. Presionó un poco su dedo pulgar contra ella y este comenzó a sangrar. Ni siquiera se inmutó. Manchó el pétalo con su sangre, pero no se lo apartó del dedo al momento. Cerró los ojos y pude ver cómo movía los labios, como si estuviera hablando en sueños. Supuse que estaría pidiendo por Santino y por un reinado próspero, recordando los miles de deseos que le habrían escrito los santineses. Tras abrir los ojos de nuevo, simplemente dejó caer el pétalo, que se meció en el aire hasta posarse en el suelo. Mientras caía, escuché a varias personas a mi alrededor contando los segundos mentalmente, algunos incluso aguantando la respiración. Y, en cuanto tocó la tierra bajo los pies de Luca, la gente estalló en aplausos.

Al ver a Amelia justo tras de mí, me giré disimuladamente para preguntarle por lo que estaba pasando.

—Dicen que, si el pétalo tarda once segundos en caer, será un reinado… *¿catastrofico?* ¿Se dice así?

—¿Catastrófico?

—Sí. Eso.

—¿Por qué once segundos?

—El once es el número de la mala suerte en Santino. —No el trece, como en otros países del mundo. El once. Nunca había escuchado que ese número diera mala suerte. A nadie.

—¿Y cuánto ha tardado el pétalo de Luca?

Amelia miró su móvil, donde estaba el cronómetro abierto.

—Nueve segundos —respondió.

—Vamos, que ha habido tensión.

—Bastante tensión, sí. Ahora te toca ir con él. Acércate a la puerta y, en cuanto salga, le das la mano y venís hacia mí.

Asentí, con mi tarea clara en la mente, y, mientras me acercaba a la jaula que preservaba el rosal más importante del país, fui limpiándome las manos en los pantalones, para evitar tenerlas sudadas. Porque no había cosa que me pusiera más nervioso que darle la mano así a alguien. Luca se despidió del hombre que parecía custodiar ese tesoro santinés y, en cuanto atravesó la puerta metálica, ahí estaba yo esperándolo, con una sonrisa en los labios y en los ojos. De los suyos caía una lágrima. Había vuelto a llorar. Supuse que de la emoción de la *orontine*, aunque tampoco lo sabía del todo. Tampoco le pregunté. Simplemente me limité a abrazarlo y se derrumbó sobre mi hombro…, una imagen que fue emitida en directo. Si querían a un rey cercano, ahí lo tenían. Más cercano imposible.

—¿Me acompañarías a los túneles? —murmuró en mi oído.

—Te acompaño donde quieras.

Se despegó y, tras agitar la mano en el aire, como saludando a la gente, o despidiéndose, según se mire, se acercó a Amelia. Esta negó con la cabeza, pero Luca se había vuelto igual de cabezota que yo. Ella no sabía qué hacer y buscó con la mirada a Filippo, que apareció de la nada, como hacía casi siempre. ¿En serio no iban a dejarnos bajar a los túneles para ver los rosales?

—Vamos a bajar, Filippo. No es una sugerencia. Acabo de hacer mi *orontine*. Y mi padre oficialmente se retirará del trono en seis días.

—No van a dejar que…

—Me da igual —sentenció Luca. Vino hacia mí, me dio un beso en los labios delante de las cámaras (haciendo que me pusiera rojo al instante) y, despidiéndose de nuevo, sonriente como nunca, le preguntó al guardián del rosal que nos dejara bajar a los túneles. Este miró a Filippo y a Amelia, sin tener muy claro qué hacer. Pero Luca no estaba para juegos—. *Io sono il regge.*

—*Sì, sì, sua altezza* —respondió con varias reverencias seguidas y nos indicó que lo siguiéramos por un camino de piedra que llevaba a un agujero en el suelo justo tras el rosal. Filippo hizo ademán de seguirnos, pero Luca lo detuvo con la mirada… y con una palabra.

—No.

Quería que estuviéramos solos, y esa era su forma de apartarse un rato de la mirada atenta del mayordomo real.

Bajamos los escalones escarbados en la piedra y el frío se fue haciendo más patente. Decenas de focos colocados estratégicamente en el suelo permitían que pudiéramos ver por dónde caminábamos. El túnel se alargaba kilómetros, y al comienzo había una pequeña placa donde podía verse el mapa de todo el sistema. Y las paredes de roca estaban cubiertas de rosas, protegidas por una malla metálica muy fina. Era un lugar que parecía sacado de un cuento de hadas. *La bella durmiente* mezclada con *Enredados*. Todo tenía un toque Disney y se podía respirar la historia de Santino allí abajo..., y también, de nuevo, el aroma de las rosas.

—¿Puede dejarnos solos? —le preguntó al hombre—. Serán solo unos minutos.

—*Scusi, sua altezza, ma...*

—*Va benne.* Quédese aquí entonces.

El hombre asintió y se colocó en el último escalón, con los brazos en la espalda, vigilante pero dejándonos nuestro espacio. No entendía muy bien qué quería hacer Luca y por qué necesitaba que estuviéramos solos allí abajo. Pasó a mi lado, me cogió del brazo y me obligó a caminar, alejándonos un poco, sumergiéndonos en un mar de flores, rocas y luces tenues.

—¿Te ha gustado el recital? —me preguntó.

—No ha estado mal.

—Eres más de Beethoven, ¿verdad?

—Pues sí, lo soy. —Creo que fue ese el momento, y sé que ya lo había dicho en otras ocasiones, pero puede que fuera ESE el momento en el que pensé: «Te quiero, Luca Calliveri». Porque había recordado lo que le dije una de las primeras veces que hablamos. Las mismas exactas palabras.

—Voy a hablarlo con mi padre —dijo, sin anestesia de ningún tipo.

—¿Qué vas a hablar con tu padre?

—Quiero saber si es verdad lo que parece que me ha estado ocultando todo el mundo.

—Quizá hablarlo con tu padre no sea la mejor opción que…

—Es mi decisión, Gaspar —repuso, tajante.

—Y eso lo respeto mucho. Muchísimo. No sabes cuánto. Solo digo, si me permite su majestad, que puede que tengas que pensarlo mejor. ¿Qué vas a decirle? Hola, papá… Ah, no, que resulta que no eres mi padre.

—No bromees con eso —me indicó con seriedad—. Ni lo digas tan alto.

—Lo que quiero decir es que no lo sabes, ¿no? No-no lo sabemos. Vamos a ver, que es…

—Sí, sé lo que vas a decir.

—Es un rumor. Un rumor. Así que ¿no será mejor confirmar las cosas primero? Si algo me han enseñado en el instituto, y no lo han hecho, es que hay que contrastar. Se dice así, ¿no?

—¿Qué más debería contrastar? —Y ese «contrastar» lo dijo con un tono bastante condescendiente. Así que respondí de la misma manera. Equivocándome, como siempre.

—Para empezar, hablarlo con Filippo.

—¿Por qué debería hablar de esto con él?

—Porque…, bueno, porque es Filippo, ¿no? Lleva toda la vida contigo. Él te entenderá. Él…

—Él me lo ha ocultado.

—Otra vez… No sabes si es verdad, Luca, por favor —insistí—. No lo sabes.

Luca pareció calmarse un poco al escuchar esas últimas palabras y, cabizbajo, asintió, como dándose por vencido. Aunque fuera unos minutos. Aunque fuera esos minutos que íbamos a estar allí abajo, recorriendo parte de la historia de Santino. Parte de la historia del país por el que acababa de pedir prosperidad y un buen reinado.

—La última vez que vine aquí fue con mi madre. —Podía notar el dolor en su voz, en su expresión, en su pose. En esa pose perfectamente estirada que, poco a poco, se había ido tambaleando en los últimos días—. Decía que era de sus sitios favoritos de Santino.

—Es que Santino tiene sitios muy guais, he de decir —señalé—. Como los Siete Puntos del Amor. ¿Habrá alguno aquí?

—¿Quién sabe?

—Creía que el rey lo sabía todo, ¿no? —bromeé.

—Eso creía yo también. —Sin embargo, pareció tomárselo más en serio de lo que yo había pretendido. Hablar de su madre siempre lo ponía triste, igual que a mí. Pero yo cada vez llevaba mejor hablar de ella. Puede que Luca no tuviera a nadie con quien hacerlo.

—¿A tu madre le gustaban los cómics? —Luca se detuvo al escuchar mi pregunta y se le iluminaron los ojos.

—¿A mi madre? Le encantaban. Empecé a leerlos por ella.

—¿Quién era su superhéroe favorito? —Había tardado demasiado en preguntarle cosas sobre su madre. No valía un «¿quieres hablar de ella?». Necesitaba mostrarle interés genuino. Sentí que era eso lo que necesitaba.

—Le encantaba Tormenta. De los X-Men.

—Sí, sí. Conozco a Tormenta. La diosa a la que rezo.

—Y también le gustaban mucho los cómics de Batman. —Así que de ahí venía todo. O eso parecía.

—¿Leías cómics con ellos? En la Biblioteca Real.

—*Era nostro plan preferito.* Podíamos pasar tardes enteras leyendo.

—Nuestras madres se habrían llevado genial. No sé si te dije que mi madre era escritora. Quién sabe, a lo mejor la tuya leyó alguno de sus libros.

—Quizá.

—Me gusta que me cuentes cosas sobre ella —le confesé.

—¿Sobre mi madre?

—Sí. Es decir, yo a la mía la recuerdo a todas horas. Siempre pienso lo que diría o haría ella si estuviera aquí. Es curioso cómo funciona la mente cuando una persona ya no está. Tarda en asimilarlo. ¿Sabes que lo primero que olvida uno es la voz de la persona? Yo… Me cuesta mucho recordar su voz. Pero por suerte tengo muchos audios guardados en el móvil.

—¿Y te los pones?

—Ya no —admití—. Pero hubo una época en que escucharlos era la única forma de dormirme.

Probé de todo cuando mi madre murió. Pero mi estómago estaba vacío. Un agujero negro insaciable. Tanto que hasta me producía dolor físico. No podía dormir, no podía prestar atención en clases, ni siquiera podía comer. Era como ser un fantasma, como verme desde fuera sin poder tomar ninguna decisión. Nada me consolaba. Nada ni nadie. Vivir la muerte de tu madre es algo horrible, y más si ha llegado después de una larga enfermedad que ha ido mermando su vida, pervirtiendo tu recuerdo de ella. Llegó un momento en el que solo podía imaginarla tumbada en la cama de un hospital, y tardé meses en sacudirme esa imagen. Y, cuando tu padre vive su propio luto en solitario, todo se hace más cuesta arriba. Había pasado tiempo ya, pero cada día dolía igual que el anterior.

—¿Puedo preguntar cómo murió? —dijo Luca con cautela.

—Cáncer —me limité a decir.

—Debió de ser duro.

—Sí. Sí que lo fue, sí.

El silencio nos ahogó a los dos durante unos momentos. Ninguno sabíamos cómo continuar la conversación.

—Yo me enteré de la muerte de mi madre por la prensa —expuso Luca al fin—. Pero no recuerdo llorar cuando lo leí. Porque me parecía estar leyendo algo que no era real. Algo que era ficción. No fue hasta que vi a Filippo llorar cuando fui consciente de lo que había pasado. Es la única vez que me ha abrazado. La única vez que me han abrazado desde que murió.

—Fue... un accidente de avioneta, ¿no?

—Sí. A mi madre no le gustaba mucho la realeza. Era diferente a mi padre, diferente a mis abuelos, diferente a todos. Discutía mucho con mi padre, porque a menudo no se ponían de acuerdo. Filippo siempre era el mediador entre ellos.

—Por lo que me cuentas, Filippo siempre ha estado ahí, ¿verdad?

—Desde que nací. Es como un padre para mí —admitió—. ¿Esta conversación es una trampa para que lo perdone? —me acusó.

—¿Qué? ¡No! Tú has sido el que lo ha mencionado primero —me defendí.

—Es verdad que puede que haya sido demasiado duro con él. Al fin y al cabo, siempre quiere lo mejor para mí —reflexionó en voz alta.

—¿Es una pregunta o algo...?

—No. No, tranquilo. Pero gracias por hablar estas cosas conmigo. No tengo a nadie más con quien compartirlas.

Luca lo dijo como si nada, como quien habla del tiempo. Pero era una confesión que me rompió un poco por dentro. Cuando murió mi madre, al menos tenía a Lucía, a Magda, a Iván, a Alejandro... Pero Luca no había tenido a nadie para hablarlo. Nadie con quien desahogarse o llorar. Una soledad aplastante y que claramente le había afectado. Lo cogí de la mano y la apreté con fuerza, queriendo pasarle algo de mi corazón a través de las yemas de mis dedos, algo de mi energía. Supuse que había surtido efecto cuando lo vi sonreír.

Los túneles eran algo increíble. Aunque no eran buenos para alguien con claustrofobia porque en algunos momentos se estrechaban demasiado. El guarda nos seguía de cerca, pero seguía dejándonos nuestro espacio y, mientras, Luca y yo hablábamos de su madre o me contaba momentos de la historia de Santino. O cómo los túneles se cerraron al público durante un par de años por un pequeño derrumbe provocado por un terremoto.

—¿Aquí hay terremotos? —pregunté, escandalizado.

—Muy de vez en cuando —contestó, tratando de recordar.

—Yo nunca he vivido un terremoto.

—¿No hay en Madrid?

—Hasta donde yo sé, no muchos, no.

—Esperemos que no nos pille ninguno los próximos días. ¿Damos la vuelta?

—Claro. —¿Los próximos días? Otra vez ese pensamiento recurrente que, cada vez que aparecía, no dejaba de empujarlo al fondo de mi mente. ¿Estaba preparado para quedarme en Santino? ¿Era algo que estaba sobre la mesa o estaba yendo demasiado rápido?

Llegamos de nuevo a la salida y subimos los escalones de piedra, dispuestos a regresar al aire libre, donde nos estarían esperando Amelia y Filippo. Yo no podía dejar de mirarle el culo, perfecto en esos pantalones de traje apretados. Tanto que estuve a punto de alargar la mano y acariciárselo. Solo de pensarlo me ponía nervioso. Necesitaba tocarlo. Necesitaba desnudarlo, tenerlo encima y, si podía, besarlo por todos lados. Porque sabía que, cuando saliéramos de los túneles, ya volveríamos a estar rodeados de gente. Otra vez. Como siempre. Pero, antes de llegar al final, frenó en seco y estuve a punto de chocarme con él. Visto lo visto, tampoco me habría importado.

—¿Pasa algo?

—¿Quieres venir conmigo a Montez? —preguntó.

—¿Ahora?

—No. Ahora no. Pero pronto. Allí tenemos una casa. La casa de los Calliveri. La construyó mi tatarabuelo. Amaba pescar.

—Creía que hacía falta como un permiso especial o algo para ir allí —repuse, recordando las palabras de Sofia sobre la isla santinesa.

—Yo soy tu permiso. —Dejó de mirarme, sin embargo, y sus ojos fueron hacia abajo, hacia mi entrepierna. ¿Qué estaba mirando?

—¿Qué pasa que…? —Y, claro, al bajar la mirada yo también, me di cuenta de que se notaba que estaba un poco empalmado. La vergüenza me sumergió como si fuera una ola del mar, y yo solo quería que me llevara hacia lo profundo, donde nadie pudiera verme. Me metí rápidamente la mano en los pantalones y me la coloqué como pude. Y, aunque parezca un pervertido, ese momento hizo que me encendiera mucho más—. No se puede ser tan guapo —dije, tratando de que Luca no se sintiera más incómodo de lo que ya estaba.

—Pero ¿te has…? ¿Estás *caldenti*?

—No sé mucho santinés, pero entiendo que eso viene a significar algo como «cachondo», ¿verdad? —Luca asintió, vergonzoso—. Pues yo qué sé, pero es verte… A ver, yo suelo ser más tranquilo… —Y en ese momento mis ojos pasaron a fijarse en su pantalón, porque él también estaba empezando a excitarse—. ¿Te puedo besar, rey de Santino?

—¿Aquí?

—A no ser que haya una habitación secreta escondida detrás de algún rosal…

—¿Cómo?

—Sí, Luca. Aquí. Te quiero besar. ¿Tú quieres? —Por suerte, su respuesta no fue una palabra, sino un beso, con la boca abierta y la lengua dentro de la mía. Luché contra mis propios instintos, porque lo primero que quería hacer era meterle mano y desabrocharle el pantalón. Me contuve. Porque sabía que iba a ser demasiado para él. Me sorprendía a mí mismo queriendo ir tan rápido. ¿Así se sentía uno todo el rato cuando tenía novio?

No sabía si lo hacía bien o tremendamente mal. Nunca había besado a nadie hasta que besé a Luca. Y tampoco sabía si él lo hacía bien. No tenía nadie con quien comparar. Aunque a mí me valía, porque no quería que acabara nunca. Notaba que le daba un poco de vergüenza dejarse llevar, pero su lengua decía lo contrario, porque trataba de recorrer todo el interior de mi boca.

—Oye… —dije, tomando un poco de aire.

—¿Pasa algo? —Ni siquiera nos estábamos tocando. Solo nos besábamos. Parecía que nuestros cuerpos tenían una especie de campo electromagnético que impedía que nos rozáramos. Aunque fuera un poco.

—¿Qué tal beso? —Sí, una pregunta ridícula.

—*Molto bene.* ¿Y yo?

—*Molto molto bene.* —Me reí y conseguí que Luca también.

Estuvimos un rato más ahí, él sobre un escalón diferente al mío, como dejando clara nuestra diferencia en la sociedad. Pero daba igual, porque nuestras bocas, nuestra saliva, nos estaban uniendo. En ese momento éramos iguales. Nadie podía decirnos lo contrario.

Nadie menos Amelia, que apareció en lo alto de las escaleras de piedra, con una expresión de urgencia en el rostro. Nuestros labios se separaron, después de habérnoslos secado mutuamente. Le pasé la mano por la barbilla, limpiándole de mi saliva (o la suya, no lo tenía muy claro) y asentí, dándole permiso para seguir subiendo. Luca se arregló el pelo (que estaba perfecto), la chaqueta de su traje (que también estaba perfecta) e iba a salir de la oscuridad de los túneles a la claridad de la noche lunar santinesa, pero Amelia nos lo impidió, bajando hacia nuestra posición y, tras ella, Filippo. Tenían preocupación en la mirada. Luca y yo nos miramos, no entendiendo nada, y volvimos sobre nuestros pasos, de nuevo al túnel.

—*Che succede?* ¿Qué ocurre, Filippo? —preguntó Luca al fin.

—Tenemos que salir por otra de las salidas de los túneles —fue la explicación del mayordomo—. Fabrizio y el resto del equipo ya nos esperan allí. Si me acompañáis por…

—¿Por qué? ¿Qué está ocurriendo? ¿Amelia?

Fue nombrarla y se sumergió en su tablet, como siempre, tratando de evitar hacer contacto visual con nosotros dos. Algo ocultaba, y era algo grave.

—Vamos, *andiamo* —insistió Filippo y echó a andar hacia uno de los extremos del túnel. Amelia pasó por delante y lo siguió. Nosotros tardamos algo más en reaccionar.

—Amelia, ¿qué ocurre? —le preguntó Luca mientras tratábamos de seguir su ritmo. Parecía como si huyéramos de algo o de alguien. Esas prisas no eran normales—. Amelia.

—*Sua altezza*, mejor esperemos a estar en el *palazzo*… —comenzó a decir, pero, al ver la mirada de Luca, Amelia se detuvo, frenando en seco. Filippo tardó un rato en darse cuenta.

—¿Ha pasado algo? ¿Estamos en peligro? —preguntó de nuevo Luca, genuinamente asustado. Amelia echó una última mirada a Filippo y le tendió la tablet a Luca. En la pantalla había un titular.

Scandalo nella Famiglia Reale! Luca Calliveri,
illegittimo figlio del re Carlo?
(¡Escándalo en la familia real! ¿Es Luca Calliveri
un hijo ilegítimo del rey Carlo?)

No supe ni qué decir.

Luca estaba totalmente pálido. Sin palabras. Ni siquiera respiraba. No podía mover ni un músculo. Totalmente ensimismado en la noticia, sin tener muy claro cómo reaccionar. Yo me imaginé acercándome, tratando de calmarlo, pero tampoco podía moverme del sitio. Estábamos los dos pegados al suelo. Si nos movíamos, algo malo pasaría. Pero si seguíamos quietos..., bueno, sería como si nada hubiera ocurrido.

—Esta noticia ha salido hace tan solo unos minutos. No solo en la prensa santinesa o italiana, sino en todo el mundo. Tenemos que volver al *palazzo* —dijo Amelia con una calma inusitada y sorprendente. Luca seguía en silencio, procesando a su ritmo—. Tenemos que pensar un plan de acción para contrarrestar...

—*È vero?* ¿Es verdad?

—*Sua altezza*, es una noticia que...

—¡Filippo! —gritó con fuerza y Filippo nos retó con la mirada—. ¿Es verdad?

Luca estaba apretando los puños con intensidad, conteniendo las lágrimas y la furia que se desbocaba en su interior. Me acerqué y coloqué la mano sobre su espalda, con cuidado de no provocarlo más. Ni se inmutó. Filippo se acercó con mucha ceremonia y, tratando de aguantar la dignidad lo máximo posible, clavó sus ojos en los de Luca.

—Sí.

Pude notar cómo sus piernas empezaban a temblar y sus rodillas luchaban para no doblarse. Pese a ello, se mantuvo firme y asintió levemente con la cabeza.

—¿Desde cuándo lo sabes? —Pero Filippo no sabía cómo responder. Estaba claro que era un tema demasiado delicado, y no quería decir algo que desatara la ira controlada de Luca. Aunque, según pasaban los segundos, más que ira era tristeza, decepción y, por encima de todo, un sentimiento de estar perdido.

—Desde... desde siempre —admitió, con la voz rota.

—¿Quién es mi padre? Lo sabes, ¿no? Si no es... Si Carlo no es mi padre, ¿quién es?

Filippo me pidió ayuda con la mirada, en un gesto casi imperceptible. Yo lo noté al momento y, pese a nuestras diferencias, sentí que tenía que ponerme de su parte, aunque solo fuera para relajar el ambiente.

—Quizá ahora eso, Luca, no sea...

—Filippo —insistió Luca, ignorándome por completo—. Si Carlo no es mi padre, ¿quién es? Si lo sabes desde siempre, sabrás quién es. Quiero la verdad.

—*Sua altezza...* —Amelia trató de interceder, pero Luca no pensaba aflojar ni un centímetro.

—*Mancio, Filippo!* ¡¿Quién es mi padre?! —bramó.

—Yo. Yo soy tu padre, Luca —confesó, derrotado. Amelia ahogó un grito de sorpresa. Yo me quedé de piedra. Luca... Luca ni siquiera reaccionó. Decidió mantenerse inerte, tanto que parecía un maniquí. No parecía real. Yo no sabía muy bien qué hacer o qué decir en esa situación. Al final mis intuiciones habían sido certeras, y el propio Filippo lo estaba confirmando. ¿Lo sabría el rey Carlo? ¿Lo sabría la prensa? ¿O simplemente se habría filtrado que Luca no era hijo legítimo?

El ambiente era tenso.

El ambiente era muy tenso.

El ambiente era el ambiente más tenso de la historia de los ambientes tensos.

—Luca —dijo al fin Filippo.

—¡No! —chilló Luca en respuesta, levantando la mano—. No.

—Es... es muy difícil hablar de esto. Tienes que entenderme. Nunca pensé...

—Que se sabría, ¿no? —masculló entre dientes, con furia.

—Laura..., tu madre..., me hizo prometer que no te diría nada. Pero las circunstancias han cambiado. Y creo que mereces la verdad. Aunque, antes de empezar, quiero que sepas que siempre he hecho todo para protegerte y para que vivieras la mejor vida posible, aunque fuera encerrado en las paredes del palacio. Eso lo entiendes, ¿verdad? —Luca ni se inmutó—. Nada de esto significa que tu madre no amara a tu padre. Lo hacía, y mucho. Pero las circunstancias cambiaron.

—¿Mi padre? —repitió, con tono burlón—. Sabes que lo que has hecho es una traición directa a la Corona, ¿verdad?

—Por eso voy a presentar mi dimisión de manera inmediata. Servir a la familia Calliveri…, a tu familia…, ha sido mi razón de ser. He dedicado mi vida. Pero entiendo las circunstancias.

—¿Quién más lo sabe? —preguntó Luca—. ¿La prensa lo sabe?

—Hasta donde yo sé, creo que no. Sí que han hecho sus indagaciones, y es cuestión de tiempo que descubran la verdad. Porque siempre lo hacen. Por eso quería que supieras la verdad de mi boca, antes de que leas cualquier otra cosa. —Había un tono de súplica en sus palabras. Estaba rogándole perdón con sus ojos lastimeros y su voz rasgada.

—Quiero saberlo todo.

—¿Cómo dices?

—*Sua altezza*… —dijo Amelia—. Cuanto más tiempo pase, dejamos que llegue más prensa. Ya están rodeando la entrada principal y es cuestión de minutos que descubran la otra salida. Creo que deberíamos irnos y…

—No. Quiero saberlo todo. Ahora. —Nunca lo había visto tan autoritario. Filippo agachó la cabeza y admitió su derrota.

—¿Qué quieres saber, Luca?

—Quiero que me cuentes cómo engañaste a mi padre. Porque aún no estoy seguro de creerte.

—Luca, tu madre y yo nos queríamos. Pero no habíamos planeado que todo fuera así. Simplemente pasó. —Miraba a Amelia, que claramente no sabía nada de la historia. De Amelia pasaba a Luca. A mí prefería ignorarme por completo—. Desde que la conocí… había algo en ella. Algo que te hacía querer ser mejor persona a su lado. Tenía el don de hacerte creer que eras la persona más importante de la habitación cuando te miraba. Y nuestras miradas se cruzaban cada vez más y más. Yo no podía hacer más que servirla siempre, y ayudarla con todo lo que requiriese. Llevaba pocos años casada con tu padre…, con el rey Carlo, pero era un matrimonio difícil. Verás, Luca. Tu madre no quería ser reina. No soportaba todo lo que rodeaba a la familia real de Santino.

—No me sorprende —intervine, pero me calló con la mirada.

—Con el paso del tiempo, yo me convertí en su confidente. Me preguntaba siempre por cada acto que tenía que hacer como reina. Y, cuando quise darme cuenta, ya estábamos quedando por las noches en el laberinto de los jardines reales para contarme cómo había sido su día. Fui yo el primero que se lanzó. Fui yo el que traspasó las barreras y la besó. Pensé que me despediría, que huiría, que me odiaría… Obviamente, no fue así.

Coloqué mi mano sobre el hombro de Luca, que seguía con sus ojos fijos en los de Filippo, retándolo a seguir hablando. A seguir una historia que tanto tiempo había mantenido en secreto, y que seguramente habría continuado así de no haberse filtrado la noticia a la prensa. Pensaba que la historia había terminado ahí, pero Filippo siguió hablando:

—Cuando descubrimos que estaba embarazada, tu madre entró en pánico. No podíamos dejar que lo nuestro saliera a la luz. El reino necesitaba estabilidad, y más aún después de los escándalos de Carlo Calliveri. Así que, por el bien de Santino, de tu madre y, sobre todo, por tu bien, decidimos que serías hijo del rey. Nadie sabría nuestro secreto. Nunca. Pero tienes que entender que todo esto fue por ti.

—¿Engañaste a mi padre por mí? ¿Traicionaste al reino por mí?

—No. El matrimonio entre tus padres estaba muerto. Lo que tuve con tu madre… fue amor. Un amor secreto… pero amor. —Se esforzaba mucho en no derramar ni una sola lágrima de las que se agolpaban en el iris de sus ojos color marrón tierra.

Cuando Filippo terminó su historia, el silencio volvió a envolvernos a los cuatro. Entendía que para Luca fuera una noticia demasiado dolorosa. Al final estaba descubriendo que su vida, tal como la conocía, había sido una farsa. No solo no podía ser rey de Santino, sino que ni siquiera era un Calliveri. Diecisiete años de su vida que podrían haber sido muy diferentes. Y, ante él, se abría un enorme abanico de posibilidades… y todas ellas pasaban por renunciar al reinado, algo que llevaba mucho tiempo corriendo por su mente, poder evitar por fin todas esas expectativas y responsabilidades que cargaba a cuestas sobre sus espaldas.

Ninguno sabíamos muy bien qué decir ante la historia de amor que nos había relatado Filippo. Aunque me costaba horrores, tenía que ponerme un poco de su parte. Porque podía entender que, cuando te enamoras de alguien, y además ese amor es correspondido, ¿cómo no vas a entregarte en cuerpo y alma? Sí, todo el tema de las mentiras y la propia traición a la Corona eran hechos complejos y moralmente discutibles. Pero Filippo realmente había hecho de padre todo ese tiempo, mucho más que el propio Carlo Calliveri. Solo esperaba que Luca también lo viera así. Podía verlo dándole vueltas, pensando qué decir o qué hacer.

—*Chi sono?* —preguntó de pronto.

—¿Cómo dices? —dijo Filippo.

—¿Quién soy yo?

—Luca Calliveri, *regge di Santino e Montez* —replicó Filippo con orgullo.

—¡No! Ese no soy yo. Ya no más. No es mi nombre. *Qual è il mio nome?* ¿Cuál es mi nombre?

—Anello —respondió Filippo, que por fin pareció entender lo que quería decir—. Anello es mi apellido.

—Luca Lorenzo Anello Bigazzi —paladeó, con la mirada aún perdida. Parecía estar invocando a algún tipo de demonio santinés—. O Luca Lorenzo Bigazzi Anello.

—¿«Bigazzi» es el apellido de tu madre? —inquirí.

—Laura Bigazzi —repitió, tratando de acostumbrarse a la sonoridad de un apellido que llevaba tanto tiempo sin pronunciar—. Luca Bigazzi.

—Tu madre siempre quiso que llevaras el apellido de tu padre. Del rey Carlo —se corrigió con rapidez.

—Porque mi madre quería un futuro para mí, por supuesto. Pero ni engañaré a la gente ni me engañaré a mí. Luca Calliveri ya no existe. Nunca ha existido —sentenció con decisión—. Ahora necesito pensar.

—Por supuesto, *sua*… —Ante la mirada de Luca, Filippo reculó—. Por supuesto, Luca. Cualquier cosa que necesites.

—Ahora que lo dices, sí que necesito algo. Amelia, Gaspar, *andiamo*. Nos vamos. No puedo seguir… aquí contigo ahora mismo. —Y continuó hacia delante, seguido de Amelia y yo tras ellos, acercándome hasta él para darle la mano. Pero Filippo no se movió del sitio. Derrotado. Hundido. Acababa de renunciar a todo por decirle la verdad a Luca, a su hijo. Y este era incapaz de mirarlo a la cara.

Cuando llegamos al final del túnel, Fabrizio y varios miembros más de la seguridad real estaban esperándonos. Al igual que un auténtico enjambre de periodistas, que se agolpaban contra el cordón de seguridad creado. Todo pasó muy rápido. Ni fui capaz de reaccionar. Empezaron a tirar de él hacia el coche, cubriéndolo como si estuvieran protegiéndolo en un tiroteo, y separando nuestras manos en el aire, mientras Luca me dedicaba una última mirada desesperada antes de entrar en el vehículo. Los periodistas seguían haciendo fotos y lanzaban preguntas al aire. Fabrizio cerró la puerta y dio dos golpes en la parte trasera del coche. Este arrancó y se alejó a toda velocidad. Y, al momento, nos metieron a Amelia y a mí en otro, antes de que pudieran siquiera hacerme alguna pregunta a mí que pudiera contestar. No esperamos a Filippo. Ni siquiera sé si alguien lo esperó. Nos alejamos de allí, dejando atrás la *orontine*, los túneles de rosas y el pasado de Luca Calliveri.

21

Non è così male

Cuando llegué a casa esa noche, casi todos estaban despiertos en el salón, viendo una película navideña en la televisión, con el árbol encendido, que era la única luz, junto con la que emanaba de la pantalla del televisor. Todo olía a canela, y la mesa estaba aún a medio recoger, con restos de turrones y *corone*. Y mi entrada fue triunfal: me llevé una guirnalda por delante, que cayó al suelo, por lo que los adornos estallaron en mil pedazos. Todos se levantaron casi al unísono asustados, pero dispuestos a interrogarme. No solo por la *orontine*, sino por lo que había ocurrido después. Es decir, la noticia del día, de la semana, del mes, del año. ¡Del siglo! Porque había salido en medios internacionales, en «medios serios» como diría mi padre. Así que se le estaba dando credibilidad. Mucha credibilidad. ¿Y cómo no iban a hacerlo si era verdad? Yo lo sabía. Filippo era el padre de Luca. Por suerte, mi abuela vio mi total desubicación y vino a mi rescate.

—*Jubico.* Vamos tú y yo a la cocina —dijo, cogiéndome del brazo, y prohibiéndoles a todos que nos siguieran—. Quiero un rato a solas con mi nieto.

Cuando entramos me dejé caer sobre una de las sillas, totalmente agotado, derrotado después de la tensión que había vivido. Pero ver a la abuela me tranquilizaba como nada.

—Te hemos visto por la televisión. ¿Lo has pasado bien en la *orontine*? Ha sido muy emotivo.

—¿Ha llorado el abuelo?

—Tu abuelo no llora con nada. Ya lo conoces —sonrió, risueña—. ¿Has cenado? ¿Te preparo algo?

—No hace falta, abuela.

—Uno no puede irse a la cama con el estómago vacío. Ha sobrado comida de hoy. Te la caliento en un *somero*.

—¿*Somero?*

—Una expresión… Quiere decir que no me cuesta nada, que en un momento está caliente.

—¿En un santiamén? —Fue decirlo y me sonó a algo que dirían en la Edad Media.

—Sí, creo que significa lo mismo.

Encendimos todas las luces y solo pude pensar en la cena de Nochebuena, con Luca dándome el regalo más especial que podía esperar. Y solo habían pasado dos días… aunque parecía que hubieran pasado semanas desde mi llegada a Santino. Habían ocurrido tantas cosas que ni siquiera estaba teniendo tiempo para procesarlas. La abuela abrió la nevera, sacó dos táperes de cristal y encendió el fuego, colocando una pequeña olla de barro sobre la llama. Al momento echó un trozo de mantequilla y fue derritiéndola poco a poco.

—¿Tienes ganas de lasaña?

—Siempre tengo ganas de lasaña, abuela.

—La mejor forma de calentarla es con un poco de mantequilla. Simplemente sacamos el trozo del táper de cristal, y un poco antes de que se derrita la mantequilla, rallamos un poco de nuez moscada encima —me contó mientras iba haciendo cada paso—, y colocamos la lasaña. Así, ¿ves? Con cuidado de que no se desmonte mucho.

Olía a mantequilla derretida, pero también a salsa de tomate, queso y un toque de canela y pimienta. Olía a casa. La abuela abrió el otro táper, más pequeño, y con una cuchara regó la lasaña con restos de bechamel casera.

—¿Puedes pasarme un poco de leche, cielo? —me pidió sin darse la vuelta, pendiente de que el fuego estuviera a la temperatura perfecta para que no se quemara.

—Claro.

Abrí la nevera y saqué una botella de cristal repleta de leche. Se la acerqué a la abuela y esta vertió un pequeño chorro. Acto seguido, colocó una tapa sobre la olla, pero dejando un pequeño hueco para que saliera el vapor del interior.

—Ahora se deja que se caliente lentamente. Y, cuando ya esté perfecta, la sacamos y ponemos más fuerte el fuego, para crear esa nueva bechamel con el aroma de la lasaña.

—¿Cómo sabes tanto de cocina?

—Tu bisabuela era una cocinera magnífica. Me enseñó todo lo que sé. Además, estudié en la Scola di Santino. Es una de las mejores de Europa, ¿lo sabías? —me explicó, siempre con un ojo puesto en el fuego.

—No tenía ni idea —admití—. Así acabaste trabajando en el *palazzo* Santino, ¿no?

—Así es —afirmó.

—El abuelo me contó cómo os conocisteis. En el bar ese de… Ay, cómo se llamaba… ¿Bandiera…?

—Bandiera Bianca —recordó y un atisbo de melancolía atravesó sus ojos.

—Sí, ese sitio. Que estabas jugando a los dardos, que bailasteis una canción juntos y…

—Lo que no sabe tu abuelo es que lo saqué a bailar porque quería dar celos a Lorenzo Vollerio —rio con picardía—. Porque tu abuelo era el hombre más guapo del bar.

—¿El abuelo? ¿Guapo? No sabes lo que dices.

—Pero es verdad, *jubico*. Tu abuelo era muy guapo. También lo era Lorenzo. Y yo estaba enamorada de él. Me encantaba ese pelo rubio, esos ojos azules —recordó mientras quitaba la tapa de la olla y la dejaba sobre la encimera—. Tráeme un plato.

Yo, obediente, cogí uno de la alacena y se lo llevé. Con una maestría increíble, sacó la lasaña con una paleta de madera y la dejó sobre el plato, sin que se le deshiciera ni un poco.

—Ahora, igual que el chocolate, no puedes dejar de remover para que no se pegue, y también —decía mientras batía poco a poco con unas varillas— para que se integre todo como es debido.

—Ya veo, ya.

—¿Qué quieres preguntarme? —inquirió la abuela, con su suavidad natural.

—¿Yo? ¿Sobre la bechamel?

—Sabes a lo que me refiero. Gaspar, cariño, aunque no lo creas, tu *nonna* te conoce. Cuéntame —me indicó mientras apagaba el fuego, cogía la olla de barro con un trapo y dejaba caer la bechamel sobre mi lasaña, como una cascada—. ¿Quieres un poco de queso encima? Tu abuelo ha abierto hoy el fontina.

—Nunca le digo que no a un buen queso.

—Buen chico. —Abrió una pequeña cesta y de su interior sacó un papel blanco de cera. Al desenvolverlo, el olor a queso lo llenó todo.

—¿Cojo el rallador?

—¿Rallador? No, no. Es mejor cortarlo. Mira. —Cogió un cuchillo pequeño con forma de hoz y cortó varios trozos del queso. Eran tan finos que se volvían casi transparentes. Los colocó sobre la lasaña y, como toque final, roció el plato con uno de sus aceites—. Aceite de romero y hierbabuena. Te encantará.

—Gracias —dije mientras me sentaba, dispuesto a devorar ese

manjar maravilloso. Pensaba que mi abuela se iría de vuelta al salón, o empezaría a recoger la cocina, porque le encantaba hacerlo por la noche, aunque estuviera perfectamente limpia. Pero ni lo uno ni lo otro. Decidió sentarse a mi lado, a ver cómo comía.

—¿Y bien?

—Pues que tiene una pinta buenísima. Y seguro que sabe mejor.

—Cielo… —Vale. Se refería a otra cosa.

—¿Cómo sabes que quiero preguntarte algo? Ni yo lo sabía hasta que lo has dicho.

—Una abuela sabe ese tipo de cosas. Come, anda. —Insistió con la mirada. Hundí el tenedor en el queso y la bechamel, y cogí un trozo. Cuando me lo metí en la boca, se deshizo casi como si fuera algodón de azúcar. No podría describir cómo sabía, porque era indescriptible. Pero me hacía sentir seguro. La comida de la abuela me hacía sentir en casa, como si nada pudiera salir mal, como si nadie pudiera hacerme daño. Era el poder que tenía.

—Esto está para morirse, abu. Es que… Umpf… —Seguí comiendo—. ¿Cómopf pfuedef cocinar fan fien?

—No hables con la boca llena, anda. —Llenó un vaso con agua de una jarra que había sobre la mesa y me lo acercó. Pero yo no quería beber, porque no quería que me quitara ese sabor tan increíble que tenía en la boca.

—Pues a ver… No sé si es una pregunta…, la verdad…

—¿Quieres que te cuente una historia?

—Claro. —Y comí otro trozo de la lasaña.

—Al principio de conocer a tu abuelo, siempre nos veíamos en secreto.

—¿Por qué? —tardé unos segundos en decirlo porque no quería volver a hablar con la boca llena.

—Tu bisabuelo…, mi padre…, no veía con buenos ojos a tu abuelo. Nuestras familias no se llevaban muy bien. Y mi padre era muy estricto. Era muy difícil de tratar. En fin, tu abuelo fue muy paciente. Nunca quiso presionarme, pero un día se presentó en mi casa, dispuesto a convencer a mi padre de que estábamos hechos el uno para el otro.

—¿Seguro que estamos hablando del abuelo? Que si era guapo, que si era amable… O no es la misma persona, o los años le han sentado muy mal, ¿eh? Las cosas como son. —La abuela, en vez de regañarme, se rio—. ¿Y qué pasó? A ver, ya sé que acabasteis juntos, pero yo qué sé.

—Yo estaba embarazada, pero no le había dicho nada a mis padres. Hasta que hubo un momento en el que ya no pude ocultarlo más. Por eso vino a casa.

—Y tu padre lo echó a patadas supongo, ¿no?

—Peor. Me echó a mí.

—Ese giro no lo he visto venir —admití mientras cogía un trozo de pan y mojaba el plato.

—Hay veces que las relaciones empiezan *torcite*. Torcidas. Pero siempre pueden enderezarse. Si las dos personas quieren. Porque también hay veces que es mejor no forzarlas, para que ninguno de los dos salga herido.

—Sí, entiendo…

—Sé que lo has pasado mal por Luca, Gaspar. —Y me acarició la mano, mirándome directamente a los ojos—. Sé que tienes dudas.

—Yo…

—No pasa nada. Lo importante es que seas sincero, con él y contigo. No hace falta que me cuentes tus dudas a mí. Pero sí a Luca. Es… es abrumador lo que te espera, Gaspar. Solo quiero que estés preparado. Y él ahora te necesita. Después de la noticia que ha salido hoy, va a necesitar un apoyo como el tuyo. Sé que vas a dárselo, porque te conozco, y no puedes evitar ser la mejor versión de ti mismo.

—¿Tú crees?

—Lo sé, *jubico*. Lo sé. —Me acarició el pelo.

—Yo…, yo…, yo quiero a Luca —admití en un hilo de voz—. Pero no quiero que sea rey.

—Pero ya sabes que esa es su decisión, ¿verdad?

—Sí, lo sé. —Los ojos se me empezaron a llenar de lágrimas a punto de salir, pero por alguna extraña razón se resistían a hacerlo—. Solo que… llevaba soñando meses con estar con él, pero desde que pasó lo del baile, pues no tengo muy claro si es algo que realmente quiere, o no. O si somos amigos pero me necesitaba… o somos novios pero no acaba de saber cómo serlo. No lo sé. Y ahora con lo de su padre, y… Dios, es todo tan difícil.

—Luca ahora mismo tiene muchas cosas en la cabeza. Es normal que esté confuso —trató de hacerme entender mi abuela.

—Pero es que yo también tengo muchas cosas en la cabeza. ¡Y las he tenido estos meses! Es decir…, todo se acabó de golpe… ¿Y ahora me invita al baile, y de repente quiere que seamos novios? Es que… —Nunca había dicho nada de todo eso en voz alta.

—¿Lo has hablado con él?

—Lo-lo he intentado. Pero casi nunca tenemos tiempo solos para hablar —admití—. A ver, sé que le gusto. Lo sé. Pero tengo esa sensación que a veces me dice… No sé si es lo correcto todo esto… No sé, está siendo todo… ¿raro? No sabría decir. Porque mira, por ejemplo, Dante. Un chico más sencillo, sin palacios ni normas absurdas. Y yo siempre me complico todo.

—¿Tú qué quieres, cielo? Eso es lo importante. —Sus ajadas manos eran un bálsamo mientras sus dedos acariciaban mi mano. Me calmaban al instante.

—Yo… yo creo… creo que quiero a Luca —repetí—. Y quiero que él me quiera igual.

—Ay, *jubico*. No podemos esperar que los demás hagan lo que queremos. No siempre, al menos. Y tampoco podemos forzar a nadie a que nos quiera. Luca es un chico muy listo y muy sensible, y, por lo que vi en la *cena di Natale*, siente algo muy especial por ti. Háblalo con él. Es la única forma de que sepáis los sentimientos que tenéis el uno por el otro.

—¿Le digo que lo quiero?

—Si quieres decírselo, por supuesto. No hay que tener miedo a decir «te quiero» a las personas que amamos.

—Nunca se lo he dicho a nadie. Ni… ni siquiera a mamá. —Y las lágrimas volvieron.

—Tu madre sabía que la querías. Y ella también te quería, cielo. Más que a nada en este mundo. No hay que tener miedo a decirlo, pero tampoco hay que tener miedo a demostrarlo.

—Ya, ya… lo sé. Lo supongo, quiero decir. No sé… Pensé…, ay…, pensé que todo sería más fácil.

—Y lo es. Solo tienes que encontrar el camino correcto. Y yo estoy aquí para ayudarte si lo necesitas —dijo mientras se levantaba de la silla—. Ahora a dormir, que ya es muy tarde, Gaspar. ¿Puedes recoger por mí?

—Claro, abuela. ¡Solo faltaba!

La abuela sonrió e iba a irse, pero, antes de que diera un solo paso, me levanté y la abracé con fuerza. Porque estaba siendo un apoyo que no había tenido desde hacía meses. No sabía cuánto necesitaba a mi abuela hasta que la conocí.

Escribí a Luca esa noche.

No me respondió.

A la mañana siguiente, cuando bajé a desayunar estaban todos reunidos en la cocina. Pero no estaban solos. Estaba Fabrizio, comandando un grupo de cuatro hombres más, y Amelia, pegada como siempre a su tablet digital. No supe muy bien lo que pasaba hasta que me vieron y Amelia me explicó cómo iban a ser los siguientes días. No podríamos salir de la casa hasta que las aguas se calmaran y, por supuesto, tendríamos varios miembros de la seguridad del *palazzo* Santino rodeando la finca, sobre todo para vigilar a los paparazzi que ya se agolpaban en el camino de grava. Nada de redes sociales —eso iba por mí—. Y cualquier cosa que necesitáramos, solo teníamos que contactar con ella o pedírselo a Fabrizio.

—Pero no podemos quedarnos encerrados aquí, como si fuera una cárcel —protesté.

—Solo serán unos días. Es una situación muy delicada por la que pasa la monarquía santinesa. Lo entiendas o no, Gaspar, no podemos cambiar lo que ha ocurrido. Así que mejor mantengamos la cabeza fría y salgamos de este problema lo antes posible. ¿Estás de acuerdo?

Asentí, apesadumbrado, y Amelia respondió con un gesto de cabeza casi imperceptible.

—¿Y Luca? ¿Cómo está? —le pregunté antes de que se fuera.

—*Sua altezza* está apagando varios fuegos a la vez…, pero está bien. Está tranquilo —me calmó. Aunque sabía que mentía—. Si necesitáis cualquier cosa, Fabrizio está aquí para ayudaros. Si tenéis dudas de qué podéis hacer o no, él os las resolverá. Nos vemos en un par de días, cuando las cosas puede que se hayan calmado ya. Hasta entonces, solo os pido paciencia.

Y, tras su discurso, se fue de casa de mis abuelos, dejándonos a todos sin tener muy claro qué íbamos a hacer a partir de ese momento. Una convivencia de todos, sin salir para nada. Una Navidad de lo más atípica desde luego.

—Abuela, prepara chocolate caliente y juegos de mesa, porque estos días van a ser muy largos —bromeó Marco, cogiendo a Boro del brazo—. O podrías enseñarnos a jugar al tenis en la parte de atrás de la casa.

—No sé si será la mejor idea —repuso Boro, que aún estaba procesando lo que nos había dicho Amelia.

Y así pasamos el resto del día, tratando de aguantar lo mejor posible, viendo las noticias, que no dejaban de hablar de la familia real de Santino, o tratando de distraernos ayudando a cocinar a la abuela y jugando con los niños a cualquier cosa. Las dos veces que se me ocurrió salir al jardín para ayudar al abuelo, una horda de paparazzi empezó a hacer fotos desde la lejanía, por lo que Fabrizio me hizo entrar de nuevo en la casa, como si estuviera protegiéndome de un atentado. No entendía muy bien qué querían los periodistas de mí. Pero, claro, había salido el reportaje, ya se sabía que yo era el novio de Luca Calliveri, y encima había saltado la información de que Carlo Calliveri no era su verdadero padre. Si acercarse a él era imposible, yo era el contacto de Luca más fácil para ellos. Eso me convertía en una especie de objetivo. Por eso Amelia había querido minimizar daños de esa forma. Aunque no tenía por qué gustarme.

Aproveché para subir a mi cuarto y, una vez más, seguir repasando el mapamundi de la pared. Escribí a Luca varias veces mientras, pero los mensajes ni siquiera le llegaban. ¿Le habrían quitado el teléfono? No tenía forma de saberlo. Hablé con Lucía, Alejandro, Magda e Iván en el grupo que teníamos los cinco. No les conté lo de Filippo, porque empecé a temer que estuvieran pinchando mis conversaciones. Eran mi única conexión con el mundo real fuera de Santino. Y los necesitaba más que a nada. No. Al que necesitaba era a Luca. Porque quería saber cómo estaba.

—¡¡¡GASPAR!!! ¡Alguien ha venido a verte! —gritó Sofia desde el pasillo.

¿A verme? ¿Hasta allí? ¿Sería Luca? No. Imposible. Ni le habrían dejado salir del *palazzo*. ¿Y si se había escapado? ¿Era capaz de…?

—¡GASPAR! —insistió.

—¡VOY!

Al salir de mi cuarto, me encontré frente a frente con Fabrizio, que esperaba diligente a que yo apareciera para describirme a la persona que había osado acercarse demasiado a la casa.

—Dice que se llama Dante y que es tu amigo —me explicó.

—¿Dante? ¿Aquí?

—Tengo que informar a Amelia de esto, Gaspar. ¿Tú lo conoces? ¿Es amigo tuyo?

—Sí, sí. Déjalo pasar. Es amigo mío —le indiqué. Fabrizio pareció dudar, pero acabó aceptando y bajó las escaleras en dirección a la entrada, dispuesto a hablar con su equipo de seguridad para que le pudiera dejar pasar. Dante. Había venido a verme. Desde el no beso, había cortado toda comunicación. Habría venido para ver qué tal estaba después de todo lo que había pasado… y, claro, seguramente ni se esperaría tanta seguridad rodeando la casa de mis abuelos.

Me vestí rápidamente con unos vaqueros y un jersey marrón oscuro de lana y bajé las escaleras, dispuesto a ver a Dante una vez más. En el salón, Marco y Sofia veían *El origen de los guardianes* con los niños. Mi película navideña favorita. El resto de los adultos estaban en la cocina, charlando alrededor de dulces y café. Y mi tío abuelo Ricardo, supuse que estaría durmiendo, como siempre.

—¡Gaspar! ¡Te pareces a Jack Frost! —gritó Milo, uno de mis primos.

—¿Yo? Ya quisiera —sonreí. Porque estaba enamorado del personaje cuando vi la película por primera vez. Y en la segunda. Y en la tercera.

Sofia estaba girada hacia mí, sin prestar atención a la película, sonriente.

—Así que Dante… —comenzó a decir.

—Dante nada. Solo es un amigo.

—Sí, eso lo sé. Pero me parece curioso que venga hasta aquí, a verte.

—Sofia, por favor, que pareces tu hermano.

—¡EH! —protestó Marco, que tenía sentado a Milo sobre las piernas y no dejaba de dar botes y patadas.

La puerta se abrió y, tras pasar Fabrizio, apareció Dante con una cara de confusión absoluta, casi como si lo estuvieran llevando a la cárcel o algo parecido. Iba vestido con unos pantalones oscuros y un jersey extragrande de color verde musgo, además de una bufanda a juego. De su mano colgaba uno de los cascos de su Vespa, que dejó en el suelo junto a la puerta. Nuestras miradas se encontraron y juraría que me pidió perdón con los ojos. No lo tenía muy claro.

—Esto parece la Casa Blanca como poco. Menuda seguridad, oye —comenzó a decir—. Viniendo hasta aquí, eso sí, he tenido que sortear como diez furgonetas de periodistas. Parecía que estaba jugando al *Mario Kart.*

—Hola, Dante, qué placer volver a verte —saludó Marco, levantándose de golpe y estando a punto de tirar a Milo al suelo. Se acercó y le tendió la mano. Dante, temeroso, se la estrechó y mi primo tiró de él para terminar dándole un abrazo—. *Natale Prospera.*

—Esto…, eh… *Natale Prospera.*

—Cuídame bien a Gasparcín, ¿eh? —Y, tras sonreírle una última vez, regresó a su sillón para seguir viendo la película. Marco y sus locuras. Nunca sabías por dónde te iba a salir.

—¿Qué haces aquí? —le pregunté al fin.

—Quería… hablar contigo. Sobre todo después de la *orontine.* Pero no pensé que fuera a ser tan difícil.

—Es que ahora soy una celebridad, aquí donde me ves —bromeé.

—Siempre lo has sido. Lo que pasa es que ahora lo sabe más gente.

Oye, Gaspar, ¿podemos hablar en algún sitio un poco menos… concurrido? —Porque tanto mis abuelos como mis tíos, mi padre y Marco y Sofia estaban demasiado cerca como para darnos intimidad.

—Sí, claro. Vamos a mi habitación. Ahí estaremos tranquilos, lejos de cotillas. —Y sí, eso iba por Marco. Aunque no nos miraba, tenía claro que estaba con el oído funcionando a plena potencia para enterarse de todo.

Le hice un tour rápido por la planta de abajo y, cuando ya empezaron a interrogarlo como la otra noche, decidí que era suficiente y fuimos a la parte de arriba. Directamente a mi habitación. Al entrar, se quedó asombrado al ver lo grande que era. Y eso que a mí me parecía enana. Lo que más le llamó la atención fue el mapamundi, obviamente, que observó con detenimiento durante mucho tiempo, más del que esperaba. Hasta que por fin se decidió a hablar, aunque parecía costarle decir cada palabra. A pesar de que se notara que lo tenía perfectamente ensayado. Seguramente llevaría ensayándolo desde la noche en el monte Nuvole.

—Gaspar. Siento no haberte hablado estos días, pero es que han sido unos días… Perdón por repetir la palabra… Pero han sido unos días raros.

—No pasa nada. Los míos también lo han sido, desde luego.

—Te vi anoche en la *orontine*. Estabas guapísimo. Los dos lo estabais.

—Gracias. Además, era una tradición muy bonita. Un poco sádica pero bonita. —Dante se rio con mi ocurrencia mientras seguía repasando el mapamundi con el dedo.

—Lo pasé muy bien la otra noche contigo. No quiero que pienses que lo pasé mal, y que por eso no te he escrito, ¿eh? Fue muy guay. No tengo muchos amigos por aquí, y conocer a alguien como tú siempre está bien.

—Yo no tengo ningún amigo por aquí, y menos de mi edad —admití—. Yo también me lo pasé muy bien, Dante. Eres casi tan majo como yo.

—Solo casi, ¿no?

—Te falta un poquitín aún —puntualicé, haciendo el gesto con los dedos mientras entrecerraba los ojos, lo que hizo mucha gracia a Dante, que se echó a reír.

—Luca… *Mancio*, menudo afortunado. Los reyes siempre teniéndolo todo. Qué asco.

—Ya sabes. La monarquía. —Me encogí de hombros—. Quién me iba a decir a mí que mi novio sería un rey, ¿eh?

—¿No se te hace cuesta arriba? Perdona, no quiero malmeter ni nada, pero me parece todo tan complicado… Ya no para Luca, sino para ti. Fíjate ahora, aquí custodiado por tu propio equipo de seguridad. Qué claustrofobia.

—Ya, bueno. Sí, claro, es complicado. Pero ya me voy haciendo a la idea, aunque sea poco a poco —mentí. Porque seguía costándome lo mismo.

—¿Puedo ser sincero contigo, Gaspar? —Se dio la vuelta, dejando atrás el mapamundi y enfrentándome directamente. Con valentía en sus ojos, pero también un toque de terror.

—Claro.

—Me gustas. —Mi estómago se cerró al momento—. Sé que nos conocemos desde hace poco, que tú tienes novio y que lo quieres un montón. Y obviamente vi cómo me rechazabas el otro día, cuando…, bueno, cuando te intenté besar. Pero solo quería decírtelo. No sé muy bien para qué, la verdad. Pero me gustas, y es algo que no puedo evitar. Entiendo que yo a ti no, o al menos, no de la misma forma que yo querría. Pero, bueno, eso… ya lo sabes, y ya está. Por eso he estado desaparecido estos días. No sabía si era buena idea seguir hablando contigo o no.

—¿Y es buena idea? —le pregunté con cautela.

—Por eso he venido, ¿no? Creo… creo que me interesas más como amigo. Interesarme no porque quiera algo de ti, entiéndeme. Solo que me gustaría conservarte así, como un buen amigo con el que hablar.

—A mí también.

—Y… ¿no te gusto ni un poco? —inquirió, un poco a la desesperada.

—Eres superguapo, por supuesto. Eso ya lo sabes. Y me caes genial. Y me encantaría que… —Dios. Me estaba viendo tan reflejado… Aquel día en el que dije casi las mismas exactas palabras a Alejandro, y él me rechazó. Exactamente como estaba haciendo yo en ese momento. No quería convertirme en el malo. No me gustaba hacer daño a la gente, y menos a personas que no se lo merecían—. Pero estoy con Luca y…

—¿Y si no lo estuvieras? —Y dio un paso hacia mí—. Es decir, tú mismo lo has dicho. Es todo demasiado difícil. ¿Realmente quieres eso? ¿Dejar todo atrás? ¿Perder… perder tu vida? ¿Tu anonimato?

—Yo no… Pero yo quiero a Luca Calliveri…

—Lo siento. —Y se alejó de nuevo—. No-no debería decirte esas cosas. No… Esto es, me encantaría que me eligieras a mí. Pero no. No… ¿Te gustaría… volver a la pizzería de la otra noche? Así no tenemos que estar aquí encerrados.

—Va a ser difícil, Dante. Me tienen vigiladísimo.

—Ya, claro. Es verdad…

Y de nuevo decepción en sus ojos. No dejaba de rechazarlo cuando él había sido un buen amigo para mí, y quería seguir siéndolo. ¿Tan grave sería decirle que sí y escaparnos un rato de la casa? Si lo organizábamos bien, quizá podía funcionar. Aunque era un poco locura, y jugármela por una tontería.

—Bueno, entonces… creo que me voy a ir. Realmente solo vine

para ver qué tal estabas, y para explicarte el porqué de no haber hablado estos días. Tú estás con demasiado encima como para que te añada más problemas. —Y pasó a mi lado, en dirección a la puerta—. Hacía mucho que no me gustaba un chico tanto como tú. Tienes algo auténtico, Gaspar. Quizá por eso el mismísimo rey de Santino esté enamorado de ti.

—Gracias… —No sabía muy bien qué más decir.

—Seguiremos hablando, ¿no?

—Claro. Cuando quieras.

—Genial. Tenía… tenía que intentarlo —dijo, encogiéndose de hombros, y abrió la puerta para salir—. Por cierto, te traje un pequeño regalo. Es una tontería, ¿eh? Pero por darte algo por Navidad. —Metió la mano en su bolsillo y sacó un sobre dorado, tendiéndomelo.

Yo, sin saber muy bien qué decir, lo abrí y de su interior saqué una lámina en la que se veía la playa de Santino Porto al atardecer y, sentado sobre un banco, de espaldas, un chico. Yo.

—Ya sé que no soy un experto dibujando ni nada, pero me gusta hacerlo en mis ratos libres y…, y bueno, el otro día estaba inspirado y…, pues quería dártelo.

—Es precioso. Gracias. —Y de verdad lo era. Porque los colores que había usado eran increíbles.

—*Prospera Natale*, Gaspar. —Y se giró para irse. Pero en el último momento lo detuve, cogiéndolo de la muñeca y haciendo que se girara hacia mí.

—Oye, a ver…, a lo mejor podemos intentar escaparnos un ratito. La verdad es que estoy un poco harto de estar aquí tan vigilado. —Sus ojos se iluminaron al momento.

—¿Estás seguro de ello?

—No. Pero hace tiempo que no estoy seguro de nada, así que ¿qué diferencia hay?

Le expliqué que bajara y que, después de coger la moto, se colocara detrás del almacén donde mi abuela hacía el aceite. Desde ahí se accede al campo de olivos. No hay carretera, así que tendríamos que atravesarlo. Pero seguro que no había periodistas ahí escondidos. Yo bajaría por la ventana del cuarto de mi madre, ya que era la única parte de la casa donde había una celosía en la fachada. Había que ser rápidos y precisos. El corazón me iba a mil por hora. Bajamos los dos al salón y ahí nos despedimos. Fabrizio acompañó a Dante a su Vespa y yo le pedí la llave del cuarto de mamá a la abuela, con la excusa de dormir ahí esa noche, y así no tener que compartir cama con Marco. Aunque dudó en un principio, acabó aceptando y dejé claro a todos que subía a dormir una pequeña siesta antes de la cena.

Cuando subí al piso de arriba y entré en el cuarto de mi madre, Dante ya debería llevar unos minutos esperando tras el almacén del aceite. Solo tocaba el paso más difícil del plan: bajar por la fachada de la casa sin caerme de cabeza. Inspiré profundamente y abrí la ventana. Una brisa de aire helado me abofeteó la cara y sacudió levemente la contraventana de madera. ¿Qué estaba haciendo? Iba a jugármela, iba a escaparme, solo por alejarme de esa casa, como si así pudiera huir de todo lo que me pasaba por la cabeza. Y, además, con un chico que acababa de confesar que yo le gustaba. Pero, si me paraba unos segundos a pensarlo, no me atrevería a hacerlo. Así que cerré los ojos y pasé una pierna por encima del alféizar de la ventana y…

—¿Dónde vas?

—¡JODER! —chillé y casi me caigo desde la ventana hacia el vacío. Marco estaba en el pasillo de la habitación, mirándome con reprobación—. Casi me matas del susto.

—Mejor del susto que de la caída, ¿no crees? —repuso de brazos cruzados.

—No estoy yo tan seguro, ¿eh? El corazón me va a explotar.

—¿Estás escapándote?

—Bueno, creo que es un poco obvio ya a estas alturas —repliqué con sorna.

—¿Te vas con Dante? —preguntó, y me hizo sentir tremendamente incómodo.

—¿Cómo lo sabes?

—Gaspar. Yo no puedo decirte lo que debes hacer y lo que no. Sé que estás sobrepasado por la situación, porque lo noto. Hasta un ciego lo notaría. Pero ¿realmente quieres jugártela así? ¿Escaparte sin decir nada a nadie? ¿Y si te ven? ¿Y si te sacan fotos con él? Imagina que lo ve Luca… ¿Qué pasaría entonces?

—Ya, pero… Es decir, no voy a hacer nada con Dante. No me gusta.

—¿Entonces? —dejó la pregunta en el aire, como queriendo darme tiempo para pensar una respuesta acorde a la situación. El problema es que no la tenía.

—No sé. Me apetece escapar de aquí. ¿A ti no? No pueden retenernos así. No es justo.

—Claro que me apetece salir y no tener que aguantar a los pesados de tus primos. Pero te recuerdo que esto lo estamos haciendo por Luca. ¿Quieres añadirle más problemas? —dijo, enarcando las cejas—. Ya sabes que no seré yo quien impida a dos adolescentes hacer locuras, pero creo que ahora mismo no es el mejor momento, Gaspar.

—Pero…

—No tengo ni idea de qué pasará contigo y con Luca después de lo que sucedió ayer. Sé que llevas tiempo dándole vueltas a qué sería lo más fácil. Y entiendo que necesites hablar con un amigo. O… quizá con un «algo más». Solo te digo que lo pienses bien antes de hacerlo. Si realmente es lo que quieres, yo te cubro. Por supuesto. Para eso soy tu primo favorito. Pero pregúntate esto: ¿realmente quieres?

Y sabía que esa simple pregunta escondía demasiadas cosas a la vez. Demasiados pensamientos. Demasiadas probabilidades. Pero algo tenía claro, y es que, por mucho que no quisiera hacerle daño, mi momento no estaba con Dante.

Lo siento, Dante
No puedo ir

Esa misma noche recibí un mensaje de Luca. Críptico como siempre. «Prepara la maleta. Mañana pasarán a buscarte a primera hora».

22

Cortocircuito

Me sentía fatal después de haber dejado tirado a Dante. Y, aunque me contestó con un «no pasa nada. Lo entiendo», no por ello me sentía mejor. Pero Marco tenía razón, aunque me diera rabia dársela. Coloqué el dibujo que me había regalado sobre mi mesita de noche y le contesté a Luca, porque no tenía muy claro por qué me había pedido que hiciera una maleta. Ni siquiera sabía cuál era su plan o dónde pensaba llevarme, porque no me dijo nada más. No respondió a ninguna de mis preguntas. Pero fue despertarme por la mañana y tener un coche esperando en la entrada. Un coche oficial, por supuesto. Tuve que desayunar a toda velocidad y hacer el equipaje a ciegas. Metí todo lo que se me ocurrió en una bolsa de deporte del cuarto de mi padre, aunque lo que más metí fueron calzoncillos y calcetines; cogí también un par de libros por si acaso y mi ordenador. Cuando salí de la casa, el conductor del coche me esperaba fuera, aguardando a que yo apareciera con mi petate y mi sonrisa bobalicona. Como un niño que se va de excursión al parque de atracciones. La abuela me había preparado un bocadillo para el camino. Daba igual que le hubiera insistido en que no hacía falta. Le gustaba cuidarme hasta límites insospechados.

—¿Puedo bajar la ventanilla un poco? —pregunté, cauto, mientras el coche enfilaba hacia el *palazzo* Santino. ¿Estaba llevándome a vivir con él? ¿Esa era su sorpresa?

—*Certamente* —respondió el chófer, pero, en vez de permitirme hacerlo, dio a un botón que la bajó al momento, dejando entrar una cálida brisa marina. ¿Cómo iba a regresar a Madrid después de vivir ahí, después de tener el mar a mi lado, dándome una calidad de vida totalmente diferente a la que estaba acostumbrado? Cada vez que lo pensaba, odiaba más la ciudad. Pero, por otro lado, estaban Lucía, Magda, Iván… Alejandro. Y mi casa, y mi instituto.

Frenamos en el camino de gravilla frente a la escalinata principal y no bajé del coche hasta que el chófer me abrió la puerta. Iba a sacar mi bolsa de deporte, pero me impidió ir al maletero.

—*Sua altezza* le aguarda en la Biblioteca Real —me explicó, indicándome con la mano que subiera las escaleras, para encontrarme con Pietro, mi sirviente favorito, que me acompañaría a ver a Luca.

Atravesamos el hall principal del *palazzo* Santino, cruzándonos con varios sirvientes encargados de limpiar todos los recovecos de la entrada con máxima precisión. El mármol del suelo brillaba tanto que parecía casi hecho de cristal. Me daban ganas de ir resbalando, como si estuviera en una pista de patinaje sobre hielo. Llegamos a las enormes puertas que daban acceso a la Biblioteca Real y, despidiéndose con una leve reverencia, Pietro se alejó, dejándome solo ante la entrada. Paseé mis dedos por encima de la cerradura. Una cerradura de la que yo tenía la llave. Una parte de Luca tan importante, y había confiado en mí. Abrí con fuerza y, cuando entré, volví a quedarme igual de maravillado que la primera vez. Porque aquella biblioteca era espectacular. Te podía no gustar leer, pero estar allí dentro te cambiaba. Los libros te quitaban el oxígeno para nutrirse ellos un poco más, dejándote totalmente sin aire. Luca estaba en la parte de arriba, concentrado, mirando una de las estanterías donde guardaba sus cómics con un orden milimétrico.

—¡Luca! —chillé desde abajo.

—¡Gaspar! ¡Sube, necesito tu ayuda! —respondió sin siquiera mirarme.

Mis pies parecían recordar mejor que mi mente por dónde tenía que ir a la escalera que llevaba al piso de arriba. Allí dentro olía a jazmín mezclado con el olor de tinta y de libro usado. Una suma de aromas curiosa, pero que me ponía de buen humor. Cuando llegué a su altura, tenía dos cómics en cada mano, indeciso, sin saber muy bien qué hacer.

—Ayúdame a elegir. ¿Qué cómics me llevo? —Y me mostró los cuatro que tenía en las manos. Dos eran de Nightwing, uno de Batman y otro de Los Nuevos Titanes.

—No sé qué está pasando, Luca. ¿Para qué tienes que elegir cómics? ¿Adónde nos vamos?

—A Montez, por supuesto —contestó, y siguió mirando los cómics que había escogido.

—¿A Montez?

—Me dijiste que querías pasar un día a solas… —Lo comentó como si hubiera sido mi culpa la idea de ese plan.

—Ya, pero… esas cosas se avisan, ¿no? Además, llevamos dos días sin hablar. ¿Estás bien? ¿Qué ha pasado? ¿Has hablado con tu padre? —Y, nada más decirlo, me di cuenta de mi error.

—No sé quién es mi padre —bufó—. Necesito pensar fuera del *palazzo*. Necesito alejarme de aquí. Ya no sé quién soy, Gaspar.

—Eres Luca —le dije, tratando de calmarlo.

—Quiero ir a Montez. Y quiero que tú vengas conmigo. Solo si a ti te apetece.

—Pues claro que me apetece.

—Entonces, decide: ¿qué cómic me llevo? —Y volvió a alzarlos para que los viera bien.

—Pues llévate los cuatro —determiné al fin.

—No es llevarme los cuatro. Es elegir uno de ellos, y luego coger varios del mismo. ¿Entiendes? Así que Nightwing, Batman o Los Nuevos Titantes. ¿Qué eliges?

—Hum. ¿Los Nuevos Titanes? —pregunté sin darle demasiadas vueltas.

—¡Claro, Los Nuevos Titanes! La mejor opción, Gaspar. Muy bien. —Y colocó los otros tres en su estantería correspondiente—. Ya estoy listo para que nos vayamos. Necesitaba que alguien me ayudara, y quién mejor que tú. ¿Vamos?

Y, al pasar junto a mí, se detuvo a escasos centímetros, mirándome de arriba abajo.

—¿Has dormido bien? —preguntó.

—Sí. ¿Por? ¿Tan mala cara tengo?

—No. Solo que pareces cansado —contestó mientras me acariciaba con suavidad la cara y sonreía. Cerró los ojos un momento y me besó. Sabía a café recién hecho—. Te va a encantar Montez.

—¿Cómo vamos a ir? Es decir, es una isla y…

—En nuestro barco privado, por supuesto —me explicó.

—Y… ¿qué opina el rey de este viaje? ¿O Filippo? ¿O Amelia?

Luca gruñó, molesto.

—No tienen nada que opinar. Bastante han hecho ya.

Él bajó primero y yo tardé unos segundos extras. Así que lo seguí por todo el *palazzo* mientras íbamos cruzándonos con diferentes trabajadores que, o bien le hacían una reverencia, o le hacían alguna pregunta concreta. En nuestro camino, ni rastro de Carlo Calliveri o de Filippo. Realmente los había dejado fuera de la ecuación. Lo raro es que le hubieran permitido montar ese plan sin contar con ninguno de los dos. Ni siquiera con Amelia. Pero, claro, Montez era una isla tan poco habitada que quizá incluso fuera una buena solución. El rey se toma un descanso en su casa de Montez, ajeno a todo y todos, para reflexionar sobre su futuro. Ya estaba viendo los titulares.

—Tengo que coger mi equipaje.

—Ya está en el barco —afirmó con una seguridad envidiable mientras seguía atravesando el *palazzo* sin detenerse ante nada.

Salimos al jardín y, nada más bajar las escaleras, Robin vino a nuestro encuentro, trayendo un viento huracanado con él. Porque se había levantado un aire casi imposible. El pelo de Luca se revolvió como si se tratara de un mar embravecido, y no importaba lo mucho que tratara de domarlo, tenía que estar colocándoselo continuamente. Pero no se daba por vencido.

—Lo tienes bien, Luca. Estás guapísimo.

—Odio despeinarme.

—¿Por qué te crees que estoy tan feliz con mi pelo corto? —bromeé—. Podrías probar a cortártelo un poco. Te quedaría bien.

—¡Qué dices! Me gusta mi pelo tal como está.

—Pues entonces es hora de comprarse una gorra para estos días tan huracanados.

—No me quedan bien las gorras —admitió.

—Dudo que haya algo que no te quede bien, Luca. —Se sonrojó, pero no respondió.

Llegamos hasta la zona de los acantilados que rodeaban el palacio, donde había unas escaleras de madera oscura que bajaban, serpenteando por entre las rocas, hasta llegar a una pequeña cala privada que daba al mar Mediterráneo. Su propia playa secreta. ¿Cómo no iba allí más a menudo? Yo estaría allí todo el día. El primer escalón crujió a modo de protesta cuando empezamos a bajar. Luca se agarró al pasamanos para poder ir con cuidado, mientras Robin se adelantaba, dando saltos de alegría. Cada vez que veía que íbamos más lento de lo normal, ladraba un par de veces para que nos diéramos más prisa. Pero yo no podía ir más rápido, porque el viento era horrible, el pasamanos temblaba con cada ráfaga de aire, y temía por mi seguridad.

—¿Seguro que esta escalera es fiable? —inquirí, atemorizado, cuando el viento volvió a hacer de las suyas, haciendo que crujiera todo a su paso. Me agarré tan fuerte que casi se me llenó la palma de astillas de madera.

—Sí. No va a pasar nada —afirmó Luca, con su seguridad de siempre. No podía no creerlo. Aunque me costara. Lo único que quería era llegar a tierra firme. Poder sentir la arena bajo mis pies, en vez de la incomodidad de esa escalera del demonio, que daba la impresión de deshacerse a cada paso que dábamos sobre ella—. *Robin! No!*

Empezó a bajar mucho más rápido, pisando con más fuerza, haciendo que temblara todo, y poniéndome de los nervios.

—¡Luca! ¡Cuidado! —Pero ya no me escuchaba. Estaba ya casi al final de la escalera, y trataba de quitarle a Robin algo de la boca, aunque sin mucho éxito. Podía escuchar los gruñidos del dálmata desde mi posición.

Aceleré el paso, tratando de llegar lo más rápido posible a la playa, aunque resbalé un par de veces por el camino y estuve a punto de caerme rodando. Cuando llegué, volví a respirar de nuevo. Luca seguía luchando con Robin para que le diera lo que fuera que estaba masticando, pero este se resistía continuamente.

—*Mancio*, no lo suelta —protestó Luca, desesperado.

—Espera, déjame... —Y me acerqué a Robin. Un par de gruñidos me avisaron de que lo dejara tranquilo, pero, de los tres, puede que yo fuera el más cabezota. Así que estiré el brazo y lo acaricié bajo la oreja izquierda. Robin dejó de gruñir al momento y abrió la boca, dejando caer un trozo de plástico negro al suelo. Luca se apresuró a cogerlo, examinándolo detenidamente.

—¿Cómo ha llegado esto hasta aquí?

—Quizá por este viento del demonio —aventuré.

—¿Y ese truco?

—¿Qué truco? —pregunté, mientras seguía acariciando a Robin, totalmente dominado.

—Lo que estás haciendo. Has calmado a Robin al momento. Es la segunda vez que lo consigues.

—Tenemos nuestros secretos —sonreí.

—Ya veo. Vamos. —Y señaló con la mirada un pequeño muelle donde estaba atracado el barco que nos llevaría a Montez.

Yo esperaba encontrarme con una especie de yate, pero en su lugar había una lancha de color negro y cobre, con un techo acristalado y espacio para no más de cinco o seis personas. Al final del muelle, dos chicos de unos treinta años, vestidos de blanco y cada uno con una gorra blanca y azul. Pese al gran vendaval, ni siquiera se inmutaban. Luca llegó con su porte real, como siempre, y, tras saludarlos educadamente, entró en el barco, seguido por un Robin que me adelantó como si fuera un corredor de cien metros lisos. Lo único que alcancé a ver fue una mancha blanca y negra pasando a mi izquierda.

—Buenas… Esto… Buenos días —saludé a los dos chicos que iban a ser responsables de nuestra seguridad—. ¿No hace… como mucho viento para navegar?

Ambos se miraron, claramente sin entender lo que les estaba diciendo, así que negué con la cabeza y entré en el barco sin decirles mucho más. Luca estaba sentado, acariciando a Robin con calma, mirando al horizonte, donde solo se veía mar y el sol en lo alto. Me giré para contemplar el *palazzo* Santino desde abajo y vi que en todo lo alto de las escaleras que acabábamos de bajar, había alguien observándonos. No estaba seguro de quién era, pero habría jurado que era Filippo.

El barco se mecía con fuerza, porque, aunque estábamos cerca de la orilla, el mar estaba bastante embravecido. Iba a ser un trayecto muy tortuoso. Uno de los chicos soltó el cabo que amarraba el barco y nos despidió desde el muelle mientras el otro arrancaba, dando un respingo fuerte que hizo que mi corazón estuviera a punto de salírseme por la boca. Me agarré a mi asiento con toda la fuerza que pude, pensando que, si no lo hacía, saldría volando y caería al mar, sin nadie que me socorriera.

Luca se dio cuenta de mis nervios y, en vez de tratar de calmarme, se le escapó una risa silenciosa pero nada disimulada.

—¡¿A cuánto está Montez?! —grité para hacerme oír entre el motor del barco, el viento y el choque continuo de las olas. Nadie me escuchó—. ¡LUCA! ¡AY! —chillé cuando otro bote hizo que mi culo se despegara unos centímetros del asiento.

—¿Me has dicho algo? —preguntó, con el pelo revoloteando por delante de sus ojos y de su frente.

—¡QUE A CUÁNTO ESTÁ MONTEZ!

—A unos… treinta minutos —contestó con calma, como haciendo el cálculo mentalmente.

—¿TREINTA MINUTOS? —No iba a sobrevivir tanto tiempo—. ¿Y no puede ir más despacio? ¡VAMOS A VOLCAR!

—Si va más despacio, será peor porque te marearás —me explicó. No podía entender cómo estaba tan tranquilo, en mar abierto, y a una velocidad de cohete.

—¡Prefiero marearme a morir!

—No vas a morir, Gaspar. He hecho este viaje decenas de veces. No va a pasarte nada. Tranquilo. *Stai calmo*, Gaspar. —Sí, acababa de usar las mismas palabras que usaba para calmar a Robin.

—¡A la vuelta me vuelvo en coche!

—Es una isla, Gaspar. Lo vas a tener difícil —bromeó, sonriente, y volvió a girar la cabeza hacia el horizonte, disfrutando de un trayecto que a mí me estaba costando la salud.

Poco a poco la bruma marina se fue abriendo como por arte de magia y, a lo lejos, empezamos a divisar la isla de Montez, pero todavía nos quedaba mucho camino por recorrer. Atrás habíamos dejado el *palazzo* Santino, que se veía imponente desde nuestra posición. Allí en lo alto del monte Nuvole, vigilando el país desde su posición privilegiada. Una acertada metáfora de la monarquía, desde luego.

—Montez tiene su propia autonomía desde hace casi cinco décadas. Mi padre nunca se hace llamar rey de Santino y Montez. Hay bastante división en el país sobre ello. Pero yo considero que es importante saber nuestra historia y tratar cada parte de nuestro país con el mismo respeto.

—Pero, si tienen su autonomía, ¿por qué eres rey también de Montez?

—Así lo decidieron los monteses. No responden ante el Gobierno de Santino, pero sí ante nuestra monarquía. Digamos que eligieron quedarse con lo clásico. Se han sentido ninguneados durante mucho tiempo, y yo quiero revertir esa sensación.

—Pues menudo jaleo… —reflexioné.

El barco siguió con sus botes violentos y agresivos, aunque había acabado por acostumbrarme. No me quedaba otra. La isla cada vez estaba más y más cerca, y yo no podía desear más que llegáramos. Era bastante plana, salvo por un pequeño monte en el centro, coronado por un castillo de piedra sorprendentemente en buen estado de conservación. Había muchos árboles y edificios rodeando el monte, aunque no de más de cinco plantas. Realmente era una especie de oasis, y no lo digo porque hubiera palmeras, ya que había árboles de todo tipo, sino porque parecía un anexo diferente a la topografía de Santino. Desde luego que tenían su propia autonomía. Solo con verla podías notarlo.

El puerto estaba repleto de barcos de pesca, además de ser escenario de un movimiento de gente increíble. Debía de ser la hora para salir a pescar. Lo rodeamos mientras algunos pescadores nos saludaban levantando la mano, reconociendo el blasón de los Santino en el lateral del barco. Bordeamos la isla, pasando junto a varias calas entre rocas, y empezaron a aparecer grandes mansiones en las colinas, desde clásicas a modernas.

—Desde hace tiempo, muchas estrellas vienen a vivir aquí en verano. Por lo que me ha contado Amelia, esa casa blanca de allí es de Margot Robbie. Y la siguiente que vamos a ver es de un jugador de fútbol americano. La compró el año pasado.

—Sí que se vive bien en Montez. No será un paraíso fiscal o algo por estilo, ¿no?

—No lo sé —admitió—. Y esa es nuestra casa. —Señaló una villa muy similar a la de mis abuelos sobre un saliente escondido entre árboles, con una piscina con fondo infinito, y una escalera metálica que bajaba directamente al mar, junto a un muelle de madera negra en el que nos esperaba una mujer vestida con un traje azul marino precioso. ¿Y ahí íbamos a pasar los siguientes días?

El barco atracó en el muelle con suma delicadeza y la mujer nos ayudó a ambos a salir; Robin, por supuesto, no necesitó ningún tipo de ayuda. El chico que nos había traído sacó nuestro equipaje —mi bolsa y la maleta de Luca— y nos siguió mientras nosotros hacíamos lo propio con la mujer que nos iba a acompañar hasta el interior de la casa. Atravesamos el muelle de madera y subimos unas escaleras de piedra bastante resbaladizas hasta llegar al jardín trasero, pasando junto a la piscina. Robin echó a correr entre los árboles y lo perdimos de vista, pero a Luca no pareció molestarlo. Al fin y al cabo, estábamos en su casa.

—¿Qué te parece?

—Por ahora, increíble —reconocí. Luca sonrió, complaciente.

—Vamos, que te enseño la habitación.

La casa por dentro no parecía ser de mucho lujo, sino más bien una villa santinesa al uso. No había arte moderno o muebles imposibles, sino un espacio acogedor de techos altos de madera, unos ventanales que permitían tener unas vistas de ensueño, una enorme chimenea en el salón, además de un piano de cola y plataneros que medían casi tres metros de altura y se colaban en el piso superior. Subimos una escalera negra con los escalones casi suspendidos en el aire y llegamos a la planta de arriba.

—Ese es uno de los baños, donde tienes la bañera. En el de la habitación principal, solo hay ducha. —«Solo hay ducha». Pero, claro, la ducha era impresionante. El agua caía en cascada por la pared y desde el techo, y te hacía sentir como si estuvieras en la jungla, bajo el monzón. La cama era mucho más grande que una de matrimonio, repleta de cojines y con un edredón de color beige apagado que llegaba hasta el suelo. Tras ella, de cabecero, unas ventanas rectangulares que ocupaban toda la pared y que engañaban a la vista, haciendo creer que la cama estaba encima del mar. Literalmente. Varias estanterías repletas de libros desordenados y una estufa con troncos crepitando en su interior. La casa tenía una temperatura perfecta.

—Menuda pasada de casa, Luca.

—Muchas gracias —asintió.

—Voy a por mi bolsa para...

—Tu ropa ya está dentro de los armarios.

—Eso es imposible. No les ha podido dar tiempo a... —Pero abrí uno de los armarios con puertas correderas y ahí estaba toda mi ropa perfectamente doblada. ¡Hasta mis calzoncillos! ¡Qué vergüenza!

—¿Qué te apetece hacer? —me preguntó con interés genuino. Puede que fuera la primera vez que me lo preguntaba.

—Pues... pues no lo sé. No lo tengo muy claro. Es que esta casa es inmensa. No sé si te has dado cuenta —puntualicé.

—No es mucho más grande que la de tus abuelos.

—Aquí cabrían dos iguales que la de mis abuelos. ¿Has visto la altura de esos techos? —exagerando, como siempre.

—Yo voy a nadar en la piscina. Si quieres puedes acompañarme, o dar una vuelta por la casa. Como si fuera tuya —sugirió con una sonrisa. Pero yo ya había aprendido que nadar con Luca era mala idea. Porque no había visto una persona más competitiva que él. Ni siquiera yo.

—Como no quiero acabar ahogado —bromeé—, me daré una vuelta por la casa y por los jardines, para cotillear un poco. No sé, a lo mejor hasta me doy una ducha en esa maravilla que tienes en la habitación.

—*Perfetto.* Además, dentro de una hora más o menos estará la comida preparada. Ya sabes que aquí se come al mediodía.

—Será la primera vez que lo haga.

—Bueno, tú me has enseñado que para todo hay una primera vez —sonrió y se acercó para darme un beso de nuevo.

Pero no quise dejarlo en eso, así que lo agarré con las manos desde la cadera y lo junté contra mi cuerpo. Llevaba tanto tiempo queriendo estar así con él, besándolo sin pensar en nada más, sin miedo a interrupciones… Abrió la boca y, torciendo un poco la cabeza, trató de encajarla con la mía, absorbiendo mi aire y pasándome el suyo, convirtiéndonos en uno solo. Me dejé llevar y, sacándole un poco la camisa de los pantalones, metí una de mis manos por dentro, acariciándole la espalda. Luca la arqueó y yo la retiré de inmediato.

—Qué fría.

—Espera. —La saqué del interior de su ropa y la froté sobre mi pantalón con ganas. A los pocos segundos, volví a probar, y esa vez ya no se apartó—. ¿Mejor?

—Mejor.

Luca se mordió el labio inferior, mostrándose cada vez más dispuesto a dejarse llevar conmigo. Pero, en vez de hacerlo, se separó después de darme un último beso y se perdió en el interior del vestidor para cambiarse y ponerse el bañador. Aún le daba algo de vergüenza que lo viera tan vulnerable, pero, si me había invitado a estar ese día a solas con él, no pensaba dejar escapar la oportunidad por mucho más tiempo. Así que, sin decirle nada, entré a hurtadillas en el vestidor para darle una sorpresa. Luca estaba en calzoncillos. Unos calzoncillos de tela preciosos, de rayas azules y blancas. Al escucharme entrar se giró de golpe, sorprendido y avergonzado a partes iguales.

—¡Gaspar! —Y trató de taparse con las manos.

—No te tapes —le pedí y me fui acercando lentamente hacia él. Luca no entendía muy bien lo que estaba pasando hasta que estábamos tan cerca que nos separaban centímetros de distancia.

—¿Qué haces? —preguntó en un susurro tembloroso.

—Algo que llevo mucho tiempo queriendo hacer… Solo si a ti te apetece.

Luca no dijo nada mientras yo deslizaba mi lengua por encima de sus labios, lamiéndolos, absorbiendo su suavidad, su delicadeza. Él mantenía la boca abierta, sin moverse del sitio, hasta que empecé a bajar mi mano, acariciándole el pecho. Soltó un gemido involuntario y alzó la mirada hacia arriba, contrayendo todo su cuerpo. Suspiró y sus manos me cogieron de la cara, agarrándome para acercar su boca más aún a la mía y poder besarme con ganas, con pasión. Me quité el jersey y la camiseta, quedándome desnudo de cintura para arriba, mientras notaba que mis pantalones no iban a durar mucho más tiempo puestos. Nuestros pechos chocaron y nuestras caderas se unieron, tanto que noté lo excitado que estaba Luca debajo de esos calzoncillos. Así que, después de acariciarle el pecho y llegar hasta el ombligo, deslicé mis dedos por debajo de la goma de sus calzoncillos y, nada más hacerlo, noté la cabeza de su polla, dura y mojada.

—Uf... Gaspar —gimió dentro de mi boca, y se separó un poco para que pudiera cogerla entera, haciendo que mis manos la tocaran por completo. Pero, en vez de agarrarla, la masajeé despacio, notando toda su forma entre mis yemas. Me agarró el cuello con fuerza y me besó como nunca me había besado, con una locura inusitada. Tanta que nuestros dientes chocaron y yo no pude evitar reírme.

—Perdón.

—No pasa nada. —Y, mientras seguía sonriendo y mirándolo a los ojos, no dejé de masturbarlo, respirando en su boca. Primero lentamente y luego cada vez más rápido—. ¿Te gusta así? ¿Demasiado fuerte?

—Así... está... *perfetto.*

No sabría describirlo, pero que me hablara en santinés me excitó más que nada y el que gimió entonces fui yo. Quería todo con él en ese momento. Así que con la mano que tenía libre me desabroché los pantalones y, haciendo un baile un tanto ridículo, dejé que cayeran al suelo, quedándome solo en calzoncillos, uniendo de nuevo nuestras cinturas y haciendo que nuestras pollas se rozaran. Ese fue el límite de Luca.

—Gaspar... Gaspar... Yo... Yo —Y mis dedos se mojaron de golpe. Mis dedos, mi mano y sus calzoncillos. Luca tembló un par de veces y separó su boca de la mía para gemir una última vez—. *Mancio! Scusi*, Gaspar. Qué vergüenza —murmuró en un hilo de voz tan fino que la más mínima brisa podría haberlo cortado.

—No pasa nada —dije mientras sacaba mi mano del interior de sus pantalones, completamente manchada de su semen.

—No... no sé... Nunca me había pasado... Nunca... había terminado tan rápido.

—Eso solo dice cosas buenas de mí —sonreí.

—Déjame ayudarte. Quiero que tú también termines. —Y metió

su mano dentro de mis calzoncillos. El notar sus dedos sobre mi polla fue mágico. Era la primera vez que me tocaba—. ¿Así te gusta?

—Así me encanta. Pero, en serio, no hace falta, Luca. Es... —Pero no pude terminar la frase, porque Luca empezó a masturbarme a más velocidad, cada vez más y más rápido. Tuve que decirle que bajara el ritmo un par de veces, porque yo solía hacerlo mucho más lento. Podía notar que quería compensarme por haber terminado tan rápido, y además antes que yo. Acercó su boca a mi cuello y empezó a besarme. Ese fue el punto de inflexión perfecto que me ayudó a terminar, soltando un gemido mucho más alto que el de Luca, explotando en su mano.

—¿Qué tal?

—Uf. Genial. Es... la primera vez que hago esto. Con un chico, quiero decir —confesé.

—Yo también.

—Pensaba que estas cosas duraban más..., pero es que contigo es difícil.

—Podría decir lo mismo —rio—. Voy al baño a limpiarme.

—Te acompaño.

Lo seguí hasta el baño, mientras él andaba de una manera muy cómica, porque toda la parte delantera de sus calzoncillos estaba manchada, al igual que los míos.

—Si quieres, dúchate tú primero mientras yo me limpio un poco con papel —le sugerí. Me habría encantado ducharnos juntos, pero quizá era ya demasiado para él. Aunque, para mi sorpresa, negó con la cabeza.

—La ducha es enorme. Puedes entrar conmigo.

—¿Me lo permite, *sua altezza*?

—Por supuesto. —Y, tras quitarse los calzoncillos para que pudiera ver su culo tan perfecto, entró en la ducha y abrió el agua, que comenzó a caer como una cascada de un bosque tropical. Me desvestí a toda velocidad y entré tras él.

No solo era la primera vez que besaba a un chico y que me corría con él. También iba a ser la primera vez que me duchara con uno. Luca dejó que el agua resbalara por encima de su cabeza y de su torso, mientras yo me acercaba por detrás y lo abrazaba, besándolo en los hombros, lamiéndole ocasionalmente hasta que empecé a tragar demasiada agua, provocando que Luca se echara a reír. Había como diez tipos diferentes de jabón y champú. Él eligió uno que olía a romero («Te ayudará a relajarte»), así que le hice caso y me embadurné por completo. Aunque me daba vergüenza limpiarme ciertas zonas en su presencia, y creo que a él también.

No sabría decir cuánto tiempo estuvimos bajo esa agua perfectamente templada, simplemente abrazándonos y besándonos, pero creo que mucho más del que deberíamos, porque salí con las manos arrugadas. Me tendió una toalla, que me anudé en la cintura, mientras que él cogía otra para el pelo y comenzaba a secárselo con fruición. El espejo estaba empañado, así que limpió una parte con el dorso del brazo y nos vi reflejados en él, los dos juntos. Más juntos que nunca. E, instintivamente, dejé caer mi cabeza sobre su hombro.

—Voy a nadar un rato. ¿Vienes? —me preguntó sin mover un músculo. No quería hacer nada que me molestara lo más mínimo.

—Creo que voy a dar una vuelta por el jardín, que así juego con Robin.

—*Perfetto.* Estará deseándolo. Nos vemos entonces en la comida. —Me besó en la frente y salió del baño, camino de nuevo al vestidor para ponerse el bañador, ahora que yo ya no iba a impedírselo. Aunque se lo impediría todas las veces.

23

Tienimi stanotte

Esa casa era inmensa.

Tardé como media hora en recorrerla entera, y eso que no había salido aún a los jardines. Tenía su propia biblioteca, por supuesto, e incluso una sala de cine con muñecos y pósters de coleccionista. No sabía que Luca fuera fan de Star Wars por ejemplo. Y ahí dentro tenía hasta un guion de *Los últimos Jedi* firmado por Mark Hamill, el mismísimo Luke Skywalker. Al igual que en *palazzo* Santino, siempre había un sirviente cerca para hacerme la vida más fácil, así que me aproveché un poco y le pedí una Coca-Cola. Me la trajo a los pocos minutos, con su rodaja de limón y todo. Y era la mejor Coca-Cola que había bebido en mi vida. A ver, a lo mejor exagero, pero no sabía que la necesitaba tanto hasta que la bebí.

Salí al jardín y escuché el lejano chapotear de Luca en la piscina. No podía creerme nada de lo que estaba pasando. ¿Finalmente íbamos a tener una relación normal? ¿Íbamos a ser novios de verdad? Al final lo de Filippo sería perfecto. Porque Luca no podría ser rey, se libraría de obligaciones y todo sería mucho más fácil. Todo estaba empezando a ser mucho más fácil. Hacía un poco de frío, y más humedad que en Santino Porto, pero no necesitaba nada más que mi jersey. Robin apareció de entre la maleza con un hueso de goma entre los dientes y vino corriendo hacia mí para que jugara con él, entre gruñidos y ladridos esporádicos. El cielo estaba nublado, pero de vez en cuando se colaban rayos de sol entre las nubes, resistiéndose a esconderse durante mucho más tiempo.

—Robin, *stai calmo* —le dije, y se sentó a mi lado, con la lengua fuera, esperando a que le lanzara su juguete. Después de un par de amagos, lo tiré con todas mis fuerzas y el dálmata salió tras él como una bala, dispuesto a cogerlo casi antes de que tocara el suelo. Pero cuando volvió no lo hizo solo, sino con Fabrizio a su lado, con el ceño fruncido y una expresión de ira dibujada en el rostro. Se me había olvidado Fabrizio por completo. Vino directo hacia mí, moviendo los brazos a ambos lados del cuerpo y negando con la cabeza a cada paso que daba—. *Ciao, Fabri. Come stai?*

—¿Dónde está Luca? —rugió.

—Eh…, está en la piscina, nadando —contesté, acobardado. ¿Es que ni siquiera le había dicho a Fabrizio que veníamos a Montez? —¿Ocurre algo? ¿Está metido en algún lío?

Pero ni siquiera me contestó. Pasó a mi lado, directo hacia la piscina. Robin empezó a ladrar, juguetón, esperando a que yo olvidara lo que acababa de pasar y siguiera haciéndole caso. Pero ya era incapaz. Pensé en seguirlo para ver qué le decía a Luca, así que, a una distancia prudencial, fui tras sus pasos. Con lo que no contaba era con que Fabrizio fuera mucho más alto que yo, más largo que yo, más rápido que yo. Me costaba seguirle el ritmo. Y, cuando él llegó a la piscina, yo aún estaba a metros de distancia. Luca seguía nadando, totalmente ajeno a la persona que lo esperaba en el bordillo, en uno de los extremos de la piscina. Cuando salió del agua, tampoco le sorprendió mucho verlo. Corrí hasta allí para tratar de escuchar algo de la conversación. Pude ver cómo Fabrizio estaba realmente enfadado, pero Luca no. Luca se mostraba impasible, pasota incluso. Hizo fuerza con los brazos para salir a pulso de la piscina y pasó al lado de Fabrizio, casi sin dirigirle la palabra.

Estaban discutiendo en santinés, por lo que no pude entender mucho de lo que decían. Pero al parecer yo tenía razón. Luca se había ido del palacio sin decir nada al jefe de su equipo de seguridad. Y, claro, no le había sentado nada bien. Normal. Una temeridad por parte de Luca. Sobre todo con el ambiente que había en Santino en los últimos días por culpa de la noticia de su dudosa pertenencia a la familia real Calliveri.

—*Non sono un bambino* —replicó Luca en un momento de la conversación. «No soy un niño».

Estaba harto de recibir órdenes y normas por todos lados. ¿Y cuál era su recompensa? Que le ocultaran las cosas. Algo tan importante como la identidad de su padre verdadero. Todo lo que hacía lo ponían en cuestión. ¿Cómo no iba a estar enfadado? Pero, claro, huir así de palacio… quizá no había sido su mejor decisión.

Al verme entre las hamacas, con Robin a mi lado, Luca vino hacia mí, aunque Fabrizio seguía tratando de hablar con él.

—Me cambio y vamos a comer. ¿Te gustaría conocer Montez esta tarde? —me preguntó, ignorando por completo al responsable de su seguridad.

—Sí, claro, claro. Pero, oye, te está hablando…

—Lo sé. Mañana volvemos a Santino Porto. Y, lo siento, pero hoy no estaremos tan solos como me habría gustado.

—¿Te has escapado, Luca? —le pregunté directamente.

—¿Importa? —Y su sonrisa torcida escondía una frustración tan grande que me dieron unas ganas enormes de abrazarlo—. Lo siento. No quería que…

—No pasa nada. Lo vamos a pasar muy bien hoy, ya verás. Y mejor que haya venido Fabri, que así puede llevarnos las bolsas de lo que compremos —bromeé—. Fabri, ¿te quedas a comer?

Fabrizio se sorprendió al verme hablándole directamente. Miró a Luca, que asintió, y entramos los tres en la casa.

Comimos en el gran comedor sopa de cebolla y ratatouille con salsa de pimientos. E incluso un brownie de postre con helado de violeta. Y Luca nunca había estado tan hablador. Me contó cuáles eran sus películas favoritas, cómo sus padres iban algunos fines de semana a esa casa y él tenía que quedarse en el *palazzo*. «Ya sabes que no podía salir hasta cumplir los diecisiete». Y también me contó cómo quería mejorar su forma de jugar al tenis, emocionado de poder entrenar con Boro Lodi en un futuro. Era curioso que parecía haber estado en esa casa toda su vida, aunque fuera solo la tercera vez que la pisaba en pocos meses. Su actitud era totalmente diferente. Por mucho que le insistimos, Fabrizio se negó a comer. Se mantuvo de pie en una esquina del amplio comedor, observándonos, sin hacer apenas un gesto. Hasta que yo me acerqué a llevarle un vaso de limonada, y al menos reaccionó cogiéndolo y vaciándolo de un trago. De fondo sonaba un hilo musical de canciones aleatorias. Sonaba *Stardust* de Zayn. Es la primera que reconocí.

Tras terminar de comer, subimos a la habitación para cambiarnos, porque quería llevarme a conocer Montez. Pero me dejé caer sobre la cama, porque el viaje en barco me había dejado exhausto y, tras mucho insistirle, conseguí que se tumbara a mi lado. Dormir la siesta con alguien es mágico. Más aún si la persona que tienes al lado, la que te abraza, es Luca Calliveri. Perdón. Luca Bigazzi. Tendría que acostumbrarme a su nuevo apellido. No sé cuándo me quedé dormido, pero la respiración de Luca era tan hipnotizante que no tardé en cerrar los ojos y entregarme al sueño por completo. Cuando me desperté, él ya no estaba sobre la cama. Miré la hora en mi móvil. Las cuatro de la tarde. Me desperecé estirando los brazos lo máximo posible y cogí una botella de agua de la mesilla que había a mi izquierda, bebiendo como si no lo hubiera hecho en días. Al escuchar ruidos, Luca apareció en el umbral de la puerta, con un nuevo look. Iba de traje, sí, pero con la camisa por fuera y unos pantalones anchos oscuros.

—¿Has dormido bien? —me preguntó.

—Dios, como en mi vida. ¿Tú?

—Me he levantado hace solo diez minutos —respondió—. ¿Te cambias y nos vamos a Montez?

—¿Ya?

—Mejor que cuando sea de noche, ¿no?

—Vale. Tardo cinco minutos. —Y me incorporé de un salto. Fui al armario, cogí lo primero que vi y, mientras me cambiaba, Luca me avisó de que me esperaba abajo.

Decidimos ir andando hacia el centro de la isla, pese a que a Fabrizio no le gustaba la idea. Insistió durante bastante tiempo en que debíamos ir en un coche protegidos. Pero Luca se empeñó y al final el hombre acabó por ceder. Eso sí, fuimos hacia el pueblo seguidos por hasta cinco responsables de seguridad, que nos dejaban espacio, pero nunca el suficiente.

—¿Puedo darte la mano ahora que no nos obliga Amelia? ¿O tengo que esperar a que haya público?

—Puedes —me dijo y me la cogió él antes de que yo pudiera reaccionar—. ¿Así?

—Así es perfecto —sonreí.

Si había algo con lo que había fantaseado cientos de veces en mi habitación era ir de la mano con un chico. Paseando. Simplemente sintiendo nuestros pulsos a través de nuestras palmas. No necesitaba nada más para ser feliz.

—¿Alguna tradición o leyenda de Montez que deba saber?

—Aquí les gustan mucho las aceitunas. Las usan para todo. Su pan es muy famoso, con aceitunas negras y semillas de lino —me explicó—. Y, por supuesto, su sopa de pescado. La preparan con *fosco*. Es una especie de pez parecido al rape. Una de las comidas favoritas de mi madre.

—¿Está rico eso?

—No me gusta mucho la sopa de pescado. Pero la de Montez es maravillosa. Te lo aseguro.

El bosque que rodeaba la casa se fue ensanchando y abriendo hasta que llegamos a un pequeño puente de piedra que pasaba por encima de una lengua de mar que se adentraba en la tierra, junto a una desvencijada iglesia de color amarillo, y llegamos a una cuesta empinada en exceso. A un lado había casas y restaurantes y, al otro lado, un mirador desde el que se veía parte del puerto de Montez. No obstante, tenía una imagen muy diferente a la de por la mañana. No había casi barcos ni barcas de pescadores. Estarían todos faenando en alta mar. Además, el viento se había calmado y las olas habían desaparecido. Olía a sal y algas, pero también a arena, a fondo marino y a verano, aunque estuviéramos en pleno diciembre. Había un enorme árbol de Navidad rodeado de luces que aún no estaban encendidas en el centro de la plaza al final de la cuesta y, tras el puerto, un hotel blanco de lujo que contrastaba con el resto de casas, de no más de dos plantas, con contraventanas de colores. Había muy poca gente paseando o en los bares cercanos. Era la hora de la siesta. Al menos lo era para mí. Y, claramente, allí en Montez también.

—¿Quieres un *gelato caldo*?

—¿Un… helado caliente?

—Sí. Son muy famosos aquí en Montez —explicó, orgulloso. Sobre todo porque se habían dado la vuelta las tornas. En Santino Porto tuve que explicarle yo todo lo que había aprendido. Ahora le tocaba a él.

—Claro. No hace falta ni preguntar. A todo lo que sea comer, te voy a decir siempre que sí. ¿O es que no me conoces todavía?

—Tienes razón.

Nos acercamos a una heladería llamada Lancek y Luca me explicó que significaba «helado» en montano, un dialecto del santinés. Un dialecto que estaba a punto de perderse ya que no se hablaba fuera de Montez y los colegios habían dejado de enseñarlo.

—Es una pena que se pierdan esas cosas —admití—. No deja de ser cultura, ¿no? Identidad. Qué... qué pena.

—Yo sabía hablarlo, pero ya lo he olvidado casi todo. La falta de práctica.

Antes de entrar en la heladería, Fabrizio entró primero para asegurarse de que no había ningún tipo de peligro. La heladería estaba vacía, así que era el plan perfecto. Yo fui directo al sabor stracciatella, porque tenía debilidad por los trozos pequeños de chocolate. Luca tardó mucho más en decidirse. Al final acabó eligiendo el de vainilla con trozos de fresa. En vez de ponernos la bola de helado en una tarima o en un cucurucho, la dependienta cogió una especie de bollo redondo que olía a masa recién sacada del horno y lo abrió por la mitad. De este salía humo, dejando claro que estaba ardiendo. Colocó mi bola de stracciatella sobre una de las dos mitades, echó un poco de chocolate derretido por encima, y cerró el bollo con su otra mitad, dándomelo en un plato de cristal. Repitió el proceso para Luca y, tras entregárselo, le dio las gracias por acercarse a su tienda. También le dijo que había llorado durante su *orontine*.

—*Grazie mille* —respondió Luca, educado como siempre, cogiendo su plato y llevándolo a una de las mesas junto a la ventana, para que pudiéramos ver el mar desde allí. Obviamente él se sentó primero. Para algo era el rey. E incluso en una heladería había que seguir el protocolo. Pero no pude esperar y me adelanté para comer. ¡Y estaba buenísimo! El contraste del bollo caliente que sabía a vainilla y mantequilla con el frío del helado era espectacular. Además, el chocolate líquido se había endurecido un poco y le añadía un toque crujiente perfecto. Era como comer masa de gofre con un helado medio derretido. A los pocos segundos, ya empezaba a gotear cada vez que lo cogía con las manos. Luca, por supuesto, lo comía con cuchillo y tenedor.

—Esto está buenísimo —admití dándole un nuevo mordisco—. Pero no sé por qué lo comes con cubiertos.

—Para no mancharme.

—Pues eso es precisamente lo divertido, ¿no? Mancharse mientras comes —bromeé, con restos de helado cayendo por mis muñecas. Pero, en vez de coger una servilleta y limpiarme, lo hice dándome un lengüetazo, algo que pareció horrorizar e intrigar a Luca a partes iguales.

—Tienes servilletas para eso.

—No quiero perder nada de helado —le expliqué.

—Por eso es mejor comerlo con cuchillo y tenedor —concluyó, haciéndose el listo.

—Nah, prefiero seguir manchándome un poco más. Y yo que tú comería más rápido, porque, en cuanto me termine el mío, voy a ir a por el tuyo.

Y, en vez de reprenderme o decirme alguna de sus borderías, dejó el tenedor y el cuchillo sobre la mesa y movió el plato hacia mí.

—¿No quieres más?

—Tú lo vas a disfrutar más que yo.

—Oye, que era una broma, que no te iba a quitar tu helado caliente...

—Técnicamente se llama *lancelo*. Es una mezcla de *lancek* y *toplo*, que significa «caliente» en montano.

—Pues sí que recuerdas cosas, sí. ¿Seguro que no te importa?

—Todo tuyo —insistió, así que cogí los restos de su *lancelo* y, ayudándome de mis dedos pringosos, lo devoré, pensando en que, en cierta manera, había pasado por la boca de Luca—. Ahora podríamos ir a ver la iglesia de Santa Sofia y, más tarde, buscar alguna tienda de artesanía local, si te apetece.

—Lo que quieras me parecerá bien. —Lo que yo no sabía es que todo el itinerario ya había sido cerrado con anterioridad por Luca y Fabrizio para que no hubiera ningún tipo de sorpresa. Incluso cuando creía que teníamos libertad, algo siempre aparecía para recordarme que todo era una ilusión.

Los dos subimos en un coche tradicional montés, un coche muy pequeño con solo tres ruedas, conducido por un señor de unos cincuenta años que no podía abrir casi los ojos de las arrugas que le surcaban la cara. Se empeñaba en hablarnos continuamente, pero se le escuchaba fatal y su acento era tan diferente que no había quien lo entendiera. Ni siquiera Luca se enteraba de mucho. Así que nos limitábamos a decirle que sí a cualquier cosa que nos dijera. La estrategia pareció funcionar porque solo reía, como si fuéramos su mejor público.

La iglesia de Santa Sofia era el edificio más alto del centro de Montez, con una fachada muy parecida a la de Notre Dame, porque además tenía una vidriera en el centro espectacular. Obviamente, no tanto como la de la catedral de París, aunque nos explicaron que la vidriera de la iglesia estaba hecha con restos de su rosetón. Íbamos protegidos por nuestro férreo equipo de seguridad, pero Luca no desaprovechaba ninguna oportunidad para saludar a la gente que se acercaba a vernos. Poco a poco se fue corriendo la voz y, cuando salimos de la iglesia, la plaza que la rodeaba estaba repleta de gente y, por supuesto, periodistas que trataban de sacar la mejor foto posible. Ahí se activó el protocolo antiprensa y nos metieron de vuelta en un coche de cristales tintados aparcado a escasos metros. Ni idea de cómo lo habían llevado hasta allí sin que lo viéramos, pero fue un alivio después de contemplar el tumulto de gente que se había congregado solo para poder vernos aunque fuera de lejos.

Fabrizio quería que volviéramos a la casa, pero Luca no quería poner fin ya a la tarde en Montez y tuvimos que desviarnos para acabar en el barrio de artesanos, repleto de pequeñas tiendas con productos locales. Desde *ossone* —unos dulces con forma cilíndrica rellenos de yema— hasta artesanía hecha con madera de la isla. En una de ellas, su dueño nos regaló dos pájaros tallados en madera del tamaño de mi dedo meñique. Y, en vez de regresar en coche, insistió en que volviéramos andando. Por suerte, no tuvimos más encontronazos indeseados con la prensa y fuimos de la mano todo el camino.

El sol ya estaba desapareciendo en el horizonte y, por alguna extraña razón, lo hacía más rápido en Montez que en Santino. Además, el frío era mucho peor, porque se te colaba por todos los pliegues de la ropa. Cuando llegamos, toda la casa estaba iluminada, porque había focos de luz escondidos en los sitios más insospechados. Se abrió la verja de seguridad y el coche que nos había ido siguiendo todo el camino de vuelta se detuvo justo frente a la puerta. Robin vino a saludarnos y, si pudiera hablar, seguramente estaría preguntándonos que cómo había ido todo. No dejó de lamerme la mano, oliendo los restos del *lancelo* que había devorado horas antes, y siguió así hasta que entramos. El olor a madera quemada de la chimenea nos dio la bienvenida, al igual que el olor de la albahaca. Eso solo podía significar que había pizza para cenar, y nada podía apetecerme más. Salvo una buena ducha caliente. Así que, mientras Luca hablaba con Fabrizio en el salón, detallando el plan del día siguiente, yo subí a la habitación para ducharme y arreglarme para la cena.

La tarde había sido perfecta. Pasear por Montez con Luca era diferente. Y conocer más sitios de Santino cada vez me gustaba más. Sobre todo cuando iba con alguien que podía explicármelo todo. Aunque realmente lo que más me gustaba era ir con él. Me iba a gustar cualquier sitio al que fuéramos juntos. Era muy raro cómo había cambiado mi vida en tan poco tiempo. Santino había sido un revulsivo perfecto, dándole la vuelta por completo a todo. Aunque seguía viéndolo desde fuera, sin acabar de creerme lo que estaba pasándome. ¿Luca se sentiría igual? ¿O para él sería todo natural? Mientras pensaba en ello, me fui desvistiendo y dejando la ropa sobre un sillón junto a la cama. Entré en el baño y ya había dos toallas nuevas preparadas para mí. No dejaban de adelantarse a todos mis deseos.

Abrí el agua de la ducha y esta comenzó a caer en una fina cascada por las paredes y desde el centro del techo. Me puse música en el móvil y lo coloqué sobre el lavabo. Nada me relajaba más que darme una ducha de agua ardiendo mientras cantaba cualquier canción que me saltara en el aleatorio de mi teléfono. En ese caso, el que sonaba era Conan Gray. Dejé que el agua cayera sobre mí, disfrutando del momento, pensando en cómo sería dormir esa noche junto a Luca. Aunque ya lo había hecho la otra noche en casa de los abuelos, esa vez parecía que iba a ser diferente. Más aún después de lo que había pasado esa mañana cuando habíamos llegado. Estaba deseando volver a verlo desnudo, tocarle de nuevo todas las partes de su cuerpo. Poco a poco fui excitándome y, casi sin quererlo, estaba tocándome mientras pensaba en él. La música quedó en segundo plano, al igual que el agua, que el calor…, todo. Cerré los ojos, concentrándome en su cara, en sus ojos, en su sonrisa, en su traje, en cómo le marcaba el culo, en aquel día en el *palazzo* cuando nos quedamos solos y nos besamos por primera vez con lengua. Ni siquiera me preocupaba que me escucharan. Abrí los ojos de nuevo y vi a través de la puerta entreabierta a Luca, sentado sobre la cama, mirando directamente hacia mí. Entré en pánico y lo primero que hice fue darme la vuelta para que no viera que estaba empalmado. Pero, claro, así estaría viéndome el culo. Dios, Tierra, trágame. Apagué el agua y me giré de nuevo, dispuesto a salir para coger una toalla, pero Luca ya no estaba. ¿Cuánto habría visto? ¿Me habría visto tocándome? ¿Cuánto tiempo había estado ahí fuera, en silencio?

Al bajar a cenar, no podía darme todo más vergüenza. Era raro estar allí después de lo que acababa de pasar. Tampoco sabía a ciencia cierta si me había visto o no. A ver, claro que me había visto. Lo que no sabía era durante cuánto tiempo. Cuando llegué al comedor, Luca ya estaba sentado a la mesa, acariciando a Robin con una mano y con la otra sujetando un vaso de agua con limón. Lo vi y lo saludé con un movimiento de cabeza. Él me lo devolvió y me indicó que me sentara a su lado.

—¿Bien la ducha? —me preguntó, y casi me atraganto con mi bebida.

—Sí, sí. Una ducha maravillosa.

—Me alegro. ¿Tienes hambre?

—Siempre —sonreí y, como por arte de magia, aparecieron dos pizzas napolitanas de mozzarella y tomate. La mía tenía los bordes un poco quemados, varias hojas de albahaca por encima y unas cuantas lonchas de jamón de Parma. La de Luca tenía también un poco de gorgonzola, pero sin jamón. En la mesa también había un aceite picante y un pequeño cuenco con parmesano recién rallado. Cogí una cuchara de postre y me eché un poco por encima, haciendo lo mismo con el aceite, mientras Luca me miraba con atención.

—No sé si este aceite estará igual de bueno que el de tu abuela.

—Lo siento, pero lo dudo, la verdad. ¿Tú no te echas? ¿Ni siquiera parmesano?

—No me hace falta —dijo, encogiéndose de hombros—. Eso es un invento americano. —Y cogió el cuchillo y el tenedor, dispuesto a comer de nuevo con los cubiertos. Pero no podía permitírselo. No esa vez.

—¿Me dejas un segundo, por favor? —pregunté, señalando los cubiertos con mi mirada. Luca se extrañó, pero al final me los acabó dando—. Gracias. —Y los lancé hacia atrás, por lo que cayeron al suelo con estrépito. Mucho más del que me habría gustado. Robin fue corriendo a lamerlos.

—*Mancio, Gaspar! Che fai?* ¿Qué haces? —gritó, totalmente descolocado. Me encantaba cuando mis acciones lo confundían, y pasaba más a menudo de lo que pensaba—. ¡Robin! —Y Robin, obediente, dejó de chupar el tenedor.

—No puedes comer pizza con cubiertos. No, no y no. Con la mano. Como yo.

—No quiero mancharme, Gaspar.

—Tranquilo. No vas a mancharte. Y, si lo haces, ¿qué más da?

Luca no estaba muy seguro de ello, así que cogí un trozo de mi pizza y empecé a comer, dando pequeños mordiscos, y quemándome la lengua en el proceso.

—¡Ay, ay, ay! ¡Quema! —protesté, y Luca empezó a reírse. Cogió un trozo de su plato, lo miró como si fuera un ente extraño y, tras sonreír un poco más, lo elevó para darle un mordisco. Luego otro, y luego otro más, mientras la mozzarella se escurría hacia abajo, cayendo poco a poco. Luca fue rápido y consiguió que aterrizara en el interior de su boca. Nunca había visto a nadie comer una pizza de manera tan sexy. Tan excitante.

—¡Mira mis dedos! ¡Están llenos de tomate! —se quejó.

—Esa es la prueba de que la estás comiendo bien.

Pensaba que volvería a usar cubiertos, pero acabó por terminarse toda la pizza sin recurrir a ellos. Seguía descubriéndole cosas tan sencillas como comer con las manos. Como si estuviera enseñando a un niño que acababa de salir al mundo, dispuesto a hacer todo lo que no había podido hacer hasta esa fecha.

Le pregunté por el reportaje que había salido en *Il Posto*, porque no habíamos hablado de ello en todo el día, y parecía estar contento con cómo habían salido las cosas. Aunque tenía varias objeciones con las fotografías elegidas, lo que más le gustaba eran sus propias respuestas, que fue capaz de recitarme casi de memoria. Lo que tenía haberlas aprendido desde que era pequeño. Filippo había hecho muy bien su trabajo. Pero no le pregunté ni por Filippo, ni por Carlo Calliveri. Él tampoco me quiso hablar de ellos. Era un tema demasiado espinoso como para sacarlo así como así. Ni siquiera tomamos postre porque estábamos completamente llenos y nos metimos en la sala de cine para ver *Jurassic Park*. Era raro tener todo al alcance de la mano, pero Luca no parecía alardear de ello. Simplemente eran cosas que había tenido siempre y pocas veces se había planteado si estaba bien o estaba mal. Hasta que había aparecido yo, por supuesto. Y, por lo que me contaba, su madre tampoco había estado muy cómoda con tantas atenciones cuando era reina de Santino.

—Lo que daría yo por tener un cine en casa —me sinceré.

—Bueno, este ya es tuyo.

—Uy, no sabes lo que dices —bromeé.

Luca estuvo toda la película concentrado, sin querer perderse ni un solo segundo. Pero yo luchaba contra el sueño a cada momento, hasta que se dio cuenta y lo dejamos por imposible. Así que subimos directamente a dormir, ya que al día siguiente, antes de volver a Santino, Luca quería llevarme pronto al puerto para ver cómo despertaba la ciudad.

Mientras él se lavaba los dientes en el baño, yo me quité la ropa —me quedé en calzoncillos y camiseta— y me metí dentro de la cama, debajo de las sábanas y del nórdico más suave que había tenido el placer de probar en mi vida. Luca apagó la luz del baño. La penumbra de la habitación recortaba su figura con el reflejo de la luna. Podía ver su forma perfecta creando una sombra en la pared. Rodeó la cama y se metió en el lado izquierdo. El olor a la menta de la pasta de dientes me dio ganas de querer besarlo. Más que nunca. Se quitó el anillo del dedo anular y se giró para mirarme; estábamos a escasos centímetros el uno del otro.

—Eres guapísimo —le dije en un susurro, como si me diera miedo que alguien nos escuchara.

—Es imposible que me veas en la oscuridad.

—Me sé tu cara de memoria, Luca.

—¿Sí?

—Claro. Mira, aquí está tu frente. —Y, sacando la mano del interior de la cama, lo rocé con los dedos, acariciando su frente con suavidad—. Aquí está tu oreja. —Mi dedo pulgar y mi dedo índice cogieron el lóbulo de su oreja, tirando un poco hacia abajo—. Aquí están tus ojos —proseguí y él los cerró. Los toqué con cuidado y él comenzó a moverlos—. Y aquí… están tus labios.

Al decirlo, mis dedos resbalaron por su boca semiabierta. Luca sacó la lengua y los lamió, llenándolos de su saliva. Esa fue mi señal para dejarme llevar, así que me acerqué más, si es que más era posible, y mi boca sustituyó a mis dedos.

—Te quiero. —Las palabras salieron sin más. Las sentía en lo más profundo de mi ser, y desde que lo hablé con la abuela, necesitaba decírselas en voz alta. La oscuridad fue mi aliada, porque no pude ver su reacción. Ni siquiera sé si me escuchó o no. Porque, en vez de responder o decir algo al respecto, volvió a besarme.

Nuestras lenguas se unieron una vez más, pero con tal pasión que hasta yo me sorprendí. Sus manos pasaron a rodearme, cogiéndome de la cintura y tirando de mí para juntar nuestros cuerpos. Él llevaba pantalón de pijama, pero nada debajo, porque, en cuanto noté su cuerpo contra el mío, también noté que se había excitado al momento. Fue bajándome los calzoncillos poco a poco para poder tocarme el culo. Mientras yo no podía parar de besarlo ni un solo segundo. Si lo hacía, me quedaría sin oxígeno y me ahogaría. Necesitaba su aire para seguir viviendo. Necesitaba su saliva para no morir deshidratado. Dicen que una persona no puede pasar más de cuatro días sin beber agua. Yo no podía pasar más de cuatro segundos sin beber de Luca, por muy cursi que sonara. Podríamos estar horas así, besándonos sin parar, sin dormir, sin hacer nada más. Haberle dicho por fin que lo quería había sido lo más excitante que había hecho en mi vida. No podía parar de pensar en ello, y mi corazón latía cada vez más y más rápido, como si quisiera escapar y acabar dentro de Luca.

Lo cogí de los hombros y lo giré, colocándolo con la espalda en la cama, y me puse sobre él. Sentado encima de su entrepierna. Apoyando mis manos en su pecho. Mi collar colgaba de mi cuello y caía sobre los labios de Luca. Sus manos me agarraban torpemente del culo mientras yo hacía presión. La luz de la luna, aunque fuera poca, entraba por las ventanas y reflejaba su cara tan perfecta.

—¿Ves? Eres guapísimo. Y ahora no puedes decir que no te puedo ver.

—Tú también eres guapísimo, Gaspar.

—¿En serio lo dices?

—Si no, no lo diría —se defendió.

—Gracias —contesté en un susurro de vergüenza. Luca sonrió en la penumbra y pasó a acariciarme la espalda. Podía ver en sus ojos que estaba dándole vueltas a algo—. ¿En qué piensas?

—Antes me has dicho que me quieres —dijo al aire, sacando pensamientos de su cabeza, aunque puede que ni esperara una respuesta clara por mi parte. Ya la tenía. Solo estaba constatando algo que sabía que había pasado, así que lo dejé seguir hablando—. ¿Es verdad, Gaspar? ¿Me quieres?

—Sí. —Ni siquiera lo pensé. Porque era muy liberador decirlo. «No hay que tener miedo a decir "te quiero" a las personas que amamos»—. Te quiero, Luca Calliveri. ¿Tú no me quieres? No tienes por qué decírmelo, ¿eh? Tampoco tienes por qué quererme. Y no por eso voy a quererte menos.

Dejó unos segundos la respuesta en el aire. No quería presionarlo, pero lo había hecho con mi pregunta.

—No le des tantas vueltas, Gaspar. La respuesta es sí. Creo que eres la primera persona a la que quiero de verdad —confesó y mi corazón se detuvo.

—Pero eso no puede ser. Tu madre, tu padre...

—Eres la primera persona a la que he elegido en mi vida. La primera con la que he decidido estar. Yo. Sin que nadie tomara esa decisión por mí —me explicó—. *Io te agratto*, Gaspar. Así se dice «te quiero» en santinés.

—*Io te agratto*... —repetí.

—¿Y sabes una cosa? Nunca me he sentido mejor que ahora.

—¿Conmigo sentado encima y aplastándote el...? —Sabía que no se refería a eso.

—Me refiero a tomar tus propias decisiones. Es diferente, pero increíble —admitió, orgulloso de la posición en la que se encontraba en esos momentos.

—Bienvenido a la vida, Luca Bigazzi—exclamé, acariciándole la cara con cariño. Escuchar el apellido de su madre le iluminó aún más la expresión—. Yo soy incapaz de tomar decisiones y sentirme así. Si ni siquiera sé qué quiero hacer con mi vida...

—¿Qué necesitas para saberlo?

—Buena pregunta. Si lo supiera, ya lo..., ya lo sabría, ¿no? No lo sé, Luca. No sé lo que quiero hacer. Me he planteado ser escritor estos días, ¿sabes? Mi madre lo era. Mi padre es editor. Es como la consecuencia lógica. Es difícil, lo sé. Pero podría intentarlo... ¿No?

—Por supuesto que puedes. Seguro que se te dará bien. Siempre tienes tanto que decir...

—¡Eh! —protesté y lo empujé, presionando su pecho, juguetón.

—¿Quieres venir a vivir a Santino? —Su pregunta fue directa, y odiaba que lo fuera. Porque aún no sabía qué responder.

—Quiero estar contigo, si eso vale como respuesta. —Luca calló, entendiéndome al momento. Casi nunca pillaba mi humor, pero, cuando me ponía serio, parecía ser capaz de leerme la mente.

—¿Tienes ganas de volver a Madrid?

—¿Volver? No. Porque eso es volver al instituto y una casa…, una casa que tiene demasiados recuerdos, ¿sabes? —reflexioné con toda la sinceridad de la que era capaz.

—Pero es tu ciudad —repuso, tratando de encontrar algo de lógica en lo que le estaba diciendo.

—Bueno, eso es relativo. ¿Tengo ganas de volver? No del todo. Solo por ver a Lucía, a Magda, a Alejandro…

—Nunca me hablas de tus amigos. ¿Cómo son? Quiero conocerlos, aunque sea gracias a tus palabras. Son importantes para ti, así que eso los convierte en importantes para mí. Has dicho que se llaman Lucía, Ale… Alejandro. ¿Qué más?

—Magda e Iván. Son mis cuatro mejores amigos. A ver, realmente Lucía es mi mejor amiga. Está loca y es muy directa. Si yo te parezco directo y que digo las cosas sin pensar, tendrías que conocerla. Ella sí que dice cualquier cosa que se le pase por la cabeza. Magda es como su versión *light*, más tranquila, más a su rollo… A lo suyo, vaya. Luego está Iván, el más gracioso de todos. Siempre consigue hacerte reír, aunque hay veces que es pesado de más. Y pesado pesado. Y, bueno, Alejandro. Alejandro es… A ver, a mí me gustaba Alejandro, pero yo a él no. Cosas que pasan. Ahora es uno de mis mejores amigos. La vida te sorprende, ¿verdad?

—¿Y después de eso habéis sido capaces de seguir siendo amigos? —preguntó, sorprendido.

—Sí, a ver. Supongo que, cuando has tenido alguna conexión con una persona, y quieres recuperarla, o que esa relación no se extinga, hay que pasar página en cierto modo. Él puso de su parte, yo puse de la mía. Y ahí estamos. —Según lo iba diciendo en alto, me iba dando cuenta de lo bien que estaba ahora con él, siendo amigos de verdad. Recuperando lo que, por el camino, se había perdido, aunque fuera momentáneamente.

—¿Y Dante? —Espera, ¿cómo sabía de la existencia de Dante?

—¿Dante? Dante es… un amigo que he conocido en Santino Porto.

—Estuvo el otro día en casa de tus abuelos, ¿verdad? Fue a verte. —No era una pregunta. Sabía la respuesta. Claramente Fabrizio y Amelia se lo habrían contado.

—Sí. Quería saber cómo estaba después de la *orontine* y tal. Es que… me gusta tener un amigo de Santino, y de mi edad. De hecho, es el único que tengo aquí.

—¿Cómo os conocisteis? —se interesó, y le conté aquella tarde en la tienda de máscaras, cuando me vio con la de zorro. Parecía que habían pasado años, pero solo habían pasado días. Quizá en Santino el tiempo era relativo.

—Tendrás que presentármelo algún día.

—Claro. Incluso te envió una de esas cartas con el sobre dorado. Fue él quien me contó la tradición.

—¿Ah, sí? No las he podido leer todas…

—¡Obvio! Eso es imposible —le dije.

—Me gustaría leerlas todas. Me gustaría leer la de tu amigo Dante.

—Bueno, ¿y tú? Háblame de tus amigos en *palazzo* —dije, desviando la conversación. No es que tuviera algo que ocultar, pero se me hacía raro hablar de Dante con Luca.

—Yo no tengo grupo de amigos —admitió, y una oleada de tristeza me apretó el estómago—. Es difícil tener amigos cuando has estado diecisiete años recluido en un palacio.

—Sí, la verdad. Lo siento.

—No lo sientas. Tú has sido mi primer amigo de verdad. Tienes que hacer cualquier cosa menos sentirlo —replicó mientras movía lentamente la cabeza para que siguiera acariciándolo, como un perro buscando cariño.

—Sería todo tan sencillo si no fueras rey… ¿No te gustaría saber qué se siente? ¿Dejar todas esas responsabilidades atrás? —planteé, inocente.

—Ojalá fuera tan fácil, Gaspar. Tú…, conocerte… ha plantado una semilla en mí. No eres consciente de lo mucho que me has ayudado. —Cuando uno tiene conversaciones de madrugada, todo se vuelve más intenso, más a flor de piel, al borde del precipicio. Cosas que uno piensa, pero no se atreve a decir. Así estaba siendo nuestra conversación—. Y he decidido ser rey.

—Espera, ¿qué?

Luca se movió para que me levantara y le dejara espacio para sentarse sobre la cama.

—No he sido sincero del todo contigo… —comenzó a decirme—. Quería pasar un día contigo, a solas. Pero también quería hablarte de lo que voy a hacer a partir de ahora. De cómo van a ser las cosas a partir… de mañana.

—¿A qué te refieres? —pregunté, cauto pero temiendo la respuesta.

—He decidido que voy a seguir siendo rey —repitió.

—Pero… ¿cómo? Es decir… ¿No se supone que no puedes? Al no ser hijo del rey y todo eso.

—La ley santinesa sí que habla de «sangre real», pero en santinés antiguo, por lo que puede interpretarse como «perteneciente a…». En este caso, yo podría mantenerme como rey, siempre y cuando Carlo Calliveri aceptara. Es decir, soy hijo de la reina Laura Calliveri. Pertenezco a la familia real de todos modos.

—¿No querías ser Luca Bigazzi?

—Soy Luca Bigazzi. Pero entre nosotros. Para el resto del mundo seguiré siendo Luca Calliveri por ahora.

—¿Por ahora? No lo entiendo. Dijiste que Luca Calliveri ya no existía. ¿Qué ha cambiado?

—No…, bueno, tengo… Es difícil decirlo. —Nunca lo había visto dudar tanto—. Pero quiero…, quiero destruir la monarquía, Gaspar —sentenció.

¿Cómo que quería destruir la monarquía? ¿De qué estaba hablando?

—Es algo que solo me ha traído desgracias, al igual que a mi madre. O incluso a… —Calló—. No creo que deba seguir existiendo esta institución. No más. Al menos, si tengo poder para acabar con ella en Santino, voy a intentarlo. —Hablaba totalmente en serio.

—Vamos a ver. Siento aguarte la fiesta, pero acabas de decirme que vas a ser rey. ¿Cómo vas a acabar con la monarquía?

—Al principio no lo tenía muy claro. No quería serlo, Gaspar. Y tú lo sabes. Pero entonces lo vi claro. Vi la vida que me esperaba y no quería seguir pasando por ello. Así que he investigado. He hecho mis deberes —sonrió amargamente—. Abdicaré en el Parlamento santinés. Sé que puede hacerse. Además, yo no tengo descendientes. Una vez que sea coronado, la decisión es mía y solo mía. —Estaba muy convencido de ello.

—¿Estás seguro? ¿Sabes a todo lo que vas a renunciar?

—Sí. Estoy seguro, Gaspar. Llevo dándole vueltas mucho tiempo, pero hasta ahora no había conseguido ponerlo en palabras. Tú… tú plantaste esa semilla. Si no te hubiera conocido, nunca habría reunido el valor necesario para hacer lo que sé que tengo que hacer.

—Pero…

—Escúchame un segundo, por favor —me pidió, tomando una buena bocanada de aire y colocándose frente a mí—. Te quiero, Gaspar Costa. Te has convertido en la persona más importante de mi vida, y he aprendido más a tu lado que en todos los años que he pasado encerrado en el *palazzo* Santino. Pero no puedo pedirte más. Ya te he exigido demasiado. Y, para lo que tengo que hacer, no puedo arrastrarte conmigo. No puedo arrancarte de tu vida en Madrid, de tu familia, de tus amigos. Esto es algo que he de hacer solo. Tengo que enfrentarme a ello y afrontar las consecuencias. Pero por nada del mundo quiero que nada de esto te afecte de alguna manera. Porque ya te está afectando demasiado. ¿Estos días encerrado en tu casa? ¿O tu imagen cuando se filtró la foto? No… no podría soportar que te culpen a ti de lo que quiero hacer yo.

—¿Me estás diciendo…? ¿Estás rompiendo conmigo? —Al decirlo en voz alta pasó de ser un pensamiento a una realidad.

—No. Simplemente, quiero que sepas lo que pienso hacer. Y no puedo pedirte que tengas que soportar la presión. Porque es algo que me toca a mí.

—¿Te das cuenta de que estás tomando la decisión por mí? ¿De que estás haciendo precisamente lo que odias que hagan contigo? —Y me separé un poco de él, molesto.

—¿Qué? No. No es eso lo que estoy diciendo.

—Pero sí lo estás diciendo. Es algo que tendré que decidir yo, ¿no crees? Si quiero estar a tu lado. Si creo que estoy preparado para ello.

—¿Y lo estás?

—Yo te quiero a ti, Luca —aseveré.

—No te he preguntado eso.

—Lo sé.

El silencio nos envolvió como un invitado no deseado. No tenía muy claro qué decirle después de lo que me había dicho. Sabía lo que quería hacer, y por supuesto, lo entendía. Al final del día, solo éramos dos chicos de diecisiete años jugando a ser mayores, con una responsabilidad que no deberíamos tener a nuestra edad. ¿Estaba preparado para ese escrutinio? ¿Estaba Luca preparado para ello? ¿O para estar conmigo?

—¿Por qué me dijiste «*non posso*»?

—Ya te lo expliqué. Me superó la situación —admitió—. Y mi padre no quería que te viera más. —Boom. Ese añadido no lo esperaba.

—¿Cómo? ¿Y eso por qué?

—No es que sea homófobo ni mucho menos. Pero consideraba que era más importante que viera la *pictura* completa.

—¿La imagen completa?

—Algo así. No podía quedarme solo con lo que empezaba a sentir por ti. Tenía que mirar por mi país, pensar en continuar el linaje real. Es decir, mi descendencia.

—Lo entendí —me apresuré a decir.

—Siento si en ese momento no fui claro, Gaspar, y me disculpo por ello —dijo, cogiendo mi mano—. Mi padre… El rey se preocupa por su país.

—Debería preocuparse más por lo que se sientes tú —repuse, y Luca no me corrigió, porque, aunque no quería decirlo en alto, claramente opinaba como yo.

—¿Entiendes por qué necesito hacer lo que voy a hacer?

—Sí. No… no comparto ciertas cosas, pero lo entiendo —admití al fin. Y ahí, los dos cogiéndonos las manos, con la luz de la luna como única iluminación de las lágrimas que resbalaban por nuestras mejillas, todo sonó a despedida. A una despedida que, aunque temía desde hacía tiempo, esperaba que no llegara nunca.

24

Le parole lontane

Cuando abrí los ojos, estaba entre las sábanas, tapado casi hasta la barbilla, y los brazos de Luca me rodeaban, queriendo sentir mi calor continuamente. Estaba falto de cariño y, cuando había bajado por fin sus barreras, lo había podido comprobar en primera persona. Me encantaba estar ahí para él. Su respiración en mi nuca me erizaba la piel y sus pies, aún helados, me provocaban escalofríos cada vez que me rozaba. Así que así era dormir con alguien. No solo dormir, sino despertarse con alguien. Una sensación perfecta, inigualable. Sus manos empezaron a acariciarme el pecho lentamente cuando notó que me había despertado. Sus caricias iban dibujando círculos invisibles alrededor de mis pezones hasta que comenzaron a bajar lentamente hacia la tripa, trazando una línea con uno de sus dedos. Casi parecía querer delinear todo mi cuerpo.

No había podido dormir en toda la noche, dándole vueltas a nuestra conversación. Pero Luca no se había apartado de mi lado, abrazándome en todo momento. Creo que soñé con Dante, en el monte Nuvole, tomando una pizza mirando las estrellas. Y con la conversación que tuve con él. De nuevo, Luca me echaba de su lado. De nuevo, Luca ponía por delante a su país. Claro, ¿y cómo no iba a hacerlo? ¿Estar conmigo suponía renunciar a todo lo que tenía? Espera un momento. Lo fácil habría sido renunciar al trono y quedarnos juntos. Luca iba a ir más allá, sacrificando su imagen para destruir la monarquía desde dentro y conseguir modernizar su país. Y era demasiado egocéntrico pensar que eso lo estaba haciendo por mí. Pero, pese a ello, me volvía a dar de lado una vez más.

—Buenos días —me susurró al oído.

—Buenos días —sonreí.

—Me voy a duchar. ¿Te quedas en la cama?

—Solo unos minutos más —supliqué.

Y, por primera vez desde que nos habíamos metido en la cama, nuestros cuerpos se separaron. En el momento que lo hicieron, pude notar cómo se llevaba una parte de mí. Un trozo que me dejó vacío durante unos segundos, desprotegido, permitiendo que el frío me envolviera, teniendo que sumergirme debajo del nórdico todo lo posible para conservar el poco calor que me había dejado al levantarse.

Después de unos minutos, me puse en pie y Luca seguía en la ducha. Le grité que bajaba a por un café, pero no pareció escucharme. Me puse unos pantalones y una camiseta y bajé lentamente hacia el salón, dispuesto a espabilarme con un café antes de que bajara Luca y prosiguiéramos con la conversación que iniciamos por la noche. Porque él me había dicho claramente lo que pensaba hacer. Ahora era mi turno de decirle lo que yo pensaba hacer, y si realmente estaba preparado para enfrentarme a ello o no. Pero, cuando llegué al salón, había alguien sentado en uno de los sillones, esperándonos. Escuchó mis pisadas, se puso en pie y se dio la vuelta. Filippo.

—¡¿Qué haces aquí?! Luca no quiere verte. Va a flipar cuando baje —le dije, alarmado.

—Tengo que hablar con *sua altezza* —anunció, totalmente impasible.

—¿Y crees que es el mejor momento ahora? Vamos a volver al *palazzo* en unas horas —expliqué.

—Yo ya no trabajo en el *palazzo* Santino, Gaspar. He presentado mi renuncia —afirmó con seriedad. Su confesión me había pillado desprevenido. Realmente no pensaba que eso fuera a pasar. ¿Le habría contado al rey Carlo la verdad? ¿O simplemente habría preferido adelantarse a los acontecimientos?

—No lo sabía —susurré—. Pero, aun así, no creo que quiera verte.

—Me da igual. Necesito hablar con él para que entienda...

—Creo que esa oportunidad ya la has dejado pasar demasiadas veces —espeté, y mi arrebato de sinceridad lo descolocó. Pero al acorralarlo se defendió como mejor sabía: atacándome.

—¿Sabes una cosa, Gaspar? Todo estaba bien hasta que llegaste tú —sentenció y me dejó sin habla—. Debí verlo venir. Debería haberlo hecho. Pero mi afán protector con Luca me había cegado por completo. Ni siquiera me había planteado las necesidades del futuro rey. Ni siquiera me había planteado que Luca pudiera... enamorarse.

Escucharle pronunciar esas palabras no era como me lo había imaginado, porque no sabía si las decía desde la rabia o desde el entendimiento... ya que él había pasado por lo mismo con la reina.

—La primera vez que te vi, pensaba que serías un *ciansero*. Un aprovechado que solo se...

—Sé lo que significa —lo interrumpí, molesto. Bastian ya me lo había llamado una vez.

—Pero Luca parecía tener cierto interés en ti. No lo entendía, aunque tampoco veía nada malo en que conociera a más gente de su edad. Eso sí, siempre echando un vistazo, vigilando de cerca. Y, cuando llegó un día Bastian y me dijo no solo que Luca se había escapado del *palazzo*, sino que además había huido contigo y os habíais hecho una foto, temí lo peor. Pensé en hablar con Luca. Incluso con el rey Carlo, para que te prohibiera la entrada a los jardines reales. Pero nunca lo había visto tan feliz. Así que preferí dejarlo pasar. El problema es que Bastian no quería. No es ningún secreto que siempre ha querido el trono y que, desde que nació Luca, nunca lo ha visto con buenos ojos. Insistía en que debía enseñarle la fotografía al rey. Me amenazó con hacerlo él, pero le pedí paciencia. Todo a su tiempo, le dije.

—Así que Bastian filtró la foto, harto de esperar, ¿no? Menudo gilipollas —gruñí.

Filippo negó con la cabeza.

—Bastian se enteró de… No sé cómo, pero supo que Luca no era hijo del rey Carlo. Creo que me escuchó teniendo una conversación con tu abuelo y…

—¿Mi abuelo lo sabe? —Eso sí que no me lo esperaba.

—Félix lleva siendo un buen amigo desde hace muchos años —fue su respuesta—. Bastian estaba arruinado y necesitaba dinero. Así que me dijo que le contaría a la prensa lo de la paternidad de Carlo Calliveri, a no ser que le consiguiera el dinero que quería. No dejaba de presionarme y yo me encontraba en una encrucijada… ¿Se dice así? No podía conseguírselo. Yo no tenía tanto dinero… Hasta que Luca fue a tu cumpleaños. No quería dejarle salir, pero él habló con el rey y consiguió un permiso especial. Cuando os vi juntos aquella tarde, y cuando os sorprendí en tu habitación —me sonrojé al instante—, vi el verdadero problema. Vi cómo te miraba y cómo lo mirabas tú. Había algo más con lo que no había contado. Y ese algo solo podía traer problemas. El rey nunca lo aceptaría, y eso significaría que, en el *Coriali*, no coronaría a Luca. No podía permitirlo. Después de tantos años preparándolo…, después de la promesa que le hice a Laura… Así que vi la oportunidad perfecta para resolver todos los problemas que se me habían presentado.

—La foto —concluí.

—La foto. Sabía que, si yo abandonaba el *palazzo* un día, volveríais a intentar escapar. Pero no valía solo con pillaros. Tenía que conseguir que Luca se sintiera traicionado. Te odiara. Y que el rey Carlo lo viera así también. Contacté anónimamente con *Il Posto* y les filtré la fotografía. Con ello, ganaba dinero para darle a Bastian y que se calmara. Pillaros juntos en Santino Porto haría que el rey Carlo no se fiara de ti. Creería que habías sido tú la mala influencia, sobre todo al ver la fotografía filtrada.

—¿Y si llegara a arrepentirse de coronar a Luca?

—Era un riesgo que debía correr, pero sabía que el rey Carlo te culparía a ti. Luca había sido un pobre niño corrompido. Todo el plan era perfecto. Hasta que os encontramos en el rompeolas, junto a uno de los puntos que habíamos dibujado Laura y yo… Ahí vi mi error. Porque vi amor en los ojos de Luca. Y también en los tuyos. No eras un *ciansero*. Estabas enamorado.

¿Los Siete Puntos del Amor eran obra de Filippo y Laura Calliveri? Después de todo ese tiempo, ¿habíamos estado siguiendo el amor de sus padres verdaderos?

—Cuando volviste a Madrid, Luca estaba *tronatto*. Destrozado. Pensaba que se daría cuenta de que no tenía ningún sentido que siguierais juntos. Trató de… Trató de ponerse en contacto contigo. Pero Carlo Calliveri le impidió toda comunicación, alegando que era mejor para el reino. Al principio yo era cómplice y no dejaba que llegaran las cartas que te enviaba. El rey me había insistido mucho en ello. El legado de los Calliveri podría estar en peligro. Pero verlo así me desgarraba por dentro, me rompía el corazón. Pensé que sería cuestión de tiempo que se le pasara, que superara la situación, pero no lo hizo. Entonces pensé en Laura. Había jurado proteger a su hijo. A *nuestro* hijo. Y yo le había hecho daño. Un daño quizá irreparable.

No sabía muy bien qué contestar. Acababa de confesarme que él había sido la mano en la sombra que había intentado separarnos. No solo lo había intentado, sino que lo había conseguido. Él era el responsable de todo lo que había pasado. Era el responsable de haberme roto el corazón en mil pedazos.

—Necesitaba que Luca volviera a sonreír. Él sabía que lo mejor era que estuvierais separados. Era lo mejor para el país, y era lo mejor según su padre, que todavía seguía siendo el rey. Aun así, le propuse que te invitara al *Sansere Invernale*. Al menos podría volver a verte. Aunque no contaba con que fuera a elegirte como su pareja. Ni yo lo pensaba, ni el propio Carlo Calliveri, ni nadie.

—¿Por qué se filtró a la prensa que Luca no es hijo del rey?

—Como te he dicho, Bastian llevaba meses chantajeándome. Cuando accedes y le das dinero a la persona que te hace chantaje, le estás dando también poder, y yo…, yo se lo había dado. Le pedí a Fabrizio que lo vigilara. Que tapara la historia todo lo posible. Como ves, no hemos sido capaces de mantener el secreto mucho más tiempo. Y Bastian tampoco ha sido capaz.

—¿Sabe alguien que tú eres el verdadero padre de Luca?

—Solo vosotros dos…, Amelia… y Fabrizio, por supuesto. Nadie más. Y así debe seguir. No quiero que Luca sufra más, y la prensa se lanzaría al cuello cuando descubra que…

—¿No lo ha hecho ya? —dijo una voz desde detrás de mí. Luca apareció en el recibidor de la casa, con un semblante serio, pero que contenía una ira tal que parecía a punto de explotar.

—Solo quería que…

—¿Qué haces aquí? —gruñó—. Dije que no quería volver a verte.

—Sí, por supuesto, *sua altezza*.

—¡*Mancio*, no me llames así! No soy ningún rey.

Filippo me buscó con la mirada, pero yo también estaba dolido por todas sus revelaciones, así que, cabizbajo, volví al lado de Luca.

—Has estado conspirando continuamente a mis espaldas. Destrozándome a cada oportunidad.

—No, Luca. Yo solo quería lo mejor para ti. Quería que fueras feliz y cumplir la promesa que le hice a tu madre.

—¡No menciones a mamá! —bramó—. Yo… yo estoy harto. Harto de todas las maquinaciones, de todas las decisiones tomadas sin consultarme, de todas las mentiras. Estoy harto. Vete. No quiero volver a verte, Filippo.

—Pero, Luca… —comenzó a decir él.

—*Vattene!* ¡VETE!

Filippo me miró, con los ojos rebosantes de lágrimas a punto de desbordar. Nos dedicó una última reverencia y finalmente salió de la casa, cerrando la puerta tras de sí, dejándonos solos para lidiar con todas sus revelaciones y secretos de última hora. Su conciencia estaba tranquila, pero el problema lo teníamos que gestionar nosotros.

—Luca, yo… —comencé.

—¿Qué hacías hablando con él? —Seguía muy enfadado.

—Estaba aquí cuando bajé —me excusé—. ¿Cuánto has escuchado?

—Todo —respondió, molesto—. Y estoy muy cansado, Gaspar.

—Normal. Yo también estaría así después de lo que ha dicho Filippo y…

—No solo hablo de Filippo. Hablo de Bastian, hablo de mi pa…, del rey Carlo. ¿Realmente nadie miraba por mí? ¿Nadie quería mi felicidad? ¿Todo eran zancadillas? ¿Todos iban en contra de mi felicidad?

—Ahora puede que lo veas así…

—¿Hay alguna otra forma de verlo? —replicó, retador.

—No, no, la verdad. Todos han sido unos gilipollas contigo. Eso está claro. Pero ahora lo importante es que tú tienes el control. Tienes el poder. Puedes decidir qué quieres hacer.

—Quiero destrozarlo todo. —Y, en ese momento, me dio hasta un poco de miedo—. Quiero que todo *calcine*. Quiero que todo se queme, Gaspar. Santino no se merece esto. Como tampoco se merece lo que hace el rey Carlo. Ni a alguien como Bastian como rey. Ni siquiera a alguien como Filippo. Pensar que…, que mi madre tuvo que renunciar a todo…, a… Ella quería dejarlo todo, Gaspar. Y no solo no lo hizo, sino que tuvo que mentir sobre quién era el verdadero padre de su hijo. ¡Y acabó muerta en un estúpido accidente! —bramó.

—Entiendo que todo esto…, a ver…, entiendo que todo es demasiado. Y te apoyaré en cualquier decisión que tomes.

—Pero no quiero que mis decisiones te afecten a ti, Gaspar. No quiero perderte —añadió con preocupación.

—Ni yo a ti, Luca. Lo sabes.

Ahí estaba. La despedida definitiva.

—No puedo pedirte que me esperes. De hecho, no voy a hacerlo. Solo quiero decirte que voy a volver. Porque quiero pasar el resto de mi vida contigo. Pero, primero, tengo que hacer esto solo. Por mi cuenta. Enfrentarme a ello.

No dije nada.

Porque no me salían las palabras.

—Voy a volver. Gaspar. Lo voy a hacer. Y entenderé que, cuando vuelva, no estés esperándome. Pero si te encuentro, y tú me encuentras…, *tienimi stanotte*.

Un escalofrío me recorrió todo el cuerpo y dejé que una lágrima resbalara por mi mejilla. No pensaba dejar que cayeran más. Nos cogimos de las manos y nos besamos. Un beso con sabor a final, con sabor agridulce, porque suponía sellar lo que había dicho, suponía estar de acuerdo con su decisión. Pero también dejaba su sello en mi boca, dejando claro que no iba a ser el último beso que nos diéramos. O eso esperaba.

—*Tienimi stanotte*, Luca —contesté yo.

25

L'ultima notte

Obviamente el viaje de vuelta en el barco fue horrible. Ya no solo por el viaje en sí, que, pese a que no había casi olas o viento alguno, seguía siendo desagradable, y más aún cuando el capitán, o como quieran llamarlo, se empeñaba en ir a toda velocidad. Fue horrible porque una vez más me iba a ir de Santino con el corazón roto. Aunque esa vez había algo diferente. Porque, pese a que no acababa de estar de acuerdo totalmente con la decisión de Luca, la entendía. Quizá eso fuera lo que más dolía. Porque sabía que era la única salida. Al menos para él. Creo que ni siquiera se planteó renunciar al trono en ningún momento. Creo que esa idea ni siquiera llegó a formarse por completo en su cabeza. O sí, quién sabe. Pero la revelación de Filippo fue la puntilla para sentenciarlo todo. Para sentenciar lo nuestro. Incluso diciendo la verdad y alejándose, volvía a marcar nuestra relación, volvía a destruirla una última vez.

Tardé casi una hora en llegar a casa. Mi abuelo no estaba por ningún lado; estaría trabajando, supuse. Pero es que la abuela tampoco estaba. Suerte que esa casa nunca se cerraba con llave, así que entré sin preguntar y me sorprendió ver toda la decoración navideña quitada, sustituida por tonos dorados y plateados. ¿La Navidad en Santino solo duraba hasta el propio día de Navidad? ¿No había Reyes Magos ni nada parecido?

—¡¿Hola?! —grité, pero nadie respondió, así que la casa estaba vacía, solo para mí. No estaban ni Marco, ni Sofia, ni mi padre… Tampoco sabía muy bien lo que hacer, así que subí a mi habitación, me dejé caer sobre la cama y me quedé dormido al instante. Seguía entumecido y un poco mareado. Aún podía sentir las olas sobre las que habíamos navegado hacía tan solo una hora. Puede que me dejara mecer por el recuerdo y por eso el sueño me llegara tan de golpe. O puede que llevara demasiado tiempo necesitando ese momento de paz, en mi cama. O puede que me quedara dormido de tanto llorar. Porque lloré. Demasiado.

Cuando me desperté, ya había atardecido y el sol casi había desaparecido por completo. Escuchaba voces viniendo de la planta de abajo y, junto a mi cama, había una bandeja con un sándwich de pollo, lechuga y mayonesa, y un vaso de agua. Mi abuela siempre siendo la mejor. Según fui bajando las escaleras, las voces se fueron haciendo más y más claras. Hablaban en santinés.

—El bello durmiente despertó —se burló mi abuelo. De fondo sonaba música en italiano. Era Alex Rossi. El cantante favorito de la abuela.

—¿Has podido descansar, *jubico*? ¿Te has comido el sándwich? —preguntó la abuela.

—No tengo mucha hambre.

Esa frase los puso en alerta a ambos. ¿Yo sin hambre? ¿Cuándo había pasado eso?

—¿Estás bien? ¿Qué ha ocurrido?

—Abuela… —Y rompí a llorar.

—Oh, cielo. Ven aquí. Ven —dijo, abriendo sus brazos para rodearme y consolarme como solo ella era capaz de hacer en esos momentos. El abuelo se puso en pie, preocupado, y se acercó con cautela hacia nosotros. No sabía cómo actuar cuando pasaban esas cosas, pero yo era consciente de que, en el fondo, se preocupaba. Al igual que mi padre, que, cuando entró, vio lo que estaba ocurriendo y se acercó también, pasándome su mano por la cabeza con cariño—. ¿Qué ha pasado?

—Luca... Luca va a ser rey. Hemos... hemos roto. O eso creo.

—¿Rey? Qué dices, niño. Es imposible que sea rey después de lo que ha pasado —repuso el abuelo, elevando el periódico *Il Posto* en el aire.

—¡Y tú lo sabías! —dije, separándome de la abuela y gritándoselo.

—¡*Mancio*, niño! ¿Qué te pasa ahora?

—¿Me vas a decir que no sabías nada de esta noticia? —Señalé el titular que hablaba sobre Luca—. ¿Me vas a mirar a la cara, a tu nieto favorito, y me vas a mentir?

—No sabía nada de esa noticia.

—¡Y va y me miente! —chillé, exasperado, con las lágrimas brotando sin control.

—¡GASPAR! —gritó mi padre, dejando el móvil al instante.

—¡Qué! —repliqué—. ¡Abuela! ¿Recuerdas la conversación de la que hablamos? ¡Estaba hablando con Filippo! ¡El abuelo sabía que Luca no es el hijo del rey!

—¿Qué conversación? ¿De qué habla? —nos interrogó mi padre, confuso.

—Gaspar, creo que necesitas descansar un poco más. Claramente...

—No, no. Deja al niño. Si tiene razón. —Y cogió el periódico, doblándolo con cuidado y dejándolo sobre su silla—. Si ya lo sabe, no tiene sentido que le sigamos escondiendo cosas.

¿Cómo? ¿La abuela también lo sabía?

—Tu abuelo y yo no tenemos secretos —declaró, repitiendo la misma frase que cuando me habló de Allegra—. Pero no llames mentiroso a tu abuelo. Porque mantuvo su palabra. La ha mantenido todos estos años.

—Si hay algo que tienes que valorar en esta vida, Gaspar, es la lealtad.

—Pero ¿de qué estáis hablando? ¿Qué ocurre? —preguntó mi padre, totalmente perdido.

—Papá, tienes que seguirnos el ritmo, por favor. El abuelo sabía lo de Luca, lo de que no es hijo del rey.

—¿Cómo? —Seguía totalmente desubicado—. ¿Papá?

El abuelo se limitó a asentir. Y, para mí, las piezas seguían encajando con cada revelación. La abuela no se sorprendió mucho cuando le hablé de esa misteriosa conversación que había escuchado. O cuando se filtró la fotografía y a mí me echaron del *palazzo*, el abuelo siguió conservando su trabajo. Seguramente por la amistad que lo unía a Filippo. Solo esperaba que no lo hubiera incluido en su malvado plan de romper nuestra relación.

—¿Hay algo que quieras preguntarnos?

—Sabes que esto no puedes ir contándolo por ahí, ¿verdad? Ni siquiera a tus primos. Especialmente a tus primos —señaló el abuelo.

—Lo sé, lo sé. No voy a contar nada. Pero sí que tengo que contaros algo a vosotros… —anuncié, enjugándome las lágrimas—. Algo sobre tu amigo Filippo.

El abuelo enarcó una ceja, curioso, y les conté todas las revelaciones que había descubierto esa mañana. Les conté la verdad sobre Filippo, sobre su romance con Laura Calliveri, y sobre la obsesión de él con romper mi relación con Luca. Les expliqué punto por punto todo lo que había ocurrido con la fotografía y con Bastian. Al principio podía ver la expresión de incredulidad dibujada en el rostro del abuelo, pero, según avanzaba en mi historia, sus labios iban curvándose hacia abajo, en una mueca de desagrado increíble, y sus ojos se iban tornando más y más oscuros. No lloraría, por supuesto. Mi abuelo era de la generación que insistía en que los hombres no lloran. ¡Qué debilidad! Un hombre de verdad tenía que aguantarlo todo. No podía expresar sentimientos. ¿Qué era eso? ¡Cosas de niñas! No de hombres.

Cuando terminé mi historia, salvo un par de preguntas sueltas que tampoco aportaban mucho, el abuelo recogió el periódico, su taza de café humeante, y salió de la cocina sin decir una sola palabra más. La abuela me miró con cariño, pero, en vez de quedarse, fue tras él, dejándonos a mi padre y a mí solos.

—¿Así que tú tampoco sabías nada? —le pregunté.

—No me gusta que llames mentiroso a tu abuelo.

—¡Papá! ¿Con eso es con lo único que te quedas de todo lo que he contado? ¿En serio?

—Solo quiero que le tengas respeto. Es tu abuelo.

—No empecemos con la misma conversación. Además, ya nos llevamos mejor. Pero sigue siendo un cascarrabias. Fíjate, que le acabo de contar que, por culpa de su amiguito, a mí me echaron del *palazzo* y casi del país. ¡Y se ha ido sin decir nada! —rugí.

—Gaspar…, ahora mismo tu abuelo tiene que gestionar la traición de su amigo. ¿No lo entiendes? Por su culpa, tu relación con él casi se rompe para siempre. ¿O no lo recuerdas?

Y en eso tenía razón. Filippo, con sus maquinaciones y tejemanejes reales, había puesto en peligro mi relación con mi abuelo.

—Oh, ya… Claro.

—Y de paso la nuestra —apostilló mi padre—. Lo siento, Gaspar. Siento no haberte creído cuando ocurrió todo aquello. Pero me parece que hemos mejorado un poco estos meses, ¿no? —Y forzó una sonrisa. En eso tenía razón. Desde aquella conversación en la que nos dijimos todo lo que pensábamos, mi padre y yo estábamos en camino de recuperar nuestra forma de ser, nuestra forma de tratarnos.

—Sí… —asentí.

—Tu madre estaría orgullosa de ver en la persona que te has convertido. Ya lo estaba, pero estoy seguro de que ahora mismo lo estaría más aún. Como yo lo estoy.

—¿Estás…? ¿Estás orgulloso de mí? —susurré. Porque yo creía todo lo contrario. Siempre con sus ansias de que tenía que decidir lo que quería hacer en la vida. Siempre esa cara de decepción que en vano trataba de ocultar cuando no era capaz de tomar una decisión.

—Por supuesto que estoy orgulloso de ti, Gaspar. ¿Cómo no iba a estarlo?

—Entonces ¿por qué no dejas de… presionarme?

—Porque espero grandes cosas de ti, Gaspar. Como tu madre. Y he tardado demasiado en descubrir que tienes que seguir tu propio camino. Tengo que dejarte decidir.

—¿Y si no tomo la decisión correcta?

—Ay, Gaspar. Eso es la vida. Uno nunca sabe si ha tomado una decisión correcta o no. Pero hay que tomarla para descubrirlo —me dijo con suavidad.

—Yo… yo… —me costaba aguantar las lágrimas—. Yo quiero a Luca, papá. ¿Por qué todo es tan difícil?

—Estoy seguro de que él te quiere también, y que la decisión que ha tomado es la más difícil de su vida. ¿Es correcta? No lo sé. Solo espero que sí.

—No lo sé. No sé, pero me hace daño. Aquí. —Me señalé el corazón con el dedo—. Me corta la respiración cada vez que pienso en él. Me deja sin…, sin nada.

Pero, en vez de decirme algo, simplemente tiró de mí para abrazarme, dejando que soltara todo lo que tenía dentro.

—Ahora vamos a ver qué tal está tu abuelo, ¿te parece?

Al final mi viaje a Santino quizá no había acabado como yo esperaba, pero me había ayudado a reconectar con mi padre y puede que esa fuera una de las mejores cosas que me habían pasado en la vida. Por fin ese primer paso que tanto necesitábamos los dos… para poder seguir adelante.

EPÍLOGO

Un año después

Cuando llegué a la librería y la vi totalmente vacía, me temí lo peor. Llevaba varios minutos dando vueltas alrededor, escondido entre los coches, esperando a ver si alguien se acercaba a la puerta, aunque fuera por mera curiosidad. Pero nadie lo había hecho. Lucía tenía que trabajar y se había peleado ya las suficientes veces con su jefe como para hacerlo una vez más. Magda e Iván ya me habían llamado desde Oslo, así que no contaba con ellos. Y Alejandro había dicho que vendría, pero no lo veía por ningún lado. Eso sí, recibí un mensaje de Dante deseándome toda la suerte del mundo.

Lo vas a hacer genial, Gaspar
Cero dudas

Gracias.
Y más me vale!

Me encantaría estar allí
Cuando vaya a Madrid, espero que
me cuentes todo lo que vas a contar hoy

Si ya te lo sabes todo…

Y era verdad. Había estado presente en todo el proceso del libro. Pese a aquella noche en la que no me atreví a ir con él, a escaparme de casa de mis abuelos, habíamos seguido hablando. Al final habíamos mantenido la promesa y nuestra amistad había perdurado. De hecho, había prometido venir a visitarme a Madrid durante Semana Santa.

Miré la hora en mi móvil. Ya quedaba un minuto para el comienzo de la presentación, así que no podía retrasarlo más. Agarré con fuerza mi bolsa, inspiré y entré. Nada más verme, la dependienta me saludó con una sonrisa y, saliendo de detrás del mostrador, se acercó para darme dos besos. Con sentimiento, pero también con un toque de pena y de vergüenza al mismo tiempo. «No pasa nada —me dijo—. La gente suele llegar más tarde a estas cosas, y más aún con este frío». Al fondo había algunas sillas colocadas y, frente a ellas, una mesita plegable con varias copias de mi libro apiladas haciendo una montaña pequeña. Saqué mi estuche y lo dejé sobre la mesa y me senté, cogiendo la botella de agua que tan amablemente me había colocado la dependienta, para beberla de un trago. Ella regresó a su ordenador, mientras yo me quedé ahí, como un pasmarote, mirando a la puerta, decorada con nieve artificial, como si pudiera invocar a la gente para que apareciera por sorpresa.

No imaginaba que así sería mi primera presentación. Solo, y en una librería decorada con motivos navideños. Y lo fuerte es que deseaba con todas mis fuerzas que no apareciera nadie. Era así de ridículo, pero escribir esa historia había sido catártico y no quería enfrentarme a las opiniones de los demás. Salvo que fueran buenas. Ya sabemos que solo nos gusta escuchar cosas positivas sobre nuestro trabajo, y la gente es demasiado mala. Porque es muy fácil, muy divertido, criticar algo, destrozar la obra de alguien solo por el hecho de hacerlo. Deshumanización en estado puro. No sabía si escribir era realmente lo mío, pero me había abierto como nunca, y mi corazón estaba en esas páginas, dispuesto a ser pisoteado. Al final era el reverso oscuro de escribir libros, ¿verdad? Nunca sabes cómo va a reaccionar la gente, es algo que no puedes controlar.

Si hubiera aceptado la propuesta de mi padre, la presentación estaría siendo diferente, desde luego. Pero no quería empezar así mi carrera como escritor. Aún ni siquiera tenía claro que ese fuera mi destino en la vida. Y si tenía algo claro era que quería empezarlo yo por mi cuenta. Yo solo con mis propias decisiones. Por eso preferí autopublicarlo, en vez de ir a lo fácil, a lo sencillo, y publicar con su editorial. Quería demostrar lo que podía hacer. ¿A mi padre o a mí mismo? No lo tenía claro. Pero era la única forma de hacerlo. «Uno nunca sabe si ha tomado una decisión correcta o no. Pero hay que tomarla para descubrirlo».

—¿De dónde sacaste el título? —preguntó la dependienta, echando un vistazo a la tapa de mi libro—. *Los Siete Puntos del Amor.*

Fue escuchar el título en voz alta y todos los recuerdos volvieron de golpe. Recordar lo destrozado que me quedé cuando Luca se despidió de mí aquella mañana de diciembre. No una despedida al uso, desde luego. Porque habíamos seguido hablando. Al principio mucho, luego menos, y ya hacía tiempo que no sabía nada de él salvo por las noticias. Cumplió su plan. Se convirtió en rey de pleno derecho, sin tener a Carlo Calliveri continuamente siendo su sombra. Tendió puentes con muchos países europeos, y sobre todo con España. Hasta se creó un festival de cine santinés-español. Su popularidad subió hasta límites increíbles, y se convirtió en un verdadero activista por los derechos del colectivo, pero también por los de las clases más bajas. Era habitual verlo participando en diferentes organizaciones benéficas, acercándose continuamente al pueblo y a los más desfavorecidos. Continuando el legado de su madre. Hasta que, hacía exactamente una semana, saltó la noticia que tanto tiempo llevaba esperando desde que me habló de su plan. Congregó a multitud de medios de todo el mundo y anunció que abdicaba en favor del Parlamento de Santino, acabando así con la monarquía y con el legado Calliveri. Nadie se vio venir ese giro tan dramático de los acontecimientos. Él solo había conseguido acabar con esa regla anticuada que hacía que hubiera una familia por encima del resto. Luca creía ciegamente en la democracia, y así lo había demostrado. Al no tener descendientes, el trono no podía recaer en otro miembro de la familia si no lo elegía Luca explícitamente. Así que su única salida fue renunciar a él, y ceder su poder al gobierno elegido por el pueblo. Y, aunque todo tenía un sinfín de implicaciones legales por el camino, y nada era tan fácil como él había predicho, dio ese primer paso que tanto había esperado para dar.

Recordaba haberlo visto con mi padre y aplaudir como loco cuando pronunció el comienzo de su discurso. Porque en el fondo, y siendo un poco egocéntrico, sabía que parte de esa decisión la había tomado gracias a conocerme.

«Tú…, conocerte…, ha plantado una semilla en mí».

Al final había hecho caso a Lucía, aquel día que llegué a Santino, en aquel ya lejano verano. «Espero que hayas ido a Santino para derrocar a la monarquía». Ese fue su mensaje de despedida cuando dejé Madrid. Premonitorio.

Los primeros meses tras mi regreso fueron duros, porque era absurdo no admitirlo. Pero, con el tiempo, me fui dando cuenta de que ambos habíamos tomado la decisión correcta. Es decir, teníamos diecisiete años. Nos venía bien un poco de madurez, ¿verdad? Luca necesitaba descubrir el mundo por su cuenta, y yo tenía que descubrir el mío propio. Empecé a escribir y, aunque al principio me daba mucha vergüenza, se lo enseñé a mi padre. Le pedí que no me corrigiera nada. Aún no. Solo quería saber si creía que valía para ello o no. Sí, tuvo sus comentarios, porque era imposible pretender que no los tuviera. Su espíritu de editor se lo impedía. Pero me dijo que estaba orgulloso de que siguiera mi propio camino, además de decirme que era una primera novela muy decente, significara lo que significase eso.

Nunca volví a saber nada de Filippo. Ni por parte de Luca ni de mi abuelo. Nuestra última conversación fue la que tuvimos en Montez, cuando confesó todo. De vez en cuando pensaba en él y ya no sentía rabia o rencor, sino pena. Porque al final había acabado lejos de la persona a la que más quería en el mundo. A veces un afán sobreprotector puede jugar malas pasadas, y Filippo era prueba de ello. De Bastian tampoco sabía nada, más allá de alguna noticia suelta porque entró en un *reality* de la televisión italiana. Sus problemas de dinero debían de seguir persiguiéndolo, pero al menos ya no podría acercarse al trono de Santino. Con los que sí hablaba mucho era con Marco y Sofia. Venían a Madrid regularmente y yo los visité en Milán el verano pasado. Solo una semana, sí, pero menuda semana. Estar con ellos siempre era como vivir una película en la que eras el único protagonista. Pero no había sido capaz de volver a Santino. Por suerte, mis abuelos también habían venido a casa en varias ocasiones. Yo… no podía volver. Aún me costaba.

—De una leyenda que conocí en Santino… —le respondí.

La mujer cogió una copia del libro y empezó a leer la sinopsis.

—Donato Silvestri. ¿Así se llama el protagonista?

—Sí —contesté, orgulloso.

—¿Es muy romántico el libro? No lo he leído aún.

—Depende de lo que consideres romántico. —No lo entendió, así que volvió a su trabajo frente al ordenador. Mi humor seguía haciendo estragos.

Pasaron los minutos y, pese a algún cliente suelto que entraba preguntando por otros libros, nadie se acercó a mi presentación. La sensación era extraña, porque tenía ganas de llorar. Pero, por otro lado, entendía lo difícil que era destacar y veía incluso normal que nadie hubiera podido venir. Al menos estaba contento con el resultado, y eso ya era decir mucho.

—¿Quieres dejar algún libro firmado? Luego lo anuncio y pongo un cartelito mono. A la gente le encanta comprar libros firmados —sugirió la dependienta—. Y más aún en Navidad.

—Claro, sin problema. —Y abrí el estuche, dispuesto a firmar algunos ejemplares para cualquiera que viniera en los próximos días. Al menos, si alguien lo comprobaba, se llevaría un bonito extra navideño.

Abrí la primera de las copias que había sobre la mesa y empecé a escribir. «Espero que este libro sea tu ventana a una vida de aventuras». Porque para mí lo había sido. Y, en ese momento, se abrió la puerta de la librería de golpe y entró alguien dando voces.

—¡Venga, que estamos llegando tarde! —gritó Lucía—. Hola, Gasparcín. Sentimos el retraso. —Y, tras ella, entró Alejandro, sonriente como el que más. Pero también Iván y Magda. ¡Habían vuelto de Oslo y habían fingido que estaban allí aún cuando me llamaron por la mañana!

—¿Qué hacéis aquí? —exclamé, preso de la emoción.

—¿Cómo íbamos a perdernos tu primera presentación? —repuso Magda mientras me abrazaba con fuerza—. Feliz Navidad.

—Gracias —le susurré al oído.

Uno a uno me fueron abrazando y cogiendo sitio. La última en acercarse fue Lucía, con una sonrisa de oreja a oreja. Claramente sabía que ella había sido la artífice de todo. Por eso era mi mejor amiga.

—¿Ya soy la mejor amiga número uno? ¿O sigo teniendo que compartir? —bromeó.

—Venga, te doy un punto extra, si tanta ilusión te hace.

—Perfecto. Con eso tengo suficiente. —Y se lanzó a mis brazos—. Feliz Navidad, Gaspar.

—*Mancio, Marco! Andiamo!* —escuché de fondo y no podía creérmelo. Seguro que había escuchado mal. No podía ser verdad. En la puerta apareció Sofia, con un look totalmente nuevo y diferente, con medio pelo rapado y unas gafas de sol extragrandes, aunque ni siquiera hiciera sol a esas horas. Junto a ella estaba Marco, con el pelo teñido de rubio y más corto que nunca. Los dos entraron como si fueran los dueños de la librería, casi como si fuesen unas estrellas de un país exótico. Pero no entraron solos, porque iban acompañados de una mujer que no reconocí al principio… hasta que me di cuenta de que era Silvia, la profesora de tiro con arco de Luca.

—¿Silvia? —pregunté, desubicado.

—Que sepas que tus primos están totalmente locos —comentó con sorna—. Pero he de decir que me ha encantado el libro.

Me dio dos besos y se sentó en otra de las sillas libres, mientras Marco me cogía de la cintura y me levantaba varios centímetros del suelo.

—¡Primito! ¡Que ya eres escritor! —rugió, orgulloso.

—Sí, pero necesito… respirar —luché por decir. Sonrió una última vez y me soltó.

La dependienta de la librería cada vez estaba más sorprendida porque, a cada segundo, entraba una nueva persona. El siguiente en aparecer fue mi padre, y eso que a esas horas tendría que estar trabajando. Me explicó que a los abuelos les habría encantado venir, pero que no lo habían podido arreglar a tiempo, y me dio un beso en la frente, con cariño, con amor. Al ver a tanta gente, más personas que pasaban por la calle se animaron a entrar, por pura curiosidad y, al final, acabamos por llenar toda la librería, sin que quedara ni una sola silla libre. Así que me senté de nuevo detrás de la mesita plegable que me habían preparado, con una columna de varios libros sobre ella, mientras que mi padre se sentó en la silla de al lado, dispuesto a presentarme. ¡A presentarme!

—Si tú quieres, claro.

—Jo, papá, menudo honor. Claro que quiero que me presentes. Pero no seas muy duro, ¿eh?

—Tranquilo. Tu primo es el que más preguntas te va a hacer, y vas a necesitar a alguien que lo frene —bromeó.

—Sofia se encarga, no te preocupes.

—¿Ya estamos todos? —preguntó mi padre en voz alta, y se hizo el silencio, poniéndome nervioso al instante. Al final se estaba haciendo una realidad. Tenía ahí mi primer libro, y a la gente que más quería apoyándome. ¿Qué más podía pedir? Aunque…, aunque faltaba alguien—. Buenas tardes y muchas gracias a todos por venir. Estamos aquí para presentar el primer libro de Gaspar Costa, *Los Siete Puntos del Amor*…

Y, en ese momento, se abrió la puerta una última vez. Todos se giraron para mirar quién había entrado y se hizo un silencio absoluto. Yo estaba colocando mi abrigo detrás de la silla y, cuando volví a girarme, dispuesto a comenzar la presentación, lo vi.

—Hola, Gaspar.

AGRADECIMIENTOS

¿A quién puedo agradecer este nuevo libro (mi undécimo) si no a ti, lector, que sigues ahí, leyendo cada página que escribo? Con la cantidad de historias que hay hoy en día, la enorme oferta imparable de literatura, ¿cómo es que sigues eligiendo la mía? Aunque termines el libro en unas horas, tardes, más de un año o simplemente lo uses para aumentar tu enorme columna de libros pendientes…, gracias. Porque, una vez más, estamos juntos en esto. Y qué bonito es, ¿no?

Cuando empecé este proyecto, quería que cada parte fuera diferente. Si *Un rey de verano* era luz y calor, *Un rey de invierno* sería más oscuro y más frío. Quizá suene cursi, pero para mí el verano es la adolescencia de las estaciones. El invierno es la madurez. Y quería retratar ese cambio, esa evolución, en Gaspar y en Luca. Si estás leyendo esto, supongo que habrás llegado hasta el final (o empezarás a leer los agradecimientos al comienzo, así que ¡ojo!), pero creo que, pese a todo, el libro tiene un final. Iba a decir un final feliz, pero los finales generalmente no son felices. Simplemente son eso, un final. Y, aunque la historia termine, no acaba la vida de Gaspar, ni de Luca, ni de Marco, ni de Dante… Estos personajes ya nos van a acompañar siempre. Eso seguro. Al igual que tú me acompañas en cada historia que inicio.

¿Nos vemos en la siguiente?

(Perdón por generar consumismo, pero los libros no cuentan).